Lynn Raven,
geboren 1971, lebte in Neuengland, USA, ehe es sie trotz ihrer Liebe zur wildromantischen Felsenküste Maines nach Deutschland verschlug, wo sie – wie sie es selbst ausdrückt – »hängen blieb«. Zurzeit ist sie mit Hund und Adoptivkatze in der Nähe von Mainz zu Hause und arbeitet freiberuflich als Journalistin und Übersetzerin.
Mehr über die Autorin ist im Internet unter www.lynn-raven.de zu finden.

Lynn Raven

Der Kuss des Dämons

UEBERREUTER

Für Katja – die mir mehr als einmal den Wald zwischen all den Bäumen gezeigt hat. Danke!

ISBN 978-3-8000-5351-3
Alle Urheberrechte, insbesondere das Recht der Vervielfältigung,
Verbreitung und öffentlichen Wiedergabe in jeder Form,
einschließlich einer Verwertung in elektronischen Medien,
der reprografischen Vervielfältigung, einer digitalen Verbreitung
und der Aufnahme in Datenbanken, ausdrücklich vorbehalten.
Umschlaggestaltung von Nele Schütz Design, München,
unter Verwendung eines Fotos von Corbis, Düsseldorf
Copyright © 2008 by Verlag Carl Ueberreuter, Wien
Druck: Druckerei Theiss GmbH, St. Stefan i. L.
5 7 6

Ueberreuter im Internet: www.ueberreuter.at

Ein Oberlicht auf einem Flachdach über Nacht offen zu lassen war, als bettele man um einen Regenguss und die darauf folgenden nassen Fußböden – oder um einen Einbruch. Vor allem wenn das Sicherheitssystem so prähistorisch war wie das der Montgomery-High und nur ein einsamer Wachmann auf dem kleinen Campus seine Runden drehte. Und der befand sich gerade auf der anderen Seite, bei den Turnhallen.

Geschmeidig glitt er durch das Oberlicht und landete lautlos auf dem Linoleumfußboden. Der Anbau lag ebenerdig. Es wäre für ihn auch ein Leichtes gewesen, durch eines der Fenster hineinzugelangen, aber wenn jemand so freundlich war, ihm eine Hintertür offen zu lassen, warum sollte er diese dann nicht nutzen. Ohne zu zögern, bewegte er sich durch den dunklen Korridor, vorbei an metallenen Spinden, mehreren gläsernen Schaukästen, in denen Fotografien der Schulmannschaften und deren Trophäen standen, und an einem Schwarzen Brett, das mit Zetteln und Plakaten bedeckt war, zur Tür des Sekretariats. Er drückte die Klinke und grinste, als sich nichts bewegte. Offenbar gab es in dieser Schule zumindest einen verantwortungsbewussten Menschen. Nach nicht ganz einer Minute war das Schloss geöffnet und die Tür schwang mit einem leisen Schaben auf.

Der Raum dahinter hätte als Prototyp eines Highschool-Sekretariats durchgehen können. Ein Tresen trennte den Schreibtisch der Sekretärin mit Computer, Drucker, Telefon und was man sonst noch brauchte von der vorderen Hälfte des Raumes, an dessen Längswand ein paar Plastikstühle standen. Hinter dem Schreibtischsessel erhob sich ein metallener Hängeregisterschrank, auf dem sich mehrere Ordner den Platz mit Postein- und -ausgangskorb, zwei Stapeln Schulbüchern und einem Prachtexemplar von Ficus teilten.

Eine zweite Tür, auf deren oberen Hälfte aus Milchglas der Name A. J. Arrons prangte, führte in das Zimmer des Direktors. Was sich dahinter befand, interessierte ihn nicht.

Ohne Licht zu machen, glitt er am Tresen vorbei, zog die erste Schublade des Hängeregisterschrankes auf und orientierte sich kurz im Ablagesystem der Sekretärin. Dann ging er rasch die Akten des für ihn wichtigen Schülerjahrgangs durch. Sorgfältig prägte er sich die infrage kommenden Gesichter ein. Viele waren es nicht. Das bedeutete, er musste nicht die Stecknadel im Heuhaufen suchen.

Als er die Tür schließlich wieder hinter sich verschloss, lag ein großer brauner Umschlag zwischen den anderen Briefen im Posteingangskorb der Sekretärin. Sie würde ihn am nächsten Tag öffnen und danach würde alles genauso ablaufen, wie er es geplant hatte.

Hund und Katz

Bis gestern war ich der Meinung gewesen, es gäbe nichts Schlimmeres als eine Matheklausur. Seit heute wusste ich, dass es tatsächlich etwas Schlimmeres gab: eine Matheklausur nach einer Nacht, in der man immer wieder aus Albträumen aufschreckte, an die man sich nicht erinnern konnte, und aus der man schließlich mit hämmernden Kopf- und Zahnschmerzen aufwachte, mit dem Gefühl, keine Sekunde geschlafen zu haben. Um obendrein festzustellen, dass man verschlafen hatte. Und das nicht zu knapp.

Im Bad brach ich jeden meiner bisherigen Rekorde, obwohl ich mir noch die Haare föhnte. Vor dem Kleiderschrank ließ ich bedauernd den Blick über meine Halbarmshirts und Sommerblusen gleiten und entschied mich dann für ein T-Shirt mit aufgedrucktem Löwenkopf zu meinen Jeans. Nachdem es versprach, ein trotz aller Sonne kühler Herbsttag zu werden, würde ich ohnehin eine Jacke überzie-

hen müssen. Rasch fuhr ich noch mal mit beiden Händen durch mein dunkelblondes, schulterlanges Haar, dann hetzte ich die Treppe hinunter. In der Küche rannte ich Ella, die Haushälterin meines Onkels, fast über den Haufen, stürzte meinen Tee in vier großen Schlucken hinunter, gönnte ihren herrlichen selbst gebackenen Schokomuffins – für die ich früher getötet hätte – nur einen flüchtigen Blick und war schon aus der Haustür, ehe sie noch »Aber Dawn ...« zu Ende protestiert hatte. Ich nahm die Treppe mit zu viel Schwung, da ich vorgehabt hatte, einen kleinen Sprint zur Garage hinzulegen, sodass ich an ihrem Fuß beinah bäuchlings auf der Motorhaube meines silberblauen Audi gelandet wäre. Auf der Fahrerseite stand Simon und grinste mich an.
»Morgen, Dawn. Na, verschlafen? Soll ich dich mit dem Rolls bringen?«
Simon war der letzte in einer Kette von Quälgeistern, die mein Onkel für mich angestellt hatte. Der muskulöse Hüne mit dem stoppelkurz geschnittenen Haar war Hausmeister, Chauffeur und Leibwächter in Personalunion. Zumindest hatte er mehr Humor als die Männer, die vor ihm auf mich aufgepasst hatten. Und er nahm es glücklicherweise ziemlich gelassen, dass er mir nicht mehr Tag und Nacht folgen oder mich mit dem schwarz- und chromblitzenden Ungetüm von einem Rolls Royce – das unübersehbar hinter meinem Audi parkte – zur Schule fahren durfte.
Vor ein paar Monaten hatte ich einen heftigen Streit mit meinem Onkel zu diesem Thema gehabt. Seit meine Eltern bei einem Raubüberfall ermordet worden waren, kümmerte er sich um mich. Meine Mutter war seine jüngere Stiefschwester gewesen, die er abgöttisch geliebt haben musste. So sehr, dass er es ihr sogar verzieh, mit »einem dahergelaufenen Ausländer«, wie er meinen Vater immer nannte, durchgebrannt zu sein. Nach ihrem Tod hatte er mich bei

sich aufgenommen. In dem Bestreben, mich vor jedem Übel der Welt zu beschützen, heuerte er jede Menge Kindermädchen und Leibwächter an. Bis ich es nicht mehr ertragen konnte. Gewöhnlich widersetzte man sich Samuel Gabbron nur, wenn man unter akuten Suizidabsichten litt. Aber an jenem Tag vor etwa einem Jahr war alles in mir hochgekocht. Er war schließlich nicht derjenige, der von seinen Mitschülern schräg angeschaut wurde, der ihre ewigen Sticheleien ertragen musste, der keine Freunde hatte. Er war ja nie hier, sondern immer nur unterwegs, um sich um seine millionenschweren Geschäfte zu kümmern. Ich hatte ihm durchs Telefon hindurch vorgeworfen, er würde mich wie eine Gefangene behandeln, hatte geschrien, dass ich ihn hasste und die erste sich bietende Gelegenheit nutzen würde, um davonzulaufen. Dann hatte ich aufgelegt und mich geweigert noch mal ranzugehen. In der gleichen Nacht stand er plötzlich neben meinem Bett. Wir sprachen ziemlich lange miteinander. Ich verstand seine Angst, mir könnte das Gleiche zustoßen wie meiner Mutter, aber letztendlich konnte ich ihn überzeugen. Es lenkte viel mehr Aufmerksamkeit auf mich, wenn stets irgendwelche durchtrainierten Kerle so auffällig unauffällig in meiner Nähe herumstanden. Vor allem, da ich noch nicht einmal seinen Nachnamen trug, sondern den meiner Mutter. Wer also sollte Dawn Warden mit ihm, dem steinreichen Industriellen, in Verbindung bringen? Ich war siebzehn. Ich wollte Freunde. Vielleicht sogar *einen* Freund. Ich wollte endlich leben! Es war kurz vor Sonnenaufgang, als er wieder in den Helikopter stieg, der hinter dem Haus auf ihn gewartet hatte. Am nächsten Morgen stand der Audi vor der Tür, damit ich von nun an alleine zur Schule fahren konnte. Außer Simon waren meine anderen Leibwächter noch in derselben Nacht abgereist. Und damit begann sich mein Leben endlich zu normalisieren. Seitdem hatte ich meinen Onkel nur zwei- oder dreimal gesehen. Im letzten Monat war er zu meiner Überraschung sogar volle zwei Wochen geblieben. Allerdings bekam ich ihn auch in dieser Zeit nicht wirklich häufig zu Gesicht. Er vergrub sich den ganzen Tag in seinem Arbeitszimmer und ließ sich sogar seine Mahlzeiten in sein Heiligtum bringen.

»Danke, aber ich fahr selbst.«

Simon hatte mir die Tür geöffnet und wartete, bis ich um den Audi herum war. Ich warf meine Tasche auf den Beifahrersitz – die Hälfte meiner Bücher rutschte heraus und landete im Fußraum, na prima! – und brauste davon.

Dass ich der lebende Beweis für Murphys Gesetz war, zeigte sich einmal mehr. Sämtliche Ampeln schalteten auf Rot, wenn ich auf sie zufuhr. Schülerlotsen führten ganze Herden von Grundschülern über die Straße und zu allem Überfluss hätte ich um ein Haar einem Typen auf einer dieser Rennmaschinen die Vorfahrt genommen. Zum Glück raste er in mörderischem Tempo weiter, ohne mich zu beachten. Mein Adrenalinspiegel war jedoch jenseits der Höchstmarke angelangt.

Ich fand – wie sollte es anders sein – einen Parkplatz am anderen Ende des Campus, stopfte meine Bücher in die Tasche zurück und rannte quer über den Rasen zu dem flachen Anbau des Schulgebäudes, in dem ich Mathe hatte. Vollkommen außer Atem schaffte ich es gerade noch, vor Mrs Jekens in den Raum zu schlüpfen und mich auf meinen Platz fallen zu lassen. Elizabeth Ellers, mit der ich in der Stunde zusammen an einem Tisch saß und die eine der wenigen war, die ich inzwischen zu meinen Freunden zählte, lächelte mir aufmunternd zu. Sie kannte meine Matheprobleme besser als jeder andere. Doch ehe sie etwas sagen konnte, verbannte Mrs Jekens mich an einen anderen Tisch, verbat sich weitere Gespräche und teilte die Arbeiten aus. Die nächste Stunde kämpfte ich mit den Aufgaben. Als das Schrillen der Schulglocke endlich das Ende der Stunde –

und damit das Ende meiner Qual – verkündete, war ich erleichtert, dass es vorbei war. Ich stopfte Taschenrechner und Stifte zurück in meine Tasche und verließ fluchtartig den Raum. Draußen sank ich neben der Tür auf eine der metallenen Bänke, die im Korridor entlang der Wände verteilt standen, und zog die Beine an.

»So schlecht kann es doch gar nicht gelaufen sein. Du bist zumindest fertig geworden. Dass wir gestern noch zusammen gelernt haben, hat demnach geholfen.« Elizabeth setzte sich neben mich und strich ihren Rock glatt. Wie immer war jeder Zentimeter von Beths Kleidung schwarz – inklusive Lippenstift und Kajal.

Anstelle einer Antwort verdrehte ich nur die Augen, ohne mich aus meiner trüben Stimmung reißen zu lassen. Wenn ich in dieser Matheklausur nicht mindestens eine Drei hatte, drohte mir in den Ferien ein zusätzlicher Kurs. Grausiger Gedanke.

Ein helles Lachen ließ mich aufschauen. Neben mir beugte Beth sich vor, um besser sehen zu können, was bei den Spinden ein Stück den Flur hinunter vor sich ging. »Oje. Cynthia hat ihn. Was meinst du? Wie lange wird es dauern, bis sie ihn mit Haut und Haaren gefressen hat?« Beth legte den Kopf schräg. »Ob man ihn aus ihren Klauen retten sollte?«, sinnierte sie scheinbar unschuldig weiter. Auch wenn die meisten es ihr, dem zierlichen Mädchen mit dem blassen Puppengesicht und den großen, unschuldig blickenden, dunklen Augen, nicht zutrauten, konnte Beth ein richtiges Biest sein, wenn es um Cynthia Brewer ging. Dabei waren sie und die rothaarige Schulschönheit entfernte Cousinen. Doch während Elizabeth Jungs gegenüber eher zurückhaltend war, hatte Cynthia den Verschleiß einer Gottesanbeterin, was ihre Freunde betraf. Ihr jüngstes Opfer hieß Julien DuCraine und war erst seit knapp drei Wochen an der Montgomery. Er war groß, schlank und bewegte sich mit einer irgendwie gefährlichen Eleganz. Sein Haar war dunkel, fast schwarz, im Nacken ein bisschen zu lang und stand in einem scharfen Kontrast zu seiner überraschend hellen Haut. Er trug stets eine getönte Brille, die er selbst im Unterricht nicht abnahm. Aber auch sie konnte nicht ganz verbergen, dass seine Züge von einer Perfektion waren, die man auf einer Kinoleinwand zu sehen erwartete, aber nicht in einem Klassenzimmer. Julien DuCraine war auf eine klassische und zugleich beunruhigende Art schön. Er wirkte zwei oder drei Jahre älter als der Rest unseres Jahrgangs. Wenn man den Gerüchten über ihn glaubte, war er bereits von diversen Schulen geflogen und mehrmals hängen geblieben. Ein paar Leute wollten sogar erfahren haben, dass er einige Zeit im Jugendgefängnis gesessen hatte und deshalb jetzt mehrere Schuljahre hinterherhinkte. Weder Beth noch ich hatten mit ihm zusammen einen Kurs, doch laut Neal, einem Jungen aus unserer Clique, der mit ihm den gleichen Physik-, Geschichts- und Sportkurs besuchte, war Julien DuCraine ein Einzelgänger, abweisend und arrogant. Die meisten behandelten ihn mit vorsichtigem Respekt, nachdem er in der ersten Sportstunde Mike Jamis beim Volleyball das Handgelenk gebrochen hatte. Dabei war alles – nach Mikes eigener Aussage – nur ein Unfall gewesen. Er hatte versucht DuCraines Aufschlag anzunehmen. Die Wucht, mit der der Ball auf seinen Arm geprallt war, hatte Mikes Handgelenk gebrochen. Seitdem ging die gesamte gegnerische Mannschaft in Deckung, wenn DuCraine den Aufschlag hatte. Nach dem, was man sich weiter erzählte, war Julien ein begnadeter Fechter, dem selbst der Coach nicht gewachsen war. Doch bislang hatte er alle Angebote, der Schulmannschaft beizutreten, ausgeschlagen. Sehr zu Neals Erleichterung, der bis zu Juliens Erscheinen der unangefochtene Champion gewesen war. Ich selbst war DuCraine bisher nur ein paarmal auf den Fluren begegnet, ohne auch nur ein Wort mit ihm zu wechseln. Beim Mittagessen in der Cafeteria hatte ich ihn noch nie getroffen. Offenbar wollte er so wenig wie möglich mit uns allen zu tun haben.

Wenn er sich mit seiner abweisenden Art auch jeden anderen an der Montgomery vom Hals halten konnte, so versagte seine Taktik bei Cynthia Brewer vollständig. Cyn hatte ihn gesehen und sofort stand er auf der Liste der Dinge, die sie unbedingt haben wollte. Ganz oben. Noch am selben Tag hatte sie die Jagd eröffnet. Und ihn jetzt endlich gestellt. Zumindest lehnte er gerade mit dem Rücken an seinem Spind am anderen Ende des Flures, während Cynthia so dicht vor ihm stand, dass ihre über ihren Büchern verschränkten Arme nur noch Zentimeter von seiner Brust entfernt waren. Ihr Lachen drang bis zu Beth und mir, während sie sich ihre dunkle Mähne zurückstrich.

Im Gegensatz zu Beth wäre ich niemals auf die Idee gekommen, DuCraine vor Cynthia retten zu wollen. Die beiden hatten einander verdient. In den drei Wochen, die er gerade mal an der Schule war, hatte er bereits mit zwei Mädchen aus unserer Stufe etwas angefangen, jede von ihnen aber schon nach ein paar Tagen wieder mit gebrochenem Herzen in die Wüste geschickt.

Zwei Jungen blieben vor der Bank stehen, auf der Beth und ich saßen, und vertraten uns dabei die Sicht.

»Und? Wie ist Mathe gelaufen?« Neal, der größere der beiden, zog den Riemen seines Rucksacks über der Schulter zurecht und grinste mich an. Neben ihm spielte Mike mit der Schlinge, in der sein eingegipstes Handgelenk lag. Obwohl er ungefähr zehn Zentimeter kleiner war als sein Freund Neal, war er in den Schultern ein gutes Stück breiter. Er begrüßte uns mit einem Nicken und einem »Hi!« und hob dann die Hand, als ein Junge aus seiner Volleyballmannschaft vorbeiging.

»Wie soll Mathe schon gelaufen sein. Schlecht natürlich.«

Ich streckte die Arme über den Knien und sah unangenehm berührt zur Seite.

Neal – das Mathe- und Computergenie – schnalzte mit der Zunge. Alles, was nur ansatzweise mit Zahlen und Logik zu tun hatte, war für ihn ein Kinderspiel, während es mir nicht in den Kopf wollte, wozu ich berechnen können sollte, welcher Punkt einer Kurve sich wo in einem Koordinatensystem befand. Und das auch noch aus der x^2en Ableitung heraus. Etwas, was Neal absolut nicht nachvollziehen konnte.

»Ich dachte, Beth hätte mit dir gelernt«, stellte er mit unüberhörbarer Missbilligung in der Stimme fest. Schon im letzten Schuljahr hatten wir herausgefunden, dass seine Geduld nicht ausreiche, um mir Nachhilfe zu geben. Unsere Versuche damals hatten in Wutausbrüchen sowohl auf seiner als auch auf meiner Seite geendet und waren gnadenlos schiefgegangen.

Ehe ich etwas zu meiner Verteidigung sagen konnte, tat Beth es für mich.

»Das habe ich auch. Und sie übertreibt. Sie hat nämlich dieses Mal alle Aufgaben geschafft. – Du stehst mir im Weg, Neal. Geh mal einen Schritt nach links.«

Ein wenig verwirrt gehorchte er und blickte flüchtig in die gleiche Richtung wie Beth. Nur um einen Sekundenbruchteil später die Augen aufzureißen und zu den Spinden hinzustarren. Mike schnappte neben ihm hörbar nach Luft. Auch ich schaute wieder den Gang hinunter. Und glaubte nicht richtig zu sehen. Hatte zuvor DuCraine mit dem Rücken zu den Spinden gestanden, so drückte sich jetzt Cynthia dagegen. Sie war zwischen seinen langen Beinen gefangen. Ihre Bücher hielt sie umklammert, als hinge ihr Leben davon ab. DuCraine hatte einen Ellbogen gegen die Metalltüren gestemmt, den Kopf auf die Hand gestützt und sich so dicht zu ihr gelehnt, dass sein Gesicht nur noch ein paar

Zentimeter von ihrem entfernt war. Seine andere Hand tat irgendetwas oberhalb ihrer Bücher an ihrem Hals und dem Ausschnitt ihrer Bluse. Was genau, war nicht zu erkennen. Offenbar sagte er etwas zu ihr, denn seine Lippen bewegten sich und Cynthia starrte gebannt zu ihm auf. Sie schien mehrmals krampfhaft zu schlucken. Dann schloss sie die Augen und lehnte den Kopf gegen den Spind, als DuCraine sich noch weiter vorbeugte und sein Gesicht ganz nah an ihres brachte. Doch anstatt sie zu küssen, wie sie es wohl erwartet hatte, stieß er sich von der Spindtür ab und trat zurück. Den Mund zu einem halben verächtlichen Lächeln verzogen beobachtete er, wie Cynthia verwirrt den Kopf wieder hob und ihn anblinzelte, ehe er sich mit einer kleinen, spöttischen Verbeugung von ihr abwandte und den Gang entlang davonging. Genau auf uns zu. Er gönnte uns keinen Blick, als er an uns vorbeischritt. Der höhnische Ausdruck in seinem Gesicht war verschwunden. Ich glaubte jetzt eine Mischung aus Bitterkeit und Frustration darin zu sehen. Und Wut. Selbst die Art, wie er den Flur hinuntermarschierte, wirkte zornig.

Ein Klatschen bei den Spinden lenkte meine Aufmerksamkeit zurück zu Cynthia. Ihre Bücher lagen über den Boden verteilt. Sie mussten ihr aus den Händen gerutscht sein. Keuchend starrte sie DuCraine nach, so als hätte sie bis eben vergessen, wie man atmete. Dann blickte sie hastig den Gang entlang, bückte sich betont lässig nach ihren Büchern und ging in die entgegengesetzte Richtung davon. Seit ich an dieser Schule war, hatte noch kein Junge Cyn so behandelt.

»Verdammt«, entfuhr es Mike. »Das sah aus, als würde er sie gleich hier auf dem Flur ...« Er wurde rot und schluckte den Rest des Satzes runter. Beth nickte. Sie wirkte fast ein bisschen benommen.

»Was sah aus, als würde es wer hier gleich auf dem Flur?«

Mikes Halbschwester Susan war gerade aus dem Gang, der zur Bibliothek führte, in den Hauptkorridor gebogen und stellte sich zu uns. Mike drehte sich zu ihr um. Obwohl sie unterschiedliche Väter hatten, sahen sie sich ähnlich wie Zwillinge. Beide hatten glattes, dunkles Haar und hellbraune Augen. Gewöhnlich trug Susan ihre Locken zu einem Pferdeschwanz gebunden, was ihr schmales Gesicht noch besser zur Geltung brachte. Einige Zeit war sie eine von Cynthias engsten Freundinnen gewesen, doch dann hatte die sich im vergangenen Jahr Neal zum Opfer auserkoren, nachdem er seine Pubertäts-Akne-Phase hinter sich gelassen hatte. Die Art, wie sie mit ihm umgegangen war und ihn schließlich hatte fallen lassen, hatte zum Bruch zwischen ihr und Susan geführt.

»DuCraine hätte Cynthia beinah bei den Spinden ...«, Mike zögerte, »... du weißt schon.«

Verständnislos sah sie ihn an. »Nein, ich weiß nicht. Was denn?«

Ihr Halbbruder wand sich. »Na ja, es sah aus, als würde er sie gleich ...«, er räusperte sich und blickte Hilfe suchend zu Neal.

»Er hat sie gegen den Spind gedrängt und es sah aus, als hätte er mehr im Sinn, als sie nur vor allen hier zu küssen«, sprang der ein.

Susans Augen wurden groß. »Oh«, machte sie. »Ooohh.« Ihr Blick schweifte kurz den Gang entlang, kehrte dann aber zu Neal und Mike zurück, als sie weder DuCraine noch Cynthia dort sah. »Und was ist passiert?«, bohrte sie weiter.

»Nichts«, mit scheinbarer Gleichgültigkeit zuckte Neal die Schultern. »Er hat sie angefixt und stehen lassen.«

Ihre Augen wurden noch ein Stück größer. Für einen Moment stand ihr Mund offen, ehe sich ein Grinsen auf ihrem Gesicht ausbreitete. »Und alle haben es gesehen? *Arme Cynthia.* – Ich glaube, ich mag diesen Typen.« Ihre Schadenfreude war nicht zu überhören. Sie räusperte sich ein bisschen übertrieben. »Zurück zum Geschäft, Leute. Es gibt ein kleines Problem.« Sie sah ihren Halbbruder an. »Mom hat mir gerade eine SMS geschickt. Sie hat Migräne und fragt, ob wir uns heute Abend zum DVD-Schauen bei jemand anderem treffen können.« Mike fluchte leise, während Susan jetzt uns andere ansah. Schon vor über einer Woche hatten wir diesen Termin ausgemacht. Ihn nun einfach sausen zu lassen widerstrebte jedem von uns.

Beth lehnte sich ein Stück vor. »Meine Granny hat bestimmt nichts dagegen, wenn wir uns bei mir treffen! Sie ist heute Abend ohnehin bei ihren Freundinnen. – Aber wir haben nur den kleinen Fernseher.« Seit ihre Eltern sich getrennt hatten, lebte sie bei ihrer Großmutter, einer manchmal äußerst direkten alten Dame, die ihre Enkelin über alles liebte. Ihr kleines Häuschen lag am Stadtrand inmitten eines leicht verwildert wirkenden Gartens. Beth kellnerte dreimal die Woche im *Ruthvens*, einem Klub, der vor einigen Monaten neu eröffnet hatte, um ein bisschen Geld zu der mageren Rente ihrer Großmutter beizusteuern. »Wenn der reicht ...«

»Wir können es auch bei mir machen. Meine Eltern sind im Augenblick mal wieder beide auf Geschäftsreise«, bot Neal an. »Und der Beamer von meinem Vater ist inzwischen repariert.«

Mike ließ ein begeistertes »Jau!« hören und stieß Neal in die Seite. »Ich würde sagen, das ist damit beschlossen. Was wollen wir uns ansehen?«

Wir tauschten Blicke. Neal hob die Schultern.

»Wie wär's mit einer Horror-Nacht? Wir haben bald Halloween«, meinte Susan nachdenklich.

»Coole Idee. Ich besorg die DVDs.« Mikes Grinsen wurde ein Stück breiter, als er mich ansah. »Wie wär's mit ›From Dusk Till Dawn‹?«

Ich nahm den Fuß vom Sitz und versuchte nach ihm zu treten. Lachend wich er zurück und ich seufzte genervt.

»Hat dein Bruder irgendwo einen Aus-Knopf, Susan?« Manchmal fragte ich mich wirklich, was meine Eltern dazu veranlasst hatte, mich ausgerechnet *Dawn* zu nennen.

Sue schüttelte mit Leidensmiene den Kopf. »Glaub mir, den such ich auch noch, Süße.«

Mikes Grinsen nahm Honigkuchenpferd-Qualitäten an.

»Ist es okay, wenn Ron und Tyler auch kommen?«, erkundigte sich Neal. Ron war Cynthias um ein Jahr älterer Bruder. Er und Neal verbrachten unzählige Stunden ihrer Freizeit damit, an Computern herumzubasteln, und waren eng befreundet. Während seine Schwester eine arrogante Ziege war, war Ron zurückhaltend und umgänglich. Er hatte ein Lächeln, das einem die Knie weich werden ließ. Cynthias Versuchen, ihn mit einer ihrer Freundinnen zu verkuppeln, hatte er bisher erfolgreich getrotzt.

Tyler war nach Neal der zweite Kapitän der Fechtmannschaft. Ein nur mittelgroßer, schlaksiger Junge mit einem leicht morbiden Humor. Er war Cynthias erwähltes Opfer gewesen, bevor Julien DuCraine an die Schule gekommen war.

Ein schrilles Klingeln verkündete das Ende der Pause und der Gang leerte sich ziemlich schnell. Hastig beendeten wir unsere Planung für den Abend. Natürlich hatte niemand etwas dagegen, dass Ron und Tyler kamen. Es wurde beschlossen, dass wir uns um sieben bei Neal treffen würden. Beth, Susan und ich übernahmen es, Muffins zu backen und Salate zu machen. Mike, Neal und die beiden anderen Jungs hatten für die DVDs, Getränke und Knabberzeug zu sorgen.

Ich musste mich beeilen, um noch rechtzeitig in meinen Physikkurs zu kommen, und erntete einen tadelnden Blick von Mr Horn, weil ich noch an meinen Platz hastete, während er schon seine Tasche auf das Pult legte.

Als ich nach der letzten Stunde im strahlenden Nachmittagssonnenschein zu meinem Auto zurückging, rief mir ein unangenehmes Jucken an meinen bloßen Armen ins Gedächtnis, dass ich heute Morgen meine Jacke auf dem Beifahrersitz vergessen hatte. Wenn ich nicht vorsichtig war, würde meine Haut bis zum Abend aussehen, als hätte ich einen leichten Sonnenbrand. *Eine schwache Form einer Sonnenallergie,* war die Diagnose des Arztes gewesen, zu dem Ella mich gebracht hatte. Wassergefüllte Bläschen würden mir erspart bleiben, wenn sich die Allergie nicht verschlimmerte. Mit dem Gefühl der Hitze und der Empfindlichkeit bei Berührungen hätte ich mich noch abfinden können. Aber nicht mit diesem Jucken. Vielleicht sollte ich dankbar sein, dass uns mein Onkel damals hierher nach Ashland Falls verfrachtet hatte und nicht nach Florida oder einen anderen sonnenverwöhnten Ort.

Ashland Falls mochte anscheinend am Rand der zivilisierten Welt liegen, doch es bot mir – abgesehen von einer kleinen Mall, in der man entspannt bummeln gehen konnte, ein paar Klubs, in denen sie gute Musik spielten, und einem Kino, das nicht zu sehr hinter dem Programm der großen Städte hinterherhinkte – genau das, was ich liebte: endlose Wälder, die wie geschaffen waren für ausgedehnte Trekkingtouren. Unser Haus befand sich am Stadtrand und damit unmittelbar an diesen Wäldern. Nur das alte, verlassene Hale-Anwesen lag noch weiter außerhalb. Auf dem riesigen Grundstück, das direkt an unseres grenzte, standen jahrhundertealte Ahornbäume am Rand eines Sees, in dessen Wasser man die Wolken beobachten konnte. Im Sommer ging ich dort regelmäßig schwimmen. Das Haus selbst mochte mehr als hundert Jahre alt sein und war seit etwa zwei Jahrzehnten unbewohnt. Elizabeth, die all das von ihrer Großmutter wusste, hatte mir davon erzählt. Es schien keinen Besitzer zu haben, und wenn es ihn doch gab, kümmerte er sich nicht darum, sodass es allmählich verfiel. Etwas, was mir in der Seele wehtat, denn ich mochte die zeitlose Eleganz, die das Haus mit seinen hohen Fenstern in den beiden Stockwerken, der großzügigen Veranda, die es vollständig umgab und deren Dach von gedrechselten Säulen getragen wurde, ausstrahlte.

Auf dem Heimweg von der Schule machte ich einen kurzen Umweg zu dem Gemüsehändler, bei dem Ella immer einkaufte, und besorgte noch einige Zutaten für meinen Salat. Dann fuhr ich nach Hause. In der Auffahrt stand das Monstrum von einem Rolls Royce vor der Garage, das mein Onkel stets benutzte, wenn er ein paar Tage hier verbrachte. Durch das offene Tor dahinter konnte ich die dunkelblaue Schnauze des Mercedes glänzen sehen, den Simon und Ella gewöhnlich fuhren. Simon war dabei, den Rolls wie jede Woche zu waschen und zu polieren. Er winkte mir über das schwarze Dach hinweg zu und deutete auf den Audi. »Lass ihn da stehen. Wenn ich mit dem hier fertig bin, mach ich mit deinem weiter.«

»Ich brauche ihn aber heute Abend.«

»Kein Problem, Kleine. Bis heute Abend ist das Baby frisch gewickelt und ausgehbereit. Was steht denn an?«

»Filmabend bei Neal. Es könnte spät werden.«

Der Hüne zog die blonden Brauen zusammen. »Soll ich dich fahren?«

»Danke, aber danke nein«, lehnte ich entschieden ab, schlang mir den Riemen meiner Tasche über die Schulter und holte meine Einkaufstüte vom Rücksitz.

»Wie du meinst.«

In der absoluten Gewissheit, dass Simon heute Abend in der Nähe von Neals Haus sein würde, schloss ich die Tür auf und betrat die Eingangshalle der kleinen Villa – anders konnte man dieses Gebäude nicht nennen. Die eine Hälfte des Erdgeschosses beherbergte eine modern eingerichtete

Küche, in der es vor Chrom und Edelstahl nur so blitzte und die groß genug war, um zusätzlich einem Esszimmertisch und einem halben Dutzend Stühlen Platz zu bieten. Dann gab es ein Speisezimmer – das allerdings nie benutzt wurde, da ich es vorzog, zusammen mit Simon und Ella in der Küche zu essen –, ein mit dicken orientalischen Teppichen ausgelegtes Wohnzimmer, in dem ein schwarzes Monstrum von einem Flügel stand – auf dem niemand spielen konnte – sowie Ellas Zimmer und ihr Bad. Simon hatte seine eigene kleine Wohnung über der an das Haus angebauten Garage. Von der Halle führte eine Tür in die rechte Hälfte des Gebäudes, in der sich der Salon und das Arbeitszimmer meines Onkels befanden. Eine Wendeltreppe verband sein Schlafzimmer und Bad im ersten Stock mit diesen Räumen. Die andere Hälfte des ersten Stocks war über die geschwungene Treppe in der Eingangshalle zu erreichen. Hier befand sich mein kleines Reich – zusammen mit meinem eigenen Badezimmer und zwei Gästezimmern, die noch nie benutzt worden waren. Onkel Samuel duldete keine Fremden in seinem Haus. Auch die Geschäftspartner, die ihn bei seinen seltenen Stippvisiten manchmal besuchten, blieben nie länger als drei oder vier Stunden. Sein Beschützertick ging so weit, dass er es ausdrücklich ablehnte, dass ich Freunde mit nach Hause brachte. Der Himmel wusste weshalb.

Ich ließ meine Tasche auf die unterste Treppenstufe fallen und ging mit meinen Einkäufen in die Küche. Ella stand am Herd und lächelte mir zur Begrüßung zu. Der Geruch von frischem selbst gebackenen Brot wehte mir entgegen. Auf der Anrichte wartete bereits eine Tasse meines Lieblingstees auf mich. Onkel Samuel hatte ihn für mich besorgt. Woher, war sein Geheimnis. Außer mir mochte niemand dieses Gebräu, aber ich war geradezu süchtig nach seinem Geschmack, der sich mit einem dunklen, vollen Aroma zu etwas unbeschreiblich Köstlichem verband. Und er war das Einzige, was bei meinen morgendlichen Zahnschmerzen – die sich anfühlten, als würde jemand eine Wurzelbehandlung ohne Betäubung an meinen oberen Eckzähnen vornehmen – wirkte.

Ella half mir beim Schnippeln der Paprika und Gurken, die ich für meinen Salat brauchte. Ich war ihr dankbar, dass sie die Zwiebeln allein übernahm, denn seit einiger Zeit weckte ihr Geruch eine dumpfe Übelkeit in meinem Magen, die mich manchmal sogar zum Würgen brachte.

Anschließend ging ich in mein Zimmer hinauf und widmete mich meinen Hausaufgaben. Der Biologieaufsatz kostete mich besonders viel Zeit.

Es war kurz nach halb sieben, als ich zu Neal fuhr, den Salat sicher vor dem Beifahrersitz verstaut.

Mike und Susan waren schon da, als ich ankam. Ein Stapel DVDs lag vor der beeindruckenden Heimkinoanlage, dem ganzen Stolz von Neals Vater. Ein Sideboard aus poliertem Kirschbaumholz, über das jemand in weiser Voraussicht eine beigefarbene Tischdecke gelegt hatte, wurde zur Anrichte zweckentfremdet, auf der wir Teller und Gläser bereitstellten. Ich war gerade mit einem Tablett, auf dem ich eine Pyramide aus Susans Apfelmuffins gebaut hatte, unterwegs von der Küche ins Wohnzimmer, als Ron in der offenen Haustür auftauchte. Um ein Haar wäre mir das Tablett aus den Händen gerutscht, als ich Cynthia hinter ihm entdeckte. Rons Gesicht war eine Maske des Elends. Neal, der mit den Armen voller Getränke hinter mir war, stieß den Atem aus, als Cyn sich an ihrem Bruder vorbeidrängte.

»Ron sagte, es würde euch nichts ausmachen, wenn ich ihn begleite«, grinste sie, während sie Richtung Wohnzimmer schwebte. Im Vorbeigehen nahm sie einen Muffin von meinem Tablett.

Neal und ich sahen gleichzeitig zu Ron. Der krümmte sich unter unserem Blick.

»Nichts ausmachen?«, fauchte Neal ihn an. »Bist du bescheuert, Mann?«

Abwehrend hob Ron die Hände. »Ich konnte nichts tun, ehrlich. Sie hat mich ...«, er schluckte und schaute zur Wohnzimmertür, wo Cynthia gerade verschwunden war – und aus der jetzt eine äußerst wütende Susan gestürmt kam.

»Bitte, Leute«, flehte er, ehe auch sie über ihn herfallen konnte, »ich wollte sie nicht mitnehmen, aber sie hat mich erpresst.«

»Erpresst?« Susan war stehen geblieben und musterte ihn mit zusammengekniffenen Augen. Mike lehnte schweigend hinter seiner Schwester an der Treppe zum ersten Stock.

»Ja«, unglücklich nickte Ron, ehe er Neal ansah. »Erinnerst du dich an die Sache mit dem Virus, den wir zusammengebastelt haben? Sie hat gedroht, dass sie es Mom erzählt. Und Mr Arrons.«

Susan und ich schauten zuerst einander und dann Neal und Ron an. Vor einigen Wochen hatte ein unbekannter Virus sämtliche Schul-PCs zum Absturz gebracht. Daten waren zwar keine verloren gegangen, aber das ganze System war fast drei Tage lahmgelegt, ehe ein Techniker den Fehler – beziehungsweise den Virus – gefunden und den Schaden behoben hatte. Der oder die Schuldigen waren nicht ausfindig zu machen gewesen. Unser Schulleiter, Mr Arrons, hatte getobt, gelinde gesagt, und dem oder den Übeltätern mit ernsten Konsequenzen gedroht. Noch einmal sah ich von Ron zu Neal. Ich hatte gewusst, dass die beiden gut waren, aber so gut ...

»Woher zum Teufel ...«, Neal atmete übertrieben tief durch und verlagerte die Flaschen in seinem Arm, die allmählich ins Rutschen kamen. »Okay. – Und was will sie hier?«

»Ich weiß es nicht«, schüttelte Ron den Kopf. »Aber ich glaube, es hat irgendetwas mit DuCraine zu tun. Cyn ist total durchgeknallt, was den Typen angeht. Ich musste mich sogar in den Schulcomputer einhacken, um ihr seine Adresse zu beschaffen.« Er grinste etwas unsicher und hob die Schultern. »Offensichtlich ist die gute Mrs Nienhaus allerdings noch nicht dazu gekommen, seine Daten einzugeben. Zumindest konnte ich nichts finden.« Das Grinsen wich Ärger. »Sogar im Netz musste ich nach ihm suchen. Ihr hättet sie mal hören sollen, als ich nur zwei oder drei Artikel über ein Paar Hochseilartisten mit diesem Namen, irgendwann um neunzehnhundert, gefunden habe.«

»Hast du ihr denn nicht gesagt, dass DuCraine nicht kommen wird?« Neal runzelte verständnislos die Stirn.

»Ich glaube, das wusste sie schon vorher.« Unbehaglich räusperte Ron sich. »Ich fürchte vielmehr, sie ist hinter Tyler her. Zumindest fing sie erst damit an, dass sie mich begleiten wollte, nachdem Mom gefragt hatte, wer heute Abend alles kommen würde und ich Tylers Namen genannt hatte.«

»Tyler?« Neals Miene war ein einziges Fragezeichen. »Ich dachte, sie will DuCraine?«

Susan schnalzte mit der Zunge und nahm Neal ein paar Flaschen ab, ehe sie noch weiter ins Rutschen geraten konnten. »Klar. Aber sie denkt wahrscheinlich, sie kann DuCraine mit Tyler eifersüchtig machen. Das wäre typisch für Cynthia.«

Für eine geschlagene Sekunde sahen wir einander an, dann stahl sich ein Grinsen auf Rons Gesicht. »Warum hab ich nur das Gefühl, dass DuCraine nicht auf diesen Zug aufspringen wird?«, erkundigte er sich. Anstelle einer Antwort klopfte Neal ihm auf die Schulter. Gemeinsam gingen wir ins Wohnzimmer, wo Cynthia es sich grazil auf der Couch gemütlich gemacht hatte. Als hätten wir ein stillschweigendes Abkommen getroffen, waren wir alle äußerst höflich zu ihr – immerhin ging es um Neals und Rons Kopf – und schafften es doch irgendwie gleichzeitig, sie weitestgehend zu ignorieren.

Tyler, der etwa zehn Minuten später kam, wurde von Neal an der Haustür abgefangen und auf Cynthias Anwesenheit vorbereitet. Damit fehlte nur noch Beth. Als es Viertel nach sieben war, begann ich mir Sorgen zu machen. Es sah ihr nicht ähnlich, sich zu verspäten. Nur Cyn schien nicht beunruhigt. Es war kurz vor halb acht, als Neal versuchte bei Beth zu Hause anzurufen. Erfolglos. Auf ihrem Handy ging nur ihre Mailbox ran. Allmählich wurde es draußen dunkel. Ich postierte mich an einem der beiden Fenster zur Straße und beobachtete angespannt jedes Scheinwerferpaar, das sich dem Haus näherte. Alle glitten sie vorbei. Susan schlug vor, dass wir schon einmal eine DVD auswählen sollten, damit wir gleich anfangen könnten, wenn Beth endlich da wäre. Wir entschieden uns einstimmig für die Dracula-Verfilmung von Francis Ford Coppola.

Es war fast acht, als Neal hinauf in sein Zimmer ging, um seine Autoschlüssel zu holen. Er war schon wieder halb die Treppe herunter, als ein einzelner Scheinwerfer die Auffahrt erhellte. Susan und ich waren noch vor ihm an der Haustür. Neal, Mike, Ron und Tyler rannten in uns hinein, weil wir auf der obersten Stufe abrupt stehen geblieben waren. Vermutlich sahen wir aus wie eine Herde mondsüchtiger Hammel, während wir fassungslos beobachteten, wie Beths zierliche Gestalt von dem Sozius einer schwarzen Rennmaschine kletterte und die Schüssel mit ihrem Salat von dem Fahrer entgegennahm, die dieser vor sich balanciert hatte. Er deutete zu seinem Kopf hin, worauf sie etwas von ihrem Ohr herunterfingerte und ihm gab. Als sie sich dann zu uns umdrehte, wirkte sie ein bisschen blass und irgendwie verträumt, aber sie bedachte uns mit ihrem üblichen Lächeln, während sie ein wenig unsicher auf den Beinen auf uns zukam.

»Mein Käfer ist nicht angesprungen«, erklärte sie entschuldigend. Sie gestikulierte zu dem dunkel gekleideten Typen auf dem Motorrad, der jetzt endlich den Helm abnahm. Wir gafften nur, als wir ihn erkannten. Beth schien es gar nicht zu bemerken. Sie plapperte einfach weiter. »Julien hat mich vor einem endlosen Marsch bewahrt. Er kam vorbei, als ich zu Fuß loswollte, und hat mich mitgenommen.« Eine halbe Sekunde runzelte sie die Stirn, als versuche sie sich an etwas zu erinnern, doch dann schüttelte sie den Kopf. Was auch immer es war, sie hatte es für nicht wichtig befunden. »Ich habe ihm gesagt, dass er gerne bleiben kann.«

Beinahe gleichzeitig schauten wir zu ihm hin. Selbst jetzt trug er seine getönte Brille. Die Arme locker über den schwarz glänzenden Helm gelegt, schien er unsere Blicke mit einer Art wissendem Spott zu erwidern, so als sei er sicher, dass wir Beths Worte nicht beachten und ihn mit einem »Danke und auf Wiedersehen« abspeisen würden.

Neal war der Erste, der aus seiner Erstarrung erwachte.

»Logisch kann er bleiben, wenn er sich bei ein paar alten Vampirfilmen nicht langweilt«, meinte er erstaunlich leutselig. Überrascht sah ich ihn an, doch dann begriff ich: Mit ein bisschen Glück war DuCraine unsere Chance, Cynthia vorzeitig loszuwerden. Zugegeben, der Plan war nicht besonders fair DuCraine gegenüber, aber ich hoffte trotzdem, er würde funktionieren.

Unter der Brille hob sich einer der Mundwinkel DuCraines zu einem zynischen, halben Lächeln und er stellte den Motor ab.

»Was für einen wollt ihr euch denn ansehen?«, fragte er. Seine Stimme klang dunkel und weich. Sie passte zu seinem Äußeren. Plötzlich war meine Kehle rau und mir wurde schlagartig klar, dass ich sie noch nie zuvor gehört hatte. Sprich weiter!, flehte ein Teil von mir, der von der Idee, ihn an Cynthia zu verfüttern, gar nicht mehr so überzeugt war.

»Den Coppola-Dracula.« Neal verschränkte die Arme vor der Brust.

»Guter Film.« DuCraine nickte leicht. »Vor allem dieses ›Gib mir Frieden‹ am Schluss.« Er verstellte seine Stimme zu einem heiseren Krächzen, sodass er fast genauso klang wie Gary Oldman in dieser Szene. Sein Lächeln wurde zu einem leisen Lachen, als gäbe es da irgendeinen Witz, den nur er verstand.

»Mann, gehört das Baby tatsächlich dir? Ich hab mich schon gefragt, wer bei uns an der Schule eine echte Fireblade fährt. Ich dachte, es wäre einer der Lehrer.« Tyler schob sich an Neal vorbei und stieg voller Bewunderung die Eingangsstufen hinunter. Es dauerte ein paar Sekunden, bis ich begriff, dass er von dem Motorrad sprach. Auch DuCraine schien für einen Moment verblüfft.

»Ja, die Blade gehört mir«, bestätigte er dann und strich mit der Hand über den Tank.

Ich beobachtete diese fast schon zärtliche Geste mit gerunzelter Stirn. Anscheinend hatte seine Familie genug Geld, um ihm ein solches Spielzeug zu finanzieren. – Und störte sich nicht daran, dass er das eine oder andere krumme Ding gedreht hatte.

»Wie viel macht sie Spitze?« Auch Mike drängte sich zwischen Susan und mir hindurch und folgte Tyler zusammen mit Ron die Stufen hinunter. Neal schloss sich ihnen nach einem Zögern an.

»Laut Hersteller macht sie 287. Aber was sie tatsächlich bringt, kann ich dir nicht genau sagen. Der Tacho zählt leider nur bis 299.«

Tyler, Mike, Ron und Neal schnappten gleichzeitig nach Luft.

DuCraine kickte den Ständer herunter, bockte das Motorrad auf und richtete sich auf dem Sitz weiter auf.

»Du hast ganz schön an ihr gebastelt, oder?« Tylers Blick wanderte anerkennend über die mattschwarz schimmernde Karbonverkleidung.

»Ja«, nickte DuCraine langsam, setzte sich bequemer zurecht und streckte die langen Beine zu beiden Seiten der Maschine aus.

Mike fuhr über den dunkel getönten Windschild des Motorrades. »Eine Racingscheibe. Cool. – Aus dem wievielten kannst du mit ihr aus dem Stand anfahren?«

»Aus dem zweiten. Ein paarmal hab ich sie auch schon aus dem dritten vorne hochgebracht.«

Wieder sogen Mike, Tyler, Neal und Ron gleichzeitig die Luft ein. Für eine ganze Weile drehte sich alles nur noch um Übersetzung, Beschleunigung, Sportauspuffe, Stahlflex-Bremsleitungen, Reifen und zerschrammte Fußrasten – mochte der Himmel wissen, was daran so besonders war. Die Jungs fachsimpelten, als seien sie schon jahrelang die dicksten Freunde. Selbst Neal beteiligte sich daran. Dass wir für diesen Abend eigentlich andere Pläne gehabt hatten, schienen sie vollkommen vergessen zu haben. Als die Worte Laptop und Tuning im gleichen Satz genannt wurden und Ron sich weit vorbeugte, um das Cockpit genauer zu untersuchen, verschwanden Susan und Beth kopfschüttelnd im Haus. Nachdenklich starrte ich auf die schwarze Maschine. Heute Morgen hatte ich einem Typen auf einem solchen Ding die Vorfahrt genommen. War das am Ende er gewesen?

Erst als DuCraine abrupt den Kopf hob und an mir vorbeisah und auch das Gemurmel der Jungs verstummte, wurde mir klar, dass jemand hinter mir stand. Ein Blick in Neals und Tylers Gesichter verriet mir, dass es weder Beth noch Susan waren.

»Hallo, Julien.« Mit der Grazie einer Königin schritt Cynthia an mir vorbei. Schweigend beobachtete DuCraine sie, während sie auf ihn zukam. Das maliziöse Lächeln, das für den Bruchteil einer Sekunde um seine Lippen zuckte, erinnerte mich irgendwie an eine Katze, die eine Maus gefangen hatte und im Begriff stand, mit ihr zu spielen. Cynthia schien es nicht bemerkt zu haben. Tyler, Mike und Neal machten ihr Platz, als sie an die Maschine herantrat und eine Hand auf den rechten Griff legte.

»Hi«, erwiderte DuCraine mit einiger Verspätung und pflückte ihre Hand wieder von dem Griff herunter. Für einen Moment zog Cyn einen Schmollmund, dann fuhr sie mit den Fingern über das Blinklicht.

»Bleibst du, um mit uns ein paar Filme zu schauen?«, erkundigte sie sich lächelnd. Ihre Stimme klang wie das Schnurren einer Katze. Sie trat ein Stück näher an ihn heran.

»Willst du denn, dass ich bleibe?«, schnurrte er zurück und verschränkte erneut die Unterarme über dem Helm.

»Natürlich.« Cynthia strich sich eine Strähne hinters Ohr. »Allerdings ...«

»Allerdings?« Seine Stimme wurde um mindestens eine Quint dunkler und hatte plötzlich etwas von schwarzem Samt.

»Ich durfte noch nie auf einer solchen Maschine mitfahren.«

»Ach? Tatsächlich? – Wie ist es, willst du eine Runde drehen?« Erst als Cynthia sich umwandte und erbost zu mir herstarrte, wurde mir bewusst, dass DuCraines Frage nicht ihr gegolten hatte.

»Meinst du mich?«, quietschte ich vollkommen verblüfft. Hatte ich eben tatsächlich vergessen zu atmen? Himmel, ich benahm mich wie ein blödes Schaf.

»Nein, die Dunkelblonde mit den graubraunen Augen, die direkt hinter dir steht«, entgegnete er so todernst, dass ich mich tatsächlich umdrehte. Ich *war* ein Schaf. Wütend blickte ich ihn wieder an. Wann war er mir so nahe gekommen, dass er gesehen hatte, welche Farbe meine Augen hatten? Er hob eine Braue und neigte den Kopf. Cyn sah aus, als würde sie mir jedem Moment an die Gurgel gehen.

»Klar. Warum nicht?«, nickte ich und ging so gelassen wie möglich die Treppe hinab.

DuCraine strich mit der Hand über seinen Helm. »Wenn du eine Jacke hast, solltest du sie vielleicht anziehen. Du weißt schon: Fahrtwind und so. Könnte ein wenig kühl werden.«

Ich machte kehrt, stolperte die Treppe wieder hinauf und ins Haus – Schaf! Schaf! Schaf! –, riss meine Jacke von der Garderobe und versuchte die Stufen hinunter nicht zu überhastet zu nehmen.

Neal bedachte mich mit einem Blick totalen Unglaubens. DuCraine grinste nur – er hatte vollkommen ebenmäßige weiße Zähne – und hielt mir das kleine Ding entgegen, das Beth zuvor getragen hatte. Verwirrt starrte ich einen Moment darauf, bis ich erkannte, dass es ein Headset war. Ich klemmte mir den Bügel hinters Ohr und justierte das Mikrofon. Dann kletterte ich hinter ihn auf den Sozius, während er selbst seinen Helm aufsetzte. Eigentlich hatte ich vorgehabt mich nur an seinem Gürtel festzuhalten, doch DuCraine packte meine Hände, zog sie um seine Taille nach vorne und legte sie dort gegen seine Mitte, dass ich eng an ihn gelehnt saß. So wie Cynthia mich mit ihren dunklen Augen durchbohrte, hätte ich in diesem Moment eigentlich tot umfallen müssen.

Mit einem Röhren erwachte die Maschine unter uns zum Leben. DuCraine wendete gekonnt auf der Auffahrt und brauste los. Erschrocken klammerte ich mich fester an ihn. Er raste wie ein Wahnsinniger, aber ich hätte mir lieber die Zunge abgebissen, als ihn zu bitten langsamer zu fahren. Der Wind riss an meinen Haaren und trieb mir die Tränen in die Augen. Auf der Hauptstraße gab er noch mehr Gas. Ich machte mich hinter ihm so klein wie möglich, lehnte den Kopf gegen seine Schulter, presste die Lider zusammen und bereitete mich auf den Tod vor.

»Entspann dich!«, hörte ich seine Stimme ein paar Sekunden später über das Headset. Er tätschelte meine Hand. Bei dieser Geschwindigkeit ließ er den Lenker los. Dieser Irre! Irgendwie schaffte ich es, den Kopf zu heben und über seine Schulter zu schauen. Der Wind traf mich wie ein Schlag und ich duckte mich hastig wieder. Im Scheinwerferlicht huschten die Bäume an uns vorbei. Wir waren tatsächlich schon aus der Stadt raus.

»Wohin?«, erkundigte er sich nach einem weiteren Moment.

»Was, ›wohin‹?«, fragte ich zurück.

»Wohin sollen wir fahren?«

Einen Augenblick zögerte ich. »Warst du schon mal auf dem Peak?«

»Wo ist das?«

Ich erklärte ihm den Weg und die Maschine heulte ein wenig mehr auf. Er verringerte das Tempo erst, als er schließlich in den nur schlecht befestigten Wirtschaftsweg abbog, der sich zum Peak hinaufwand, und das wahrscheinlich nur, weil ihn der Untergrund dazu zwang, doch ich dankte dem Himmel dafür. Dennoch war unsere Geschwindigkeit weiterhin halsbrecherisch genug, dass in den scharfen Kehren Schotter unter den Reifen wegspritzte. Einmal rutschte sogar das Hinterrad weg und DuCraine musste die Maschine mit einem Fuß auf dem Boden abfangen. Wahrscheinlich hatte ich vor Schreck geschrien, denn ich hörte ihn lachen. Der Typ war absolut lebensmüde.

Auf dem Plateau hielt er an. Der Motor tuckerte noch im Leerlauf, da glitt ich schon mit weichen Knien vom Sozius und stolperte ein paar Schritte zur Seite. Jetzt konnte ich nur zu gut verstehen, weshalb Beth so blass und irgendwie unsicher auf den Beinen gewesen war.

»Du bist komplett übergeschnappt«, herrschte ich ihn an, kaum dass er die Maschine ausgemacht und den Helm abgenommen hatte.

Halb belustigt, halb in geheuchelter Verständnislosigkeit schüttelte er den Kopf, während er den Ständer des Motorrades herunterkickte und es vorsichtig auf dem mit Blättern und Tannennadeln bedeckten Splittboden abstellte. »Hab dich nicht so. Oder ist dir irgendwas passiert?« Er fluchte ein paarmal und es dauerte einen Augenblick, bis er mit dem Stand der Maschine so weit zufrieden war, dass er vom Sitz stieg und den Helm darauf legte.

Ein paar Sekunden brachte ich keinen Ton heraus. Stattdessen folgte ich seinem Wink und gab ihm das Headset. Es verschwand in der Tasche seiner Motorradjacke, während er sich umsah.

»Hat was«, nickte er schließlich und trat an den Rand des Plateaus, das an drei Seiten von dichten Bäumen umgeben war. Von der vierten Seite aus, dort, wo DuCraine jetzt stand, hatte man einen herrlichen Blick auf Ashland Falls. Wie ein See aus goldenen Lichtern lag es am Fuß des Peaks. Langsam trat ich neben ihn und blickte wie er auf die Stadt hinab. Aus reiner Gewohnheit suchte ich den leuchtenden Punkt, der mein Zuhause war, während ich tief die nach Wald und Erde duftende Luft einatmete. Es half mir mich zu beruhigen. Eine ganze Zeit standen wir schweigend nebeneinander.

»Fährst du immer so?«, fragte ich irgendwann und setzte mich ein paar Meter vom Rand entfernt auf einen vom Regen glatt gewaschenen Felsen. Raschelnd fuhr der Wind durch die Blätter der Bäume und wirbelte einige von denen auf, die schon zu Boden gefallen waren.

Er sah mich an und mir fiel auf, dass er seine Brille abgenommen hatte. Doch es war zu dunkel, um mehr zu erkennen als seine schattenhafte Silhouette.

»Keine Angst. Ich habe gute Reflexe.« Seine Stimme klang, als würde er grinsen. »Was ist das hier?« Er deutete mit einer Bewegung auf das ganze Plateau. »Eine Art Aussichtspunkt für Verliebte?«

Jetzt war ich dankbar für die Dunkelheit. So sah er wenigstens nicht, wie ich rot wurde. »Im Sommer manchmal, ja«, gestand ich. »Aber ich finde es hier oben einfach nur schön. Es ist so ruhig und friedlich. Und man hat einen herrlichen Blick.«

»Aha. Und aus welchem dieser Gründe wolltest du mir das hier nun zeigen?« Er kam auf mich zu, bis er einen guten Meter von mir entfernt stehen blieb. Sein Gesicht hob sich gespenstisch bleich vor der Dunkelheit ab.

»Du warst es, der gefragt hat, ob ich eine Runde mit dir drehen will«, hielt ich dagegen. »Aus welchem Grund auch immer.«

»Und was dachtest du, warum ich gefragt habe?«

Wenn ich ehrlich war, hatte ich in diesem Augenblick gar nicht gedacht. Ich hatte nur ... ja, was eigentlich?

Als ich nicht sofort antwortete, lachte er. Dunkel und hart. »Nur damit es keine Missverständnisse gibt, Warden: Ich habe dich gefragt, um Cynthia eins auszuwischen. Das war alles. Sie geht mir auf die Nerven.« Die Häme in seiner Stimme versetzte mir ebenso einen Stich wie der Umstand, dass er mich so verächtlich mit meinem Nachnamen ansprach – woher kannte er den überhaupt? –, und ließ mich wütend werden.

»Heißt das, du hast mich nur benutzt?«

»Natürlich. Oder hast du dir am Ende eingebildet, ich hätte dich aus einem anderen Grund gefragt?« Er überwand die Distanz zwischen uns schneller, als ich Atem holen konnte, und beugte sich zu mir herunter. Hastig rutschte ich ein Stück zurück.

»Angst, Warden?« In der Dunkelheit blitzten seine weißen Zähne.

»Vor dir bestimmt nicht. Bleib mir vom Leib, du Mistkerl.« Mit beiden Händen stieß ich ihn zurück. Zumindest versuchte ich es. Ebenso gut hätte ich mich gegen einen Felsblock stemmen können. Seine Brust war hart und unnachgiebig wie Marmor.

»Nein?« Erneut lachte er. Der Ton verursachte mir eine Gänsehaut und zugleich ein Kribbeln in der Magengrube. »Gib es zu, Warden. Du hast dir dieselben Hoffnungen gemacht wie jede andere an der Schule. Deshalb hast du auch nicht Nein gesagt, als ich dich gefragt habe, ob du mit mir fahren willst.« Seine Stimme troff vor Hohn. »Ihr seid alle gleich. So erbärmlich berechenbar. Ein Junge sieht gut aus und ihr verwandelt euch in Hyänen, die nur noch an das eine denken.«

»Das sagt genau der Richtige!«, hielt ich gereizt dagegen. »Wer hatte denn drei Freundinnen in drei Wochen?«

»Zwei. Es waren zwei«, korrigierte er ungerührt und erklärte mir dann mit spöttischer Nachsicht: »Und schon in der Bibel steht: Wer bittet, dem wird gegeben.«

Sein Grinsen weckte in mir das Verlangen, ihm eine zu scheuern. Erneut stieß ich ihm die Hände vor die Brust. »Du arroganter Idiot!« Kühl fuhr mir der Wind in den Nacken und blies mir das Haar ins Gesicht. DuCraine versteinerte. In dem Bruchteil einer Sekunde wechselten sich Überraschung und Schrecken auf seinen Zügen ab, ehe Wut beides ersetzte. Er wich mit etwas, was wie ein Fluch klang, so jäh vor mir zurück, als hätte ich ihn tatsächlich geschlagen. Für einen Moment starrten wir uns durch die Dunkelheit an, dann fuhr er sich in einer abgehackten Bewegung mit der Hand durch seine schwarz schimmernde Mähne.

»Weißt du was, Warden: Sieh allein zu, wie du nach Hause kommst!« Abrupt wandte er sich um und ging mit langen Schritten zu seiner Maschine zurück. Er setzte den Helm auf, schwang sich dabei auf den Sitz und kickte den Ständer in die Höhe. Als der Motor aufröhrte, wurde mir klar, dass er tatsächlich ohne mich zurückfahren wollte. Ich sprang auf und wollte ihn aufhalten. Doch ich musste zurückweichen, da Erde und Steine unter seinem durchdrehenden Hinterrad aufspritzen, als er die Maschine wendete. Eine Sekunde später verschwand das rote Auge seines Rücklichts zwischen den Bäumen und ich fluchte ihm hilflos hinterher.

Schließlich zwang ich mich zur Ruhe. Er war wahrscheinlich nur ein paar Hundert Meter den Weg hinuntergefahren und wartete außer Sicht, dass ich ihm nachlief. So etwas traute ich DuCraine zu, ja. Aber nicht, mich mitten in der Nacht hier zurückzulassen. Er mochte durchgeknallt sein, aber so durchgeknallt auch wieder nicht. Und überhaupt: Was zum Teufel war eigentlich plötzlich in ihn gefahren?

Ich zog meine Jacke enger zusammen und ging auf und ab, um mich warm zu halten. Wenn ich nicht kam, würde DuCraine schon wieder auftauchen, sobald er sich abgeregt hatte. Der Splitt knirschte unter meinen Schritten. Zuweilen raschelte es in der Dunkelheit zwischen den Bäumen. Mehrfach erklang gar nicht so weit entfernt ein lang gezogenes Heulen. Jedes Mal erstarrte ich und lauschte auf Schritte oder andere Geräusche, die mich davor gewarnt hätten, dass DuCraine mir irgendeinen Streich spielen wollte. Doch stets blieb es still und nichts geschah, sodass ich meine Wanderung wieder aufnahm.

Warum nur war er plötzlich so wütend geworden? Sein: *Ihr seid alle gleich* hatte geklungen, als habe er es gründlich satt, dass Mädchen bei seinem Anblick ins Schmachten verfielen. Aber zu denen, die ihn »anschmachteten« zählte ich wohl kaum – und selbst wenn, hätte er das in der Dunkelheit überhaupt nicht bemerken können.

Immer wieder blickte ich auf die Uhr. Die Minuten verrannen zäh und von DuCraine keine Spur. Allmählich hatte ich genug von diesem Spielchen. Ärgerlich rammte ich die Hände in die Jackentaschen und machte mich auf den Weg zur Straße zurück. Wenn er dachte, ich würde hier die ganze Nacht auf ihn warten, dann täuschte er sich gewaltig!

In der Dunkelheit war der Boden des Weges nur schwer zu erkennen. Mehrmals stolperte ich über Löcher und Steine. Einmal knickte ich sogar äußerst schmerzhaft um. Mit jedem Schritt wurde ich gereizter – und zugleich unruhiger. Je weiter ich mich der Straße näherte, umso angespannter lauschte ich, ob ich nicht den Motor seiner Maschine grollen hörte, doch außer dem leisen Rascheln von Blättern im Wind und dem gelegentlichen Ruf eines Käuzchens war es still.

Es war noch immer still, als ich endlich die Straße erreicht hatte. Ich blieb stehen, wartete, horchte, rechnete damit ihn dunkel und spöttisch lachen oder seine Maschine aufheulen zu hören. Nichts geschah. Kein Knirschen von Reifen, kein Aufflammen eines Scheinwerfers. Nichts! Dieser durchgeknallte Idiot hatte mich tatsächlich einfach hier zurückgelassen. Ich wühlte in meiner Jackentasche nach meinem Handy, zögerte dann aber, da ich schwankte, wen ich bitten sollte mich aufzusammeln. Simon? Wenn ich Pech hatte, würde Onkel Samuel es erfahren und ich durfte keinen Schritt mehr alleine tun. Also Neal. Ich hatte seine Nummer schon eingetippt, als mir einfiel, dass Cynthia noch dort sein würde. Wenn sie mitbekam, dass DuCraine mich einfach im Nirgendwo hatte sitzen lassen, würde sie sich auf meine Kosten königlich amüsieren und obendrein dafür sorgen, dass es morgen bis spätestens zur zweiten Stunde die ganze Schule wusste.

Nein! Nicht, wenn ich es irgendwie vermeiden konnte. Ich löschte Neals Nummer und wählte notgedrungen Simons. Irgendwie würde ich ihn schon überzeugen können, Onkel Samuel nichts davon zu erzählen.

Simon ging schon beim zweiten Klingeln ran. Warum nur wunderte es mich nicht, im Hintergrund den Motor eines Autos schnurren zu hören? Knapp erzählte ich, was geschehen war, und sagte ihm, wo er mich abholen sollte. Als ich auflegte, konnte ich mir das Grinsen in seinem Gesicht gut vorstellen. Ich schob die Hände wieder in die Taschen meiner Jacke und marschierte am Straßenrand entlang Richtung Stadt. Mir stand nicht der Sinn danach, hier frierend herumzuwarten. Als mein Handy klingelte und ich Neals Nummer auf dem Display sah, drückte ich ihn weg. Selbst wenn Cynthia nicht mitbekam, was geschehen war, hatte ich im Moment keine Lust, seine Fragen zu beantworten. Ich hatte vergessen, wie hartnäckig Neal sein konnte. Schließlich schaltete ich das Handy einfach aus.

Erstaunlich schnell tauchten die Scheinwerfer des Mercedes vor mir auf. Simon musste in der Nähe gewesen sein. Vermutlich hatte er gesehen, wie DuCraine und ich losgefahren waren, und war uns gefolgt, hatte uns dann jedoch verloren. Kein Wunder bei dem Tempo, das dieser Irre draufgehabt hatte. Ich ließ mich auf den Beifahrersitz fallen und schnallte mich an. Wortlos drehte Simon die Heizung der Klimaanlage ein Stück höher. Er nickte nur, als ich ihn bat, meinem Onkel nichts zu erzählen, sah mich aber während der Fahrt immer wieder von der Seite an. Ich verkroch mich in meinen Sitz und gab vor, es nicht zu bemerken. Warum nur verletzte mich das alles so sehr? Was hatte ich bisher mit diesem Mistkerl zu tun gehabt? Nichts! Wütend auf mich selbst blickte ich aus dem Fenster. Der Himmel möchte mich zukünftig vor diesem Idioten Julien DuCraine bewahren.

Der blonde junge Mann in der dunklen Lederkluft wand sich unter den Augen des Jägers. »Die gleichen Fragen hast du mir schon vor vier Wochen gestellt, Mann«, beschwerte er sich, nachdem er offenbar all seinen Mut zusammengenommen hatte.

»Dann sollte es dir ja nicht zu schwerfallen, sie mir einfach noch einmal zu beantworten. Vielleicht ist dir inzwischen etwas Neues eingefallen, das interessant sein könnte.« Er verschränkte die Arme

und musterte ihn schärfer. Der Blonde wich seinem Blick aus und sah sich in der Gasse um, als suche er einen Fluchtweg.

Seine Augen wurden schmal. Der Abend hatte nicht besonders gut angefangen. Er war müde und frustriert und nach wochenlangem erfolglosem Suchen mit seiner Geduld am Ende – vor allem wenn es um solchen Abschaum wie diesen Burschen ging. Ohne Vorwarnung drang er in den Geist des Typen ein, schlug zu und zog sich sofort wieder zurück.

Der Blonde zuckte mit einem winselnden Schrei zusammen und griff sich an den Kopf. »Mann! Was soll das?«

»Das war nur eine Warnung. Das nächste Mal wird es richtig schmerzhaft. Also?«

»Immer noch die gleichen Gerüchte, Mann. Ein ziemlich mächtiger Geschaffener, der sich seine eigene Brut schafft. Und der drauf pfeift, was die Fürsten sagen.«

»Wie alt?«

»Keine Ahnung. Ziemlich alt, würde ich meinen.«

»Hat er hier in der Stadt irgendwo ein bevorzugtes Revier?« Er kräuselte die Oberlippe in einem angedeuteten Zähnefletschen, als der Blonde das Gesicht verzog. »Lass mich raten: Du hast keine Ahnung.«

»Das hab ich dir alles schon beim letzten Mal gesagt, Vourdranj. Und genauso hab ich dir gesagt, dass es heißt, er sei die meiste Zeit gar nicht hier in der Stadt.«

»Wann war er das letzte Mal hier?«

»Kurz nachdem du mir die gleichen blödsinnigen Fragen gestellt hast wie heute, Mann.«

Er hatte den Typen schneller an der Kehle gepackt und gegen einen der Müllcontainer in der schmalen Gasse gerammt, als der blinzeln konnte. »Wann genau?« In der Dunkelheit schimmerten seine Zähne.

Der Mann würgte und wimmerte in seinem Griff und zerrte vergebens an seiner Hand.

»Wann genau?« Er ließ dem anderen ein bisschen mehr Luft.

»Scheiße, Mann, willst du mich umbringen?«, quetschte der hervor.

»Wann genau?«

»Zwei Tage nachdem ich mit dir geredet habe, Mann. Muss der Neunte oder Zehnte gewesen sein.«

»Woher weißt du das?« Er lockerte seinen Griff noch ein wenig mehr und ließ den anderen so weit an dem Müllcontainer hinabrutschen, dass seine Füße den Boden wieder berührten. Das Schweigen, das ihm antwortete, sagte ihm genug. Seine Finger gruben sich erneut in den Hals seines Opfers. Er fauchte und fletschte die Zähne. »Du hast mit diesem Geschaffenen Kontakt aufgenommen und ihm erzählt, dass jemand nach ihm sucht.«

»Hör mal, so war das nicht ...«

Die Worte drangen nicht durch die Welle aus nackter Wut und Schmerz, die plötzlich in seinem Geist war. »Verdammte Brut.« Er schmetterte den Typen in seinem Griff so hart gegen das Metall des Containers, dass der dröhnte, und spürte, wie Knochen brachen. »Du hast ihn verraten.« Der Mann kam nicht mehr zum Schreien, als er zupackte und ihm mit einer harten Bewegung das Genick brach. Er ließ sein Opfer los und trat zurück. Für eine Sekunde war da Genugtuung gewesen, doch jetzt wich sie erneut dem Schmerz. Einen Moment starrte er noch auf die verkrümmte Leiche, ehe er sich abwandte und die Gasse verließ. Es war gegen das Gesetz, sie einfach liegen zu lassen. Aber er hatte schon so viele gebrochen, dass es keine Rolle mehr spielte.

Erst an der nächsten Kreuzung blieb er stehen, legte den Kopf in den Nacken und starrte in den Nachthimmel. Ein leichter Nieselregen hatte eingesetzt. Die kühle Nässe half ihm sich zu beruhigen. Langsam atmete er aus. In seiner Wut hatte er nicht mehr an den Auftrag der Fürsten gedacht. Im Stillen verfluchte er sich selbst. Wenn er sich nicht beherrschte, würde er die Ehre seiner Familie noch weiter besudeln. Er lächelte bitter. Aber das hatte er ja schon immer getan. Und was die Ehre der Familie anging ... Das Lächeln verblasste. Mit jedem Tag, den seine erfolglose Suche nun schon dauerte, wurde seine Angst größer, dass es seine Familie nicht mehr gab. Mit einem brüsken Kopfschütteln verbannte er den Gedanken. »Wer die Hoffnung aufgibt, gibt das Leben auf«, sagte man. *Er hatte nichts dergleichen vor.*

Eine scharfe Böe trieb ihm einen Schwall kalte Tropfen ins Gesicht. Der Regen war stärker geworden und nahm mit jeder Sekunde an Kraft zu. Die Nacht versprach äußerst ungemütlich zu werden. Er biss die Zähne zusammen, während er den Kragen seiner Jacke hochschlug. Die, von denen er vielleicht noch einen Hinweis bekommen könnte, würden sich ebenso wie jeder andere einen trockenen und warmen Platz suchen, um den Regen abzuwarten. Unter solchen Bedingungen wäre jede weitere Stunde auf den Straßen vergeudete Zeit – und ausgerechnet die lief ihm davon, wie er fürchtete. Frustriert und zornig zugleich löste er sich aus dem dürftigen Schutz der Hauswand, vor der er stand, und eilte die wenigen Blocks weit Richtung Stadtrand, wo er seinen Wagen in einer ruhigen Nebenstraße geparkt hatte. Er stieg in die schwarze Corvette Sting Ray, fuhr zu seinem derzeitigen Domizil zurück, stellte sie in den Schuppen, den er zur Garage zweckentfremdet hatte, schloss ihn sorgfältig ab und ging zu dem alten Haus hinüber. Lautlos öffnete er die Tür, blieb aber direkt hinter ihr stehen und lauschte angespannt. Nein, niemand war hier. Ohne Licht zu machen, durchquerte er die Küche und betrat die leere Speisekammer dahinter. Die Bohlen knarrten unter seinen Füßen. Von dort stieg er die Treppen in den Keller zu seinem Schlafplatz hinab. Aus reiner Gewohnheit legte er den schweren Balken vor, dann lehnte er sich gegen die Tür und starrte in die Dunkelheit. Links von ihm huschte eine Maus davon und verschwand in ihrem Loch. Ein paar Sekunden verharrte er reglos, dann stieß er sich von dem Holz in seinem Rücken ab und durchquerte den Raum, in dem es nichts anderes gab als einen Stuhl, eine altmodische Holzkiste, eine Matratze und die wenigen Habseligkeiten, die er in einem abgegriffenen Seesack mitgebracht hatte.

Er glitt aus den Sachen, die ihm nicht gehörten, legte sie ordent-

lich zusammen und schlüpfte in seine eigenen. Sie hatten dieses Spiel unzählige Male gespielt, aber niemals hätte er erwartet, es irgendwann einmal unter solchen Vorzeichen zu spielen.

Seine Schultern sanken herab. Mit beiden Händen fuhr er sich übers Gesicht und schlurfte zu der Matratze in der Ecke hinüber, wo er sich auf die zerwühlten Decken fallen ließ. Mehrere Minuten hockte er mit angezogenen Knien da und starrte auf den alten, rissigen Holzboden zwischen seinen Füßen, ehe er sich zurücklegte. Das Gesicht zur Wand gedreht schloss er die Augen und wartete auf den dumpfen Schlaf, der keine Träume mehr für ihn bereithielt.

Geiger in der Nacht

In der Schule wurde ich am nächsten Tag noch vor meiner ersten Stunde von Neal und Tyler abgefangen. Sie hatten sich Sorgen gemacht, als ich nicht auf Neals Anrufe reagiert hatte. Es war ein Fehler gewesen, ihn einfach wegzudrücken, das sah ich jetzt ein. Wäre ich rangegangen, hätte er vielleicht nicht so stur darauf beharrt, zu erfahren, was gestern Abend geschehen war, und vor allem, was mit mir los war. Dass ich nicht die beste Laune hatte, konnte niemandem entgehen. Sie ließen mir keine andere Wahl, als ihnen zu erzählen, dass DuCraine mich auf dem Peak hatte stehen lassen. Damit beging ich den nächsten Fehler, denn von diesem Augenblick an herrschte Krieg zwischen Neal, Tyler, Ron und Mike und DuCraine. Es begann damit, dass sie ihn zur Rede stellten – Dummköpfe! Wer hatte sie zu weißen Rittern geschlagen und sie gebeten meine Ehre zu verteidigen? –, woraufhin er nur mit seiner gleichgültig arroganten Art reagierte. Es ging weiter mit Rempeleien auf dem Gang und gipfelte darin, dass Neal mit DuCraine im Fechttraining auf die Planche ging und versuchte, ihn vor aller Augen fertigzumachen – was zum gnadenlosen Misserfolg wurde. Neal war gut und er kannte eine ganze Reihe von Tricks, mit denen er sich haarscharf an der Grenze des Erlaubten bewegte. DuCraine zeigte ihm, dass es einige mehr von dieser Art gab, die Neal noch unbekannt waren. Der Coach musste sie schließlich trennen, ehe das Ganze zu weit führte. Doch der Lärm war bis in die andere Hälfte der Turnhalle zu hören gewesen, wo Beth und ich unseren Sportkurs hatten. Jetzt fühlte Neal sich auch noch in seiner Ehre verletzt, was nicht dazu beitrug, die Situation zu entschärfen.

Zu allem Überfluss glaubte Cynthia, DuCraine hätte mich nach nur einer Nacht abserviert, und tat diese Meinung bei jedem kund, der sie hören wollte – und auch bei denen, die es nicht wollten.

DuCraine schien das alles überhaupt nicht zu interessieren. Innerhalb der nächsten vier Wochen nannten sich zwei Mädchen aus unserer Stufe und eine aus der über uns kurzzeitig seine Freundin, ehe irgendjemand sie in Tränen aufgelöst auf der Mädchentoilette fand, weil er Schluss gemacht hatte. Ich erschrak ein wenig über mich selbst, als ich feststellte, dass ich keinerlei Mitleid mit ihnen hatte. Vielleicht weil sie es allmählich hätten besser wissen müssen. Immerhin hatte DuCraine inzwischen ja einen gewissen Ruf.

In diesen Wochen ertappte ich mich immer wieder dabei, dass ich ihn verstohlen beobachtete, wenn ich ihn zufällig irgendwo sah. Wie er sich mit dieser gefährlichen Geschmeidigkeit bewegte, faszinierte mich, und ich hätte etwas darum gegeben, ihn einmal bei Tageslicht ohne seine Brille zu sehen. Hörte ich seine Stimme auf dem Gang, wurden mir die Knie weich. Einmal standen wir uns am Seiteneingang zum naturwissenschaftlichen Flügel unvermittelt gegenüber und ich vergaß tatsächlich zu atmen – was mir erst auffiel, als er schon an mir vorbeigegangen war. Der Blick, den er mir dabei zugeworfen hatte, war mörderisch gewesen – gelinde gesagt –, ohne dass ich mir erklären konnte, warum er wütend auf mich war. Was auf dem Peak geschehen war, konnte wohl kaum der Grund dafür sein.

In der letzten Septemberwoche kam Mr Barrings zurück, unser Lehrer für englische Literatur. Kurz nach Beginn des Schuljahres hatte er einen schweren Autounfall gehabt und deshalb lange Zeit im Krankenhaus verbracht. Selbst jetzt ging er noch an Krücken.

Der Unterricht fand in einem anderen Saal statt als die ersten Stunden zu Anfang des Schuljahres. Ich war eine der Letzten, die den Raum betraten, und da ich keine Lust hatte, mich in die Nähe von Cynthias Hofstaat zu setzen, suchte ich mir einen Platz in der vorletzten Reihe.

Mr Barrings hatte sich schon hinter seinem eigenen Tisch niedergelassen, als die Tür noch einmal aufging und Julien DuCraine mit einer gemurmelten Entschuldigung hereinkam. Mein Mund wurde trocken. Außer der letzten – vollkommen leeren – Reihe war nur noch der Platz neben mir frei. Offenbar fiel das auch ihm auf, denn er blieb schlagartig stehen, biss dann aber die Zähne zusammen und marschierte an mir vorbei auf die hinterste Reihe zu. Ich hörte Cynthia mit ihren Freundinnen tuscheln. Jemand kicherte. Vor Scham schoss mir das Blut ins Gesicht und ich blickte starr geradeaus.

»Ich glaube, wir kennen uns noch nicht.« Mr Barrings schob seine Unterlagen zurecht. Seine Krücken lehnten neben ihm. Schräg hinter mir blieb DuCraine stehen.

»Nein, das tun wir nicht. Ich bin Julien DuCraine. Ich bin erst vor zwei Monaten an die Montgomery gewechselt.« Sein Rucksack schabte vernehmlich über einen Tisch in meinem Rücken.

»Dann herzlich willkommen. Aber ich schlage vor, Sie

setzen sich neben Dawn, Julien. Dann muss ich nicht so schreien. Ich bin sicher, sie wird Sie nicht beißen.«

Ich drehte mich um. Er starrte mich an. Nein, ich würde ihn nicht beißen – aber er mich, seinem Gesichtsausdruck nach zu schließen.

Für eine halbe Minute herrschte gespanntes Schweigen, dann zuckte er die Schultern und ließ sich auf den Stuhl neben mir fallen. Der Blick, den ich trotz der dunklen Brille auf mir zu spüren glaubte, verbannte mich bei allen Qualen der Hölle auf meine Hälfte des Tisches. Nicht dass ich vorgehabt hätte ihm – aus welchen Gründen auch immer – näher zu kommen, als ich unbedingt musste.

Mit vor der Brust verschränkten Armen, die langen Beine unter dem Tisch ausgestreckt lehnte DuCraine sich auf seinem Platz zurück. Er fixierte irgendeinen Punkt hinter Mr Barrings und verfiel in vollkommene Reglosigkeit. Alles an seiner Haltung sagte: »Ich bin nur hier, weil ich hier sein muss. Also lasst mich bloß in Ruhe.« Es gab nichts, was ich lieber tat.

Zu Anfang des Schuljahres hatten wir mit »Das Bildnis des Dorian Gray« von Oskar Wilde begonnen. Entweder wusste DuCraine nichts davon oder er hatte seine Ausgabe vergessen – oder er hatte sich das Buch schlicht nicht besorgt. Bei der Einstellung bezüglich Schule, die er neben mir demonstrierte, war auch das gut möglich. Mr Barrings ließ uns immer wieder Textpassagen aus dem Roman vorlesen, die wir dann besprachen. Schließlich war auch DuCraine an der Reihe. Ich schob meine Ausgabe ein Stück weiter in die Mitte des Tisches, damit er hineinschauen konnte – ungefähr so vorsichtig, wie man einem Raubtier mit der bloßen Hand einen Brocken Fleisch zwischen den Gitterstäben eines Käfigs hinhält. Zischend stieß er den Atem durch die Zähne aus. Dann setzte er sich langsam und steif gerade hin und lehnte sich vielleicht einen Zentimeter weiter in meine

Richtung. Seine Hände blieben unter dem Tisch und ich konnte sehen, dass er sie auf den Oberschenkeln zu Fäusten geballt hatte.

Er las ruhig und deutlich. Beim Klang seiner Stimme rann mir ein Kribbeln über den Nacken und ich musste mich zwingen still zu sitzen. Das Umblättern überließ er mir. Beim ersten Mal hätte ich fast meinen Einsatz verpasst – was keiner bemerkte, da ihm alle vollkommen gebannt lauschten. Mir fiel erst in diesem Moment auf, dass er mit einem kaum hörbaren weichen Dialekt sprach, der ein wenig deutlicher hervortrat, je länger er las. Als Mr Barrings schließlich aus seiner Erstarrung erwachte und ihm sagte, dass es genug sei, sank DuCraine in seine alte Haltung zurück. Seine Miene wurde wieder gleichgültig und abweisend, aber ich glaubte, ihn mit den Zähnen knirschen zu hören.

Am Ende der Stunde bat Mr Barrings uns alle noch einen Augenblick zu bleiben.

»Wie ihr wisst«, begann er, »wird nächsten Monat der Halloween-Ball veranstaltet.« Gemurmel erklang. »Dank Cynthias Vater kann er in diesem Jahr in dem alten Varieté-Theater in der Merillstreet stattfinden.« Unter das Gemurmel mischte sich Stöhnen und Mr Barrings hob die Hand, um es zum Verstummen zu bringen. »Ich habe es mir gestern angesehen. Es ist alles ziemlich staubig und muss unbedingt entrümpelt werden, ehe wir mit dem Aufbauen und Dekorieren beginnen können. Deshalb trifft sich das Dekorationsteam heute Nachmittag um fünfzehn Uhr vor dem Theatereingang, um mit dem Aufräumen anzufangen.« Einige aus der Klasse, nämlich die, die zu besagtem Team gehörten, stöhnten erneut. Ich war eine von ihnen. Mr Barrings nickte verständnisvoll. »Ich weiß, Leute. Aber irgendwann müssen wir anfangen.« Sein Blick wanderte über die Klasse. »Da Mike mit seinem gebrochenen Handgelenk, was das Heben und Tragen angeht, noch ausfällt, brauchen wir Ersatz für ihn.« Er sah DuCraine an und lächelte. »Wie wäre es mit Ihnen, Julien? Immerhin sollen Sie ja für Mikes Unfall verantwortlich sein, nach dem, was man hört.«

DuCraine öffnete den Mund und ich hätte jede Wette gehalten, dass er »Nein!« sagen wollte, doch Mr Barrings gab ihm gar nicht die Chance dazu.

»Sehr schön. Damit wäre das auch geklärt.« Mr Barrings nickte ihm zu und blickte anschließend in die Runde. »Dann sehen wir uns heute um fünfzehn Uhr«, entließ er uns. Neben mir erklang ein beinahe unhörbares Knurren. Verstohlen blickte ich DuCraine an. Seine Lippen waren nur noch ein schmaler, dünner Strich. Er kochte vor Wut und ich war mir sicher, dass er eher den Verweis kassieren würde, den es ihm einbrachte, heute Nachmittag nicht zu kommen, als aufzukreuzen.

Ich irrte mich. Er kam. Etwas, worüber Mike und Neal – die ebenfalls zum Dekorationsteam gehörten – wenig erbaut waren.

Die Merillstreet, in der das alte Varieté-Theater lag, war eine kleine Seitenstraße, die vom Riverdrive, der Hauptstraße Ashland Falls, abzweigte. Zwischen den hohen Klinkerbauten mit den vorgelagerten Eingangstreppen und den verzierten Fenstereinfassungen aus Sandstein schien die Zeit stehen geblieben zu sein. Es war, als befände man sich plötzlich in der Kulisse zu einem Al-Capone-Film oder habe unvermittelt einen Sprung in die Zwanzigerjahre des zwanzigsten Jahrhunderts zurückgemacht. Aus dieser Zeit stammte auch das *Bohemien*, so der alte Name des Varietés. Nach dem, was ich wusste, war es irgendwann in den Fünfzigern bei einem Brand fast vollkommen zerstört worden. Der Besitzer hatte es zwar neu aufbauen lassen, doch anscheinend waren die Ausgaben zu hoch gewesen, um sie in der nötigen Zeit wieder einzuspielen, denn kurze Zeit später war es erneut geschlossen worden. Diesmal für immer. Seitdem hatte es mehrfach den Besitzer gewechselt und gehörte nun Cynthias Vater. Eine breite Treppe führte zum Eingang hinauf. Daneben stand die schwarze Fireblade und DuCraine lehnte mit der Schulter an einer der gedrehten Sandsteinsäulen, die ein pagodenartiges Vordach trugen. Einzig Beth hielt er eines kurzen Nickens für würdig, während er mich nur wieder böse anstarrte. Wenn er mich damit auf Distanz halten wollte, tat ich ihm diesen Gefallen nur zu gern. Neal und Mike streifte er lediglich mit einem kurzen Blick, doch ein Mundwinkel hob sich zu einem arroganten Lächeln.

Ob Mr Barrings die Spannung zwischen den dreien spüren konnte oder ob er davon gehört hatte, dass es Streitereien zwischen ihnen gab, wusste ich nicht. Zumindest sorgte er dafür, dass sie rechts und links von ihm standen, als er die Tür aufschloss.

Nach Staub riechende, abgestandene Luft schlug uns sogleich entgegen. Abgesehen von dem Licht, das durch die Tür hereinfiel, erhellte nichts den mit dunklem Samt bespannten Vorraum, der früher wohl als Garderobe gedient hatte. Langsam traten wir ein. Ein schlankes, hellblondes Mädchen – das zu den ersten von DuCraines Opfern gezählt hatte – nieste mehrmals fürchterlich. Mit einer Taschenlampe verschwand Mr Barrings hinter einem schweren weinroten Vorhang. Eine altersschwache Motte taumelte aus dem Stoff und flatterte einen Moment ziellos umher, ehe sie in die Schatten eintauchte, die undurchdringlich unter den Stufen einer geschwungenen Treppe nisteten, die nach oben führte. Irgendwo krachte es vernehmlich, dann flammte ein vom Staub trüb gewordener Kronleuchter über unseren Köpfen auf. Offenbar hatte Mr Barrings die Hauptsicherung gefunden.

Nacheinander schoben wir uns durch den Vorhang hindurch, darauf bedacht, ihn nicht zu sehr zu erschüttern, damit möglichst wenig Staub aus ihm aufgewirbelt wurde –

und er nicht am Ende vor Altersschwäche auseinanderfiel. DuCraine bildete mit Beth den Abschluss.

Hinter dem Vorhang öffnete sich das Innere des *Bohemien* in seiner vergangenen Pracht. Ein halbrunder Saal erstreckte sich vor uns. Runde Tische mit Stühlen standen bis zur Bühne. Muskelbepackte Sagengestalten lehnten an der Wand und trugen mit filigranem, goldenem Rankenwerk eingefasste Logen auf ihren Schultern. Die eigentliche Decke des Zuschauerraumes war eine Kuppel aus mattem Glas, das die ganzen Jahre wie durch ein Wunder unbeschädigt überstanden hatte – abgesehen davon, dass es mit einer Kruste aus Blättern und Vogeldreck überzogen war. Sonnenlicht fiel nur durch ein paar wenige Stellen an ihrem Rand und in den hellen Streifen tanzte Staub. In der Mitte des Saales schwebte ein mächtiger Kronleuchter, doch auch seine Facetten waren blind und trüb, ebenso wie die der unzähligen Wandleuchter. Die Bühne selbst lag etwa einen Meter höher als der Zuschauerraum. Ein tiefblauer Vorhang hing nach beiden Seiten zurückgebunden ein kurzes Stück von ihrem Rand entfernt von der Decke herab. Über allem lag eine dicke Staubschicht, die das, was früher die Pracht des Raumes ausgemacht hatte, unter sich verbarg. Ich unterdrückte ein Seufzen. Es würde ewig dauern, das *Bohemien* auch nur halbwegs wieder in Ordnung zu bringen.

Mr Barrings beschloss, dass wir zuerst den Zuschauerraum und den vorderen Bereich der Bühne entrümpeln würden. Einige von uns sollten Tische und Stühle so weit wie möglich zusammenstellen, während die anderen schon einmal damit beginnen sollten, die Spinnweben und den Staub von den Kronleuchtern und Wandleuchtern zu entfernen. Alles, was zerbrochen und unbrauchbar war, sollte neben den Eingang gelegt werden, damit wir es später einfacher hinausschaffen konnten. Anschließend würden wir beginnen alles gründlich sauber zu machen. Dem Blick nach zu urteilen, den Mr Barrings durch das *Bohemien* wandern ließ, rechnete er nicht damit, dass wir vor dem nächsten Mal dazu kommen würden – wenn überhaupt.

Er teilte uns in mehrere Gruppen ein, noch immer darauf bedacht, Neal, Mike und DuCraine voneinander fernzuhalten. Doch offenbar war ihm bisher nicht aufgefallen, dass DuCraine auch etwas gegen mich hatte, denn er steckte mich mit ihm, Beth, Lilly und Ramon zusammen in eine Gruppe und beauftragte uns, den Bühnenraum von Gerümpel zu befreien. Zudem sollten wir versuchen – sofern wir eine entsprechend lange Leiter fänden – den großen Bühnenvorhang abzunehmen und ihn irgendwie auszuklopfen. DuCraine hörte sich den Auftrag schweigend an, ließ ein mitleidig-spöttisches Lächeln sehen und verzog sich wortlos in den hinteren, nur spärlich beleuchteten Bereich der Bühne.

Ich schnappte mir einen der Müllsäcke, die Mr Barrings großzügig verteilte, und begann mich von einer Seite der Bühne durch zerbrochene Requisiten, altes Papier, Stofffetzen und Holzstücke vorzuarbeiten. Lilly tat das Gleiche von der anderen Seite, während Beth und Ramon versuchten den Vorhang abzunehmen – mit mäßigem Erfolg. Aus dem hinteren Teil der Bühne drang zuweilen ein gedämpftes Scharren und Scheppern zu uns und von Zeit zu Zeit erschien DuCraine mit den Armen voller Gerümpel, die er in Lillys Müllsack fallen ließ.

Beth und Ramon hatten ihre Bemühungen bezüglich des Vorhangs eingestellt und versuchten gerade einen Weg auf die Arbeitsgalerie unter der Decke zu finden, um ihr Glück von dort noch einmal zu probieren, als dieses Mal anstelle des Scharrens und Scheppers ein fürchterliches Krachen erklang, auf das ein ersticktes Husten folgte. Ich sah auf. Entweder hatten die anderen es nicht gehört oder sie schenkten dem Lärm keine Beachtung, weil in der Zeit, die wir hier schon schufteten, immer wieder etwas mit lautem Getöse umgefallen oder zu Bruch gegangen war. Lilly ging gerade nach vorne, um ihren Müllsack zu den anderen zu stellen. Als ein neuerliches Krachen erklang, folgte ich den Geräuschen. Ich fand DuCraine in einer winzigen Abstellkammer, eingehüllt in eine Wolke aus Staub. Zu seinen Füßen und um ihn herum lagen die Überreste von etwas, was einmal ein Wandregal gewesen sein musste, das anscheinend aber – aus welchen Gründen auch immer – über ihm zusammengebrochen war. Dazwischen lagen die Überreste der alten Requisiten verteilt, die wohl bis eben auf dem Regal gestanden hatten. Gerade ging er – noch immer hustend und in einer unverständlichen Sprache fluchend – neben einem Berg Bretter in die Knie. Vorsichtig räumte er einige davon beiseite, ehe er unter den übrigen etwas behutsam hervorzog. Ich machte einen Schritt auf ihn zu und spähte über seine Schulter. Er hielt eine alte Geige in den Händen, von der er soeben den Staub wischte. An ihrer Seite war ein tiefer Kratzer im blind gewordenen Lack.

»Bist du in Ordnung?«

Schaf, das ich war. Welcher Teufel hatte mich geritten anzunehmen, er würde auf meine Frage mit etwas anderem als Feindseligkeit reagieren? Offenbar hatte er meine Anwesenheit bis eben nicht bemerkt, denn er fuhr mit einem Knurren zu mir herum und starrte mich wütend an. Über seiner Braue war ein tiefer Riss.

»Du blutest ja.«

Er stand im gleichen Augenblick auf, in dem ich die Hand nach seiner Stirn ausstreckte. Ich sah nicht, wie er sich bewegte, doch er fing meine Hand nur ein paar Zentimeter vor seinem Gesicht ab. Sein Griff an meinem Gelenk hatte etwas von einer Stahlklammer. Über dem Rand der dunklen Gläser zogen sich seine Brauen zornig zusammen.

»Lass mich zufrieden, Warden.«

»Aber du ... Au!« Er hatte mich in einer brüsken Bewegung so hart zurückgestoßen, dass ich rücklings gegen den Türrahmen geprallt war.

Mit bedrohlicher Langsamkeit trat er ganz dicht vor mich. Die Geige hielt er immer noch in der Hand. »Wo hab ich mich auf diesem Berg nicht verständlich genug ausgedrückt? - Bleib mir vom Leib! Kapiert?«

»Nichts lieber als das, du Idiot!« Ich stieß ihm die Hände vor die Brust - mit dem gleichen Erfolg wie auf dem Peak -, doch dieses Mal machte er freiwillig einen Schritt zurück. »Hoffentlich erschlagen die Bretter dich das nächste Mal!«

Zur Antwort verzog er höhnisch den Mund, dann drängte er sich an mir vorbei und stapfte aus der Kammer. Ich sah ihm nach, wie er quer über die Bühne marschierte und seitlich an ihrem vorderen Rand hinuntersprang. Wenn er dachte, ich würde das Chaos, das er hier angerichtet hatte, beseitigen, dann irrte er sich gewaltig.

Ich stieß mich vom Türrahmen ab und ging zu meinem Müllsack zurück. Ein abgerissenes Stück Sperrholz, auf dem noch ein alter Plakatfetzen klebte, lag auf meinem Weg. Gerade wollte ich mich bücken, um es mitzunehmen und zu dem übrigen Müll zu stopfen, als über mir ein Knall und ein Krachen erklang. Ich riss den Kopf in die Höhe. Plötzlich schien alles gleichzeitig zu geschehen. Und obwohl ich wie gelähmt auf den herabstürzenden Wust aus Seilen und Brettern über mir starrte, hatte ich das Gefühl, mit einem Mal alles um mich herum in einem vollen Dreihundertsechzig-Grad-Winkel wahrnehmen zu können. Da waren die anderen, die mit aufgerissenen Augen zu mir her und nach oben sahen. DuCraine, der an der Seite der Bühne mit der ihm eigenen gefährlichen Geschmeidigkeit in den Schatten herumfuhr. Das zischende Geräusch, mit dem ein Seil sich irgendwo durch Flaschenzüge schlängelte, während etwas in mir »Renn!« schrie und mein Verstand gar nicht begriff, was diese Stimme von mir wollte. Ich starrte einfach nur auf das dunkle Gebilde, das auf mich zustürzte. Im allerletzten Bruchteil der Sekunde, vor der es mich unter sich begraben hätte, wurde ich zur Seite gerissen. Ich schlug hart auf den Boden auf. Etwas – jemand – lag mit seinem ganzen Gewicht auf mir und hielt die Arme über seinen und meinen Kopf, während um uns herum Holz- und Metallstücke herabprasselten. Wieder erklang ein Krachen, gefolgt von dem Unheil verkündenden Zischen, und ein weiterer Teil der Bühnenmaschinerie geriet über uns in Bewegung. Dieses Mal schaffte ich es zu schreien. Sehr laut und sehr durchdringend. Einen Sekundenbruchteil später rollte ich an eine harte Brust gepresst über den Boden. Dort, wo wir eben noch gelegen hatten, krachte eine ganze Arbeitsgalerie auf die Bühne. Seile schlugen zu beiden Seiten davon auf. Dann schrie ich wieder, weil unvermittelt kein Boden mehr unter uns war und ich ins Nichts zu fallen glaubte. Das Nichts endete nach etwa einem Meter auf dem Saalboden zwischen dem Bühnenrand und einer Mauer aufeinandergestapelter Stühle. Unter mir lag Julien DuCraine. Seine Arme hielten mich so fest umklammert, dass ich kaum atmen konnte. Mein erschrockenes Gesicht spiegelte sich in den dunklen Gläsern seiner Brille. Sie war verrutscht. Über ihre Ränder hinweg blickte ich in seine Augen. Sie waren grau. Ein seltsam schimmerndes und glimmendes Grau, das seine Schattierung fortwährend zu ändern schien. Quecksilbern. Er erwiderte meinen Blick. Die Zeit stand still – einfach so. Seine Hand bewegte sich meinen Rücken aufwärts, legte sich in meinen Nacken, zog mich tiefer ...

»Ist euch etwas passiert? Seid ihr verletzt?«

Die Zeit machte einen erschrockenen Satz und tickte dann hastig weiter, um aufzuholen, was sie versäumt hatte, als Mr Barrings auf uns zugehumpelt kam, so schnell ihm das seine Krücken erlaubten. DuCraine stieß unter mir ein

Grollen aus, das jedem missgelaunten Löwen Ehre gemacht hätte, nahm die Arme von meinem Rücken, schob die Brille an ihren Platz zurück und schubste mich gleichzeitig von seiner Brust. Ich landete zwischen den aufgestapelten Stühlen und hätte sie um ein Haar zum Einsturz gebracht. Hinter Mr Barrings scharten sich die anderen um uns. Aufgeregt redeten sie durcheinander, doch meine ganze Aufmerksamkeit galt der Bühne. Genauer gesagt den Brettern, Seilen und Metallteilen, die in einem einzigen Trümmerhaufen darauf verteilt waren. Dort, wo ich nur ein paar Sekunden zuvor noch gestanden hatte.

»Ist auch wirklich alles in Ordnung mit euch?«, fragte Mr Barrings noch einmal. Ich nickte schwach, rappelte mich zwischen den Stühlen auf und sah zu DuCraine. Auch er nickte, während er sich elegant vom Boden erhob, als wäre nichts geschehen. Mr Barrings stieß erleichtert den Atem aus. Ganz langsam sickerte ein Gedanke in meinen Verstand: *Julien DuCraine hat mir gerade das Leben gerettet.*

DuCraine schien meine Gedanken gelesen zu haben, denn noch ehe ich den Versuch unternehmen konnte, mich bei ihm zu bedanken, schüttelte er den Kopf.

»Bilde dir bloß nichts ein, Warden. Du warst meine gute Tat für heute. Mehr nicht. Vergiss es also am besten ganz schnell wieder!«, knurrte er mich an, so leise, dass nur ich es hören konnte, dann schob er sich an mir vorbei und drängte sich durch die anderen hindurch. Sichtlich verwundert sah Mr Barrings ihm nach, als die Schatten auf der gegenüberliegenden Seite der Bühne ihn verschluckten. Mit einem Kopfschütteln drehte er sich wieder zu mir um, wobei ich ihn etwas wie »Schock« murmeln hörte.

»Geht es Ihnen wirklich gut, Dawn?«, erkundigte er sich erneut.

»Ja.« Wie zuvor nickte ich. Neal und Mike hatten mich in die Mitte genommen. Beth stand halb hinter mir, so als könne sie mich auffangen, sollte ich aus irgendwelchen Gründen jetzt noch ohnmächtig werden.

»Gut.« Er sah zu den Trümmern, wandte sich schließlich dem Rest von uns zu. »Fürs Erste brechen wir unsere Aufräumarbeiten ab. Ehe wir hier weitermachen, muss sich jemand das *Bohemien* noch einmal ansehen, um sicherzustellen, dass sich so etwas wie eben nicht wiederholen kann. – Gehen Sie nach Hause. Wir sehen uns in der Schule.«

Die anderen sammelten unter Murmeln ihre Jacken und Taschen ein und strebten dem Ausgang zu. Natürlich nicht, ohne mich noch einmal beäugt zu haben. Bis morgen würde die ganze Schule wissen, was geschehen war. Der Gedanke ließ mich jetzt schon vor Scham im Boden versinken. Vielleicht sollte ich die nächsten Tage mit Kopfschmerzen zu Hause bleiben?

Auch Mr Barrings musterte mich noch einmal, dann sah er Mike, Neal und Beth an. »Sie drei kümmern sich um Dawn, ja?«, er drückte Mike einen Zehner in die Hand. »Gehen sie mit ihr noch etwas trinken, ehe sie nach Hause fahren. Und nehmen Sie Julien mit, wenn er Sie begleiten möchte. Er steht vermutlich ebenso unter Schock wie Dawn.«

Die drei murmelten ihre Zustimmung. Neal und Mike schoben mich in Richtung Ausgang, während Beth sich – sehr zum Unwillen der Jungs – auf die Suche nach DuCraine machte. Als sie wenig später mit meiner Tasche und meiner Jacke auf dem Arm hinter uns herkam, war sie allein. Es überraschte mich nicht.

Obwohl ich ihnen wieder und wieder versicherte, dass mit mir alles in Ordnung sei, schleppten sie mich in ein kleines Café, gerade eine Ecke weiter. Mir wurde ein Schoko-Milchshake aufgenötigt, während Beth sich einen Latte mit Karamell gönnte und die Jungs sich jeder eine Cola genehmigten.

An ihrer Unterhaltung beteiligte ich mich kaum. Zu dem Gedanken, dass ausgerechnet der Typ, der mich von allen an der Schule am wenigsten leiden konnte, mein Leben gerettet hatte, war ein anderer gekommen: Ich hatte Julien DuCraine quer über mindestens die halbe Länge der Bühne hinweg an ihrer Seite stehen sehen, als die Trümmer über mir heruntergekommen waren. Wie hatte er es auf diese Entfernung geschafft, mich rechtzeitig zu erreichen und zur Seite zu reißen?

Ich starrte mein Spiegelbild an, das vor der Dunkelheit, die draußen inzwischen heraufgezogen war, in der Glasfront zur Straße hin deutlich zu sehen war, und versuchte mir die Distanz noch einmal vorzustellen. Es wollte mir nicht gelingen – zumindest nicht so, dass das, was DuCraine getan hatte, auch nur einen Hauch seiner Unmöglichkeit verlor.

»Habt ihr gesehen, wo er war, als diese Aufbauten auf mich heruntergestürzt sind?« Ich stellte die Frage mitten in das Gespräch der andern hinein. Verwirrt sahen sie mich an.

»Wer?« Mike rührte mit dem Strohhalm in seiner Cola.

»Julien DuCraine.«

Sie warfen einander fragende und zugleich nachdenkliche Blicke zu.

Neal runzelte die Stirn. »Nein. Aber ich schätze, er muss irgendwo auf der Bühne gewesen sein. Er war plötzlich neben dir, dann krachte das ganze Zeug herunter und eine Sekunde später lagt ihr beide neben der Bühne.«

Mike nickte und Beth hob die Schultern, als ich sie anschaute. »Ich habe auch nur gesehen, wie er auf einmal neben dir war. Er hat dich angesprungen wie eine dieser großen schwarzen Raubkatzen und im nächsten Moment seid ihr von der Bühne gefallen. Ich dachte noch, etwas von dem ganzen Holz und Metall hätte dich getroffen, weil du geschrien hast. – Warum fragst du?«

Ja, weshalb fragte ich? Weil das, was Julien DuCraine getan hatte, eigentlich unmöglich war? Wenn ich ihnen das sagte, würden sie annehmen, ich hätte mich bei der ganzen Sache doch am Kopf verletzt, und mich zu einem Arzt schleppen. Oder schlimmer noch, direkt ins Krankenhaus.

»Ich dachte nur ... Na ja, es ging alles so schnell, dass ich mich nicht so richtig daran erinnern kann, was passiert ist. Ich dachte, vielleicht könnt ihr mir ein bisschen mehr sagen. - Ist nicht so wichtig.« Mit einem etwas unsicheren Lächeln schüttelte ich den Kopf. Mike und Neal nickten verständnisvoll. Beth strich mir über den Arm, was dazu führte, dass ich mich noch schlechter fühlte. Immerhin hatte ich sie gerade belogen. Ich nahm einen Schluck von meinem Milchshake. Er war warm geworden und schmeckte entsprechend. Ich schob ihn von mir. Die Sache ließ mir keine Ruhe. Und mir wollte nur eine Möglichkeit einfallen, wie ich mich selbst davon überzeugen konnte, dass meine Sinne mich in dieser Sekunde genarrt hatten. Ich warf einen verstohlenen Blick auf meine Uhr. Kurz nach acht. Ob Mr Barrings vielleicht noch im *Bohemien* war? Nur wenn ich Glück hatte. Aber versuchen musste ich es wenigstens. Die anderen sahen mich überrascht an, als ich aufstand. Neal - der glaubte, ich wolle nach Hause - bot an mich zu fahren, aber ich lehnte ab. Ich hatte andere Pläne.

Das *Bohemien* war dunkel und still, als ich es erreichte. Auch hinter den Fenstern der anderen Häuser brannte kein Licht. Natürlich war Mr Barrings nicht mehr da. Und gründlich, wie er war, hatte er die Tür wieder sorgfältig verschlossen. Ich knipste die Mag-Lite an, die ich auf dem Weg hierher aus meinem Auto geholt hatte, und ließ ihren Lichtschein über die Fassade wandern. Vielleicht war es doch besser, bis morgen zu warten und mir einfach den Schlüssel geben zu lassen? - Ich verwarf den Gedanken, als der Lichtkegel auf das

Motorrad fiel, das neben der Eingangstreppe stand. DuCraines Fireblade. Er musste noch hier sein. Nur wo? Im *Bohemien*? Zumindest von außen wirkte es finster und verlassen. Gab es hier in der Nähe etwas anderes, was für ihn interessant sein könnte? Das *Ruthvens* war nur ein paar Straßen weiter. Aber selbst wenn er dort wäre, hätte er seine Maschine doch bestimmt niemals hier stehen lassen. Oder? Die Gegend um das *Ruthvens* hatte nicht unbedingt den besten Ruf. Hier jedoch trieb sich - soweit ich wusste - kaum jemand herum. Selbst die Geräusche der Autos, die auf dem Riverdrive vorbeirauschten, klangen gedämpft. Und die Fireblade stand auf der von der Straße abgewandten Seite des Eingangs. Man musste schon halb um die Treppe herumgehen, um sie überhaupt sehen zu können. Ich trat langsam von den Stufen zurück und schaute noch einmal lauschend an der Fassade des *Bohemien* hinauf. Dunkel und still. Außer mir war niemand hier. Vielleicht war es besser, wenn ich auch ging. Was tat ich eigentlich hier? Ich konnte genauso gut morgen DuCraine fragen, wie er so schnell hatte bei mir sein können, oder mir von Mr Barrings doch den Schlüssel geben lassen.

Ich hatte den Riverdrive schon fast erreicht, als ich wieder stehen blieb. Nein! Die ganze Sache nagte zu sehr an mir. Ich musste es einfach wissen. Jetzt! Entschlossen drehte ich mich um und marschierte zurück.

Erneut ließ ich den Schein der Mag-Lite über die Fassade wandern. Direkt unter dem Dach waren ein paar schmale Oberlichter - viel zu weit oben, um sie ohne Hilfe erreichen zu können. Der Lichtstrahl streifte einen finsteren Durchgang zwischen dem *Bohemien* und dem Nachbarhaus. Vielleicht gab es dort oder auf der Rückseite des Theaters eine Feuerleiter? Ich blickte mich noch einmal um, ob wirklich niemand in der Nähe war - *Nächtlicher Einbruch im Theater* Bohemien. *Mündel des Industriellen Samuel Gabbron auf frischer*

Tat ertappt. Onkel Samuel würde mich für eine solche Schlagzeile für den Rest meines Lebens an einem Ort versauern lassen, der selbst Ashland Falls an Langeweile in den Schatten stellte, und ging in die Gasse hinein. Im Licht der Mag tauchten altmodische Mülltonnen auf. Was ich für eine Gasse gehalten hatte, war der einzige Zugang zu einem Hinterhof. Ein eingedellter Metallcontainer stand in einer Ecke. Aus der Ferne war ein leises Wummern zu hören. Vermutlich kam es vom *Ruthvens*. Die Häuserfassaden waren auf dieser Seite grau. Putz blätterte. Hinter dem Container bewegte sich etwas. Als ich erschrocken den Lichtstrahl dorthin lenkte, glühten Augen auf. Eine Sekunde später schoss eine Katze aus ihrem Versteck hervor und verschwand in der Dunkelheit. Ich stieß die angehaltene Luft aus und ließ den hellen Kegel weiterwandern. Es gab auf der Rückseite des *Bohemien* tatsächlich eine Feuerleiter. Doch sie war so alt und verrostet, dass ich eher versucht hätte die nackte Wand hinaufzuklettern, als darauf zu vertrauen, dass sie mein Gewicht trug.

Direkt unter der Feuerleiter stand ein schmales Kippfenster, kaum breiter als eines der Oberlichter, ein paar Zentimeter weit offen. Mein Herz klopfte und meine Hände waren plötzlich kalt und feucht. Hatte einer von uns es geöffnet, um ein bisschen frische Luft hineinzulassen, und es dann über der ganzen Aufregung vergessen? Hoffentlich war die Antwort Ja, denn ansonsten würde ich unter Umständen gleich irgendwelchen zwielichtigen Typen gegenüberstehen. Ich ignorierte das zaghafte Stimmchen in meinem Kopf, das vorschlug, doch besser bis morgen zu warten, und sah mich nach einer Kletterhilfe um. Eine der Mülltonnen war geradezu ideal. Bemüht, keinen Lärm zu machen, zerrte ich sie unter das schmale Fenster, stieg darauf und kippte es auf, so weit es möglich war. Ich leuchtete in den Raum dahinter. Er war vollgestopft mit Kisten und von verstaubten Leintüchern zugehängten Möbeln. Ein letztes Zögern, ein letzter Blick durch den Hinterhof, dann legte ich die Mag auf die Fensterbrüstung und zwängte mich mühsam hindurch. Um ein Haar wäre ich stecken geblieben und meine Angst, was zwielichtige Typen anging, schwand schlagartig. Wer nur ein klein wenig mehr Umfang hatte als ich, würde *hier* nicht durchpassen. Etwas, was sich anfühlte wie ein Sofa aus Großmutters Zeiten, stand direkt unter dem Fensterchen und gestaltete meinen Kopfüber-Abstieg einfacher – und vor allem bequemer –, als ich befürchtet hatte.

Ich angelte die Taschenlampe von der Fensterbrüstung und ließ ihr Licht erneut durch den Raum schweifen. Hier gab es tatsächlich nichts anderes als Kisten und Möbel. Die Tür war genau am anderen Ende dieses Chaos. Ich zwängte mich zwischen zwei Sesseln hindurch und begann mir meinen Weg zur Tür zu bahnen. Ein Blitzen von Licht und eine Bewegung schräg vor mir ließen mich zurückzucken. Das erschrockene Quietschen war schneller über meine Lippen, als mein Verstand begriff, dass da ein Spiegel an einer Kiste lehnte, der nicht ganz unter einem Tuch verborgen war, und dass alles, was ich zu sehen geglaubt hatte, mein eigenes Spiegelbild und die Reflexion meiner Taschenlampe gewesen war. Verärgert über meine Schreckhaftigkeit kletterte ich über das nächste Möbel und setzte meinen Weg quer durch den Raum fort.

Die Tür war nicht abgeschlossen und schwang lautlos nach innen auf. Ich hatte sie gerade einen Spaltbreit geöffnet, als ich zögerte und angespannt auf den dunklen Gang hinaus lauschte. Entweder hatte ich mir wirklich den Kopf gestoßen und halluzinierte oder da spielte wahrhaftig jemand ... Geige? Ich zog die Tür ein wenig weiter auf. Tatsächlich. Die Musik war kaum hörbar, doch unendlich sanft und süß und von einer geradezu qualvollen Sehnsucht. Sie wogte sacht, stieg und fiel, bis sie in einem harten Crescendo zu Tönen anschwoll, die nichts als Zorn und Bitterkeit und Verzweiflung waren – und die in mir den Wunsch weckten, um mein Leben zu rennen. Doch dann sanken sie erneut ins fast Lautlose hinab und wurden wieder zu jener sanften, sehnsuchtsvollen Melodie, bis sie ganz verstummten.

Ich stand da und lauschte in die gespenstische Stille, die mit einem Mal über allem lag. Wenn es irgendwelche Gerüchte gegeben hätte, dass es im *Bohemien* spukte, hätte ich davon gewusst, denn dann hätte Beth mich schon vor sehr langer Zeit einmal des Nachts hierhergeschleppt. Wer also spielte hier zu dieser Uhrzeit Geige? Doch wohl nicht Julien DuCraine? Die Vorstellung hätte mich beinah zum Lachen gebracht. Andererseits: In dieser Kammer hinter der Bühne hatte er eine alte Geige in der Hand gehabt – und seine Fireblade stand noch vor der Tür. Als das Geigenspiel erneut einsetzte, siegte meine Neugier über den Rest Vorsicht, der in meinem Verstand noch übrig geblieben war. Ich wog die Mag in der Hand. Wenn es sein müsste, würde sie notfalls eine halbwegs brauchbare Waffe abgeben.

Langsam zog ich die Tür gänzlich auf und spähte hinaus. Es war stockfinster. Ganz kurz nur ließ ich den Lichtkegel über die Wände huschen, um mich zu orientieren. Wer auch immer außer mir noch hier war: Der Lichtschein konnte ihm meine Anwesenheit verraten. Und sollte es doch nicht DuCraine sein, wollte ich ungesehen wieder verschwinden können.

Ich musste mich irgendwo hinter der Bühne befinden. Wahrscheinlich dort, wo die Darsteller früher ihre Garderoben hatten. Ein schmaler Gang führte in die Richtung, in der ich den Zuschauerraum vermutete. Ein paar Türen gingen zu beiden Seiten von ihm ab. Alle waren sie geschlossen. Auch an seinem Ende hatte ich kein Licht gesehen. Noch einmal ließ ich die Taschenlampe aufblitzen, versuchte mir einzuprägen, wo sich Hindernisse befanden, dann schob ich mich in den Gang hinaus und tastete mich vorsichtig an der Wand entlang in Richtung Bühne. Nach wie vor war kein Licht zu sehen. Auch als ich um eine Ecke bog und der Zuschauerraum sich als gähnender Schlund am Ende des Ganges erahnen ließ, blieb es dunkel. Die Taschenlampe noch einmal anzumachen – und sei es auch nur für eine einzige Sekunde – wagte ich nicht, denn dieses Mal wäre ihr Schein auch im vorderen Teil des *Bohemien* unübersehbar gewesen.

Je weiter ich mich dem Durchgang zum Zuschauerraum näherte, umso mehr zeichneten sich die Silhouetten der aufeinandergestapelten Tische und Stühle vage vor mir in der Dunkelheit ab. Durch die Glaskuppel drang schwach das Mondlicht herein, doch es genügte nicht, um die Finsternis unter ihr zu mehr zu mildern als einem schwarzen Grau. Ich hatte den Durchgang fast erreicht, als das Geigespiel abbrach. Mit angehaltenem Atem blieb ich stehen und lauschte. Es war vollkommen still. Kein Knacken des Bühnenbodens, keine Schritte, noch nicht einmal das Geräusch von Atemzügen war zu hören. Vorsichtig bewegte ich mich weiter. Jäh packte mich eine Hand an der Kehle und presste mich gegen die Wand. Von einer Sekunde auf die andere baumelten meine Füße in der Luft. Neben mir fiel etwas von der Wand und zerbarst mit deutlichem Klirren. Ich versuchte mit der Mag nach dem Angreifer zu schlagen. Sie wurde abgefangen, mein Handgelenk grob festgehalten. Die Hand an meiner Kehle drückte zu. Mein Schrei wurde zu einem abgewürgten Japsen, das in dem Knirschen von Glas unterging, mit dem die Taschenlampe auf dem Boden aufprallte.

Ein Fauchen erklang direkt an meinem Ohr, auf das ein gedämpfter Fluch folgte. Im nächsten Moment fand ich mich am Fuß der Wand wieder, weil die Hände mich unvermittelt losgelassen hatten.

»Du? Scheiße, ist man vor dir denn nirgends sicher, Warden?«, knurrte eine nur zu vertraute Stimme aus der Dunkelheit.

Ich hustete und rieb meinen misshandelten Hals. »Bist du jetzt endgültig übergeschnappt, du Irrer? Wolltest du mich umbringen?«

»Ja. – Was zum Teufel tust du hier?«

»Das Gleiche könnte ich dich fragen«, ärgerlich tastete ich in der Dunkelheit nach der Taschenlampe. Als ich sie gefunden hatte, schob ich mich an der Wand entlang in die Höhe. DuCraine war nicht Gentleman genug, um mir aufzuhelfen. Im Gegenteil, er wich einen Schritt zurück. Er stieß ein Schnauben aus.

»Was glaubst du wohl? Mich vor dir verstecken, Warden.«

»Haha. Ich lache später.« Meine Stimme hatte die Klangqualitäten eines Reibeisens.

»Tu das! Aber vorher verschwinde wieder.« Seine Schritte entfernten sich. Ich erahnte seinen Schatten kurz vor dem schwarzen Grau des Zuschauerraumes, dann war er nicht mehr zu sehen. Der Bühnenboden knarrte vernehmlich. Warum hatte ich ihn zuvor nicht gehört? Die Mag-Lite hatte offenbar den Dienst quittiert, denn als ich versuchte sie anzuknipsen, um wenigstens jetzt zu sehen, wohin ich trat, blieb es dunkel. Ich hatte keine andere Wahl, als mich in der beinahe vollständigen Finsternis hinter ihm herzutasten.

Schließlich erreichte ich den Rand der Bühne und kletterte hinauf. Ein paar Meter weiter bewegte sich ein Schatten.

»Was machst du hier?« Meine Stimme hallte gespenstisch in der Dunkelheit.

»Ich wüsste nicht, was dich das angeht, Warden. Verschwinde wieder! Brave kleine Mädchen wie du sitzen um diese Uhrzeit mit Mommy und Daddy vor der Glotze und brechen nicht in alte Theater ein.«

Seine Worte taten weh. Ich hatte niemals die Chance gehabt, mit meiner Mutter und meinem Vater auch nur eine gemeinsame Minute zu verbringen – zumindest konnte ich mich nicht daran erinnern. Aber er wäre der Letzte, dem ich das erzählen würde.

»Ich bin nicht eingebrochen«, verteidigte ich mich stattdessen.

»Ach? Nein? Durch den Vorder- oder Hintereingang bist du aber auch nicht gekommen. – Zieh Leine!«

»Vermutlich habe ich den gleichen Weg hier herein genommen wie du«, hielt ich bissig dagegen.

Er lachte. »Das glaube ich kaum. – Hau ab und spiel mit deinen sauberen Freunden.«

»Nicht, ehe du mir ein paar Fragen beantwortet hast.«

Anstelle einer Antwort erklang die Geige. Dieser Mistkerl! Ich wog die Mag in der Hand. Wie viele Jahre gab es wohl auf Mord mit einer Taschenlampe? Ob ich damit durchkäme, wenn ich behauptete, ihm den Schädel im Affekt eingeschlagen zu haben? Aber möglicherweise würde man mich auch gar nicht verdächtigen? So wie er sich benahm, hatte er garantiert eine ganze Menge Feinde.

Ich holte tief Luft. Vielleicht kam ich ja mit ein bisschen Freundlichkeit und Charme weiter.

»Du spielst gut.«

Er antwortete nicht.

»Wo hast du es gelernt?« Ich machte einen Schritt in Richtung der Musik. Mein Fuß stieß gegen etwas, das mit einem hohlen Geräusch davonrollte, über den Rand der Bühne stürzte und zersplitterte. »Kannst du in dieser Dunkelheit überhaupt die Saiten sehen?«

Das Geigenspiel brach ab. »Was muss ich tun, damit du mich in Ruhe lässt, Warden?«

»Ich will wissen, wie du es gemacht hast!«

»Was?«

»Als dieses ...« Ich wedelte mit der Hand in die Richtung,

in der ich die Trümmer vermutete, »... Zeug auf mich heruntergestürzte, habe ich dich gesehen. Du hast neben der Bühne gestanden. Du warst viel zu weit weg, um mich rechtzeitig zu erreichen und aus dem Weg reißen zu können. Aber du hast es trotzdem geschafft. Erklär mir, wie!«

Das Schweigen, das plötzlich zwischen uns hing, hatte etwas Gefährliches. Ich wusste nicht, ob er sich bewegt hatte oder ob er auch nur zu mir hersah. Trotzdem spürte ich auf einmal eine Gänsehaut und das dringende Bedürfnis, zurückzuweichen. Mein Mund war trocken. Als DuCraine dann endlich sprach, schien es mir, als hätte er sich zu mir umgedreht.

»Aber ansonsten ist noch alles gesund, Warden? Hörst du dir eigentlich manchmal selbst zu, wenn du redest?«, fragte er böse. »Ich hab noch nie zuvor so einen Blödsinn gehört. Wenn ich nicht nah genug gewesen wäre, wärst du jetzt Geschichte. – Sag ›Danke schön‹, mach deinen Knicks und verschwinde.«

»Nein!« Ich packte die Mag fester. »Du hast neben der Bühne gestanden. Ich weiß, was ich gesehen habe.« Erneut herrschte Schweigen. Für eine halbe Sekunde hatte ich das Gefühl, dass er ganz dicht vor mir war, und zuckte zurück. Doch als er im nächsten Moment wieder sprach, kam seine Stimme aus der gleichen Richtung wie zuvor.

»Okay, Warden, ich spiele dein Spiel. Vielleicht werd ich dich dann los. – Ja, ich stand neben der Bühne. Und zu welchem Schluss bringt dich das? – Genau, Schätzchen: Du bist tot! Deine Seele hat das nur noch nicht begriffen und deshalb wandelt dein Geist hier herum. Und geht mir gehörig auf die Nerven.«

Totschlag im Affekt! Darauf würde ich plädieren.

»Ich weiß, was ich gesehen habe«, beharrte ich und schaffte es irgendwie, nicht auf ihn loszugehen.

»Und was glaubst du dann, wie ich dir das Leben gerettet

habe? – Ich hoffe, du hast das gerade mitgekriegt? Falls nicht, hier noch mal langsam und zum Mitschreiben: Ich habe dir das Leben gerettet, Warden. – Also, wofür hältst du mich? Superman? Copperfield? – Ich sag dir was: Du hast zu viel ›Akte X‹ und ›Twilight Zone‹ gesehen. Und jetzt verzieh dich. Unser Gespräch ist beendet!«

Er begann wieder zu spielen. Es klang ziemlich wütend und weckte erneut den Wunsch in mir, um mein Leben zu rennen. Entschlossen ballte ich die Fäuste. Ich würde mich nicht von ihm einschüchtern lassen. Statt davonzulaufen, ging ich einen Schritt auf ihn zu.

»Wenn du dich nicht traust mir zu sagen, wie du mich gerettet hast, musst du wohl wirklich irgendwas zu verbergen haben.«

Er reagierte nicht, sondern spielte ungerührt weiter und ließ mich meinen Monolog halten. Damit machte er mich nur noch wütender. »Ich meine, schau dich an: Sitzt hier mitten in der Nacht ohne Licht und spielst Geige. Und überrumpelst mich dann, obwohl es stockdunkel ist. Von der Sache heute Nachmittag will ich gar nicht reden.« Ich ging einen weiteren Schritt auf ihn zu. Es knirschte unter meinen Schuhen. Verflucht! In einem Anfall von Zorn und Frust schüttelte ich die Mag erneut. Unvermittelt flammte sie auf. Ihr Strahl traf direkt auf DuCraine. Der Geigenbogen kratzte schmerzhaft unmelodisch über die Saiten. Mit einem Fauchen riss er den Arm hoch, um seine Augen vor dem grellen Licht zu schützen. Automatisch hielt ich die Taschenlampe nach unten, hob sie dann aber wieder. Er kniff die Augen zusammen und senkte den Kopf.

»Lass das!«, knurrte er mich an.

»Was bist du für ein Freak?«, fragte ich ihn, während ich den Lichtstrahl erneut ein Stück abwärtsrichtete. «Ich meine, du musst schon zugeben, dass irgendwas an dir komisch ist. Immer trägst du diese Sonnenbrille ...« Ich hielt inne und versuchte in seiner Miene zu lesen. Er starrte mich nur wütend an, schwieg aber. Nach ein paar Sekunden hob er sogar die Geige wieder unters Kinn und spielte weiter. Mistkerl! »Vielleicht sollte ich mal deine Exfreundinnen danach fragen. Die müssten doch ein bisschen mehr über dich wissen, oder? Ich würde wetten, dass sie dein merkwürdiges Verhalten brennend interessieren würde – und vermutlich den ganzen Rest der Schule.«

War ich übergeschnappt? Das klang, als drohte ich damit, ihn zu erpressen. Wir waren allein. Es gab keine Gitterstäbe oder Ähnliches zwischen uns. Und ich reizte ihn auch noch mit voller Absicht. Wenn das nächste Mal irgendwo ein Freiwilliger gesucht wurde, der den Kopf in das Maul eines Löwen steckte, sollte ich mich vielleicht melden. Sehr viel gefährlicher als das, was ich hier tat, konnte es nicht sein.

Er ignorierte mich noch immer. Plötzlich kam ich mir ziemlich bescheuert vor. Da stand ich mitten in der Nacht in einem dunklen, verlassenen Theater und versuchte Antworten von einem Typen zu bekommen, der einfach nicht mit mir reden *wollte* – und den ich auch nicht würde dazu bringen können, egal was ich anstellte. In dem Versuch, den letzten Rest meiner Würde zu retten, zuckte ich betont gleichgültig die Schultern.

»Wie du meinst.« Den bedenklich flackernden Lichtkegel der Mag auf den Boden gerichtet ging ich zum Rand der Bühne und stieg hinunter.

»Warte, Warden!« Das Geigenspiel hinter mir war verstummt. Erstaunt über den müden und frustrierten Ton in DuCraines Stimme drehte ich mich um. Im Halbdunkel kam er über die Bühne und sprang geschmeidig neben mir auf den Boden. Er landete vollkommen lautlos. »Hör mal. Es geht schon genug Gerede an dieser bescheuerten Schule über mich um, da muss ich nicht auch noch irgendwelchen anderen Mist haben«, er hielt inne.

Ich starrte ihn an. Anderen Mist? Hatte er tatsächlich angenommen, ich könnte die Sache mit dem *Freak* herumtratschen? Offenbar hatte er irgendeine Reaktion von mir erwartet, doch ich war viel zu überrascht, um etwas zu sagen. Anscheinend deutete er mein Schweigen falsch. »Ich will nichts anderes, als in Ruhe gelassen werden. Was muss ich tun, damit du nicht ... damit du ihnen nicht noch mehr Grund zum Reden lieferst?« Seine Worte klangen wie eine Bitte. Ich war vollkommen fassungslos.

»Warden?«

»Erklär mir einfach, wie du das heute Nachmittag angestellt hast«, verlangte ich, noch immer wie benommen.

»Du hast nicht vor, es einfach zu vergessen, wie?«

»Nein.«

»Okay. Wenn du meinst. – Ich bin ein ziemlich guter Sprinter.«

Ich verzog den Mund zu einem sarkastischen Ja-klar-das-glaub-ich-dir-aufs-Wort.

»Okay, das ist nur die halbe Wahrheit«, gab er widerstrebend zu. »Fakt ist, dass ich gehört habe, wie sich eines der Halteseile gelöst hat. Ich kenne dieses Geräusch und wusste einfach, dass da gleich etwas von oben runterkommen würde. Ich hatte keine Schrecksekunde wie deine Freunde. Deshalb hab ich dich erreicht, bevor der ganze Krempel dich erwischt hat.«

»Und woher weißt du, wie es sich anhört, wenn sich so ein Seil löst?« Ich war noch immer misstrauisch.

Er verdrehte die Augen und sah über meinen Kopf hinweg in die Dunkelheit. »Meine Leute waren Artisten. Da muss man einfach wissen, wie so was klingt, damit man notfalls schnell reagieren kann.«

»Du warst beim Zirkus?«

»So kann man das nennen.«

»Und warum bist du es nicht mehr?«

»Ich hatte einen Unfall und damit war die Sache gelaufen. Ich will nicht darüber reden, Warden. Du brauchst also gar nicht weiter zu bohren.« Er schaute mich wieder an. »Bist du jetzt fertig mit deinem Verhör?«

»Noch nicht ganz. – Warum trägst du immer diese Brille? Was ist mit deinen Augen?« Ich wusste, es war unhöflich, ihn danach zu fragen, aber ich wollte es dennoch wissen.

»Ist was Genetisches. Meine Augen vertragen kein helles Licht. Dafür kann ich nachts ziemlich gut sehen. – War's das jetzt?«

»Nur noch eines!«

»Und was?«, knurrte er genervt.

»Hör auf, mich ›Warden‹ zu nennen. Ich heiße Dawn.«

»Ich weiß.« Er zögerte. »Dawn«, sagte er dann leise. Die Art, wie er meinen Namen aussprach, weckte ein Kribbeln in mir. Wir sahen einander an. Plötzlich war es wie am Nachmittag, als die Zeit irgendwie stillgestanden hatte – bis Julien den Blick abwandte und einen Schritt von mir wegmachte. Nichts widerstrebte mir mehr, als seinen Rückzug einfach zuzulassen. Rasch streckte ich ihm die Hand hin.

»Friede?«

Er sah auf meine Hand, sah mich an und biss schließlich die Zähne zusammen. Ich versuchte mir meinen Ärger – und meine Enttäuschung – nicht anmerken zu lassen. Hatte ich tatsächlich geglaubt, er würde mein Angebot annehmen und einschlagen? Wohl kaum. Immerhin hatte er meine Fragen nur beantwortet, weil er gefürchtet hatte, ich würde meine Drohung wahr machen und irgendwelche Gerüchte über ihn verbreiten. Ich wollte meine Hand gerade zurückziehen, da ergriff er sie doch.

»Friede«, bestätigte er, aber es klang, als täte er es wider besseres Wissen. Sein Griff war kaum mehr als ein kurzes Streifen unserer Handflächen, ehe er wieder Abstand zwischen uns brachte. Man hätte glauben können, er ekle sich davor, mich anzufassen – oder weiter in meine Nähe zu kommen als unbedingt nötig. Ich schluckte die spitze Bemerkung runter, die ich schon auf der Zunge hatte. Schweigen breitet sich zwischen uns aus. Ich hatte die Antworten, die ich hatte haben wollen, demnach gab es keinen Grund mehr zu bleiben – doch das war genau, was ich wollte: Bleiben. Mit ihm reden – worüber auch immer –, nur nicht gehen.

Es war, als hätte er meine Gedanken gelesen. »Du weißt, was du wissen wolltest. Du kannst also nach Hause gehen. Deine Leute werden schon auf dich warten.« Er ruckte mit dem Kinn zu dem finsteren Gang hin, durch den ich hereingekommen war. Deutlicher konnte ein Rausschmiss gar nicht sein.

Ich kämpfte meinen Ärger nieder, nickte »Bis morgen dann«, drehte mich um und ging. Im trüben, flackernden Licht der Mag sah ich jetzt auch die gerahmten Plakate, die an den Wänden hingen. Eines davon lag mit zerbrochenem Glas am Boden. Mit einem ziemlich großen Schritt trat ich über die Scherben hinweg. Doch offenbar hatte ich einige übersehen. Es knirschte erneut. Mein Versuch, mich auch noch darüber hinwegzuretten, hätte mich fast mein Gleichgewicht gekostet und ich musste mich an der Wand abstützen. Ausgerechnet mit der Hand, mit der ich die Mag festhielt. Es gab einen dumpfen Schlag und ich stand in tiefer Dunkelheit. Mit einem Fluch schüttelte ich die Taschenlampe in der Hoffnung, sie so noch einmal zum Leben erwecken zu können. Vergebens.

Unvermittelt stand Julien DuCraine neben mir. Wieder hatte ich ihn nicht gehört – und das trotz der Scherben auf dem Boden. Auch wenn es absurd war: Irgendetwas an ihm *war* seltsam.

»Wo bist du reingekommen?« Er packte meinen Ellbogen.

»Da hinten irgendwo.« Ich gestikulierte in die Dunkelheit. »Warum?«

»Ich bring dich hier raus, ehe du dir noch den Hals brichst.« Damit wurde ich vorwärtsgezerrt. Ich konnte mit seinem Tempo in der Schwärze kaum mithalten. Was seine Behauptung betraf, nachts ziemlich gut sehen zu können, stellte ich fest, dass er nicht übertrieben hatte. Er dirigierte mich um für mich nicht zu erkennende Hindernisse herum, ohne auch nur einmal langsamer zu werden. Die Tür zu dem Abstellraum, durch dessen Fenster ich hereingekommen war, fand er auf Anhieb. Und auch den Weg durch all die Möbel hindurch bewältigte ich dank ihm, ohne mir irgendwo die Knie anzustoßen.

Vor dem alten Sofa blieb er stehen und sah zu dem schmalen Fenster hinauf.

»Da bist du durchgekommen?«

Ich nickte und beobachtete verwirrt, wie er auf das Sofa stieg und nach dem Fensterrahmen griff.

»Was wird das?«

Er blickte auf mich herunter. »Ich bringe dich zu deinem Auto.«

»Und warum?«

»Warum nicht?«

»Ich dachte, du wolltest noch hierbleiben.«

Er zuckte mit den Schultern. »Ich hab heute Nacht ohnehin noch etwas anderes vor. Ob ich jetzt gehe oder später, ist für mich gleichgültig.«

Ehe ich noch etwas sagen konnte, glitt er geschmeidig – und vollkommen mühelos, wie ich neidvoll feststellte – durch das Fenster ins Freie. Ein Schaben und ein paar Worte in einer Sprache, die ich nicht verstand, die aber nach einem Fluch klangen, erinnerten mich an die altmodische Mülltonne darunter. Vielleicht hätte ich ihm von ihr erzählen sollen?

»Komm schon!«, zischte es von draußen.

Ich stieg auf das Sofa und kroch aus dem Fenster. Möglicherweise stellte ich mich DuCraines Meinung nach ein wenig ungeschickt an, denn er packte mich von der anderen Seite und zog mich hindurch. Dabei hielt er mich an den Schultern fest, was verhinderte, dass ich mit dem Kopf voran die Wand hinunterschlitterte. Doch um wieder in die Senkrechte zu gelangen, blieb mir nichts anderes übrig, als die Arme um seinen Hals zu legen und mir endgültig hinaus- und hinunterhelfen zu lassen. Er war größer als ich. Eine Sekunde lang baumelten meine Füße zum zweiten Mal innerhalb kurzer Zeit ein Stück über der Erde – bis er meine Arme mit grober Hast von seinem Hals löste und Abstand zwischen uns brachte. Überrascht wankte ich und versuchte mit einem Schritt zurück mein Gleichgewicht zu retten. Ich stieß gegen die Mülltonne. Der Deckel rutschte herab und schlug krachend auf den gepflasterten Hof.

Wir erstarrten beide. Mit angehaltenem Atem sah ich mich rasch um in der Erwartung, in den angrenzenden Häusern Licht hinter den Fenstern aufflammen zu sehen. Ich wagte erst wieder Luft zu holen, als alles um uns herum auch nach einer halben Minute noch immer dunkel und still war. Entweder kümmerte sich in dieser Gegend niemand darum, was in der Nachbarschaft vor sich ging, oder die Häuser hier waren alle unbewohnt.

DuCraine bedachte mich mit einem ärgerlichen Blick, dann legte er den Deckel wieder auf die Mülltonne, stieg hinauf und zog das Fenster so weit wie möglich zu. Als er mit seinem Werk zufrieden war, hätte man schon sehr genau hinsehen müssen, um zu erkennen, dass es nicht ganz geschlossen war. Gemeinsam trugen wir die Mülltonne zu den anderen zurück, um auch noch die letzten Spuren zu beseitigen. Wir hatten sie gerade abgesetzt, als DuCraine abrupt den Kopf hob. Er schien zum Ausgang der Gasse hinzulauschen.

Keine Sekunde später fand ich mich zwischen ihm und

der Hauswand wieder. Seine Hand erstickte mein erschrockenes Quietschen. Panik schwappte in mir hoch. In dem Versuch, ihn von mir zu schieben, stemmte ich mich mit aller Kraft gegen seine Brust. Natürlich vergeblich. Im gleichen Moment erklang die Stimme eines Mannes. Es hörte sich an, als stünde er nur ein paar Meter hinter DuCraine. Meine Gegenwehr erlahmte augenblicklich, stattdessen hielt ich mich jetzt an Juliens T-Shirt fest. Ich konnte nicht verstehen, was der Mann sagte, doch DuCraine offensichtlich schon, denn er drehte sich ein kleines Stückchen und antwortete in derselben Sprache. Seltsamerweise hielt er dabei den Kopf gesenkt. Er stand jetzt endgültig zwischen mir und dem Typen.

Die Erkenntnis traf mich wie ein Schlag: Er wollte nicht, dass der Kerl mich sah, zumindest nicht so, dass er mein Gesicht erkennen konnte – aber ebenso wenig wollte DuCraine offenbar, dass der andere *sein* Gesicht sah.

Noch einmal sagte der Mann etwas und wieder antwortete DuCraine. Dieses Mal lachte der Kerl – der Laut verursachte mir eine Gänsehaut –, dann war es wieder still. Julien lauschte noch eine halbe Minute angespannt, ehe er sich rasch von mir löste und erneut auf Distanz ging.

»Was war das für ein Typ? Was wollte er?« Ich stieß mich von der Wand ab.

»Er hat gefragt, ob ich nicht teilen will«, erklärte er. Noch immer angespannt blickte er zum Ausgang der Gasse.

»Teilen?«

»Teilen!« Die Art, wie er das Wort aussprach, machte mir klar, was er meinte. Meine Knie wurden weich. Er packte mich am Arm und zog mich Richtung Straße.

»Woher kennst du diesen Kerl?« Ich stolperte neben ihm her.

»Wer hat gesagt, dass ich ihn kenne?«

»Du hast die gleiche Sprache gesprochen wie er.«

»Das heißt noch lange nicht, dass ich ihn auch kenne.« Am Ende der Gasse hielt er inne und spähte wachsam die Merillstreet entlang. Offenbar war der Typ nicht mehr zu sehen, denn er zog mich weiter. »Wo steht dein Auto?«

Ich erklärte ihm den Weg. Als wir den Eingang des *Bohemien* erreichten, hatte er den Schlüssel seiner Fireblade in der Hand. Er steckte ihn ins Zündschloss, kickte den Ständer hoch, wendete die Maschine und schwang sich auf den Sitz.

»Aufsteigen!«, befahl er und ließ den Motor mit einem dunklen Grollen zum Leben erwachen. Ich sah mich um, dann kletterte ich hinter ihn.

Wer auch immer dieser Kerl gewesen war: dass Julien DuCraine ihn für gefährlich genug hielt, um mich mit seinem Motorrad zu meinem Auto zu fahren, anstatt mich das kurze Stück zu Fuß zu begleiten, verursachte mir ein flaues Gefühl im Magen.

Mit laufendem Motor hielt er schließlich direkt neben der Fahrertür meines Audi. Als ich eingestiegen war, beugte er sich zu mir.

»Fahr auf direktem Weg nach Hause. Und komm nicht mehr allein hierher – vor allem nicht nach Einbruch der Dunkelheit.«

»Was soll das? – Wer war dieser Typ? Du würdest nicht so reden, wenn du ihn nicht kennen würdest.« Das flaue Gefühl in meinem Magen verstärkte sich.

Er blickte die Straße hinauf und hinunter, ehe er antwortete. »Ich habe ihn schon öfter im *Ruthvens* gesehen. Er hat einen ziemlich üblen Ruf. Vor allem was Frauen und sein Verständnis des Wortes Nein angeht. Jemand wie du sollte ihm nicht häufiger als unbedingt nötig über den Weg laufen.« Seine Finger schlossen sich um den Türholm. »Halt dich am besten vom *Ruthvens* fern. Die Gegend ist gefährlich.«

Entschieden schüttelte ich den Kopf. »Vergiss es! Beth kellnert da. – Oder hast du ihr auch gesagt, sie soll sich davon fernhalten?«

»Beth kann auf sich selbst aufpassen.« Hörte ich tatsächlich Ärger in seiner Stimme?

»Ach, und ich nicht?«

»Nein, du nicht.«

Ich sah ihn mit schmalen Augen an. »Und was wirst du tun, wenn ich mich nicht von dort *fernhalte?*«

Er ließ den Holm los. »Nichts.«

»Fein. Denn ich werde weiter dort hingehen. – Wir sehen uns in der Schule.« Ich knallte die Tür zu und fuhr mit aufheulendem Motor davon. Auch wenn DuCraine mich eben vor diesem Typen beschützt hatte, wie er behauptete: Wofür hielt er sich, dass er glaubte mir vorschreiben zu können, wohin ich gehen durfte und wohin nicht? Dieser arrogante Kerl!

Zu Hause wurde ich von Ella und Simon bereits äußerst besorgt erwartet. Beth hatte angerufen, um sich zu erkundigen, wie es mir ging, sodass sie wussten, was geschehen war. Dementsprechend fiel ihre Begrüßung aus. Simon bedachte mich nur mit einem schweigenden Blick. Ella schwankte zwischen Erleichterung und Ärger. Ich ließ die Strafpredigt über mich ergehen und zog mich anschließend in mein Zimmer zurück.

Seit Wochen suchte er Nacht für Nacht. Seit Wochen ohne Erfolg. Es machte ihn rasend. Er hatte nicht mehr über diesen alten Geschaffenen herausfinden können, als dass er selten in der Stadt war und dass er – wenn er sich tatsächlich einmal hier aufhielt – die Fäden aus dem Hintergrund zog und andere die Drecksarbeit für sich tun ließ.

Verdammt! Es musste doch eine Möglichkeit geben, ihn aus seinem Versteck zu locken. Er rammte die Fäuste tiefer in die Jacken-

taschen, während er durch die leeren Straßen zur Vette zurückging. In ein paar Stunden würde die Sonne aufgehen. Es war Zeit, in sein derzeitiges Domizil zurückzukehren. Unvermittelt stockten seine Schritte. Er wandte sich um, starrte auf die Auslagen des Pfandhauses, vor dem er stand. Da lag ein goldenes Medaillon, etwa von der Größe eines Silberdollars, auf dem ein Ritter zu Pferd mit einer Lanze einen Drachen durchbohrte. Der heilige Georg. Märtyrer und Schutzpatron der Soldaten, Bauern, Schmiede, Reiter und Artisten. Unwillkürlich fuhr seine Hand unter seinen Kragen. Die vertrauten Konturen gruben sich in seine Handfläche, als er die Faust um das Medaillon auf seiner Brust schloss. Er musste sich zwingen die Hand zu öffnen und sie aus dem Hemd zu ziehen, während er schon nach der Tür der Pfandleihe griff. Es erstaunte ihn selbst, dass um diese Zeit noch offen war. Kaltes Neonlicht begrüßte ihn. Die Hälfte des Ladens wurde von einer gläsernen Theke eingenommen, die offenbar als Ladentisch diente. In ihr befanden sich die verschiedensten Schmuckstücke, Uhren und einige kleinkalibrige Pistolen. Die Waffen waren bestenfalls zweite Wahl. An den Wänden entlang standen Regale, die vollgestopft waren mit Krimskrams, alten Stereoanlagen und allem nur erdenklichen Elektroschrott. Hinter der Theke sah eine junge Frau von einem Buch auf und nickte ihm mit einem Lächeln zu.

»Kann ich Ihnen helfen?« Sie legte ihre Lektüre beiseite.

»Das Georgs-Medaillon aus dem Schaufenster. Ich würde es mir gerne ansehen.« Seine Stimme war gelassen und unbeteiligt, obwohl er innerlich zitterte.

»Klar. Kein Problem.« In einer Schublade kramte sie nach einem Schlüssel, kam um den Ladentisch herum, ging dicht – zu dicht – an ihm vorbei und öffnete die Drahtglasscheibe, die die Auslagen vom Laden trennte. Vorsichtig nahm sie das Medaillon von dem Pannesamt herunter, auf dem es zusammen mit einigen anderen Anhängern lag, und gab es ihm. Er fand den Kratzer an der Seite sofort. Er hatte ihn damals unabsichtlich in das Gold hineingemacht.

»Ich nehme es. Wie viel?«, nickte er und versuchte weiter gelassen zu klingen.

Die junge Frau sah ihn ein wenig verblüfft an. Wahrscheinlich fragten die Kunden in der Regel erst nach dem Preis und erklärten dann, dass sie etwas kaufen wollten. Sie nahm ihm das Medaillon aus der Hand und schaute auf das Etikett, das an einem dünnen roten Faden daranhing.

»Hundertzehn.« Fragend neigte sie den Kopf.

Er griff wortlos in seine Tasche, förderte ein Bündel Banknoten zutage und zählte die hundertzehn Dollar ab. Ihre Augen waren groß, als sie das Geld entgegennahm.

»Ich packe es Ihnen schnell noch ein bisschen ein.« Sie wollte hinter die Theke zurück, doch er hinderte sie mit einem Kopfschütteln daran und nahm ihr das Medaillon wieder aus der Hand.

»Nicht nötig. Ich nehme es so. – Aber vielleicht können Sie mir sagen, woher sie es haben?«

Eine Sekunde lang zögerte sie, nickte dann aber. »Ich schaue schnell im Buch nach.« Rasch sperrte sie die Drahtglasscheibe zu und kehrte hinter den Ladentisch zurück. Der Schlüssel verschwand wieder in der Schublade, an seiner Stelle holte sie eine abgegriffene Kladde hervor. Eine Minute lang blätterte sie darin herum, dann hatte sie den Eintrag offenbar gefunden. Sie sah auf. »Willie hat es gebracht. Vor etwa zwei Monaten.«

»Hat er gesagt, woher er es hat?« Er ließ das Medaillon in die Hosentasche gleiten und trat an die Theke.

Die junge Frau schüttelte den Kopf. »Nein. Er wollte es nur zu Geld machen.«

»Wo wohnt dieser Willie?«

»Willie hat keine Wohnung.« Sie schlug die Kladde zu und legte sie an ihren Platz zurück. »Gewöhnlich sammelt er Dosen hinter der Mall. Ich schätze, dass er den Anhänger dabei gefunden hat.« Ihr Blick wurde misstrauisch. »Sie sind nicht von der Polizei oder so was?«

In einem Anflug von bitterer Belustigung hob er eine Braue. »Nein.«

»Gut.« *Sie atmete auf. Natürlich war ihr klar, dass es ziemlichen Ärger bedeuten konnte, wenn man gestohlene Ware in ihrem Laden auch nur vermutete.* »Ich bin mir nämlich sicher, dass er ihn nicht gestohlen hat. Willie ist eine absolut ehrliche Haut.« *Doch offenbar war sie noch immer misstrauisch.* »Warum wollen Sie unbedingt wissen, woher der Anhänger stammt?«

Für einen Sekundenbruchteil presste er die Faust auf das Glas der Ladentheke, doch dann hob er nonchalant die Schultern. »Ich interessiere mich für alles, was mit dem heiligen Georg zu tun hat. Ich hatte gehofft, der Vorbesitzer hätte vielleicht noch mehr Dinge, die er mir gerne verkaufen würde.«

Ihr Blick glitt kurz zu der Tasche, in die er das Bündel Geldscheine zurückgesteckt hatte. Wahrscheinlich bedauerte sie, ihm keinen anderen Preis für das Medaillon genannt zu haben. Er lächelte, wünschte ihr eine gute Nacht und ging. Draußen beschleunigte er seine Schritte, bis er beinahe rannte. Schließlich hatte er die Vette erreicht. Seine Hand zitterte, als er nach dem Schloss fummelte. Endlich sprang die Tür auf. Er glitt in den Wagen, schlug die Tür wieder zu und holte das Medaillon aus der Hosentasche. Unter seinem Hemd zog er die schmale Goldkette mit seinem eigenen hervor und hielt sie nebeneinander. Er hatte es gewusst! Gequält schloss er die Augen, umklammerte das Lenkrad und drückte die Stirn dagegen. Nein! Das durfte nicht sein! Das konnte nicht sein! Er weigerte sich, es zu glauben! – Adrien hätte sich nie von seinem Glücksbringer getrennt!

Regengespräch

Am nächsten Morgen schreckte mein Wecker mich aus einem Traum auf, in dem Julien DuCraine in Gestalt einer großen schwarzen Raubkatze mit mörderischen Fängen in den Schatten um mich herumgeschlichen war, wunderschön und gefährlich zugleich. Seine quecksilbernen, glimmenden Augen hatten mich die ganze Zeit unverwandt aus der Dunkelheit heraus angestarrt. Erst mein Wecker befreite mich aus dem Bann dieses Blickes.

Im Bad stellte ich zu meinem Entsetzen fest, dass DuCraines Griff an meinem Hals dunkle Male hinterlassen hatte. Ich versteckte sie unter einem Pullover mit hohem Rollkragen. Da es wenig später wie aus Kübeln zu gießen begann und bis zum Abend nicht wieder aufhörte, wurde ich wegen meiner Kleiderwahl noch nicht einmal kritisch beäugt.

Weder an diesem noch am nächsten Tag erschien DuCraine zum Unterricht. Damit blieben ihm die Fragen der anderen erspart, die unbedingt erfahren wollten, was denn nun genau bei meinem Unfall im *Bohemien* geschehen war. Wann immer ich die Geschichte erzählte, ertappte ich mich dabei, dass ich die ganze Sache wiedergab, als sei es so gewesen, wie Beth, Neal und Mike angenommen hatten. Als sei Julien schon auf der Bühne gewesen und habe nicht danebengestanden. – Es war unfassbar: Ich log für ihn.

Zu meinem Glück war die Schulwoche so gut wie vorbei. Am Freitag war mir nach der vierten Stunde dann ohnehin alles gleichgültig und nichts konnte meine Laune mehr trüben. Ich ging wie auf Wolken. Mrs Jekens hatte die Matheklausur zurückgegeben. Ich hatte eine Drei. Ich war gerettet.

Der Samstag versprach wenig ereignisreich zu werden. Beth musste ihrer Großmutter bis zum späten Nachmittag in ihrem Garten helfen. Anschließend hatte sie Dienst im *Ruthvens*. Susan würde mit ihrer Mutter nach Houlton zum Shoppen fahren. Sie hatte mich gefragt, ob ich sie begleiten wollte, aber ich hatte abgesagt. Neal und Ron wollten Mikes Computer unter die Lupe nehmen. Ich würde also einen ganzen Tag nur für mich haben.

Nachdem der Morgen ziemlich trüb begann, klarte der Himmel gegen Mittag jedoch auf und die Sonne versprach einen warmen spätherbstlichen Tag. Bewaffnet mit einer Decke und einer Tasche, in der ich sowohl meinen Proviant in Form von Schokokeksen und einer Kanne meines Lieblingstees als auch Handtücher verstaut hatte, ging ich nach dem Mittagessen zum See. Mein Geschichtsbuch und Schreibzeug nahm ich ebenfalls mit. Ich hatte vor, einen Teil des Nachmittags zu nutzen und mit meinem Referat über die Tempelritter zu beginnen. Ganz obenauf kam noch Collins' »Die Frau in Weiß«.

Das Wasser des Sees stellte sich als zu kalt zum Schwimmen heraus, sodass ich es mir nur an seinem Ufer bequem machte. Dank meiner Sonnenallergie musste ich mich im Schatten der uralten Bäume aufhalten – oder zumindest an seinem Rand. So konnte ich die warmen Strahlen, die vom Himmel kamen, wenigstens noch ein klein wenig genießen. Meine guten Vorsätze bezüglich meines Referates hielten ungefähr zwei Stunden. Dann beging ich den Fehler, mir eine Pause zu gönnen und bei Tee und Keksen in Collins' Roman zu blättern.

Knapp einhundert Seiten später wurde ich aus meiner Lektüre gerissen. Der Himmel war mit dunklen, schweren Wolken bedeckt. Jede Sekunde konnte es anfangen zu regnen. Die ersten kalten Tropfen hatten mich bereits getroffen. Hastig sammelte ich meine Sachen zusammen und stopfte sie in die Tasche. Aus den wenigen, vereinzelten Tropfen wurde sehr schnell ein stetiger Regen. Wenn ich den gleichen Weg zurücknahm, den ich gekommen war, würde ich schon nach der Hälfte der Strecke vollkommen durchnässt sein. Querfeldein, direkt an dem alten Anwesen vorbei und dann ein Stück weit durch den Wald, ginge bedeutend schneller und die Bäume würden mich obendrein vor dem Regen schützen. Ich hängte mir eines der Handtücher über, klemmte meine Tasche unter den Arm, zog den Kopf ein und ging los.

Von Minute zu Minute schienen die Tropfen dicker und schwerer zu werden. Ich beschleunigte meine Schritte zu einem Joggen, doch ich war nass wie eine Katze, bis ich auf Höhe des Hale-Anwesens war. Der Regen hatte sich in einen trüben Schleier verwandelt, der die Welt um mich herum grau und trostlos machte. Als das alte Haus in Sicht kam, glitt mein Blick über die Fassade. Sollte ich weiterlaufen oder unter seinem Dach abwarten, bis der Regen aufgehört hatte? Die überdachte Veranda, die um das Haus herumführte, erschien mir sehr einladend und half mir mich zu entscheiden. Ich eilte darauf zu. Doch ich blieb stehen, als hinter einem der altmodischen Fensterläden für einen kurzen Moment Licht aufflackerte.

Das Hale-Anwesen war doch verlassen? Zumindest hatte ich bisher noch nichts davon gehört, dass dort wieder jemand wohnte. Das Licht blitzte abermals auf. Dieses Mal bewegte es sich von einem Fenster zum nächsten, ehe es wiederum verschwand. Stammte es von einer Taschenlampe? Wer hielt sich dort auf? Hatte es vielleicht doch einen neuen Besitzer? Oder war es nur jemand, der Zuflucht vor dem Regen gesucht hatte? Wieder erschien das Licht. Doch nachdem es zu dem Fenster zurückgekehrt war, in dem ich es zum ersten Mal gesehen hatte, hörte es auf umherzuwandern. Sah es auf diese Distanz nur so aus oder leuchtete es tatsächlich irgendwie unruhig? War das am Ende gar keine Taschenlampe, sondern eine Kerze? Mein nächster Gedanke gefiel mir gar nicht: Halloween stand vor der Tür. Trieben sich ein paar Kinder dort herum und stellten irgendwelchen Unsinn an? Das Haus war alt, mit Böden und Decken aus Holz. Obwohl es verlassen war, standen noch immer Möbel darin. Eine umgefallene Kerze würde genügen, um das Anwesen in Flammen aufgehen zu lassen. Auch wenn mich die ganze Sache nichts anging – einen kurzen Blick konnte ich hineinwerfen. Nur um ganz sicher zu sein. Tat ich es nicht und es gab tatsächlich ein Unglück, würde ich es mir nie verzeihen. Ich lief weiter auf das Haus zu. Als ich die vorderen Stufen zur Veranda erreicht hatte, verlangsamte ich meine Schritte und stieg vorsichtig hinauf, um möglichst keinen Lärm zu machen. Unter dem Dach streifte ich das Handtuch vom Kopf und blieb lauschend stehen. Im Inneren war es still. Wären Kinder bei irgendwelchem Unsinn so leise?

Vielleicht waren es ja gar keine Kinder? Ich schob die Hand in meine Tasche und wühlte nach meinem Pfefferspray, das in ihren Untiefen vergraben war. Das Metall der Spraydose fühlte sich seltsam beruhigend an. Langsam umrundete ich das Haus, noch immer darauf bedacht, möglichst leise zu sein. Überall war es dunkel. Man hätte glauben können, ich hätte mir das Licht nur eingebildet. Dann erreichte ich das Fenster, in dem ich den Lichtschein zuletzt gesehen hatte. Ich spähte durch die Ritzen des Fensterladens. Ein schweres Ledersofa stand dem Fenster schräg gegenüber. Daneben lag ein weißer Schutzbezug achtlos zusammengeknüllt. Rechts, vor einem rußigen offenen Kamin, konnte ich gerade noch eine grob gezimmerte Holzkiste ausmachen. Eine einzige Kerze stand darauf auf einem Untersetzer, der eigentlich ein kleiner Teller war. Ihre Flamme flackerte unruhig in einem Luftzug, der von irgendwoher kam. Etwas, das aussah wie Papier, und ein paar Bücher lagen auf dem Boden. Niemand war zu sehen. Wer war so verantwortungslos, eine Kerze vollkommen unbeaufsichtigt brennen zu lassen? Während ich noch immer möglichst leise zur Vorderseite zurückging, versuchte ich mich selbst daran zu erinnern, wie wenig mich all das eigentlich anging, und stellte fest, dass mir dieser Umstand ziemlich gleichgültig war. Ich mochte dieses Haus! Warum, wusste ich selbst nicht. Auch wenn ich sein Inneres bisher nur durch die Fenster gesehen hatte, empfand ich in seiner Nähe ein Gefühl von Geborgenheit. Ich würde nicht zulassen, dass irgendjemandes Leichtsinn dazu führte, dass es niederbrannte.

Mit dem Pfefferspray in einer Hand drehte ich vorsichtig den Griff der Eingangstür. Er bewegte sich geräuschlos, wie vor nicht all zu langer Zeit geölt, und die Tür schwang leicht nach innen auf. Ich stand still und lauschte. Nichts. Ein letztes Zögern, dann trat ich langsam über die Schwelle. Die Dielen des Fußbodens knarrten unter mir. Vor mir führte ein Flur gerade in die Tiefen des Hauses hinein. An seinem Ende flackerte das Licht der Kerze als magerer Schein. Ansonsten war ich umgeben von trübem Halbdunkel. Linkerhand öffnete sich ein Durchgang zu einer etwas altmodisch eingerichteten Küche, rechts ging es in eine Art Wohnzimmer. Schonbezüge verbargen die Möbel, dennoch lag kaum Staub auf dem Boden, soweit ich das in dem trüben Regenlicht erkennen konnte. Neben mir an der Wand gab es einen Lichtschalter. Der Gedanke, ihn zu betätigen, verursachte mir ein mulmiges Gefühl, deshalb ging ich im Halbdunkel auf den Kerzenschein zu, bis sich der Flur zu etwas wie einer kleinen Halle erweiterte. Eine Treppe führte hier in das obere Stockwerk. Ich drehte mich einmal um mich selbst, während ich mich umsah. Die dunkel getäfelten Wände schienen den letzten Rest Helligkeit zu schlucken. Nur eine war weiß getüncht. An ihr verkündete ein viereckiger, großer Fleck, dass hier früher einmal ein Gemälde gehangen hatte. Um mich herum war es noch immer gespenstisch still. Auch Schritte waren nirgends zu hören.

Eigentlich hätte ich mich irgendwie bemerkbar machen müssen, aber selbst ein einfaches »Hallo?« oder »Ist da jemand?« widerstrebte mir. Ich würde mich dieser Kerze annehmen und wieder verschwinden. Wer auch immer hier war, mochte sich meinetwegen fragen, ob es spukte – zu diesem Haus würde es auf jeden Fall passen.

Ich ging weiter auf den Kerzenschein zu und betrat ein

zweites Wohnzimmer, ungleich größer als das neben dem Eingang. Bis auf das Ledersofa, das ich vom Fenster aus gesehen hatte, zwei Sessel und ein weiteres – etwas kleineres – Sofa, die noch ihre weißen Hüllen trugen, war der Raum allerdings leer. Die Möbel waren um den Kamin herum angeordnet, in dem sich noch die Reste eines Feuers befanden. Davor stand die Kiste, die ich vom Fenster aus gesehen hatte. Die Kerze auf ihr flackerte in dem kalten Luftzug, der durch den Kamin hereinwehte. Neben der Kiste lag ein ledernes Kissen, das wohl von dem Sofa stammte. Rundherum waren Bücher verteilt.

Angespannt sah ich mich um, während ich langsam zwischen den Sesseln hindurchging. Das, was ich für loses Papier gehalten hatte, war ein Schreibblock. Ein Kugelschreiber klemmte daran. Ich ging näher heran, bis ich die Titel der Bücher erkennen konnte. Ungläubig beugte ich mich über sie. Biologie, Geschichte, Mathematik – zwischen den Seiten dieses Buches steckte ein Taschenrechner – Physik, eine total zerlesene Ausgabe des »Dorian Gray«, gespickt mit unzähligen Post-its, die wie Zähne aus den Seiten ragten.

»Was zum ... Du schon wieder?«

Keuchend vor Schreck wirbelte ich zu der Stimme hinter mir herum – und starrte mit weit aufgerissenen Augen in die quecksilberfarbenen von Julien DuCraine.

»Was ... was machst du hier?«, brachte ich mühsam heraus. Meine Hand tastete wie in einer bösen Erinnerung nach meiner Kehle.

»Hausaufgaben. – Was zur Hölle hast du hier zu suchen?«, wütend musterte er mich.

Ich machte einen Schritt rückwärts und wäre um ein Haar auf das Mathematikbuch mit dem Taschenrechner getreten. »Ich ... ich meine: Wohnst du hier?« So unauffällig wie möglich ließ ich das Pfefferspray in meiner Tasche verschwinden.

»Was glaubst du wohl? Ich feiere hier eine Ein-Mann-Party. – Natürlich wohne ich hier.«

»Hier? Allein?« Betreten sah ich mich um. Gab es in diesem Haus überhaupt Heizung und Strom? Und fließendes Wasser?

»Ja, hier. Ja, allein. – Also: Was hast du hier zu suchen? Oder ist in fremde Häuser einzubrechen so was wie ein Hobby von dir?«

Sein spöttischer Tonfall genügte, um Ärger in mir aufkommen zu lassen – und mir auch noch den letzten Rest eines möglichen schlechten Gewissens zu nehmen.

»Ich habe das Licht gesehen, und weil ich dachte, das Haus sei noch immer unbewohnt, wollte ich nachsehen, wer sich hier herumtreibt.«

Seine Brauen schossen in die Höhe. »Du wolltest ...«, setzte er verblüfft an und verstummte dann. Julien DuCraine sprachlos zu sehen war eine Genugtuung, an die ich mich zukünftig gerne erinnern würde – bis er losbrüllte. »Bist du übergeschnappt? Ist dir auch nur eine Sekunde lang in den Sinn gekommen, dass sich hier vielleicht irgendwelche Freaks herumtreiben könnten? Oder solche Typen wie hinter dem *Bohemien*? Hast du denn keinen Funken gesunden Menschenverstand?«

Geschockt von seinem Ausbruch stand ich da und starrte ihn an – vollkommen fassungslos. Lieber Himmel, das klang, als mache er sich Sorgen um mich. Er! – Um mich!

Noch immer wütend brummte er kopfschüttelnd vor sich hin. »Sie wollte nachsehen, wer sich hier herumtreibt.« Er knurrte in meine Richtung und fuhr mit der Hand durch die Luft. »Du musst wirklich von allen guten Geistern verlassen sein.«

Ich holte langsam Atem und versuchte so ruhig wie möglich zu klingen. »Ich mag dieses Haus, kapiert. Und ich wollte nicht zusehen, wie es in Flammen aufgeht, nur weil ein paar Idioten ›schwarze Messe‹ spielen. Das war alles. – Und es ist ja nichts passiert. Also hör auf, dich so aufzuspielen. – Wo warst du überhaupt, als ich hereinkam? Hier unten hätte alles in Flammen aufgehen können.«

»Auch wenn es dich nichts angeht! – Ich war auf dem Dachboden, um zu sehen, ob es irgendwo reinregnet. Das Dach ist nicht mehr im allerbesten Zustand.« Er musterte mich erneut von oben bis unten. »Du bist klatschnass.«

»Es regnet, falls dir das entfallen sein sollte«, entgegnete ich bissig.

»Und warum schleichst du im Regen draußen herum?«

»Als es anfing, war ich am See. Leider habe ich es nicht mehr trocken bis nach Hause geschafft«, erklärte ich ihm voll zynischem Bedauern.

Seine Augen wurden schmal. »Sag nicht, dass du quer durch den Wald gehen wolltest?« Er schüttelte den Kopf. »Du hast wirklich keinen Verstand. – Ich besorg dir Handtücher.«

Verblüfft sah ich ihm nach, wie er im trüben Flur verschwand. Handtücher? Was war denn mit dem los? – Und woher, bitte schön, wusste er, wo ich wohnte?

Als er kurze Zeit später zurückkam, hatte er nicht nur Handtücher mitgebracht, sondern auch noch einen sandfarbenen Pullover und ein Paar verwaschene schwarze Jeans. Er drückte mir alles in den Arm, ging aber gleich wieder auf Abstand.

»Wenn der Regen nachlässt, fahr ich dich nach Hause.« Ein dünnes Lächeln erschien auf seinen Lippen. »Sofern du noch mal zu mir auf die Maschine steigst.«

Einige Sekunden war ich zu verdattert, um zu reagieren. Dann brachte ich ein Nicken zustande. Seine Fürsorge wurde mir langsam unheimlich. Julien drehte sich herum und machte sich daran, seine Schulsachen zusammenzuräumen.

»Gibt es hier kein elektrisches Licht?«, fragte ich unter einem der Handtücher heraus, während ich mir das Haar abtrocknete.

»Normalerweise schon. Aber als es am Donnerstag so heftig geregnet hat, ist Wasser in den Sicherungskasten gelaufen und es gab einen sauberen Kurzschluss. Bis ein Techniker sich den Schaden angesehen hat, muss es ohne Strom gehen. – Aber wie du weißt, kann ich auch im Dunkeln ganz gut sehen.«

»Und was ist mit heißem Wasser?«

»Wenn du wegen einer warmen Dusche fragst, muss ich passen. – Wie weit bist du?«

Ich warf einen Blick über die Schulter. Er stand in der entferntesten Ecke des Raumes an einem Fenster und hatte mir den Rücken zugekehrt.

»Gleich fertig.« Rasch zerrte ich mein Shirt über den Kopf und ließ es auf den Boden fallen. So nass, wie es war, würde es dem Sofaleder nicht guttun. Hastig rubbelte ich noch einmal mit dem Handtuch über meine Haut, dann streifte ich den Pullover über.

»Man könnte meinen, dass du mich wieder loswerden willst.«

»Will ich ja auch. Je eher, je lieber«, kam die Antwort ungerührt aus der Ecke.

Ich biss mir auf die Zunge, zog meine Jeans aus und seine an – Juliens Beine waren mindestens fünf Zentimeter länger als meine. Fürsorge und Freundlichkeit gehörten bei diesem Typen nicht zusammen.

Er drehte sich zu mir um, als ich gerade den Reißverschluss hochgezogen hatte. »Allerdings werde ich dich vermutlich noch einige Zeit ertragen müssen. Es gießt wie aus Kübeln und so, wie es da draußen aussieht, wird es wohl eine ganze Weile nicht aufhören.« Seine Augen musterten mich auf eine Art, dass es mir heiß und kalt zugleich wurde. Von einem plötzlichen Frösteln befallen rieb ich mir die

Arme. Die Lippen zu einem Strich zusammengepresst riss er den weißen Schutzbezug von dem Sessel, der dem Kamin am nächsten stand, und nickte zu ihm hin.

»Ich bin gleich wieder da. Setz dich!«, befahl er, während er schon aus dem Raum stapfte. Wie schon einmal blickte ich ihm nach. Was hatte dieser arrogante, herrschsüchtige Mistkerl nun wieder vor? Ärgerlich darüber, dass er glaubte mich so einfach herumkommandieren zu können, schloss ich die Hände zu Fäusten und sah mich nach etwas um, über dem ich meine nassen Sachen zum Trocknen ausbreiten könnte. Als ich nichts Geeignetes entdeckte, stopfte ich sie, wie sie waren, in meine Tasche. Hoffentlich würden meine Bücher die Feuchtigkeit unbeschadet überstehen. Auf nackten Füßen tappte ich zu dem Fenster, an dem DuCraine zuvor gestanden hatte, und schaute hinaus. Es regnete tatsächlich in Strömen. Das Poltern von Holz ließ mich zusammenzucken und erschrocken umdrehen. Julien kniete vor dem Kamin und war damit beschäftigt, Papier und dünne Zweige um ein kleines Scheit herum aufzuschichten. Wieder hatte ich ihn nicht gehört. Ohne mich zu beachten, fischte er ein Feuerzeug aus seiner Hosentasche und brannte das Papier an mehreren Stellen an. Zuerst fraßen sich die Flammen nur zögernd empor, doch dann sprangen sie knisternd auf die Zweige über und leckten schließlich auch nach der Rinde des Scheits. Einige Minuten später flackerte ein Feuer im Kamin. Einen Moment hockte DuCraine mit geschlossenen Augen und gesenktem Kopf davor. Doch dann richtete er sich abrupt auf, legte noch zwei weitere Holzstücke darauf, stand auf und klopfte sich die Hände sauber. Erst jetzt sah er mich wieder an. Ich wich seinem Blick aus, tappte an ihm vorbei zu dem Sessel, den er zuvor für mich freigeräumt hatte, und kauerte mich mit angezogenen Beinen darauf. Auch wenn er nichts sagte, fühlte ich mein schlechtes Gewissen. Er schaute ein paar Sekunden auf mich herab, ehe er sich mir gegenüber, auf der anderen Seite der Kiste, auf dem Sofa niederließ – so weit entfernt von mir, wie es nur möglich war. Um ihn nicht ansehen zu müssen, streckte ich meine Hände dem Feuer entgegen.

»Besser?«, fragte er nach einigen Minuten.

Ich nickte. »Ja.« Und fügte ein leises »Danke!« hinzu.

Er brummte nur und schob etwas beiseite, das neben ihm lag. Dunkles, poliertes Holz glänzte im Schein der Flammen. Eine Geige. An ihrer Seite verunstaltete ein tiefer Kratzer ihren schimmernden Lack. Verblüfft erkannte ich das Instrument aus dem *Bohemien*.

»Du hast sie gestohlen?« Erschrocken sah ich ihn an.

Ärger glitt über seine Züge. »Glaubst du ernsthaft, irgendjemand wird merken, dass sie nicht mehr da ist? – Und selbst wenn: Wer ein so herrliches Instrument einfach im Staub verkommen lässt, hat nicht verdient es zu behalten.«

»Wenn das jemand herausfindet, wirst du Ärger bekommen«, warnte ich ihn hilflos.

Er lachte hart und auf eine seltsame Weise bitter. »Wenn Ärger wegen einer gestohlenen Geige alles ist, worum ich mir Sorgen machen muss ...«, verächtlich zuckte er die Schultern. »Und außerdem: Wie sollte es irgendjemand herausfinden? – Es sei denn, du würdest mich verraten.« In seinen Worten war nichts Lauerndes oder gar eine Drohung. Er sprach vollkommen gelassen.

Ich sah von ihm zu der Geige und zu ihm zurück – und schüttelte den Kopf.

»Ich werde niemandem etwas davon sagen.«

Mit einem knappen Nicken nahm er mein Versprechen zur Kenntnis. Seine Fingerspitzen strichen leicht über den schimmernden Lack. Er musste viele Stunden darauf verwendet haben, das Instrument zu reinigen und zu polieren, wenn man bedachte, wie es jetzt aussah und in welchem Zustand es noch vor ein paar Tagen gewesen war.

»Warst du deshalb im *Bohemien*? Um sie zu ... holen?« Ich beobachtete seine Hand auf der Geige.

»Ursprünglich. Aber das *Bohemien* hat eine beeindruckende Akustik. Und als ich es ganz für mich allein hatte, konnte ich nicht widerstehen. Ich wollte hören, wie sie *wirklich* klingt.«

»Du spielst gerne, oder?«

Aus dem Augenwinkel sah er mich an. »Ja.«

»Wo hast du spielen gelernt? Ich meine so toll, wie du spielst ...«, ich verstummte. Belangloser Small Talk war noch nie meine Stärke gewesen.

Für einen Moment schloss er die Augen, dann hob er den Kopf und sah mich an. »Mein Vater hat es mir beigebracht. – Meine Mutter sagte, er hätte sein Talent auf der Geige vom Teufel persönlich in die Wiege gelegt bekommen. Und es an mich weitervererbt.«

Etwas in seiner Stimme weckte eine leise Beklommenheit in mir.

»Wohnen deine Eltern hier in der Nähe?«

»Meine Eltern sind tot.«

Betreten sah ich zu Boden. »Das tut mir leid.«

»Muss es nicht. Es ist schon ziemlich lange her.«

Er nahm die Hand von der Geige und wandte sich dem Kamin zu. Schweigen breitete sich zwischen uns aus. Ich zog die Beine enger an mich heran und versuchte ihn nicht anzusehen. Es gelang mir nicht. Er schien mit den Gedanken weit fort zu sein. Von Zeit zu Zeit zuckte es um seinen Mund, wenn er die Lippen aufeinanderpresste oder die Zähne fest zusammenbiss. Die Kerzenflamme tanzte an ihrem Docht. Ein paarmal traf mich ein kurzer Blick unter halb gesenkten Lidern heraus. Im Kamin knisterte und knackte das Holz. Jenseits der Fenster prasselte der Regen.

»Warum kannst du mich nicht leiden?«, fragte ich irgendwann in die Stille hinein.

Er blickte zu mir her. »Ich habe nicht gesagt, dass ich dich nicht leiden kann. Ich will nur nicht, dass du mir zu nahe kommst.«

Ich schnaubte. »Und wo ist da der Unterschied?«

Seine quecksilbergrauen Augen schimmerten dunkel und unergründlich, während sie mich weiter musterten. »Das eine hat etwas mit Emotionen zu tun, das andere mit räumlicher Distanz.« Er neigte den Kopf ein wenig zur Seite. »Ich finde schon, dass da ein Unterschied besteht.«

Bedeutete das etwa ...? Warum nur klopfte mein Herz wie verrückt? »Dann sag mir, warum du mich nicht in deiner Nähe haben willst!« Ich verstand nicht, weshalb mir etwas, das sich wie Verzweiflung anfühlte, die Brust zusammenpresste.

Er beugte sich vor, stützte die Ellbogen auf die Knie und verschränkte die Hände ineinander, die Finger gestreckt, sodass sie wie Dornen in meine Richtung ragten. Den Kopf ein kleines Stück gesenkt schaute er mich durch lange, dunkle Wimpern weiter mit seinen geheimnisvollen Augen an. »Vielleicht, weil es besser für dich ist«, sagte er schließlich leise und wandte den Blick ab.

Meine Kehle war wie zugeschnürt. Scheinbar ohne Grund – außer, dass er nichts mit mir zu tun haben wollte. »Willst du behaupten, es könnte gefährlich für mich sein, wenn ich dir zu nahe komme? Warum? Hast du irgendeine ansteckende Krankheit oder so was? Ist die Mafia hinter dir her und du bist im Zeugenschutzprogramm?« Ich stieß ein bitteres, kurzes Lachen aus, das eigentlich höhnisch hatte klingen sollen. Warum nur glaubte jeder zu wissen, was »besser« für mich war? Ich beugte mich ebenfalls vor. »Ich bin durchaus in der Lage, selbst zu entscheiden, was gut für mich ist und was nicht, danke.«

Auf seiner Stirn erschien eine tiefe Linie. »In diesem Fall offenbar nicht, sonst würdest du mir nicht dauernd nachlaufen.«

»Ich laufe dir nicht nach!«

Er hob eine Braue, sagte aber nichts.

»Oh, gut! Dann ist es wohl am besten, wenn ich zusehe, dass ich von hier verschwinde und dir meine weitere Gegenwart erspare – geschweige denn die Mühe, mich nach Hause zu fahren.« Zornig und verletzt zugleich zerrte ich meine Tasche zu mir heran und wühlte darin nach meinem Handy. Es war mir egal, dass ich den Rest ihres Inhalts um mich herum verteilte. Ich würde Simon bitten mich hier abzuholen. Warum, zum Teufel, war mir plötzlich zum Heulen zumute? Ich fluchte, als ich es nicht finden konnte. Vor meinen Augen verschwamm alles. Ich wühlte heftiger in meiner Tasche. Collins' »Die Frau in Weiß« landete mit einem vernehmlichen Klatschen auf dem Boden.

»Ach, verdammt!«, schimpfte ich – warum klang es nur wie ein Schluchzen? – und bückte mich nach dem Buch. Plötzlich war DuCraine neben mir. Seine schlanken, blassen Finger hatten sich ebenfalls um »Die Frau in Weiß« geschlossen. Erschrocken sah ich auf. Ich hatte noch nicht einmal bemerkt, wie er sich bewegt hatte. Unsere Gesichter waren auf gleicher Höhe, keine zehn Zentimeter mehr voneinander entfernt. Wie damals im *Bohemien* blieb die Zeit einfach stehen. Ich sah nur noch seine Augen. Seine dunklen, geheimnisvollen, ernsten, wunderschönen Augen. Er ließ den Collins los. Wie ein kühler Hauch legte sich seine Handfläche gegen meine Wange. Ich musste eine kleine Bewegung gemacht haben, denn seine Hand glitt abwärts – und blieb an meinem Hals liegen. Ich spürte seinen Daumen ganz leicht auf dem wilden Pochen meiner Halsschlagader. Sein Blick zuckte von meinem Gesicht fort. Er starrte auf meine Kehle. Etwas in seinen Augen veränderte sich. Sie wurden noch dunkler, wechselten ihre Farbe. Ich konnte sehen, wie er hart schluckte und gleichzeitig die Zähne zusammenbiss. Mit einem Mal kam sein Atem in raschen, zischenden Stößen. Seine Lippen zuckten, die obere hob sich ein winziges Stück. Unvermittelt richtete er sich auf und machte einen Schritt weg von mir, so plötzlich und abrupt, dass ich erschrak.

Ich starrte ihn an. Er erwiderte meinen Blick, während er bis zum Kamin vor mir zurückwich – und sich ruckartig abwandte. Nur das Knistern des Feuers war noch zu hören. Ich wagte es nicht, das Schweigen, das wieder zwischen uns hing, zu brechen. Mein Mund war trocken und in meinem Magen saß ein seltsames Flattern. Ein Teil von mir versuchte noch immer zu begreifen, was da gerade geschehen war. Ein anderer hatte Herzklopfen, ein dritter beharrte darauf, dass ich mich irren musste, und ein vierter kämpfte mit einem blödsinnigen Kichern. Ich machte beinah einen Satz auf dem Sessel, als Julien in die Stille hinein sprach.

»Es hat aufgehört zu regnen. Ich hole die Blade aus dem Schuppen. Pack deine Sachen wieder zusammen und komm nach.«

Damit ließ er mich allein. Es kam mir vor, als hätte er mich mit einem Eimer Eiswasser aus tiefem Schlaf geweckt. Seltsam benommen sah ich ihm hinterher und fragte mich, warum ich das Gefühl hatte, gerade in ein tiefes Loch gestoßen worden zu sein und dass Julien DuCraine vor mir davonlief.

Als ich ihm wenig später aus dem Haus folgte, hatte es tatsächlich aufgehört zu regnen und er wartete bereits mit seiner Maschine vor der Eingangstreppe. Die Steine des gepflasterten Zufahrtsweges glänzten vor Nässe. Graue, schwere Wolken bedeckten noch immer den Himmel. Die Sonne stand schon tief und begann ihn im Westen allmählich orange zu färben.

Ich blickte verwirrt auf die Jacke und den Helm, die Julien mir hinhielt. »Was soll ich damit?«

»Anziehen, was sonst? Wir wollen doch nicht, dass du dir

nach deiner Regendusche im Fahrtwind eine Erkältung holst.«

Ich überhörte den Spott in seiner Stimme, nahm die Jacke und glitt in die Ärmel. Sie war mir natürlich mehrere Nummern zu groß. »Und was ist mit dir?« Irgendwie schaffte ich es, dass meine Stimme nicht zitterte. Was auch immer zwischen uns geschehen war, es war vorbei.

Lässig zuckte er die Schultern. »Du bist diejenige, die eben noch nass wie eine Katze war, nicht ich. – Kannst du deine Tasche festhalten oder soll ich sie nehmen?«

Nachdem ich seinen Fahrstil kannte, überließ ich ihm meine Sachen. Er schwang sich auf seine Maschine und kickte den Ständer in die Höhe. Ich war noch dabei, hinter ihn zu klettern, da erwachte der Motor schon zu grollendem Leben. Hastig schlang ich die Arme um Juliens Mitte und klammerte mich an ihn. Ich war noch immer wie benommen. Wie konnte er nur von einem Augenblick auf den anderen so völlig ... gleichgültig sein? Es war, als hätte man einen Schalter umgelegt – oder als sei er ein ganz anderer. Wie bei Dr. Jekyll und Mr Hyde. Vielleicht hatte er ja eine gespaltene Persönlichkeit. Glaubte er deshalb, es könnte in seiner Nähe für mich gefährlich sein? Was für ein Unsinn!

Der regennasse Boden hinderte ihn nicht daran, auch jetzt wie ein Wahnsinniger zu rasen, kaum dass wir von dem gepflasterten Zufahrtsweg in die Straße eingebogen waren. Ich duckte mich hinter ihn und tröstete mich damit, dass ich heute wenigstens einen Helm trug. Erst als wir die Einfahrt zu meinem Zuhause erreichten, drosselte er das Tempo wieder. Vor der Treppe brachte er die Maschine zum Stehen und ich stieg ab. Er hielt meine Tasche, während ich den Helm ein wenig umständlich absetzte und ihm schließlich im Tausch gegen meine Sachen seine zurückgab. Für einen Sekundenbruchteil schien er zu zögern, ehe er die Jacke selbst anzog.

»Danke fürs Bringen.« Ich trat einen Schritt von dem Motorrad zurück. Den Helm schon halb erhoben, um ihn aufzusetzen, nickte er, ließ ihn dann jedoch wieder sinken.

»Hör mal ...« Er räusperte sich. »Ich fände es gut, wenn du niemandem erzählen würdest, wo ich wohne.«

Ich blinzelte. Das klang wie eine Bitte. Die Überraschungen nahmen heute anscheinend gar kein Ende. Den Kopf schief gelegt sah ich ihn an. »Willst du verhindern, dass Cynthia vor deiner Tür steht? Oder eine deiner Ex?«, erkundigte ich mich betont fröhlich.

Er verzog die Lippen und fuhr sich durchs Haar. »Auch«, gab er zu. »Und? Wirst du den Mund halten?«

Ich musterte ihn. Im trüben Abendlicht wirkten seine Augen noch immer dunkel und geheimnisvoll. Schatten lagen unter ihnen. Er schien blasser als gewöhnlich zu sein.

»Okay. Von mir erfährt niemand etwas.« Ich hatte die Worte kaum ausgesprochen, als das Unglaubliche geschah: Julien DuCraine lächelte. Nicht spöttisch oder arrogant, nein. Dankbar und liebenswürdig – und zugleich seltsam müde. Das Lächeln verschwand so schnell, wie es gekommen war, und er nickte.

»Danke.«

Unerklärlicherweise machte mich dieses eine einfache »Danke« äußerst verlegen. Ich versuchte mir nichts anmerken zu lassen und hob die Schultern. »Schon in Ordnung. – Sehen wir uns am Montag?«

»Montag?«

»In der Schule. In englische Literatur.«

»Oh. Ja, klar. Schule. – Mal sehen.« Er verstummte, wandte sich halb um und blickte die Auffahrt hinunter, auf der ein paar Scheinwerfer auf uns zukamen. Ich erkannte Neals dunkelroten Mustang. Der Wagen hielt einen halben Meter hinter uns und der Motor erstarb. Plötzlich fühlte ich mich unbehaglich. DuCraine streifte mich mit einem kurzen

Blick, setzte den Helm auf, nickte mir noch einmal zu und brauste davon.

Ich sah ihm nach, bis das Rücklicht seiner Maschine verschwunden war. Es war verrückt, aber plötzlich hatte ich Angst vor dem Unterricht bei Mr Barrings.

»War das nicht DuCraine?«, erklang Neals Stimme hinter mir und ich drehte mich zu ihm um.

»Hallo Neal. – Ja, das war Julien.«

Gerade kam er um die offene Autotür herum. Seine Schritte stockten, doch dann ging er weiter, wobei er mich von oben bis unten musterte: dunkle, verwaschene Jeans, die mir zu groß waren, der helle Pullover, der um mich herumschlabberte und dessen Ärmel auf meine Hände gerutscht waren. Ich sah, wie seine Überraschung zu Missbilligung wurde, als er seine eigenen Schlüsse zog. Hitze schoss mir ins Gesicht und ich drückte meine Tasche vor die Brust.

»Es ist nicht, was du denkst.«

Noch einmal glitten seine Augen über mich. Ich umklammerte meine Tasche fester. Er hielt mir einen Stapel CDs entgegen.

»Die haben wir unter Mikes Computertisch gefunden. Es sind deine. Er hat mich gebeten, sie dir auf dem Weg nach Hause vorbeizubringen.«

»Danke.« Verlegen nahm ich sie ihm ab.

Erneut musterte er mich. »Hast du Lust, heute Abend mit mir ins Kino zu gehen?«, fragte er dann unvermittelt.

Überrascht sah ich ihn eine Sekunde lang an, doch dann schüttelte ich bedauernd den Kopf.

»Sei mir nicht böse, aber heute nicht. Ich … ich fühle mich nicht so gut.« Irgendwie stimmte das ja auch.

Ganz kurz blickte er in die Richtung, in die Julien verschwunden war. Seine Lippen wurden zu einem dünnen, fahlen Strich, dann sah er mich wieder an. Das Lächeln, mit dem er nickte, wirkte gezwungen. »Okay. Dann ein andermal. – Wir sehen uns Montag.« Er ging zu seinem Auto zurück. Der Motor sprang mit einem Heulen an. Ich beobachtete, wie er davonfuhr, ehe ich ins Haus ging. Darauf bedacht, Ella nicht zu begegnen, schlich ich die Treppe hinauf und in mein Zimmer. Es war nicht nötig, dass auch sie mich in Juliens Sachen sah, das würde nur dazu führen, dass sie Fragen stellte. Fragen, auf die ich im Moment absolut keine Lust hatte und die ich wahrscheinlich auch gar nicht beantworten konnte.

Erst als ich meine Tür hinter mir schloss, wagte ich aufzuatmen. Meine Knie fühlten sich auf einmal unerklärlich weich an. Ich sank auf mein Bett und starrte minutenlang einfach nur vor mich hin. In meinem Magen saß ein riesiger, bebender Knoten, der mit jeder Sekunde, die ich über das nachdachte, was in dem alten Haus geschehen war, größer wurde. Doch sosehr ich mich auch bemühte, ich bekam das Durcheinander in meinem Kopf nicht sortiert. Zudem war mir kalt. Ich sehnte mich nach einer heißen Dusche – und vielleicht würde das warme Wasser mir helfen wieder klar zu denken.

Ich räumte meine nassen Sachen in den Wäschekorb, schlüpfte aus Juliens Pullover und Jeans und verkroch mich ins Bad. Irgendwann stellte ich fest, dass ich durch die Dampfschwaden blind gegen die Kacheln starrte. Der Knoten in meinem Magen war noch immer da und mit ihm die vage Übelkeit, die mir schon die ganze Zeit die Kehle zuschnürte. Ich drehte das Wasser aus, trocknete mich ab und schlüpfte in meinen Bademantel. Mit einem dicken Handtuch um die Haare geschlungen ging ich in mein Zimmer zurück. Wie ein Schlafwandler legte ich eine CD in die Stereoanlage, dann setzte ich mich mitten auf mein Bett und umarmte mein Kissen. Am Fußende lagen Juliens Sachen. Ich starrte darauf. Starrte. Starrte. Irgendwann zog ich den Pullover zu mir heran, hielt ihn zwischen den Händen und strich über die Wolle. Immer wieder. Ella rief zum Abendessen. Ich nahm nur am Rande wahr, dass ich ihr antwortete, ich hätte keinen Hunger. Das Chaos in meinem Verstand machte schließlich einer Erkenntnis Platz: Ich war verliebt. In Julien DuCraine. Den Jungen, der mich nicht in seiner Nähe haben wollte. Auch als die Nacht mein Zimmer in Dunkelheit hüllte, saß ich noch immer auf meinem Bett und starrte vor mich hin.

Der nächste Morgen änderte nichts an meinem Zustand. Ich wachte um mein Kissen geschlungen auf, mit den verschwommenen Erinnerungen an einen Traum, in dem Julien DuCraine neben meinem Bett stand und reglos mit seltsam glimmenden Augen auf mich herabsah. Eine Ecke der Bettdecke war über mich gebreitet, der Rest unverrückbar unter mir gefangen. Mein Bademantel war bis zu meinen Knien hochgerutscht und meine Füße waren eiskalt. Ich hatte schon wieder Zahnschmerzen und noch immer diesen würgenden Knoten in meinem Magen. Mein Spiegel offenbarte tiefe Ringe unter meinen Augen. Wie mein eigener Geist tappte ich in die Küche hinunter, machte mir eine Tasse Tee und zog mich gleich wieder in mein Zimmer zurück, wo ich mich unter meiner Bettdecke verkroch. Zum Glück war Ella wie jeden Sonntagmorgen auf irgendeinem Flohmarkt auf der Suche nach diesen alten Porzellanpuppen, die sie so liebte. Ich hätte ihr nicht begegnen wollen.

Juliens Sachen lagen noch immer auf meinem Bett und erinnerten mich gnadenlos an mein Elend. Ich war in ihn verliebt. Er wollte mich nicht und ich hatte keine Ahnung, was ich dagegen tun konnte. – Wahrscheinlich hätte ich auch dann nicht gewusst, was ich tun sollte, wenn er meine Gefühle erwidert hätte, denn ich war noch nie wirklich in einen Jungen verliebt gewesen. – An meinem Tee nippend starrte ich noch eine ganze Weile auf den Pullover und die Jeans, doch schließlich stellte ich die Tasse entschieden auf meinen Nachttisch. Ich musste mir diesen Typen aus dem Kopf schlagen. Je eher, desto besser. Noch im Bademantel klaubte ich die Sachen auf und trug sie hinunter zur Waschmaschine. Ich würde die Gelegenheit nutzen, solange Ella nicht da war, um sie zu waschen, in den Trockner zu stopfen und sie ihm dann schnellstmöglich zurückgeben zu können – niemand in diesem Haus musste merken, dass ich gestern in Pullover und Jeans eines Jungen nach Hause gekommen war. Dass Neal es gesehen und sich seinen eigenen Reim darauf gemacht hatte, war schlimm genug. Wenn Onkel Samuel davon erfuhr, würde der Himmel über mir zusammenbrechen – mindestens.

Ich war gerade in mein Zimmer zurückgekehrt und dabei, mir etwas anzuziehen, als mein Handy lossummte. Susan war dran und lud mich ein vorbeizukommen, um mir die Ausbeute ihres gestrigen Shoppingtrips anzusehen. Auch wenn ich eigentlich keine Lust hatte, stundenlang mit ihr über die neuesten Trends und Klamotten zu reden, sagte ich zu – es würde mich von Julien DuCraine ablenken.

Als ich bei Susan ankam, war der Tisch für das Mittagessen bereits gedeckt. Ihre Mutter hatte Pasta gemacht und natürlich war ich zum Essen eingeladen. Mike war mit Neal und Tyler zusammen losgezogen, um etwas zu »erledigen«. Was, wussten weder Susan noch ihre Mutter. Der Höflichkeit halber würgte ich ein paar Farfalle mit Spinat-Knoblauch-Sahnesoße hinunter. Doch schon nach wenigen Bissen wurde mir übel und ich floh auf die Toilette. Als ich endlich zurückkam, musterte Susans Mutter mich mitleidig und stellte fest, dass ich ihr heute gar nicht gefiele. Ihr Angebot, mich nach Hause zu fahren, lehnte ich ab. Daraufhin bekam ich zusammen mit Tropfen zur Beruhigung meines Magens eine Wärmflasche verordnet und wurde mit einer Wolldecke auf das Sofa in Susans Zimmer verfrachtet. Offenbar darauf bedacht, mich von meinem Leiden abzulenken, berichtete Susan ausführlichst von ihrem Shoppingtrip und führte mir die Sachen vor, die sie erstanden hatte, wobei sie sich vor mir drehte und wendete wie ein Modell auf dem Laufsteg. Wir hörten uns die beiden neuen CDs an, die sie sich gekauft hatte, blätterten in Magazinen und planten unsere Kostüme für den Halloween-Ball, der – nachdem das *Bohemien* als zu unsicher eingestuft worden war – auch in diesem Jahr wieder in der Turnhalle der Schule stattfinden würde. Es war ein ganz normaler Mädchen-Nachmittag. Und doch stand ich die ganze Zeit über irgendwie neben mir. Susan ertappte mich sogar dabei, wie ich einfach vor mich hin starrte. Jedes Mal, wenn sie mich dann fragte, was los sei, murmelte ich ein »Nichts« und wurde dennoch rot. Als sie irgendwann zu dem Thema Jungs und mit wem sie und ich zum Halloween-Ball gehen würden wechselte, entschied ich, dass es Zeit für mich war, mich zu verabschieden. Ihre Mutter fragte mich noch einmal besorgt, ob es mir wieder gut genug ginge, um allein heimzufahren, doch ich konnte sie davon überzeugen, dass mein Magen sich wieder beruhigt hatte und ich ihre Hilfe nicht brauchte.

Auf dem Weg nach Hause fuhr ich an dem alten Anwesen vorbei. Fest entschlossen, sie ihm noch heute zurückzugeben und einen endgültigen Strich unter die ganze Geschichte zu ziehen, hatte ich Juliens Sachen mitgenommen, als ich zu Susan gefahren war. Ich parkte an der Straße und ging den Zufahrtsweg zu Fuß hinunter. Die alten Ahornbäume, die ihn zu beiden Seiten säumten, waren von Gestrüpp umwuchert. Das Wäldchen, das das ganze Anwesen umgab, begann direkt dahinter. Ein paarmal glaubte ich eine schattenhafte Bewegung zwischen den Bäumen jenseits der Ahorne zu sehen, doch sie war stets viel zu schnell wieder verschwunden, als dass ich hätte sagen können, was da war. Das Haus selbst kam schon nach wenigen Metern in Sicht. Mit jedem Schritt, den ich mich ihm weiter näherte, schlug mein Herz härter in meiner Kehle. Ich presste die Tasche mit Juliens Sachen fester gegen meine Brust. In meinem Magen saß eine undefinierbare Übelkeit. Einerseits hoffte ich, dass er zu Hause war, damit ich es hinter mich bringen konnte, andererseits betete ich, dass er nicht da war, denn ich hatte Angst davor, ihm gegenüberzustehen.

Das Haus lag still und dunkel inmitten seiner Lichtung. Die Tür zum Schuppen war fest geschlossen und mit einer Kette gesichert. Ein letztes Zögern, dann stieg ich die Stufen hinauf und klopfte an die Eingangstür. Nichts rührte sich. Ich trat zurück und ließ den Blick über die Fenster wandern. Nichts bewegte sich dahinter. Ich klopfte erneut, wartete. Es blieb still. Als ich die Tür zu öffnen versuchte, war sie abgeschlossen. Angespannt umrundete ich das Haus und spähte in die Fenster des Zimmers, in dem ich gestern Abend mit Julien gesessen hatte. Die Kiste stand unverändert da, der weiße Schonbezug war wieder über den Sessel geworfen, auf dem Sofa schimmerte das polierte Holz der Geige, doch ansonsten war der Raum verlassen. Julien war nicht da. Auf unerklärliche Weise erleichtert ging ich zu meinem Auto zurück – vielleicht ein bisschen schneller, als nötig gewesen wäre. Ich hatte den Zufahrtsweg schon zur Hälfte hinter mir gelassen, als ich merkte, dass ich die Tasche, in der Juliens Jeans und Pullover steckten, weiterhin bei mir trug. Doch anstatt umzukehren und ihm die Sachen einfach vor die Tür zu legen, ging ich weiter zu meinem Auto und fuhr nach Hause. Ich würde sie einfach im Wagen lassen und sie ihm morgen in der Schule geben.

In dieser Nacht träumte ich erneut von Julien DuCraine. Er stand am Fußende meines Bettes und starrte regungslos auf mich herab.

Der Mann folgte ihm nur zögernd in die Gasse hinein. Es hatte überraschend lange gedauert, Willie bei der Mall zu finden – und noch länger, ihn dazu zu überreden, ihm den Fundort des Georgsmedaillons zu verraten. Erst nachdem er dem alten Mann mit dem schon schütter gewordenen Haar einen Kaffee und etwas zu essen spendiert hatte – und dabei mit entsprechend viel Geld wedelte –, war dieser mit der Sprache rausgerückt. Die verworrene Geschichte, die Willie ihm erzählte, hatte die Angst, die schon seit Wochen in seinen Knochen saß, nur noch mehr geschürt. Gleichzeitig hatte sie eine verzweifelte Wut in ihm geweckt. Er hatte ihm noch mehr Geld versprochen, wenn er ihn zu dem Ort brachte, wo er das Medaillon gefunden hatte. Willie hatte sich geweigert, bis er Schein um Schein auf den Tisch geblättert hatte. Als er schon kurz davor stand, sich die Informationen mit Gewalt zu holen – Gesetz hin oder her –, hatte der alte Mann schließlich doch eingewilligt. Und nun waren sie hier in dieser schmalen Seitenstraße, die nur von einer altersschwachen Straßenlaterne an ihrem Eingang spärlich erhellt wurde und nach ein paar zig Metern vor einem Drahtverhau endete. Ein Stück davon entfernt blieb er stehen und drehte sich zu Willie um. Sofort drang ihm auch über die Distanz, die zwischen ihnen war, der Geruch nach Schnaps und Schweiß in die Nase. Er wandte sich ab und atmete möglichst flach durch den Mund, obwohl die Gerüche, die zwischen den Mauern hingen, auch nicht viel angenehmer waren. Manchmal war es entschieden von Nachteil, die feinen Sinne eines Raubtieres zu haben.

»War es hier?«, fragte er und ließ den Blick angespannt über die Mauern gleiten. Nur eines der angrenzenden Häuser hatte Fenster in diese Sackgasse. Auf einer Seite stapelten sich Müllsäcke, zwischen denen es raschelte. Vielleicht eine Ratte auf Nahrungssuche – oder eine Katze mit der gleichen Absicht. Auf der anderen Seite stand, was von einem verrosteten Auto übrig war. Mehr als das Skelett und halb herunterhängende Türen war es nicht. – Nur ein paar Blocks entfernt von hier hatte er damals die Vette in einer Seitenstraße gefunden.

Willie schlurfte neben ihn. Geradezu ängstlich sah er sich um.

»Ja, Mister. Hier war's. Direkt hier«, bestätigte er dann.

»Und was genau haben Sie gesehen?« Unauffällig brachte er einen Schritt Abstand zwischen sich und den Mann.

»Vier oder fünf Typn, hamm 'n andern Typn ziemlich heftig zusammngeschlagn. War schlank, soweit ich was erkenn'n konnt. Dunkle Haare. Ziemlich gut gekleidet. Hat nich in diese Gegend gepasst.« Willie musterte ihn. »Wenn ich's genau überlegn tu, hat er Ihn'n sogar ganz schön ähnlich gesehn.«

Er ignorierte die Bemerkung. »Wo genau haben sie ihn zusammengeschlagen?«, fragte er stattdessen.

»Da drübn, bei der altn Karre hamm sen dagegngeschmissn. Wenn der noch 'n heiln Knochn im Leib gehabt hat, wär's 'n Wunder gewesn. Da hab ich auch 'n Anhänger gefundn. War 'n Stück unter die Karre gerutscht.«

Er schob die Hand in die Hosentasche und umklammerte das Georgsmedaillon für ein paar Sekunden mit aller Kraft. »Haben Sie gesehen, ob ... ob sein Genick gebrochen war?«

Willie stieß ein Schnauben aus. »Keine Ahnung. Mensch, Mister, ich hab mich in das Eck bei'n Tütn gedrückt und gebet't, dass die Typn mich nich auch sehn. Die hättn mich genauso massakriert wie ihrn Freund. Die hattn sogar Messer und Kettn und so'n Zeug. Ich hab doch nich gesehn, ob dem Typn sein Gnick gebrochn war oder nich. Bin ja auch kein Arzt oder so'n Kram.«

»Versuchen Sie sich zu erinnern!«

»Is wohl echt wichtig, was? Na, mal nachdenkn. – Könnt schon sein. Sein Kopf hat schon ziemlich komisch runtergehangn, als die Typn'n weggeschleift habn. Gerührt hat er sich auf jedn Fall nich mehr. Auch nich irgend'n Mucks gemacht.«

»Haben Sie gesehen, wo die Kerle ihn hingebracht haben?« Erneut sah er sich um. Hinter keinem der Fenster brannte Licht. Vermutlich standen die Wohnungen leer. Und selbst wenn nicht, wäre in dieser Gegend niemand auf die Idee gekommen, nachzusehen, was hier hinten vor sich ging.

Neben ihm schüttelte der Mann den Kopf. »Großer Gott, nee,

Mister. Die Gasse runter, das hab ich gesehn, aber mehr nich. – Obwohl: Ich hab gehört, wie gleich, nachdem die Typn weg warn, ganz in'er Nähe 'n Motor angesprungn is. War ziemlich laut. Könnt so was wie'n Truck gewesn sein. Sie wissn schon, eins von'n Dingern mit Ladefläche. – Vielleicht hamm sen ja auf die Müllkippe gefahrn. Der andre Typ hat ja gesagt, sie solln'n entsorgn, dass man'n nich mehr findet, wenn sie mit'm fertig sin.«

Überrascht und alarmiert zugleich drehte er sich um. »Welcher andere Typ?«

»Na, der feine Pinkel. Schnieker Anzug. Noch feiner als Ihr Freund. – Und eh Sie fragn. Ich weiß nich, wie er aussieht. Hab'n nur von hintn gesehn. Ungefähr meine Größe. Dunkles Haar. – Hat sich schön abseits gehaltn. Bloß nich die Hände dreckich machn. Hat nur zugesehn. War wohl der Boss. – Was is jetzt mit meim Geld, Mister? Ich hab Ihn'n gesagt, was ich gesehn hab. Das war alles.«

Wortlos zog er einige Scheine hervor und gab sie Willie.

Der grinste. »Danke, Mister. Ich trink ein'n auf Sie.«

Er nickte nur und wartete dann schweigend, bis der Mann fort war, ehe er zu dem Autowrack hinüberging. Wenn es hier noch irgendwelche Spuren gegeben hatte, waren sie schon lange vom Regen weggewaschen. Trotzdem hatte er Angst, dass er welche finden könnte, die keinen Zweifel mehr zuließen – auch wenn das, was Willie ihm erzählt hatte, eigentlich eindeutig war. Nein! Er weigerte sich, ohne einen Beweis das Schlimmste auch nur in Erwägung zu ziehen!

Mit den Händen strich er über das Metall und versuchte herauszufinden, welche Dellen schon älter waren und welche vielleicht von jenem Abend stammen könnten. An einer scharfkantigen Ecke entdeckte er einen Fetzen schwarzen Stoff. Er zog ihn ab und rieb ihn zwischen den Fingern. Seine Kehle wurde eng. Mit einer entschiedenen Bewegung kniete er sich hin und blickte unter das Wrack. Wenn das Georgsmedaillon daruntergerutscht war, lag da vielleicht noch etwas anderes, das ihm sagen konnte, ob er auf der richtigen

Spur war. Das Licht der Laterne reichte nicht bis hierher. Er kniff die Augen in der Dunkelheit zusammen: leere Dosen, Glasscherben, eine zerfledderte Zeitung, jede nur erdenkliche Sorte von Müll und Unrat und eine Katze, die ihn regungslos ansah. Dann drehte sich das Tier unvermittelt um und rannte davon. Eine alte Bierflasche rollte mit einem hohlen Geräusch über den Boden und blieb an Papierfetzen hängen. Er beugte sich weiter vor und spähte angestrengter in die Finsternis unter dem Wrack. Da lag etwas, was aussah wie ... Hastig stand er auf und kletterte in das Autoskelett hinein und hindurch. Der Schweller stand so dicht an der Hauswand dahinter, dass er den Arm kaum noch in den Spalt zwängen konnte. Ein paar Sekunden tastete er blind, die Schulter gegen die Mauer gepresst, bis er die Bierflasche fand und das Papier. Er wühlte tiefer, erwischte den Gegenstand mit zwei Fingern und zog ihn vorsichtig durch den Spalt heraus.

Ein Handy, zerkratzt und angeschlagen. Es war das gleiche, das er auch besaß. Er ließ es aufschnappen. Das Display blieb dunkel. Entweder war der Akku leer oder es war nicht eingeschaltet gewesen, als es unter das Wrack gerutscht war. Er machte es an. Das Display erwachte zum Leben. Seine Hand zitterte, als er die PIN eingab. Auch wenn er immer noch hoffte, dass sie nicht stimmte und alles nur ein Zufall war, glaubte er insgeheim nicht mehr daran. Ein leises Piepen verkündete, dass die Zahlen passten. Er schloss die Augen, zählte langsam bis zehn, ehe er sie wieder öffnete. In der unteren Ecke des Displays tat ein geschlossener Briefumschlag kund, dass es noch ungelesene SMS gab. Er rief sie auf. Es waren zwei. Die erste lautete:

Wo bist du? Melde dich!

Die zweite war nur wenig länger.

24h!

Sonst komme ich nach. Die Konsequenzen sind mir egal!

Sekundenlang starrte er blind darauf. Er selbst hatte die Nachrichten geschrieben. Sie waren bis eben nie gelesen worden. Ein Schrei kroch seine Kehle hinauf. Er würgte ihn hinunter, schloss das

Handy mit beinah übertriebener Vorsicht und umklammerte es mit beiden Händen. Brauchte er noch mehr Beweise? Das Medaillon, das Handy, das, was Willie gesehen hatte ... Er holte tief Atem. Auch wenn alles dafür sprach: Er weigerte sich zu glauben, dass er zu spät war; dass es außer ihm niemanden mehr aus seiner Familie gab. Trauern konnte er, wenn er den letzten Beweis dafür hatte, dass Adrien tot war. Jetzt galt es, den zu finden, der hinter alldem stand, und Rache zu nehmen. Und was den Auftrag der Fürsten anging ... er würde sehen. Er schob das Handy in die Jackentasche, kletterte aus dem Autowrack und machte sich auf den Weg zurück zu seinem Wagen.

Wer mit dem Feuer spielt

Am nächsten Morgen platzte mein Plan, Julien DuCraine seine Sachen noch vor dem Unterricht zurückzugeben. Er tauchte nicht auf. Er kam nicht in englische Literatur und war auch sonst nirgends zu finden – und das, obwohl er in der Schule sein *musste*, denn seine Fireblade stand auf dem Parkplatz. Nach der Mittagspause wartete ich sogar vor dem Physikraum auf ihn. Er kam nicht. Neal jedoch, der im gleichen Kurs war, warf mir einen frustrierten und zugleich irgendwie ärgerlichen Blick zu, als er mich an der Tür stehen und ziemlich offensichtlich nach jemandem Ausschau halten sah. Aber er versprach mir DuCraine auszurichten, dass ich nach ihm suchte, falls er ihn traf. Der Ton, in dem er das sagte, gefiel mir nicht. Neal hatte DuCraine schon zuvor nicht leiden können, doch seit gestern schien daraus eine ernsthafte Abneigung geworden zu sein. Mit einem leicht mulmigen Gefühl in der Magengegend trollte mich in Geschichte, nur um zu erfahren, dass Mr Taylor auf die Idee gekommen war, ich sollte mein Referat über die Tempelritter schon nächste Woche halten. Etwas, was er sich absolut nicht wieder ausreden ließ.

Entsprechend frustriert ließ ich mich in der darauffolgenden Chemiestunde auf meinen Platz neben Susan fallen. Mrs Squires kam gerade mit einem Tablett voller Chemikalienflaschen und Laborgeräten aus dem Vorbereitungsraum. Sie begrüßte uns mit einem Lächeln und räumte den Teil ihrer Utensilien, den sie für den ersten Versuch der heutigen Stunde benötigte, auf die gekachelte Arbeitsfläche ihres Experimentiertisches. Ein wenig unwillig sah sie zur Tür, als es klopfte. Auf ihr »Ja, bitte« streckte Mrs Nienhaus, unsere Schulsekretärin, den Kopf herein und winkte sie zu sich. Wir wurden mit einem Blick bedacht, der sich deutlich Ruhe ausbat, ehe Mrs Squires zur Tür ging. Einen Augenblick sprach Mrs Nienhaus auf sie ein und gestikulierte dabei ein paarmal auf den Gang hinaus. Schließlich nickte Mrs Squires ihr Einverständnis zu irgendetwas und die Sekretärin verschwand wieder. Mit einem leichten Kopfschütteln kehrte Mrs Squires zu ihrem Tisch zurück und sah uns an.

»Wie ihr vielleicht wisst, geht es Mr Harlens Tochter seit einiger Zeit nicht besonders gut«, begann sie. Wir murmelten zustimmend. Mr Harlen unterrichtete Mathematik und Physik und war einer der beliebtesten Lehrer der Schule. Natürlich wussten wir davon – wobei »nicht besonders gut« die Untertreibung des Jahrhunderts war. Mr Harlens kleine Tochter litt an Leukämie im Endstadium. Seine Frau hatte er vor drei Jahren bei einem Autounfall verloren. Seit über einem halben Jahr bestand seine Welt nur noch aus unserer Schule und dem Krankenhaus.

Mrs Squires hob Ruhe gebietend die Hand. »Offenbar hat er gerade einen Anruf aus dem Krankenhaus erhalten, dass es ihr schlechter geht. Er ist natürlich sofort zu ihr gefahren. Da im Augenblick keine Vertretung frei ist – und unser Kurs ziemlich klein ist –, hat Mrs Nienhaus mich gebeten, seinen Mathematikkurs für diese Stunde mit zu beaufsichtigen. Wir werden also Gäste haben. Rückt bitte ein Stück zusammen. Vielleicht können wir die letzten beiden Reihen für die anderen frei machen? – Und damit keine Missverständnisse entstehen: Mein Unterricht findet wie geplant statt.«

Ein paar von uns stöhnten bei dieser Ankündigung. Doch wir nahmen alle gehorsam unsere Sachen und quetschten uns in den ersten beiden Tischreihen zusammen. Ein neuerliches Klopfen an der Tür kündigte schließlich die anderen an. Was sie davon hielten, anstatt einer Freistunde bei uns in Chemie gelandet zu sein, war ihnen nur zu deutlich anzusehen. Unter den Letzten, die den Raum betraten, war Julien DuCraine. In der gleichen Sekunde, in der ich ihn entdeckte, wandte er den Kopf und ertappte mich dabei, wie ich ihn anstarrte. Ich konnte sehen, wie er die Lippen zu einem unwilligen Strich zusammenpresste, ehe er mit den anderen seines Kurses die Stufen zu den beiden hinteren Reihen hinaufging. Er wirkte blasser als sonst und seltsam angespannt. Unter Stühlerücken und Murmeln verteilten sie sich hinter uns. Da an den Tischen nicht genug Platz für alle war, ließen sich einige auf den Treppenstufen nieder. Ein hastiger Blick über die Schulter zeigte mir, dass Julien einer von ihnen war.

Mrs Squires hatte sich bei ihren Versuchsvorbereitungen von der Ankunft unserer Gäste nicht stören lassen. Von einem Tondreieck gehalten, das wiederum auf einem Dreifuß ruhte, schwebte jetzt ein Blumentopf, der ein Loch im Boden hatte, über einer sandgefüllten Porzellanschale. Etwas, was aussah wie eine Lunte, ragte aus dem Gemisch im Inneren des Blumentopfes. Die Chemikalien, die sie verwendet hatte, standen bereits wieder bei den übrigen, sodass man noch nicht einmal vermuten konnte, woraus der Inhalt bestand und welcher Versuch uns erwartete. Sie schloss den

Bunsenbrenner an die Gasleitung an, dann drehte sie sich zu uns um. Ihr Blick schweifte über die letzten beiden Reihen, während sie an die vorderen Tische trat.

»Wie ich meiner Klasse bereits sagte, wird mein Unterricht wie geplant stattfinden«, teilte sie unseren Gästen mit. »Aber wie ich sehe, sind die meisten von Ihnen ohnehin in meinem zweiten Chemiekurs. Wir werden einfach eine gemeinsame Stunde halten.« Sie beachtete das kollektive Aufstöhnen aus den hinteren Reihen nicht. »Die wenigen anderen unter ihnen können sich die Versuche ebenfalls ansehen. Zuhören und vielleicht das eine oder andere dabei lernen, ist ausdrücklich erlaubt.« Das Lächeln, das ganz kurz auf ihrem Gesicht erschien, wich sofort wieder kühlem Ernst. »Ich brauche einen Freiwilligen, der uns den ersten Versuch vorführt.«

Niemand rührte sich. Alles schwieg und mied Mrs Squires Blick. Keiner von uns hatte das Bedürfnis, zuerst den Versuch vorführen und sich anschließend auch noch zum Narren machen zu müssen, um etwas zu erklären, von dem wir gar nicht wussten, was es überhaupt war.

»Nun? Niemand?«

Ich beging den Fehler, aufzusehen. Mrs Squires lächelte mich an. Doch anstatt mich nach vorne zu winken, wie sie es eigentlich normalerweise getan hätte, sah sie sich nach einem anderen Opfer um.

»Julien! Kommen Sie!«, forderte sie keine Minute später.

Die ersten beiden Reihen drehten sich wie auf ein stummes Kommando gleichzeitig um. Julien DuCraine rührte sich nicht. Er sah nur von Mrs Squires zu ihrem Versuchsaufbau. Schließlich schüttelte er den Kopf.

»Ich denke nicht, dass ich den Freiwilligen geben will.«

Ein Junge aus seinem Mathekurs, der offenbar auch zu seiner Chemieklasse gehörte und der direkt hinter Susan und mir saß, holte Luft.

»Er kann's nicht lassen«, murmelte er.

»Was denn?« Wir wandten uns zu ihm um.

Er beugte sich näher zu uns, ohne den Blick von Mrs Squires und DuCraine zu nehmen. »In der ersten Stunde hat sie von ihm verlangt, er soll die Brille abnehmen. Er hat sich geweigert. Seitdem hat sie es auf ihn abgesehen. Und er lässt sie auflaufen. Jedes Mal. Wir warten schon alle darauf, dass sie irgendwann richtig an die Decke geht«, flüsterte er uns zu.

Susan und ich tauschten einen Blick. Gewöhnlich war Mrs Squires eine Seele von Mensch, aber mochte der Himmel dem beistehen, der es wagte, sich einer ihrer Anweisungen zu widersetzen – oder den sie einfach nicht mochte.

Offenbar war sie entschlossen, Julien dieses Mal nicht davonkommen zu lassen.

»Nun, Julien, es interessiert mich nicht, ob Sie wollen oder nicht. Sie werden jetzt nach vorne gehen, das Gas aufdrehen, den Bunsenbrenner anzünden und mit ihm die Lunte, die aus dem Reaktionsgemisch ragt, in Brand stecken.« Die Art, wie sie ihn anlächelte, zog mir den Magen zusammen.

Erst nach mehreren Sekunden drückte DuCraine sich vom Boden hoch und ging zum Experimentiertisch. Er musterte den Versuchsaufbau kritisch, ließ den Blick über die Chemikalien am anderen Ende des Tisches wandern, dann wandte er sich um.

»Was ist in dem Blumentopf?«

Mrs Squires Lächeln wurde hart. »Zeigen Sie Ihren Mitschülern erst einmal den Versuch, Julien. Anschließend nenne ich Ihnen die dazugehörige Gleichung und dann dürfen Sie uns erklären, welche chemischen Vorgänge sich gerade abgespielt haben.«

Wieder rührte er sich sekundenlang nicht, doch dann gehorchte er schweigend. Mit einem Fauchen erwachte der Bunsenbrenner zum Leben.

»Julien.«
Er drehte sich unwillig um.
»Die Schutzbrille. Setzten Sie sie auf.«
»Ich habe meine eigene.« Er rückte seine getönte Brille unnötigerweise zurecht.
Mrs Squires stemmte ihre Hand auf die Kante des Tisches, an dem sie lehnte. »Sie setzen diese Brille jetzt auf. Und ich dulde keine Widerrede! Die Vorschriften sind auch für Sie gemacht. Sie werden sich wie alle anderen daran halten.«
Ich konnte sehen, wie er sich anspannte. Dann wandte er uns den Rücken zu, nahm in der gleichen Bewegung seine Brille ab und setzte die hässliche Plastikbrille auf.
»Stellen Sie sich hinter den Experimentiertisch, Julien, damit Ihre Mitschüler auch etwas sehen können«, forderte Mrs Squires scharf.
Das Einzige, was DuCraine tat, war einen Schritt zur Seite zu machen. Dann hielt er die Flamme des Bunsenbrenners an die Lunte, ein grellweißes Licht gleißte auf, auf das ein noch sehr viel grellerer und größerer Lichtball folgte. In der gleichen Sekunde ließ ein Schrei uns alle zusammenzucken, dann war ein Krachen und Splittern zu hören. Ich sah gerade noch, wie Julien zur Tür taumelte, sie nach einem Moment verzweifelten Tastens aufriss und aus dem Saal stürzte. Die Chemikalien waren vom Tisch gefegt worden und lagen über den Boden verteilt.
Ich starrte ihm ebenso verwirrt nach wie die anderen, bis mir klar wurde, was geschehen war. Er trug die dunkle Brille, weil seine Augen kein helles Licht vertrugen. Lieber Himmel! Er hatte nicht gewusst, was geschehen würde, und hatte wahrscheinlich direkt in dieses grellweiße Licht hineingeschaut. Ohne nachzudenken, sprang ich auf und rannte hinter ihm her. Mrs. Squires befahl mir zurückzukommen, doch ich ignorierte sie.

Ich fand Julien im Gang zur Biologiesammlung. In dem verlassenen, stillen Korridor klang sein schmerzerfülltes Keuchen unglaublich laut. Er lag auf den Knien, das Gesicht zur Wand und hielt die Hände vor die Augen gepresst. Als ich mich ihm näherte, erstarrte er.

»Verschwinde!«, fauchte er feindselig.

»Ich bin's, Dawn«, nicht gewillt, mich von ihm einschüchtern zu lassen, kauerte ich mich neben ihn.

»Du sollst verschwinden!«, verlangte er erneut, nicht weniger heftig als zuvor, das Gesicht immer noch zur Wand hin, und versuchte mich fortzustoßen. Seine Hand kam nicht einmal in meine Nähe. Großer Gott, er war regelrecht blind. Stöhnend drückte er beide Hände wieder vor die Augen.

Behutsam fasste ich seinen Arm. »Komm, ich bring dich zur Schulschwester.« Ich spürte, dass er zitterte, und versuchte mir gar nicht vorzustellen, welche Schmerzen er haben musste.

»Nein!«, wütend riss er sich von mir los und drehte sich weiter zur Wand. Den Gang entlang wurden Schritte lauter. Er spannte sich ein wenig mehr. Plötzlich glaubte ich zu verstehen, was los war. Erneut fasste ich seinen Arm und versuchte ihn vom Boden hochzuziehen.

»Komm mit! Ich weiß einen Raum, der dunkel ist. Nun komm schon! Niemand wird dich sehen. Ich halte sie von dir fern, versprochen«, drängte ich. Eine halbe Sekunde wehrte er sich noch, doch dann fügte er sich und kam schwankend auf die Füße. Ich zog ihn mit mir, ein Stück den Korridor hinunter und in den Geräteraum hinein. Nachdem ich die Tür geschlossen hatte, fiel nur noch ein dünnes Lichtband unter ihr hindurch in die Kammer. Meine Augen benötigten einen Moment, um sich an die Dunkelheit zu gewöhnen. Besen und Wischmopps lehnten zusammen mit einer Stehleiter in einer Ecke. Ein alter Lehrertisch stand an der einen Wand, an der anderen stapelten sich in einem Metallregal saubere Stoffhandtuchrollen. Es war so eng, dass man sich kaum bewegen konnte. Ich drückte mich an Julien vorbei, der – abgesehen von seinen schmerzerfüllten Atemzügen – plötzlich vollkommen reglos stand, zerrte einige der Rollen aus dem Regal und stapelte sie in der Ecke zwischen Schreibtisch und Wand aufeinander. Dann nahm ich Julien erneut am Arm und führte ihn hinüber. Zu sehen, wie er mit einer Hand tastete, um wenigstens zu *fühlen*, was vor ihm war, brachte einen würgenden Klumpen in meine Kehle. Widerstandslos sank er auf die Handtuchrollen und lehnte sich in die Ecke. Das staubige Halbdunkel schien ihm gutzutun. Ich zögerte eine Sekunde, ehe ich mich zu ihm auf den Boden kniete, mit sanfter Gewalt seine Hände von seinen Augen zog und versuchte eines seiner Lider zu heben. Mit einem Laut, halb Knurren, halb Stöhnen, riss er den Kopf zurück, stieß mich von sich und vergrub sein Gesicht erneut in den Händen. Ich hatte nicht mehr als einen flüchtigen Blick auf sein Auge werfen können. Doch selbst dieser kurze Moment hatte genügt, um sogar in diesem Licht zu sehen, dass sein Augapfel blutrot war. Weder die Iris noch die Pupille waren mehr zu erkennen.

Ich rappelte mich vom Boden auf. »Vergiss das mit der Schulschwester. Ich bring dich sofort zu einem Arzt.«

»Nein!« Heftig sprang er auf. Dabei stieß er sich hart an der Tischkante. Er schien es kaum zu merken, sondern tastete mit vorgestreckten Händen nach mir. Die Augen hielt er fest zusammengepresst.

»Sei doch ... Au.« Als habe meine Stimme ihm auf den Millimeter genau verraten, wo ich stand, war er herumgefahren. Seine Hand hatte ganz leicht meinen Arm gestreift, dann hatte er zugepackt und sie wie eine Stahlklammer über meinem Ellbogen geschlossen.

»Kein Arzt! Verstanden? – Verschwinde! Ich komm schon alleine klar.« Er gab mir einen Schubs in die Richtung, in der er wohl die Tür vermutete. Zu meinem Pech irrte er sich. Ich prallte äußerst schmerzhaft gegen das Metallregal.

»Warum nicht?« Ich rieb meine Schulter. »Deine Augen sehen furchtbar aus. Was, wenn sie ernsthaft verletzt sind?«

»Ein Arzt kann mir auch nicht helfen«, erklärte er nach einem kurzen, wütenden Zögern. Durch die Tür gedämpft erklangen auf dem Gang draußen Stimmen. Julien wandte das Gesicht blind in ihre Richtung. »Wenn du etwas für mich tun willst, dann halt mir die Squires und die Schulschwester und alle anderen vom Hals.« Sein Ton sagte mir nur zu deutlich, wie sehr es ihm widerstrebte, mich allein darum zu bitten.

Ich nickte, ehe mir einfiel, dass er es gar nicht sehen konnte. »Okay. Aber danach bringe ich dich auf jeden Fall nach Hause.«

Er presste die Lippen zu einem Strich zusammen. »Und was wird aus der Blade?«

»Bleibt hier.« Seine verdammte Maschine war mir im Moment dermaßen egal, dass ich nicht gewillt war, mehr als einen einzigen Gedanken an sie zu verschwenden. Ich war aus der Abstellkammer heraus, ehe er etwas sagen konnte.

Draußen sah ich Susan gerade noch den Korridor hinunter verschwinden. Vielleicht hatte sie das Klacken gehört, mit dem ich die Tür hinter mir geschlossen hatte, denn sie wandte sich um. Als sie mich erkannte, kam sie zu mir zurück.

»Da bist du ja! Ist DuCraine da drin? Was ist denn überhaupt passiert? Ist er verletzt? Mrs Squires ist vollkommen aus dem Häuschen«, sprudelte sie los. »Sie hat bis eben nach euch gesucht. Aber sie traute sich nicht, uns andere euretwegen noch länger allein zu lassen. Da hab ich angeboten zu sehen, ob ich euch finde.«

Ich konnte mir vorstellen, dass Mrs Squires aus dem Häuschen war. Immerhin war Julien in ihrem Unterricht verletzt worden – dass sie nichts von dem genetischen Defekt seiner Augen gewusst hatte, spielte für mich nicht wirklich eine Rolle. Andererseits hatte ich nicht vor, jemandem davon zu erzählen – und am allerwenigsten der Squires. Wenn ich jetzt zurück in den Chemiesaal ging, würde sie darauf bestehen, dass Julien zur Schulschwester gebracht wurde – notfalls gegen seinen Willen. Aber ich musste nicht in den Saal zurück, denn das Schicksal hatte mir Susan geschickt.

»Ich fahre DuCraine nach Hause. Besorgst du bitte unsere Sachen aus dem Chemiesaal? Ich hole inzwischen mein Auto zum Seiteneingang.« Julien würde kaum wollen, dass ihn mehr Leute als unbedingt nötig in seinem derzeitigen Zustand sahen. »Wir treffen uns wieder hier. – Und wenn Mrs Squires fragt, kannst du ihr ja sagen, dass du auch nicht weißt, was wirklich mit ihm los ist. – Ach ja: Vergiss seine Brille nicht.«

Ganz kurz ging Susans Blick zur Tür der Abstellkammer hinter mir, dann nickte sie und eilte den Gang entlang zurück zum Chemiesaal. Ich rannte zum Schülerparkplatz und dankte dem Himmel dafür, dass ich meine Schlüssel immer in der Hosentasche trug. So musste ich nicht warten, bis Susan mit unseren Sachen zurückgekommen war.

Vom Schülerparkplatz aus musste ich um den halben Highschool-Campus herumfahren, um zum Seiteneingang bei der Biosammlung zu kommen. Und selbst dann war ich gezwungen gut zwanzig Meter entfernt zu parken, da nur ein zementierter Fußweg dorthin führte. Die Strecke zwischen meinem Auto und den Glastüren legte ich so schnell zurück, wie es mir, ohne zu rennen, möglich war. Der Gang zur Biologiesammlung war leer. Vermutlich wartete Susan bei Julien in der Abstellkammer. Ich öffnete die Tür und stoppte mitten im Schritt. Julien saß wieder in der Ecke auf den Handtuchrollen und presste etwas Helles vor seine Augen.

Susan hatte sich ziemlich weit zu ihm hinabgebeugt. Sie so nah bei ihm zu sehen verursachte mir ein Ziehen im Magen. Lieber Himmel, ich war doch wohl nicht eifersüchtig? Doch, ich war es!

»Alles in Ordnung?«, fragte ich und musste mich räuspern, um die Worte vernünftig hervorbringen zu können.

Susan richtete sich auf und drehte sich zu mir um. Sie wankte ein klein wenig, als sei sie zu schnell aufgestanden, und blinzelte ein paarmal, doch dann nickte sie. »Alles in Ordnung. Ich habe ihm ein Taschentuch nass gemacht. Das kühlt und lindert vielleicht ein bisschen.«

Natürlich! Ich hätte mich am liebsten dafür geohrfeigt, dass ich nicht selbst daran gedacht hatte – zugleich kam mir mein Anflug von Eifersucht ziemlich bescheuert vor.

»Mein Wagen steht jetzt ganz in der Nähe. Ich bin so dicht herangefahren, wie ich konnte. Aber es sind immer noch etwas mehr als zwanzig Meter.« Ich sah Julien an. »Schaffst du das?«

Den Kopf leicht im Nacken stand er auf. Mit einer Hand hielt er das Taschentuch über seinen Augen fest, die andere lag an der Schreibtischkante, als müsse er sich daran festhalten.

»Auch wenn ich im Moment nichts sehen kann, meinen Beinen geht es ausgezeichnet«, murrte er. »Es ist nicht nötig, dass ...«

»... ich dich nach Hause fahre. Schon klar. – Ich tu es aber trotzdem.« Ich hängte meine Tasche um und schlüpfte in einen Riemen seines Rucksacks. Susan hatte unsere Jacken über dem Arm. Ich schob mich an ihr vorbei, ergriff Julien beim Ellbogen und zog ihn mit einem entschiedenen »Lass uns gehen« vorwärts. Eine Hand wie schon zuvor tastend vorgestreckt, folgte er mir immer noch ziemlich unwillig. Kaum hatten wir die düstere Abstellkammer verlassen, merkte ich, wie er sich anspannte.

»Alles in Ordnung?«, fragte ich besorgt. Seine Antwort war ein Knurren.

Susan lief uns voraus und öffnete die Glastüren ins Freie. Kaum hatten wir das Gebäude verlassen, sackte Julien mit einem Stöhnen regelrecht zusammen. Erschrocken darüber, dass ihm das Sonnenlicht trotz des Taschentuchs über den Augen noch immer Schmerzen bereitete, vergaß ich ihn vor den Stufen zu warnen, die auf den Weg hinabführten, sodass wir sie gemeinsam mehr hinunterstolperten als gingen. Ich warf Susan meine Autoschlüssel zu und sie öffnete die Beifahrertür. Eine Hand am Rand des Wagendachs stieg Julien vorsichtig ein. Von der geschmeidigen Eleganz, mit der er sich gewöhnlich bewegte, war nichts übrig geblieben. Ich warf unsere Taschen auf den Rücksitz, auf dem schon unsere Jacken lagen, stieg selbst ein, schlug die Tür zu, winkte Susan noch einmal flüchtig, gab vor, ihr »Ruf mich an!« nicht mehr gehört zu haben, und fuhr los.

Den ganzen Weg bis zum Anwesen hinaus saß Julien schweigend neben mir und rührte sich nicht. Sein Kopf lehnte an der Seitenscheibe, mit einer Hand hielt er Susans Taschentuch an seinem Platz, während er mit der anderen den Türgriff umklammerte.

Schließlich bog ich von der Straße in den Zufahrtsweg ein und hielt kurz darauf vor der Treppe des alten Hauses.

»Wo hast du die Schlüssel?«

Julien zuckte bei meinen Worten zusammen, als hätte ich ihm einen Stromschlag verpasst, und stieß mit einem Keuchen die Luft aus.

»Linke Jackentasche«, antwortete er dann gepresst.

Ich beugte mich zwischen den Sitzen hindurch nach hinten und hörte Julien erneut scharf den Atem einziehen. Besorgt sah ich ihn an. Er hatte sich steif so weit von mir weggelehnt, wie er konnte, und presste sich geradezu gegen die

Tür, wobei er mit der freien Hand hektisch nach dem Griff tastete.

»Ist alles in Ordnung?« Meine Frage ließ ihn erstarren. Ich konnte sehen, wie er die Zähne zusammenbiss, ehe er angespannt nickte.

»Ja.« Das Wort klang, als hielte er beim Sprechen die Luft an. »Beeil dich einfach!«

Als ob ich etwas anderes vorgehabt hätte! Ich verkniff mir den zickigen Kommentar, wandte mich erneut dem Rücksitz zu und angelte seine Jacke unter unseren Taschen hervor. Sein Schlüsselbund bestand aus einem Ring und vier Schlüsseln und war genau dort, wo er gesagt hatte. In der anderen Jackentasche steckte seine Brille.

Rasch schlängelte ich mich wieder zwischen den Sitzen nach vorne, stieg aus und umrundete den Wagen, um Julien zu helfen, doch er hatte bereits selbst die Beifahrertür geöffnet und zog sich am Türholm schwerfällig auf die Beine. Ich erschrak, als ich sah, wie grau sein Gesicht im Sonnlicht aussah.

Behutsam nahm ich ihn beim Ellbogen, ignorierte, dass er im ersten Moment vor mir zurückzuckte, und führte ihn zum Haus. Seine Sachen konnten vorläufig bleiben, wo sie waren. Dieses Mal dachte ich daran, ihn mit einem »Vorsicht, Stufe!« zu warnen, als wir die Treppe erreichten. Beim zweiten Versuch fand ich den richtigen Schlüssel und öffnete die Tür.

»Das war's. Danke fürs Fahren.« Julien streckte blind eine leicht bebende Hand nach dem Schlüsselbund aus. Offenbar erwartete er, dass ich ihn widerspruchslos sich selbst überlassen würde.

»Vergiss es.« Ich schloss meine Finger um die Schlüssel und ergriff seinen Arm erneut. »Wo ist dein Zimmer?«

Er erstarrte zur Salzsäule. »Du musst nicht …«

»Ich weiß«, unterbrach ich ihn kalt. »Das Thema hatten

wir heute schon. Aber ich gehe erst, wenn ich weiß, dass du wieder halbwegs okay bist – oder du lässt dich von mir zu einem Arzt fahren.«

»Das ist Erpressung.« Seine freie Hand ballte sich zur Faust. Selbst sein Ärger klang schwach.

»Kann sein, dass man das so nennt«, antwortete ich ungerührt. »Also: wohin?«

»Du weißt nicht, was du tust«, warnte er mich leise und senkte den Kopf ein klein wenig. Er wankte leicht und ich trat ein Stück näher an ihn heran, um ihn notfalls besser stützen zu können.

»Du hast recht. Außer einem Erste-Hilfe-Kurs habe ich keinerlei ...«

»Das meinte ich nicht«, fuhr er mich unvermittelt an, so als sei er von einer Sekunde zur anderen endgültig mit seiner Geduld am Ende.

Aber mir ging es allmählich genauso. »Oh, klar, entschuldige. Ich vergaß: Es ist ja besser für mich, wenn ich nicht in deine Nähe komme«, schnappte ich zurück. »Aber weißt du was: Lass das verdammt noch mal meine Sache sein! Kapiert?« Ich tat einen tiefen Atemzug, um ihm nicht den Hals umzudrehen. »So: Und jetzt sag mir endlich, wohin ich dich bringen soll.«

Ein paar Sekunden stand er sehr, sehr still. Dann holte er langsam Luft und nickte. »Ins hintere Wohnzimmer«, sagte er voll müder Ergebenheit.

Wortlos führte ich ihn den Gang hinunter. Julien bewegte sich neben mir, als hätte er einen Stock verschluckt. Er widersprach nicht mehr, als ich ihn nötigte, sich auf das Sofa zu setzen, und sank sogar gegen die Rückenlehne. Flüchtig sah ich mich im Raum um. Alles war noch genauso wie vor zwei Tagen. Sonnenlicht flutete warm durch die Fenster herein. Ich ging von einem zum anderen und schloss die Läden, bis der ganze Raum nur noch in goldenes, schweres Halbdunkel getaucht war. Hinter mir auf dem Sofa stieß Julien ein erleichtertes Seufzen aus und flüsterte »Danke«.

Doch er spannte sich erneut an, als ich neben ihn trat und mich über ihn beugte.

»Wo ist das Bad?«

»Warum?« Plötzlich wirkte er alarmiert.

»Weil ich das hier noch einmal feucht machen will.« Vorsichtig nahm ich Susans Taschentuch von seinen Augen. Sofort presste er die Lider fester zusammen und legte die Hand darüber.

»Direkt neben der Haustür ist die Küche ...«

Ich verstand. Er wollte mich nicht ins Bad lassen. Wahrscheinlich sah es dort ungefähr genauso aus wie in Neals Badezimmer – Chaos hoch zehn. Und im Gegensatz zu Neal hatte Julien keine Mutter, die diesem Chaos in mehr oder wenig regelmäßigen Abständen zu Leibe rückte.

»Okay. Dann eben die Küche.« Ich ließ ihn allein.

Obwohl die Einrichtung ein bisschen altmodisch wirkte mit ihren dunklen Holzfronten und knubbeligen Griffen an den Schränken, hatte sie doch etwas angenehm Heimeliges. Unter dem Fenster, das zur Vorderseite des Hauses hinausschaute, befand sich das Spülbecken. Über dem Herd hing ein leeres Gewürzbord und in der Ecke neben dem Kühlschrank stand eine Mikrowelle. Doch auch wenn nirgends Staub lag, schien Julien sich hier nicht besonders häufig aufzuhalten. Unwillkürlich fragte ich mich, ob er überhaupt kochen konnte oder sich nur von Fertigfutter ernährte.

In einem der Hängeschränke, die der Spüle am nächsten waren, fand ich Geschirrtücher. Ich nahm eines davon heraus, drehte den Wasserhahn auf, hielt Susans Taschentuch unter den kalten Strahl und wrang es ganz leicht aus, ehe ich zu Julien zurückging. Um keine Tropfenspur den ganzen Gang hinunter zu hinterlassen, hielt ich das Geschirrtuch darunter.

Julien hatte sich auf dem Sofa zur Seite sinken lassen. Sein Kopf lag auf der Armlehne und seine Augen waren wie zuvor unter seinem Arm verborgen. Seine Füße standen allerdings immer noch auf dem Boden. Das Ganze sah ziemlich unbequem aus. Wieder zuckte er zusammen und versteifte sich, als ich neben ihn trat. Doch er ließ es zu, dass ich seinen Arm zur Seite zog und das Taschentuch erneut über seine Augen legte. Aus dem Geschirrtuch improvisierte ich etwas wie einen Verband, dann hob ich seine Beine auf das Sofa und setzte mich neben ihn. So weit es ging, rutschte er gegen die Rückenlehne.

»Kann ich sonst noch etwas für dich tun?«, erkundigte ich mich nach einigen Minuten angespannten Schweigens.

»Wenn ich ›Nein‹ sage, gehst du dann?«, fragte er. Doch seiner Stimme war anzuhören, dass er sich nicht allzu große Hoffnungen auf ein ›Ja‹ meinerseits machte.

Ich schüttelte den Kopf und schickte dann ein »Nein« hinterher, da er ja nichts sehen konnte.

Julien drehte das Gesicht zur Rückenlehne hin und das Schweigen kam mit seiner ganzen Wucht zurück. Doch je länger es dauerte, umso schwerer schien es ihm zu fallen, ruhig liegen zu bleiben. Immer wieder ballte er die Fäuste oder presste die Hände flach auf das Leder des Sofas. Mehr und mehr gewann ich den Eindruck, dass er Schmerzen hatte, sie aber vor mir zu verbergen versuchte.

Ich lehnte mich ein wenig vor und legte die Hand auf seinen Arm. »Soll ich nicht doch …«, der Rest des Satzes blieb mir im Hals stecken. Julien war in die Höhe und halb zu mir herumgefahren. Seine Finger hatten sich mit überraschender Präzision schmerzhaft um mein Handgelenk geschlossen und entlockten mir einen leisen Aufschrei. Wir erstarrten beide. Ich vor Schreck und er, weil ihm seine heftige Reaktion anscheinend in dieser Sekunde erst richtig bewusst wurde. Ganz langsam öffnete seine Hand sich wieder. Es war, als müsse er sich dazu zwingen, mich loszulassen. Ebenso abrupt, wie er eben hochgefahren war, fiel er wieder zurück, drehte mir endgültig den Rücken zu und schob die Hände in die Achselhöhlen. Er verzog das Gesicht wie jemand, der Zahnschmerzen hatte. Vorsichtig rieb ich mein Handgelenk. In meinem Magen saß ein seltsames Gefühl, das sich wie Angst anfühlte.

»Du kannst etwas tun, wenn du absolut nicht verschwinden willst«, sagte Julien unvermittelt gegen die Rückenlehne. Seine Stimme war erschreckend rau und hörte sich beinahe wie ein Knurren an.

»Was?« Ich ließ die Hände sinken.

»Du kannst mir etwas zu trinken machen.« Er drehte sich nicht zu mir um.

Auch wenn ich es mir selbst kaum eingestehen wollte: Etwas zu tun und ein bisschen Distanz zu Julien erschienen mir im Augenblick sehr verlockend. »Klar. Was möchtest du?« Ich war erstaunt darüber, wie gelassen ich klang.

Er zögerte, bewegte sich eine Sekunde unruhig auf dem Sofa, dann drückte er die Stirn gegen das Leder der Lehne und atmete ein paarmal tief ein und aus, ehe er endlich sprach. »Im Kühlschrank steht eine kleine Metalldose. Rühr zwei Löffel von der Paste darin in eine Tasse heißes Wasser.« Für einen Moment presste er die Kiefer zusammen. »Und beeil dich! Bitte!«, fügte er dann heiser hinzu.

Etwas in seinem Tonfall veranlasste mich, genau das zu tun. In der Küche suchte ich zuerst hektisch nach einem geeigneten Topf und verwünschte ihn dafür, dass es hier noch nicht einmal einen einfachen Wasserkocher gab. In einem der Unterschränke fand ich schließlich einen altmodischen Flötenkessel. Rasch spülte ich ihn aus und stellte ihn mit etwas Wasser auf den Herd. Dann machte ich mich auf die Suche nach einer Tasse. Ich entdeckte fünf einsame Exemplare – die noch nicht einmal zusammengehörten – in einem der

Oberschränke, nachdem ich zuvor in dem daneben ein wüstes Sammelsurium aus allerhöchstens acht oder neun Tellern gefunden hatte. Geschirr war in dieser Küche absolute Mangelware. Einen Löffel spürte ich in einer Schublade neben dem Herd auf. Er teilte sie sich mit zwei weiteren seiner eigenen Art, vier Kaffeelöffeln, fünf Gabeln, ebenso vielen Messern und einem ziemlich scharf aussehenden Tranchiermesser. Nicht ein Stück passte zum anderen. Die Metalldose war das Einzige, was der Kühlschrank beherbergte. Es war eine dieser Edelstahl-Kaffeedosen mit Bügelverschluss, die luftdicht abschlossen. Ihr Inhalt sah aus wie verzuckerter Honig, nur dass die Farbe ein dunkles Rotbraun war – und ungefähr genauso zäh, wie ich feststellte, als ich zwei Löffel davon in die Tasse zu messen versuchte.

Während ich darauf wartete, dass das Wasser endlich heiß wurde, wanderte ich unruhig in der Küche auf und ab, ohne wirklich sagen zu können warum. Als der Flötenkessel sein durchdringendes Pfeifen hören ließ, machte ich einen erschrockenen Satz. Hastig angelte ich ihn von der Herdplatte – wobei ich mir beinah die Finger verbrannte – und goss seinen brodelnden Inhalt in die Tasse. Unter dem heißen Wasser löste sich die rotbraune Masse erstaunlich gut auf. Die dampfende Flüssigkeit, die nach mehrmaligem Umrühren schließlich den Becher füllte, hatte in etwa die Konsistenz von Buttermilch und roch gar nicht mal schlecht.

Ich trug die Tasse zu Julien zurück. Er musste mich gehört haben, denn er setzte sich auf, als ich den Raum betrat. Seine Hände zitterten ein wenig, als ich sie ihm reichte.

»Vorsicht, heiß!«, warnte ich.

Obwohl er nickte, trank er, ohne kaum einmal kurz darübergepustet zu haben. Die Hitze schien er überhaupt nicht zu bemerken. Im Gegenteil hielt er die Tasse mit beiden Händen, als wolle er sich an ihr wärmen. Mit jedem Schluck schien er sich mehr zu entspannen und ich beobachtete mit wachsender Verblüffung, wie er sie, ohne ein einziges Mal abzusetzen, einem Verdurstenden gleich, leerte. Schließlich ließ er sie mit einem leisen Seufzen, das irgendwie zittrig und zugleich erleichtert klang, wieder sinken.

»Danke«, murmelte er erneut. Die Tasse noch immer in beiden Händen lehnte er sich zurück. Er wirkte auf eine seltsame Art gelöst ... Der Gedanke, der sich mir plötzlich aufdrängte, gefiel mir nicht. Er wirkte beinahe wie ein Junkie nach einem Schuss. Ich musterte ihn. Irrte ich mich oder begann das Grau seiner Haut seiner normalen Blässe zu weichen?

»Was war das für ein Zeug?« Ich war mir nicht sicher, ob ich die Antwort hören wollte.

Schlagartig war die Anspannung in Juliens Körper zurück und er richtete sich auf.

»Fertigsuppe«, antwortete er nach einem winzigen Zögern eine Spur zu schnell und ich war mir sicher, dass er log.

Ich wusste nicht, was ich sagen – oder denken – sollte. Vielleicht hatte mein Schweigen ihm verraten, dass etwas nicht stimmte, denn er streckte die Hand nach mir aus. Ich wollte zurückrutschen, ehe er mich berührte, doch er schien genau zu wissen, wo ich saß, und erwischte mich am Arm. Sein Griff war verwirrend sanft. Trotzdem ließ er nicht zu, dass ich mich aus ihm herauswand.

»Was ist los?«, wollte er in drängendem Tonfall wissen.

»Nichts.«

»Nichts? Das mit dem Lügen solltest du noch ein wenig üben.«

»Genau wie du.« Ich plapperte mal wieder schneller, als ich denken konnte. Dass ich mir erschrocken die Hand vor den Mund schlug, holte die Worte auch nicht mehr zurück.

Julien atmete langsam ein und aus. Doch auch als er sich in der gleichen Sekunde fast hastig wieder ein Stück von mir fortlehnte, ließ er mich nicht los. »Okay. Sag's mir. Warum glaubst du, dass ich gelogen habe – und vor allem: Wann soll ich gelogen haben?«

»Eben gerade.« Mein Kopf – oder besser: meine Hand – befand sich schon in den Pranken des Löwen. Ausflüchte würden mir jetzt auch nicht mehr helfen – vor allem da er recht hatte: Ich war eine miserable Lügnerin.

Auf seiner Stirn erschienen scharfe Falten. »Du glaubst mir nicht, dass das Suppe war? Warum? Du musst dieses Fertigzeug, das man nur noch mit heißem Wasser anrührt, doch auch kennen.«

Oh, natürlich kannte ich dieses Zeug. Manchmal benutzte Ella es sogar, um eine Soße oder eine Suppe zusätzlich ein bisschen zu würzen.

»Also?«, hakte er nach, als ich mit meiner Antwort zu lange zögerte.

»Du hast dich so komisch benommen. Wie ein ...« Ich traute mich nicht das Wort auszusprechen. Es zu denken, war eine Sache, aber es ihm ins Gesicht zu sagen, eine ganz andere. Ich hätte es besser wissen müssen.

»Wie ein ...?«, bohrte er.

Ich biss mir auf die Lippen und versuchte noch einmal meine Hand zu befreien. Er ließ nicht los. »Wie ein ...?«, wiederholte er stattdessen beharrlich.

»Wie ein Junkie«, flüsterte ich und senkte den Kopf.

Julien saß für Sekunden wie versteinert, dann begann es. Zuerst war es nur ein kaum merkliches Beben, das zu einem leisen Glucksen wurde – bis es sich mit einem hilflosen Prusten zu atemlosem Gelächter steigerte.

Ich starrte ihn vollkommen verblüfft an. Erst nach Minuten gelang es ihm, sich zu beruhigen.

»Man hat mir schon ziemlich viel vorgeworfen – und einiges davon ging sogar tatsächlich auf mein Konto –, aber das!« Er schüttelte den Kopf. »Ich bin bestimmt kein Unschuldslamm, aber ich hatte noch nie etwas mit Drogen zu tun – weder als Dealer noch als Junkie. Ich schwör's«, versicherte er mir, sichtlich um Ernst bemüht.

Warum, konnte ich nicht mit absoluter Sicherheit sagen, aber ich glaubte ihm. Zumindest was die Sache mit den Drogen betraf – das mit der Suppe bezweifelte ich hingegen immer noch. Vielleicht hätte ich sogar weitergebohrt, doch ehe ich etwas sagen konnte, hielt er mir die Tasse hin und neigte den Kopf ein wenig.

»Machst du mir noch eine?«, erkundigte er sich mit einem kleinen Lächeln.

Wortlos nahm ich ihm den Becher aus der Hand und ging in die Küche zurück. Das Wasser im Flötenkessel war noch warm und brauchte daher sehr viel weniger Zeit, bis es erneut kochte. Wie zuvor rührte ich zwei Löffel der zähen Masse hinein. Abermals erinnerte sie mich in aufgelöstem Zustand an dunkle, rotbraune Buttermilch. Ich schnupperte daran und versuchte anhand des Geruchs herauszufinden, was darin sein könnte. Das Zeug roch gut, keine Frage, aber was es enthielt, hätte ich beim besten Willen nicht sagen können. Einen Moment zögerte ich, dann leckte ich den Löffel ab. Es schmeckte salzig, leicht metallisch und zugleich ein winziges bisschen süß. Wenn es tatsächlich eine Fertigsuppe war, dann die exotischste, die ich jemals gekostet hatte. Irgendwie erinnerte es mich ein klein wenig an meinen Tee – nur schmeckte das hier ungleich intensiver. Verrückterweise meldeten sich sogar für einen Moment meine Zahnschmerzen mit einem kurzen Ziehen, als hätte ich in Eis gebissen, ehe sie wieder vergingen.

Ich kam ins Wohnzimmer zurück, wo Julien noch immer mit der Schulter an die Rückenlehne des Sofas gestützt dasaß. Meinen improvisierten Geschirrtuchverband hatte er abgenommen. Er hielt ihn zusammen mit Susans Taschentuch zusammengeknäult in den Händen. Seine Augen waren noch immer geschlossen. Zu meinem Glück, denn sonst hätte er gesehen, dass ich stehen geblieben war, um ihn anzustarren. Zugegeben, ich hatte ihn schon ein paarmal ohne seine dunkle Brille gesehen, aber irgendwie ... war es mir wohl nie so recht bewusst gewesen. Doch nun schien ich plötzlich alle Zeit der Welt zu haben, um ihn zu betrachten.

Seine Brille hatte immer erahnen lassen, dass sich hinter ihr Züge verbargen, die von klassischer und zugleich auch gefährlicher Schönheit waren. Und auch wenn ich ihn ohne sie gesehen hatte, war mir nicht entgangen, dass er schwindelerregend gut aussah – nein, mehr als gut. Aber ich war nicht *darauf* vorbereitet. Vielleicht lag es an dem schweren, goldenen Licht, das im Raum herrschte, vielleicht daran, dass sein Haar ihm zerzaust in die Stirn hing oder dass seine Haut noch immer seltsam blass war, aber vor mir saß ein dunkler, bleicher Engel. Keines von diesen sanften verklärten Wesen mit Harfe und Heiligenschein. O nein! Vielmehr einer von denen, die mit Flammenschwertern gegen Dämonen kämpften – ein schrecklicher, schöner Racheengel.

»Dawn?«

Ich zuckte zusammen, als er unvermittelt aus seiner Reglosigkeit erwachte und meinen Namen sagte. Der heiße Tasseninhalt schwappte über meine Finger, dass ich sie um ein Haar losgelassen hätte.

»Hier.« Irgendwie schaffte ich es, meine Stimme normal klingen zu lassen, mich aus meiner Erstarrung zu lösen und zu ihm zu gehen.

Wie beim letzten Mal nahm er mir die Tasse mit beiden Händen ab, doch nun pustete er ein paar Sekunden über das heiße Gebräu, ehe er die ersten Schlucke trank. Ein wenig unschlüssig stand ich neben ihm und fragte mich, ob er bemerkt hatte, dass ich ihn anstarrte.

»Alles in Ordnung?«, erkundigte er sich zwischen zwei Schlucken und wandte das Gesicht in meine Richtung.

»Natürlich«, versicherte ich ihm hastig. Zu hastig, denn

eine steile Falte zerschnitt seine Stirn, doch er öffnete die Augen noch immer nicht.

»Wirklich?«

»Ja doch!«, beteuerte ich erneut. Lieber Himmel, meine Wangen fühlten sich an, als würden sie in Flammen stehen. Ich brauchte frische Luft. Ganz dringend. »Ich hole schnell deine Sachen aus dem Auto.«

Er wirkte zwar ein bisschen überrascht, nahm meine Worte aber mit einem Nicken zur Kenntnis und setzte die Tasse erneut an die Lippen. Meine Schritte klangen nicht nach einer Flucht, während ich den Korridor entlang zur Haustür ging – hoffte ich zumindest.

Draußen stemmte ich die Hände gegen das Dach des Audi und atmete eine Minute sehr tief durch. Meine Absicht, mir Julien DuCraine aus dem Kopf zu schlagen, war gründlich schiefgegangen. Ich war in ihn verliebt. Punkt. Ende. Aus. Und er? Fehlanzeige! Aber was erwartete ich eigentlich? Dass er vor mir auf die Knie fiel und ewige Liebe gelobte? Was für ein romantischer Schwachsinn. Ich musste aufwachen! Er hatte mich nicht gebeten ihn nach Hause zu fahren. Im Gegenteil. Und er hatte mich auch nicht gebeten mit hineinzukommen. Ich hatte ihm schlicht keine andere Wahl gelassen. Außerdem war mir dummen Gans obendrein nichts Besseres eingefallen, als ihn einen Lügner und Junkie zu nennen. Frustriert versetzte ich dem Dach des Audi einen Schlag. Ich hätte Susan bitten sollen ihn nach Hause zu fahren. Erneut holte ich tief Luft. Ich würde Julien jetzt seine Sachen hineinbringen – auch die, die er mir am Samstag geliehen hatte – mich vergewissern, dass es ihm so weit wieder gut ging, dass er alleine klarkam, und dann würde ich gehen.

Entschieden riss ich die hintere Tür auf, zerrte seinen Rucksack, die Tasche mit den Jeans und dem Pullover und seine Jacke aus dem Wagen, dann marschierte ich zurück in die Höhle des Löwen. Der lag lang ausgestreckt auf dem Sofa, hatte den Arm erneut über die Augen gelegt und rührte sich nicht. Die Tasse stand auf dem Boden, Geschirrtuch und Taschentuch waren daneben zusammengeknüllt. Leise trat ich näher. Wenn er schlief, wollte ich ihn nicht wecken – aber dann konnte ich ihn auch nicht einfach alleinlassen. Ich legte seine Sachen auf den Sessel beim Kamin und beugte ich mich über ihn. Er regte sich, als hätte er meine Anwesenheit gespürt, und nahm den Arm von den Augen. Seine Haut hatte endgültig diese erschreckend graue Farbe verloren. Obendrein öffnete er sogar gerade die Lider einen winzigen Spalt. Seine Augen waren noch immer rot, aber sahen bei Weitem nicht mehr so schlimm aus wie zu Anfang. Selbst Iris und Pupille zeichneten sich wieder dunkel darin ab. Er blinzelte, aber es war offensichtlich, dass er wieder etwas erkennen konnte. Schweigend schaute er mich an. Ich schluckte trocken.

Julien bewegte sich in der Sekunde, als ich ihm sagen wollte, dass ich jetzt gehen würde. Ich sah es nicht. Plötzlich, er hatte sich auf einem Ellbogen aufgerichtet, war seine Hand in meinem Nacken und seine Lippen auf meinen. Sein Mund war weich und fest zugleich. Ich glaubte noch immer diese Mischung aus salzig, leicht metallisch und einem Hauch von Süße zu schmecken. Die Zeit blieb stehen. Einfach so. Sie setzte erst wieder ein, als Julien sich langsam von mir löste. Ebenso wie mein Verstand – der darauf bestand, dass ich ganz dringend atmen musste. Ich tat es und sank irgendwie benommen auf den Sofarand. Juliens Hand war aus meinem Nacken verschwunden.

»Es geht dir besser«, hörte ich mich selbst sagen. – Ich zuckte innerlich zusammen. War ich Schaf noch ganz bei Trost? Der Junge, in den ich verliebt war, küsste mich und mir fiel nichts anderes ein als *Es geht dir besser*?

Er sah mich aus seinen roten Augen an und plötzlich war

Bedauern auf seinen Zügen. Ganz leicht berührte er meine Schulter.

»Dawn ... ich ...«, setzte er an, verstummte dann aber. Ich wusste, was er sagen würde. Und ich wollte es nicht hören. Ich wollte ihn nicht *Es tut mir leid, Dawn* sagen hören. Nicht jetzt.

Noch ehe er erneut auch nur Luft holen konnte, sprang ich vom Sofa auf. Mit einem geradezu verzweifelt klingenden »Ich muss gehen«, stolperte ich rückwärts, die Hände vorgestreckt, als müsse ich ihn mir vom Leibe halten.

»Dawn ...«

»Nein!« Ich drehte mich um und floh aus dem Haus. Als ich die Tür hinter mir zuschlug, glaubte ich seine Schritte im Gang zu hören. Er rief erneut meinen Namen. In meinen Augen brannten Tränen. Wie gehetzt warf ich mich in den Audi, ließ den Motor aufheulen und raste davon. Als ich einen Blick in den Rückspiegel riskierte, sah ich gerade noch, wie Julien in der Haustür auftauchte, den Arm hochriss, um seine Augen vor der Sonne zu schützen, und rücklings ins Haus zurücktaumelte. Ich raste weiter, als sei der Teufel persönlich hinter mir her.

Wie in den Nächten zuvor träumte ich auch in dieser wieder von Julien. Doch dieses Mal saß er neben mir auf der Bettkante und blickte auf mich herab. Als ich mich bewegte und mir das Haar ins Gesicht fiel, strich er es mit einer zärtlichen Geste zurück. Verschlafen fuhr ich in die Höhe und blinzelte in die Dunkelheit meines Zimmers. Ich war allein.

Als die Sonne endgültig untergegangen war, hatte der Durst ihn aus seinem Versteck getrieben. Seitdem streifte er ruhelos durch die Stadt, zornig auf die Welt und sich selbst. An einer Hausecke blieb er stehen und beobachtete einen Mann, der mit seinem Hund in der Dunkelheit noch einmal um den Block ging. Vollkommen ahnungslos. Eine leichte Beute. Aber der Hund könnte anschlagen. Er rühr-

te sich nicht, während der Mann auf der anderen Straßenseite entlangging und schließlich in einem Hauseingang verschwand.

Aus der Seitenstraße hinter ihm wummerten Bässe, die kurz lauter wurden, nur um gleich darauf von einer zufallenden Eingangstür auf ihren alten Level gedämpft zu werden. Ein paar Jugendliche kamen unter Gelächter aus der Richtung der dumpf dröhnenden Musik und er wich in den Schatten eines Hauseingangs zurück. Reglos blickte er ihnen nach, bis sie die Straße hinunter verschwunden waren. Er zögerte, sah einen Augenblick in die Richtung, aus der sie gekommen waren, dann schob er die Hände in die Hosentaschen und ging auf die Quelle des Lärms zu. Es war der Klub am Ende der Seitenstraße, das Ruthvens. Mit jedem Schritt vibrierte das Wummern der Bässe stärker unter seinen Füßen. Eine Traube aus Jugendlichen unterschiedlichster Altersstufen scharte sich vor der schweren Metalltür und wartete darauf, eingelassen zu werden. Er schob sich im Schatten an ihnen vorbei, nickte dem Türsteher zu und hob die Hand auf eine bestimmte Weise. Der Mann grinste, hielt ihm die Tür auf und winkte ihn hindurch, ohne darauf zu achten, dass einige der Kids protestierten. Hinter der Schwelle empfing ihn das Dröhnen der Musik in einer ohrenbetäubenden Lautstärke. Direkt über dem Boden in die Betonwände eingesetzte blaue Neonröhren waren die einzigen Lichtquellen. Er drängte sich im Halbdunkel eines abwärts führenden Ganges zwischen den Gestalten der anderen Gäste hindurch. Ihre Gesichter waren fahl geschminkte Ovale, in denen die mit dunklem Kajal und Lidschatten betonten Augen und tiefrot oder schwarz nachgezogenen Lippen hervorstachen. In seinen modernen dunklen Stoffhosen und dem Rollkragenpullover wirkte er zwischen ihren überwiegend schwarzen, antiquiert anmutenden Rüschenhemden, engen Lederhosen und langen Kleidern seltsam fremdartig. Doch er war nicht der einzige Besucher, der nicht zur Gothic-Szene gehörte. Das Ruthvens war im Augenblick einer der angesagtesten Klubs in der Gegend und lockte auch Gäste aus der Umgebung von Ashland Falls an.

Endlich öffnete sich der Gang in einen riesigen Kellerraum, in dem nicht weniger Gedränge herrschte. Die grauen Betonwände waren mit Graffitis verziert. Schwarzlichtröhren und Neonstrahler sorgten für düstere Beleuchtung. Eine breite Galeriekonstruktion aus Metall schloss sich an den Gang an und zog sich an den Wänden entlang. Darauf verteilt standen vereinzelt Tische, an denen einige Jugendliche saßen und sich an ihren Getränken festhielten. Die meisten jedoch drängten sich an der Stahlbrüstung und verfolgten das Geschehen auf der Tanzfläche unter ihnen. Stroboskoplicht zuckte über allem und ließ die Bewegungen der Tanzenden abgehackt wirken. Eine Stahlgittertreppe führte von der Galerie hinab auf die Ebene der Tanzfläche. Die Stufen waren belagert von Jugendlichen, die die Tritte als Sitze benutzten oder lässig am Geländer lehnten. Wer nach oben oder unten wollte, musste sich seinen Weg mühsam durch sie hindurchbahnen. Der einzig zumindest halbwegs erhellte Ort war die Bar, die sich unter der Galerie erstreckte und eine Seite des Raumes in seiner ganzen Länge einnahm. Auch an ihr drängten sich die Gäste so dicht, dass die Bedienungen, die sich um die Bestellungen der anderen Besucher des Ruthvens kümmerten, kaum an den Tresen durchzudringen vermochten. Der Durst brannte mit jeder Minute, die er hier war, qualvoller.

Die Jugendlichen auf der Treppe machten ihm unbewusst Platz, als er die Stufen hinunterging, so wie auch die anderen ein Stück weit auseinandergewichen waren, als er sich auf seinem Weg durch den Klub zwischen ihnen hindurchgeschoben hatte. Die alten Überlebensinstinkte funktionierten noch immer, ohne dass es ihnen selbst bewusst war.

Nach der Hälfte der Treppe blieb er stehen und ließ den Blick über die Menschen auf der Tanzfläche gleiten. Seine Augen hatten sich an das zuckende Licht gewöhnt, sodass er selbst Gesichter oder Details wie Ohrringe erkennen konnte.

Wie schon oft in den letzten Wochen fragte er sich, ob er das alles hier nicht vielleicht falsch angefangen hatte. Aber als er hierhergekommen war, hatte er nichts anderes gehabt als zwei Worte: »Ash-

land Falls« und »Montgomery-High«. Er biss die Zähne zusammen. Sein Opfer war irgendwo hier in dieser Stadt, vielleicht sogar gerade jetzt unter den Tanzenden. Auch wenn er den Auftrag der Fürsten in den letzten Wochen sträflich vernachlässigt hatte: Er würde es finden und den Auftrag zu Ende bringen – und damit die Ehre seiner Familie wiederherstellen.

Die Musik wechselte und das Dröhnen der Bässe wurde zu einem dumpfen Pochen, das mehr zu spüren als zu hören war. Er kannte dieses Lied – zumindest das Original – und es weckte schmerzhafte Erinnerungen. Plötzlich bereute er den Entschluss, hierhergekommen zu sein. Seinen Durst konnte er ebenso unauffällig an einem anderen Ort stillen. Er drehte sich um in der Absicht, die Treppe wieder hinaufzusteigen und den Klub zu verlassen, als ein Teenager mit schwarz gefärbter Mähne in ihn hineinrannte. Ein flüchtiger Blick in ihre dunkel umrandeten Augen verriet ihm, dass sie noch etwas anderes außer zu viel Alkohol im Blut hatte. An ihrem Hals pochte der Puls viel zu schnell. Die Art, wie sie ihm nach dem ersten Erschrecken verführerisch zulächelte, brachte die Entscheidung. Er erwiderte ihr Lächeln und ergriff dabei ihre Hand. Über dem Dröhnen der Musik hätte er brüllen müssen, um sich ihr verständlich zu machen, deshalb zog er sie einfach nur die restlichen Stufen hinunter in Richtung der Tanzfläche. Sie wankte ein wenig an seiner Hand, als er sie durch das Gedränge führte, und schien es gar nicht zu bemerken, dass er kurz vor der Tanzfläche abschwenke und sie in die Dunkelheit hinter einer der riesigen Lautsprecherboxen zog. Erst als er sie gegen die Wand drängte, quietschte sie überrascht, schlang dann aber die Arme um seinen Nacken und lachte leise. Ihr schwarzes Kleid war tief ausgeschnitten. Er trat dicht vor sie, fuhr mit den Fingerspitzen über ihre bloßen Schultern, strich ihren Hals aufwärts und schob ihr Haar zurück. Unruhig bewegten ihre Hände sich in seinem Nacken. Sie leckte sich die Lippen, als er sie am Kinn ergriff und sie dazu brachte, ihm in die Augen zu sehen. Ihr Atem beschleunigte sich und auch das Pochen unter ihrer dünnen Haut wurde stärker. Ein

Schleier legte sich über ihren Blick. Er gab ihr Kinn frei. Ihre Hände verließen seinen Nacken und gruben sich in sein Haar. Mit einem fordernden Stöhnen drängte sie sich an ihn. In seinem Oberkiefer erwachte jener vage Schmerz. Ohne Hast beugte er sich über sie, strich mit den Lippen über ihren Hals, auf der Suche nach dem Punkt, an dem ihr Pulsschlag am deutlichsten unter der Haut zu spüren war. Sie gab einen atemlosen Laut von sich und ließ den Kopf zuerst zurück- und dann zur Seite sinken. Als er die Zähne in ihren Hals senkte, versteifte sie sich für einen Sekundenbruchteil, dann wurde sie in seinen Armen weich. Ihr Blut füllte seinen Mund, rann dunkel und schwer seine Kehle hinunter. Er trank langsam, konzentrierte sich auf den salzig-süßen Geschmack nach Kupfer und ignorierte die muffige Bitterkeit der Droge, die in ihm mitschwang. Die Dunkelheit, das Gedränge um sie herum und das zuckende Licht machten es unnötig, dass er seiner Umgebung mehr schenkte als ein wenig flüchtige Aufmerksamkeit. Denn selbst wenn irgendjemand mehr erkennen könnte als zwei eng aneinandergeschmiegte Gestalten, würde trotz allem niemand auch nur ansatzweise argwöhnen, was hier tatsächlich geschah – außer denen, die es wussten, weil sie wie er waren. Vor langer Zeit hatte einer der Fürsten einmal geäußert, die Aufklärung sei jenes Zeitalter gewesen, das Ihresgleichen unwissentlich den Schlüssel zur Welt überlassen hatte. Er hatte recht gehabt. Die Menschen hatten in ihrer bodenlosen Arroganz einfach geleugnet, dass es am Ende der Nahrungskette noch jemanden über ihnen gab. Und im Laufe der Jahrhunderte war dieser Umstand immer mehr in Vergessenheit geraten oder in das Reich von Legenden und Aberglaube verbannt worden. Heute erinnerte sich niemand mehr daran.

Er hörte auf zu trinken, als das warme Pulsieren unter seinem Mund schwächer zu werden begann und ihr Körper schwer gegen seinen sank. Ihre Arme waren schon vor einigen Minuten von seinen Schultern herabgerutscht und hingen schlaff an ihren Seiten. Langsam nahm er die Lippen von ihrer Haut. Das Mädchen ließ ein protestierendes Stöhnen hören. Ihre Knie gaben unter ihr nach. Er hielt sie aufrecht, während er über die beiden kleinen kreisrunden Wunden leckte, die seine Zähne hinterlassen hatten. Sie schlossen sich sofort, ohne mehr zu hinterlassen als zwei winzige gerötete Stellen, die bis zum Morgen auch noch verschwunden sein würden. Seufzend schmiegte sie sich in seine Arme und ließ sich gehorsam zu einem gerade leer gewordenen Tisch führen. Das Pärchen, das ebenfalls darauf zugehalten hatte, drehte enttäuscht ab. Er setzte sie auf den Stuhl und achtete darauf, dass sie nicht gleich wieder herunterrutschten konnte, sollte sie sich ungeschickt bewegen. Wer auch immer sie fand, würde den Grund für ihre Benommenheit in zu viel Alkohol oder Drogen suchen. Und auch sie selbst würde sich nicht daran erinnern, was tatsächlich mit ihr geschehen war. Dafür hatte er gesorgt.

Als er sich umwandte, stand eine bleiche junge Frau vor ihm. Sie leckte sich über die Lippen, während sie ihn stumm ansah. In einer wortlosen Frage neigte er den Kopf, was sie schuldbewusst zusammenzucken ließ.

»Mein Herr wünscht Sie zu sprechen, Vourdranj. Er erwartet Sie in seinem Arbeitszimmer.« Mit einer grazilen Bewegung wies sie auf einen schweren Vorhang neben der Bar, hinter dem sich eine dick mit Leder gedämmte Tür verbarg, wie er wusste.

Er bedeutete ihr vorauszugehen und folgte ihr durch das Gedränge. Sie glitt an dem Vorhang vorbei und öffnete ihm die Tür. Auf der anderen Seite empfing ihn angenehm gedämpftes Licht. Am Ende eines kurzen, getäfelten Flures klopfte sie an eine weitere Tür. Ein »Ja bitte«, erklang. Sie öffnete, meldete »Der Vourdranj« und nickte ihm zu, an ihr vorbeizugehen.

Der Raum, den er betrat, war in weiches Halbdunkel getaucht. Die Wände waren mit geschmackvollen Stofftapeten bespannt. Schwere Teppiche, die sanft glänzendes Parkett unter sich verbargen, schluckten seine Schritte, während er auf den eleganten Schreibtisch aus Chrom und Glas zuging, vor dem zwei schwere Ledersessel gegenüber einem hochlehnigen Schreibtischsessel auf der anderen Seite der Tischplatte standen. Das Dröhnen der Musik war hier kaum noch zu hören. Das Flimmern eines Computerbild-

schirms beleuchtete den Mann, der hinter dem Schreibtisch gesessen hatte und sich nun bei seinem Eintreten erhob. Dunkelbraunes Haar hing ihm in sanften Wellen auf die Schultern und verlieh ihm das Aussehen eines Heiligen, der gerade aus einem Gemälde der Renaissance gestiegen war. Nur die hellen blauen Augen passten nicht in dieses Bild. Sie blickten kühl und abschätzend aus einem bleichen Gesicht, das für diese Augen viel zu jung wirkte.

»Ich hatte gehofft, dass du uns wieder beehren würdest, Vourdranj. Ich habe ein paar Dinge erfahren, die dich interessieren könnten«, begrüßte der Mann ihn mit einem Lächeln und wies mit einer einladenden Bewegung auf einen der Sessel. »Come stai? Setz dich. Was darf ich dir bringen lassen? Das Übliche?«

Er verbiss sich die Frage, wann genau er denn zuletzt hier gewesen sei, ehe er nach einem kurzen Zögern nickte – was auch immer »das Übliche« sein mochte – und sich setzte.

Der Mann sah an ihm vorbei zu der jungen Frau. »Du hast es gehört, Kathy. Meine Wünsche kennst du.« Sie nickte, die Tür schloss sich und sie waren allein. Der andere setzte sich ebenfalls.

»Wie ich höre, stellst du noch immer die gleichen Fragen, Vourdranj. Noch immer erfolglos«, begann er ohne Umschweife. »Aber vielleicht habe ich etwas für dich: Es gibt Gerüchte, dass der Geschaffene, nach dem du suchst, in den nächsten Tagen wieder nach Ashland Falls kommen soll.«

»Woher stammen diese Gerüchte?« Er beugte sich in seinem Sessel vor.

Der Mann schnaubte. »Entschuldige, Vourdranj, aber meine Quelle vertraut darauf, dass ich sie nicht verrate, und das weißt du. – Aber ich versichere dir, dass sie absolut zuverlässig ist.«

»Und woher will deine Quelle wissen, dass er in die Stadt kommt?«

»Sie will ein paar der Schläger gesehen haben, die zu seiner Brut gehören. Wenn seine Handlanger hier aufgetaucht sind, war das bisher immer ein sicheres Zeichen dafür, dass auch ihr Herr uns einen Besuch abgestattet hat.«

»Und du hast ihn noch nie gesehen?« Er lehnte sich in seinem Sessel zurück.

Erneut schüttelte der andere den Kopf. »Wie ich es dir schon bei deinem ersten Besuch sagte: noch nie. Er lässt andere für sich die Drecksarbeit machen.«

»Und woher weißt du dann, dass es tatsächlich er ist, der sich in der Stadt aufhält?«

Der Mann hob überrascht eine Braue. »Diese Frage hast du mir auch schon einmal gestellt. Ein Freund von mir arbeitet im Krankenhaus. Und wenn dein Geschaffener und seine Brut in der Stadt sind, leiden plötzlich ungewöhnlich viele Bewohner von Ashland Falls an Anämie.«

»Weiß dieser Freund ...«

»Natürlich nicht! Ich riskiere nicht ...«

Ein Klopfen unterbrach ihn. Auf sein »Herein« betrat Kathy den Raum und platzierte einen Cognacschwenker mit einer hellen, rosafarbenen Flüssigkeit vor ihrem Herrn und ein Rotweinglas mit rubinrotem Inhalt vor ihm. Dann ließ die junge Frau sie erneut allein.

Er nahm das Glas bedächtig zur Hand, trank einen Schluck – und konnte einen Hustanfall nicht unterdrücken. Verdammt! Er hätte etwas bestellen sollen, von dem er wusste, was es war. Das Zeug brannte wie Salzsäure den ganzen Weg seine Kehle hinunter und hinterließ einen Geschmack nach kaltem Kupfer auf seiner Zunge.

Sein Gegenüber starrte ihn an, stand dann abrupt auf und umrundete den Schreibtisch. Er erhob sich ebenfalls, wobei er den anderen keinen Sekundenbruchteil aus den Augen ließ. Der Mann starrte ihn weiter an, nur um dann ungläubig den Kopf zu schütteln.

»Per Dio, das glaube ich nicht. Mir ist gleich aufgefallen, dass du – scusi, Sie – jünger wirkten als beim letzten Mal, aber ich dachte, Sie hätten in den letzten Tagen nur ein bisschen ausgiebiger getrunken.« Er machte einen Schritt zurück und musterte ihn erneut. »Jetzt ergibt es auch einen Sinn, warum Sie noch einmal die gleichen Fragen gestellt haben.« Ein Grinsen glitt über seine Lippen. »Porco diavolo, Sie haben die ganze Stadt genarrt.« Dann wurde er wieder ernst. »Ich gehe vermutlich recht in der Annahme, dass die Fürsten Ihre Verbannung nicht aufgehoben haben, denn ansonsten wäre diese Scharade nicht nötig, oder?« Er ließ sich in dem zweiten Sessel auf dieser Seite des Schreibtischs nieder. »Was ist mit Ihrem Bruder passiert?«

»Verschwunden«, sagte er nach einem Zögern und setzte sich langsam ebenfalls wieder.

Der andere presste die Hand auf den Oberschenkel. »Ich vermute, es hat etwas mit diesem Geschaffenen zu tun, hinter dem Sie her sind, nicht wahr?«

»Sehr wahrscheinlich, ja.«

Eine Sekunde schwieg der Mann. »Ihnen ist aber bewusst, dass es den Fürsten einiges wert sein dürfte, zu erfahren, dass Sie wieder hier sind?«

Er lehnte sich vor. »Haben Sie vor herauszufinden, wie viel es ihnen genau wert ist?«, erkundigte er sich scheinbar gelassen.

»Per Dio, nein, natürlich nicht. Ich bin froh, wenn mir jemand diesen Geschaffenen vom Hals schafft. Außerdem schulde ich Ihrem Bruder noch etwas.«

Sekundenlang musterte er den anderen, dann nickte er und stand auf, um zu gehen. »Jetzt schulde ich Ihnen etwas.«

Der Mann erhob sich ebenfalls. »Wenn ich noch irgendetwas höre, melde ich mich – sowohl was den Geschaffenen angeht als auch Ihren Bruder. – Ich hoffe, Sie haben Erfolg. In beiden Fällen.«

Er quittierte die Worte mit einem neuerlichen Nicken und ging zur Tür. Während er das Ruthvens schnell, aber ohne übertriebene Hast endgültig verließ und wieder in die Dunkelheit eintauchte, verfluchte er im Stillen diesen Tag. Heute war einfach zu viel geschehen, was niemals hätte geschehen dürfen.

Ehre und Gewissen

Julien sucht nach dir!«, war das Erste, was Beth zu mir sagte, als wir uns am nächsten Morgen bei unseren Spinden trafen. Als sie »Er will mit dir reden« hinterherschickte, krümmte ich mich innerlich. Ich konnte mir sehr gut vorstellen, worüber er mit mir reden wollte. Und ebenso wie gestern stand mir der Sinn absolut nicht nach einem Gespräch über dieses Thema. Es war schlimm genug, dass mir das Getuschel und die Blicke der anderen folgten und ich mich fragte, welche Gerüchte über Julien und mich nach der Sache in Chemie wohl kursierten.

Auf dem Weg in den Erdkundesaal erzählte Beth mir, dass Julien sie heute Morgen angerufen und sie gebeten hatte, ihn mit zur Schule zu nehmen, da seine Blade immer noch hier auf dem Parkplatz stand. Ahnungslos, wie sie war, hatte sie ihm auf der Fahrt hierher meinen heutigen Stundenplan verraten. Aber ich konnte zumindest versuchen ihm nicht zu begegnen, indem ich absichtlich zu den einzelnen Unterrichtsstunden zu spät kam oder mich unter einem Vorwand früher hinausschlich und mich in den Pausen möglichst unsichtbar machte. Die Mädchentoilette sollte dafür durchaus geeignet sein.

Nach der dritten Stunde musste ich feststellen, dass Julien DuCraine sich vor mir verstecken konnte, wenn er das wollte – aber ich mich nicht vor ihm. Er fing mich vor dem Biosaal ab – obwohl ich mich fast fünf Minuten vor dem Ende der Stunde mit dem Vorwand davonmachte, dass mir übel sei –, packte mich sanft, aber bestimmt mit einem »Wir müssen reden« am Arm und komplimentierte mich ohne große Umstände in den kleinen Computerraum zwei Türen weiter. Meine Gegenwehr und gezischten Proteste ignorierte er geflissentlich. Die drei Juniors, die offenbar eine Freistunde hatten und sich im Computerraum vor einer Tastatur drängten, sahen verblüfft auf, als er mit mir zusammen hineinmarschierte. Die Jalousie war heruntergelassen, vermutlich weil die Sonne auf dem Bildschirm geblendet hatte.

»Kommt in einer Viertelstunde wieder«, knurrte er sie an und schickte ein scharfes »Wird's bald?« hinterher, als sie nicht schnell genug von ihren Stühlen aufstanden, um sich zu trollen. Übertrieben nachdrücklich schloss er die Tür hinter ihnen, drehte sich zu mir um und sah mich an. Mit vor der Brust verschränkten Armen erwiderte ich seinen Blick.

»Wir müssen miteinander reden«, sagte er schließlich in das Schweigen hinein, das sich zwischen uns festgesetzt hatte. »Was gestern zwischen uns ...«

»Nein, müssen wir nicht«, fiel ich ihm mit einem Kopfschütteln ins Wort. »Ich weiß, was du sagen willst. Es ist okay. Vergessen wir die ganze Sache. Es hat nichts bedeutet, also lass es gut sein.« Ich wollte an ihm vorbei und aus dem Raum.

Er stemmte sich mit einer Hand gegen die Tür und hielt sie zu. Vermutlich hätte ich eher ein ausgewachsenes Rhinozeros beiseiteschieben können als Julien DuCraine. »Was soll das? Ich muss in Geschichte. Lass mich raus!«

»Das werde ich, wenn wir geredet haben«, grollte er irgendwo tief in seiner Kehle.

»Wir haben nichts zu bereden. Lass mich vorbei!« Ich zerrte sinnlos an der Klinke.

Er rührte sich nicht den Hauch eines Millimeters. »Okay. Dann rede ich und du hörst zu.«

»Das ist nicht nötig. Ich habe dir gesagt, dass es in Ordnung ist, und jetzt geh mir ...« Zu »aus dem Weg« kam ich nicht mehr. Julien packte mich um die Mitte und setzte mich auf den nächsten Tisch, als hätte ich das Gewicht eines Kleinkindes.

Eine Sekunde war ich absolut sprachlos. »Neandertaler!«, fauchte ich dann.

Ohne darauf einzugehen, trat er direkt an die Tischkante. Wenn ich jetzt versuchte hinunterzurutschen, würde ich unweigerlich direkt *an* ihm stehen – und ich bezweifelte, dass er mir freiwillig Platz machen würde. An Flucht war damit nicht mehr zu denken.

»Zuhören kannst du auch im Sitzen«, teile er mir mit deutlich erzwungener Ruhe mit, nahm seine Brille ab und legte sie behutsam neben mich auf den Tisch. Seine Augen waren wieder klar und quecksilbern.

»Wir müssen ein paar Dinge klären.«

Ich grub die Zähne in meine Lippe und blickte zur Seite. Behutsam fasste er mich am Kinn und drehte meinen Kopf zurück, sodass ich ihn ansah.

»Dawn.« Er sprach meinen Namen so sanft aus, dass mein Mund schlagartig trocken war. »Dieser Kuss gestern ...«

»Du musst mir nichts erklären«, flüsterte ich hilflos.

»Ich muss vielleicht nicht, aber ich will.«

»Du musst dich auch nicht dafür entschuldigen.«

Ein kurzes Lächeln glitt über sein Gesicht. »Das habe ich auch gar nicht vor. – Hör mir einfach nur zu. Nur einen Moment. Bitte.« Seine Stimme klang seltsam belegt.

Ich versuchte zu schlucken und konnte es nicht. Irgendwie brachte ich ein Nicken zustande.

»Dieser Kuss gestern ...«, er stieß langsam die Luft aus und schien nach Worten zu suchen. Auf einmal wirkte er verlegen. »Das wollte ich eigentlich schon eine ganze Zeit tun. Genau genommen, seit ich dich zum ersten Mal gesehen habe.«

Mehrere Sekunden saß ich vollkommen reglos. Mein Gehirn war zu nichts anderem fähig, während ich ganz allmählich begriff, was er gerade gesagt hatte.

»Seit dem Abend auf dem Peak?«, presste ich schließlich mühsam hervor.

Er schüttelte den Kopf. »Schon vorher. - Auch wenn mir das vermutlich den Rest gegeben hat. - Aber ich dachte, ich könnte mich von dir fernhalten.«

»Warum?« Ich umklammerte die Tischkante mit beiden Händen.

Julien senkte den Blick. Erst nach einem langen Zögern antwortete er.

»Ich habe dich gern, Dawn. Mehr als gern. Aber ...« Er presste die Lippen zusammen, ehe er weitersprach. »Das hier ...«, seine Handbewegung umfasste die Schule und die ganze Stadt, »... ist nur ein Gastspiel. Ich werde wieder fortgehen von hier. Wahrscheinlich sehr bald. - Und wenn es so weit ist, will ich dir nicht wehtun. Also ...« Er schluckte mühsam. »Also ist es besser, wenn wir ... na ja, wenn wir auf Distanz bleiben.«

Ich schwieg.

»Dawn?«, fragte er irgendwie hilflos, als ich auch nach Sekunden noch immer nichts sagte.

»Und der Kuss gestern?«, flüsterte ich endlich in die Stille hinein.

»Ein Ausrutscher. Ich ... Es tut mir leid.«

Seine Worte taten weh. »Ist dir jemals in den Sinn gekommen, mich zu fragen, was ich will?« Es überraschte mich selbst, wie scharf meine Stimme klang, obwohl ich leise sprach. Julien offenbar auch, denn als ich vom Tisch rutschte, wich er vor mir zurück. »Ist dir jemals in den Sinn gekommen, dass ich vielleicht ähnlich empfinden könnte wie du?«

»Ich ...«

Mit einem Zischen brachte ich ihn zum Schweigen. »Ja, *du*. *Du* willst. *Du* hast beschlossen. - Aber gedacht hast *du* nicht!«

»Dawn ...«

»Was? - Ich kann selbst entscheiden, was ich will. Ob ich

mit dir zusammen sein will, auch auf die Gefahr hin, dass es wehtut, wenn du tatsächlich irgendwann fortgehst.« Ich funkelte ihn von unten herauf an.

Betretene Stille folgte auf meinen Ausbruch. Je länger sie andauerte, umso bescheuerter kam ich mir plötzlich wieder vor. Beinahe erwartete ich, Julien würde mich auslachen. Stattdessen räusperte er sich. Draußen verkündete die Schulglocke den Beginn der nächsten Stunde.

»Heißt das, du bist ...« Er wurde unterbrochen, als die Tür sich öffnete. Einer der Juniors streckte den Kopf herein.

»Raus!«, zischten wir beide gleichzeitig, noch ehe er überhaupt den Mund aufmachen konnte. Hastig schloss er die Tür.

Ich sah Julien wieder an. Seine quecksilbernen Augen musterten mich.

»Du weißt nichts über mich«, wandte er schließlich elend ein.

»Dann erzähl mir, was ich wissen muss«, schnappte ich dagegen.

Julien senkte den Blick. Für eine winzige Sekunde sah ich Schmerz und Bedauern auf seinem Gesicht. Endlich schaute er mich wieder an. »Das kann ich nicht.«

Langsam atmete ich ein und aus. »Hat es etwas damit zu tun, dass du der Meinung bist, es sei besser für mich, wenn ich nicht in deine Nähe komme?«

»Ja.« Er nickte.

»Warum?«

Sekundenlang schien er nach einer Antwort zu suchen, bis er es aufgab und den Kopf schüttelte. »Es gibt einige Dinge, die ich dir einfach nicht sagen *kann*.«

Ich ballte die Fäuste. »Und wenn ich verspreche, dir bezüglich dieser Dinge keine Fragen zu stellen?«

Seine dunklen Brauen hoben sich. »Du willst es unbedingt, nicht wahr?«

»Ja«, das Wort sollte entschieden klingen, aber meine Kehle war so eng, dass ich nur ein Flüstern herausbrachte. Ich streckte die Hand aus und berührte ganz leicht seine. »Ja«, wiederholte ich ebenso leise wie zuvor.

Er sah mich an, ein schiefes, hilfloses, irgendwie bitteres Lächeln auf den Lippen. Ein paar Sekunden forschten seine Augen in meinen, dann murmelte er etwas Unverständliches und holte noch einmal tief Atem. »Ich bin nicht halb so stark, wie ich dachte, und nicht einen Bruchteil so ehrenhaft, wie ich gehofft hatte«, sagte er nach einem letzten Zögern und nahm meine Hand in seine. Auch wenn ich nicht verstand, was er meinte: Ich würde keine Fragen stellen. »Ich werde dir nicht wehtun, wenn ich es irgendwie vermeiden kann«, versprach er mir dann seltsam feierlich.

Einen Moment starrte ich auf unsere Hände. »Bedeutet das, wir sind zusammen?«, brachte ich nach einigen weiteren Sekunden hervor.

Sein Lächeln veränderte sich. »Ja, das bedeutet es.« Plötzlich hatte ich das Gefühl, als würde er mit diesen wenigen Worten die ganze Welt herausfordern. Mein Herz schlug Purzelbäume und irgendwie war ein riesiger Schwarm Schmetterlinge in meinen Bauch gekommen, die wie wild flatterten. Den Kopf leicht geneigt musterte Julien mich einen Moment, dann beugte er sich vor und küsste mich zum zweiten Mal. Er tat es seltsam angespannt, als sei er bereit, von einer Sekunde auf die nächste zurückzuweichen und Abstand zwischen uns zu bringen, wie er es schon so oft getan hatte.

Ein äußerst nachdrückliches Räuspern von der Tür her ließ uns einen Augenblick später auseinanderfahren. Mr Arrons stand dort, ein Bild der Empörung über die Sittenlosigkeiten, die an seiner Schule vor sich gingen, während seine Computerklasse sich hinter ihm die Hälse verrenkte. Das Blut schoss mir in die Wangen. Julien stieß etwas aus, was ebenso ein Fauchen wie ein Fluch sein konnte. Mit einer verächtlichen Geste legte Mr Arrons die Hand auf den Schalter der Jalousie und fuhr sie in die Höhe. Dabei sah er uns an, als hätten wir sie heruntergelassen, um uns vor neugierigen Blicken zu verstecken. Das Licht der Sonne fiel nach dem angenehmen Halbdunkel schmerzhaft grell zwischen den Lamellen hindurch und Julien klaubte seine Brille vom Tisch und setzte sie hastig auf.

»Ich denke, Sie beide haben jetzt auch Unterricht.« Mr Arrons klang hochgradig verschnupft.

»Ja, Sir.« Julien nahm meine Hand und zog mich an Arrons und seiner Klasse vorbei.

Doch an der Tür hielt der uns auf. »Mr DuCraine, Ms Warden, ich erwarte Sie beide nach dieser Stunde in meinem Büro.« Lieber Himmel, Mr Arrons benahm sich, als hätte er uns bei einer wilden Orgie erwischt und nicht bei einem einzigen Kuss. Mit einem »Ja, Sir«, das fast schon beleidigend klang, schob Julien sich zwischen ihm und dem Türrahmen hindurch, ohne mich unter dem missbilligenden Blick unseres Schulleiters loszulassen. Erst als wir um die nächste Ecke gebogen waren, verlangsamte er seine Schritte.

»Scheint so, als würden wir Ärger bekommen«, grollte er und warf mir einen schnellen Blick zu.

»Scheint so«, bestätigte ich und grinste. Ich war mit Julien DuCraine zusammen! Das war allen Ärger der Welt wert. Sogar den, den ich vermutlich mit Onkel Samuel bekam, wenn er davon erfuhr. Nachdem er es nicht duldete, dass ich Freunde mit nach Hause brachte, wollte ich mir gar nicht vorstellen, was er dazu sagte, dass ich einen *Freund* hatte. Allerdings: Onkel Samuel war gewöhnlich weit, weit weg. – Im Augenblick war ich einfach nur glücklich.

Julien hielt meine Hand in seiner, bis wir den Geschichtssaal erreicht hatten. Am Ende des Korridors stand Mr Taylor noch in ein Gespräch mit Mr Barrings vertieft, sodass ich noch nicht einmal zu spät kam. Susan und ein paar andere aus meinem Geschichtskurs waren auf dem Gang und unterhielten sich. Die Überraschung, mit der sie uns entgegensahen, nachdem sie uns bemerkt hatten, wurde zu sprachloser Verblüffung, als Julien mir mit einem Lächeln sanft über den Arm strich und sich mit einem »Wir sehen uns« von mir verabschiedete. Ich schaute ihm nach, bis Susan sich vor mich schob. Sie musterte mich einen Moment eindringlich, warf einen raschen Blick zu Mr Taylor und Mr Barrings, dann schleppte sie mich ein Stück den Korridor hinunter, außer Hörweite der anderen.

»Mein Gott, Dawn, läuft da was zwischen dir und Du-Craine?«, fragte sie mich ohne Umschweife und klang dabei sehr besorgt.

Ich nickte und sah in die Richtung, in der Julien eben um die Ecke gebogen war. Susan packte mich bei den Schultern und schüttelte mich, damit ich sie wieder anschaute.

»Bist du verrückt geworden? Du weißt, wie kurz er sich bisher immer mit seinen *Freundinnen* abgegeben hat. Willst du unbedingt sein nächstes Opfer sein?« Susan bebte vor Empörung. »Er wird dir das Herz brechen, genau wie den anderen auch.«

Irritiert blickte ich sie an. Ja natürlich kannte ich Juliens Ruf. Aber dieses Mal war es anders. *Er* hatte Distanz gewollt ...

An der Tür zum Geschichtssaal rief Mr Taylor unsere Namen. Gemeinsam drehten wir uns zu ihm um.

»Nun, die Damen, hätten Sie dann auch die Güte, hereinzukommen. Ich möchte beginnen.« Mit sichtlicher Ungeduld winkte er uns heran. Ich war ihm dankbar dafür, dass er es mir – zumindest für den Augenblick – ersparte, Susan alles erklären zu müssen, und setzte mich gehorsam in Bewegung. Doch Susan hielt mich am Ellbogen fest und musterte mich erneut.

»Du hast nicht vor, wieder mit ihm Schluss zu machen, oder?«, stellte sie grimmig fest.

»Nein«, ich schüttelte den Kopf.

Susan seufzte. Mit einem Schlag schien ihre Entrüstung verflogen. Sie rieb mir freundschaftlich den Arm. »Wenn er dir wehtut und du mit jemandem reden willst, kannst du mich jederzeit anrufen. Ganz egal wie spät es ist. Denk daran! Versprich mir das!«

»Ms Warden, Ms Jamis. Darf ich jetzt bitten!«, drängte Mr Taylor.

»Auch wenn es nicht nötig sein wird: versprochen«, nickte ich. »Trotzdem danke, Susan.«

Sie schenkte mir ein verkniffenes Lächeln, dann hasteten wir an unserem ungeduldigen Geschichtslehrer vorbei in den Saal und auf unsere Plätze. Die ganze Stunde über spürte ich immer wieder die Blicke der anderen auf mir – vor allem die der weiblichen Hälfte meiner Klassenkameraden. Auch Susan sah mich mehrfach von der Seite an. Sie schien nicht so recht zu wissen, ob sie weiter versuchen sollte mir Julien auszureden oder ob sie damit vielleicht unsere Freundschaft gefährdete.

Nach Geschichte erwartete Julien mich vor der Tür des Saales. Er nickte Susan zu, die mit mir zusammen herauskam und ihn auf eine Art musterte, die eine deutliche Warnung an seine Adresse war, dann schenkte er mir ein Lächeln, das meine Knie in Gummibärchenmasse verwandelte.

»Hi«, quetschte ich an dem Kloß in meinem Hals vorbei. Irgendwie hatte ein Teil von mir wohl immer noch seine Zweifel, dass das alles nicht doch ein herrlicher Traum war, aus dem mein Wecker mich demnächst rüde reißen würde.

»Hi«, antwortete er und sein Lächeln vertiefte sich. Seine Stimme fühlte sich an wie schwarzer Samt. Der unfreundliche Typ, der mich mit Blicken ermorden wollte und mich bei jeder Gelegenheit anfuhr, war verschwunden. Offenbar hatte er mich damit »auf Distanz« halten wollen. Ich musste innerlich grinsen. Sein Plan war nicht ganz aufgegangen. »Wollen wir?« Er nickte den Korridor hinunter Richtung Sekretariat.

Ich verkniff mir ein Seufzen, winkte Susan noch kurz zu, dann machten wir uns auf den Weg. Wir hielten nicht Händchen, jeder trug seine eigene Tasche, wir gingen nur dicht nebeneinander her – dicht genug, dass Juliens Hand zuweilen meine streifte oder mein Arm seinen berührte – und dennoch drehte sich alles nach uns um. Mir war zuvor nie aufgefallen, dass man ihm und seinen Freundinnen eine solche Aufmerksamkeit schenkte, aber wir schienen das Schulgespräch Nummer eins zu sein. Dabei hatten wir selbst erst vor knapp einer Stunde beschlossen, dass wir zusammen waren. Doch offenbar hatte es sich bereits herumgesprochen. Wir wurden angestarrt, und wenn wir vorbei waren, wurden die Köpfe tuschelnd zusammengesteckt. Fühlte sich so ein Tier im Zoo? Lieber Himmel, wie hatte er das nur die ganze Zeit ausgehalten? Einige der Mädchen, an denen wir vorübergingen, warfen mir geradezu mordlüsterne Blicke zu.

Im Sekretariat war Mrs Nienhaus bereits über unser Kommen informiert. Sie ließ uns auf den Plastikstühlen, die an der Wand gegenüber dem Tresen standen, auf Mr Arrons warten. Der rauschte schon eine Minute später durch die Tür, bedachte uns mit einem Blick extremer Missbilligung und winkte uns, ihm in sein Büro zu folgen, wo er sich hinter seinem Schreibtisch niederließ. Eine Handbewegung gestattete es uns, auf den beiden Stühlen ihm gegenüber Platz zu nehmen. Ich setzte mich, darum bemüht, demütig und fügsam zu wirken, und blinzelte in die Sonne, die hinter Mr Arrons durch das Fenster schien. Julien lehnte sich mit vor der Brust verschränkten Armen gegen den Aktenschrank schräg neben dem Schreibtisch, sodass die Sonne ihn nicht voll erreichte. Er wirkte ein wenig bedrohlich, wie er da reglos im Halbschatten stand. Dass er zu Julien aufsehen musste, schien unserem Direktor überhaupt nicht zu gefallen. Allerdings gab er sich nicht die Blöße, etwas dazu zu sagen.

»Was ich vorhin im Computerraum gesehen habe, wird nicht wieder vorkommen, Mr DuCraine«, begann er stattdessen ohne Umschweife und fixierte Julien. »Ich bin über Sie und Ihre ... nun, nennen wir es Eskapaden informiert und ich werde nicht dulden, dass Sie dem Ruf einer weiteren Schülerin der Montgomery-High schaden. Sie werden sich von Ms Warden fernhalten.«

Ich schnappte nach Luft und sah fassungslos zu Julien. Außer dass er den Kopf ein klein wenig neigte, rührte er sich nicht und schwieg.

»Nun?«, verlangte Mr Arrons eine Antwort von ihm.

Julien maß ihn noch einmal mit einem langen Blick, der durch die dunkle Brille nicht zu deuten war. »Ich werde mich von Dawn fernhalten«, sagte er endlich leise. Mir blieb endgültig die Luft weg – bis er weitersprach. »Wenn sie selbst es wünscht.«

»Sie werden tun, was ich Ihnen sage, Mr DuCraine.« Arrons lief puterrot an, dass ich fürchtete, er könnte jede Sekunde einen Herzanfall bekommen. Sein Ledersessel knarrte, als er sich drohend vorbeugte. »Und diese Unverschämtheit wird ein Nachspiel haben.«

Julien lächelte nur.

Abrupt wandte Arrons sich mir zu. »Ich erwarte von Ihnen, dass Sie vernünftig sind und sich an meine Anweisungen halten, Ms Warden. Ich würde es bedauern, wenn ich Ihren Onkel – zu Ihrem eigenen Besten – über diesen Vorfall in Kenntnis setzen müsste.«

Entsetzt sah ich Mr Arrons an. »Das dürfen Sie nicht!«,

entfuhr es mir. Hinter mir verlagerte Julien das Gewicht und stieß sich von dem Aktenschrank ab. Ich fühlte mich mit einem Mal entsetzlich hilflos. Woher nahm dieser Mann das Recht, zu bestimmen, wer mein Freund war und wer nicht? Es gab unzählige Pärchen an der Schule. Warum machte er gerade bei uns einen solchen Aufstand? Weil er ausgerechnet uns bei einem Kuss erwischt hatte und nun meinte, ein Exempel statuieren zu müssen? Weil er Julien nicht leiden konnte? Wenn Onkel Samuel durch Mr Arrons von meiner Beziehung zu Julien erfuhr, wollte ich mir gar nicht vorstellen, was geschehen könnte.

Mr Arrons beachtete meinen Protest gar nicht. Für ihn gab es offenbar keinen Zweifel daran, dass zumindest ich mich an seine Anordnungen halten würde, denn er schickte uns mit einem »Gehen Sie in Ihre Klassen zurück« aus seinem Büro.

Mit zittrigen Knien stand ich auf und tappte zur Tür. Erst als ich sie erreicht hatte, fiel mir auf, dass Julien mir nicht folgte. Ich drehte mich um. Er hatte sich nicht von der Stelle gerührt. Sein Blick lag auf Mr Arrons. Jetzt nickte er mir zu, ohne mich anzusehen.

»Ich komme gleich. Wartest du bitte draußen? Mr Arrons und ich haben noch etwas zu besprechen«, sagte er ruhig und vollkommen emotionslos. Doch genau das erschreckte mich.

»Julien ...«

Er schüttelte den Kopf und ich schluckte den Rest des Satzes runter, verließ das Büro und zog die Tür hinter mir zu. Ich hörte gerade noch Mr Arrons empörtes »Was erlauben Sie sich, DuCraine?«, gefolgt von einem Keuchen und dem Knarren des Ledersessels, als die Tür ins Schloss schnappte. Bei dem Gedanken, dass Julien vielleicht dabei war, etwas zu tun, was ihm ernsthaften Ärger einbringen konnte, hätte ich sie um ein Haar wieder geöffnet. Doch wenn ich jetzt noch mal hineinginge, machte ich alles vielleicht nur noch schlimmer. Widerstrebend nahm ich die Hand vom Türgriff und wandte mich ab.

Mrs Nienhaus schaute mich ein bisschen erstaunt an, als ich ihr Büro alleine verließ, sagte aber nichts. Draußen auf dem Korridor lehnte ich mich gegen die Wand und wartete. Ich löste den Knoten, den ich unruhig in den Riemen meiner Tasche hineingeschlungen hatte, gerade zum neunten Mal, als Julien aus dem Sekretariat kam.

Unsicher sah ich ihm entgegen.

»Arrons wird uns in Ruhe lassen. Und auch deinem Onkel wird er nichts erzählen«, sagte er, noch ehe ich einen Laut hervorbrachte.

Ich riss die Augen auf. »Wie hast du das gemacht?«

Julien zögerte einen Moment, als überlege er, was er mir sagen sollte, dann ließ er ein boshaftes Lächeln sehen. »Ich habe ihn nur gefragt, was er glaubt, was die Herren und Damen von der Schulbehörde wohl davon halten würden, dass ein Schüler im Chemieunterricht durch die Nachlässigkeit einer Lehrerin – die ausgerechnet mit diesem Schüler einige Differenzen hat – verletzt wurde. – Wenn sie davon erfahren würden.«

»Du hast ihn erpresst?«

Sein Lächeln wurde deutlich boshafter. »Ich weiß nicht. Kann sein. Nennt man das so? Ein hässliches Wort, findest du nicht auch?«

»Und er hat es so einfach hingenommen?« Ich konnte immer noch nicht fassen, dass Julien so etwas getan hatte.

»Er ist viel zu sehr auf den guten Ruf seiner Schule bedacht, um es nicht hinzunehmen.« Von einer Sekunde zur anderen war seine Miene ernst. Er nahm mich am Arm und führte mich vom Sekretariat fort und ein kurzes Stück in den Gang zum Lehrerzimmer hinein. »Warum wolltest du nicht, dass dein Onkel etwas von uns erfährt?«, fragte er leise.

Etwas an seinem Tonfall versetzte mir einen schmerzhaften Stich. Einen Augenblick suchte ich nach Worten. »Ich weiß nicht, wie er reagiert, wenn er hört, dass ich einen Freund habe«, gestand ich dann.

Julien neigte den Kopf und wartete, dass ich ihm erklärte, was ich meinte.

Ich spielte mit dem Riemen meiner Tasche. »Meine Eltern wurden in New York bei einem Raubüberfall ermordet. Seitdem kümmert sich mein Onkel um mich. Er hat meine Mutter sehr geliebt, obwohl sie nur seine Stiefschwester war. Deshalb heiße ich ja auch nicht Gabbron wie er, sondern Warden. Sie hat ihren Namen auch nach der Hochzeit mit meinem Vater behalten. Mein Onkel hat - aus welchen Gründen auch immer - Angst, dass auch mir etwas so Schreckliches zustoßen könnte wie ihr. Ich hatte früher sogar Leibwächter, die mich überallhin begleitet haben. Vor etwa einem Jahr hatte ich deshalb einen Streit mit ihm und erst seitdem darf ich alleine zur Schule gehen oder etwas unternehmen. Aber er will immer noch nicht, dass ich Freunde mit nach Hause bringe ...«

Julien verstand. »Und du befürchtest, er könnte nicht besonders begeistert davon sein, wenn er erfährt, dass du einen Freund hast.«

Niedergeschlagen nickte ich. »Ja. - Es tut mir leid.«

Mit einem Lachen schüttelte er den Kopf. »Das braucht es nicht. Dein Onkel muss mich nicht mögen - oder mit mir einverstanden sein. Solange die Situation so für dich in Ordnung ist, ist sie es auch für mich.« Er rückte den Riemen seines Rucksacks über der Schulter zurecht, trat dicht vor mich und stemmte sich mit beiden Händen gegen die Wand in meinem Rücken, sodass ich zwischen ihm und der Mauer gefangen war. Dann beugte er sich zu mir. »Das heißt, ich werde im Schutze der Nacht heimlich wie Romeo zu Julia durch dein Fenster zu dir kommen und hoffen, dass dein böser Onkel mich nicht dabei erwischt und in einen tiefen Kerker werfen lässt«, raunte er mir leise zu. In seinen Mundwinkeln zuckte es schelmisch. Ich stand kurz davor, loszukichern. Fast hätte er meiner Selbstbeherrschung den Rest gegeben, indem er trocken »und dass eure Alarmanlage nicht besonders gut ist oder du sie für mich ausschalten kannst«, hinterherschickte. Doch das unromantische Gackern blieb mir in der Kehle stecken, als er sich noch weiter zu mir vorbeugte. Unwillkürlich drückte ich mich fester gegen die Mauer hinter mir. Sein Atem strich über meine Haut, doch dann spannte er sich mit einem Mal und wich hastig zurück – obwohl ich hätte schwören mögen, dass er mich gerade eben noch hatte küssen wollen.

Verwirrt blinzelte ich. »Was ist?«

»Nichts!«, versicherte er mir hastig – beinah ein wenig zu hastig – und kämmte sich mit fünf Fingern durchs Haar. »Mir fiel nur gerade ein, dass es vielleicht keine gute Idee ist, ausgerechnet hier ...«, er gestikulierte zur Tür des Lehrerzimmers einige Meter den Gang hinunter.

Er hatte recht. Einmal am Tag von einem Lehrer bei einem Kuss unterbrochen zu werden, war genug. Auch wenn ich dieses Risiko für einen weiteren Kuss gerne in Kauf genommen hätte.

»Was hättest du jetzt eigentlich?« Julien warf einen kurzen Blick auf seine Armbanduhr.

»Mathe.« Schaudernd verzog ich das Gesicht. »Und du?«

»Chemie. – Wobei ich darüber nachdenke, ob ich nicht eine Spontanallergie gegen Chemiesäle entwickle. Zumindest für einige Zeit.«

Ich nickte mit einem kleinen Grinsen. »Ich verstehe. Ein Trauma oder so etwas.« Doch dann löste ich mich von der Wand und sah ernst zu ihm auf. »Ich bin so froh, dass es deinen Augen wieder gut geht. Als sie gestern so entsetzlich rot waren, habe ich mir wirklich Sorgen gemacht. – Es ist ein Wunder, dass gar nichts mehr zu sehen ist.«

Er fing meine Hand auf halbem Wege zu seinem Gesicht ab. »Danke, dass du niemandem etwas von meinem ... Problem gesagt hast. – Beabsichtigst du noch in Mathe zu gehen oder leistest du mir beim Schwänzen Gesellschaft?«

»Willst du von Anfang an deinen schlechten Einfluss auf mich unter Beweis stellen?«

»Vielleicht. – Und? Wie ist es?« Die ganze Zeit hatte er mein Handgelenk festgehalten, jetzt änderte er seinen Griff, bis er meine Hand in seiner hielt.

»Und was schwebt dir anstelle von Mathe – oder Chemie – vor?«

Eine Sekunde musterte er mich. »Kannst du Schach spielen?«, erkundigte er sich dann.

»Natürlich.« Ich setzte meine selbstgefälligste Miene auf. Simon hatte es mir beigebracht und wir spielten noch immer recht oft. Gelegentlich gewann ich sogar.

»Sehr gut! Dann muss ich in den Mittagspausen endlich nicht mehr gegen mich selbst spielen.« Julien klang so zufrieden mit sich, als wären meine Schachkenntnisse sein Verdienst.

Meine Hand fest in seiner und dennoch nicht ganz so eng nebeneinander wie noch eine Stunde zuvor gingen wir in die Bibliothek, darum bemüht, keinem der Lehrer zu begegnen. Im zweiten Leseraum, dem kleineren der beiden, gab es Schachbretter. Eigentlich gehörten sie dem Schachklub der Schule, aber ein paar standen immer offen auf einem Regal. Wir suchten uns einen Tisch in einer ruhigen, schattigen Ecke – wofür ich dankbar war, da sich nach dem Sonnenbad in Mr Arrons Büro meine Sonnenallergie mit einem leichten Jucken bemerkbar machte – und Julien stellte die Figuren auf. Er überließ mir Weiß und damit den ersten Zug.

Julien spielte unendlich viel besser als Simon. So viel war

mir schon nach den Eröffnungszügen klar. Unser erstes Spiel dauerte nicht einmal zehn Minuten, dann hatte er mich matt. Ich war keine Herausforderung für ihn. Beim zweiten spielte er sehr viel weniger aggressiv als zuvor und schlug mir sogar mehrfach vor, einen Zug zu überdenken. Dennoch gewann er erneut.

Dass er im dritten Spiel erstaunlich viele Fehler machte und ich es schließlich sogar gewann, machte mich misstrauisch. Als ich ihm vorwarf, mit Absicht verloren zu haben, lachte er und erklärte mir, es sei seine bevorzugte Taktik, einen Gegner in Sicherheit zu wiegen und dann unvermutet zuzuschlagen. – Als ob ich ein ernst zu nehmender Gegner für ihn wäre.

Doch beim nächsten Spiel entwickelte ich meine eigene Taktik. Julien hatte die Brille abgenommen, und wenn ich ihm nur tief genug in die Augen sah, vergaß er manchmal glatt, welchen Zug er gerade hatte machen wollen. Dann schwebte seine Hand über dem Schachbrett und sein Blick hing wie gebannt in meinem. – Allerdings funktionierte das Ganze auch andersherum und ich war von dem Quecksilber seiner Augen gefangen. – Ich hätte niemals vermutet, dass man sich nur mit Blicken küssen konnte.

Er gewann auch dieses Spiel.

Wir redeten nicht viel. Wenn, waren es kurze Kommentare zu einem Zug oder Julien zog mich spöttisch auf und ich hielt boshaft dagegen. Mehr als einmal endete ein solcher verbaler Schlagabtausch mit abfälligem Schnauben oder Prusten und Gelächter. Doch die meiste Zeit herrschte einfach nur angenehmes, friedvolles Schweigen zwischen uns, während unsere Hände auf der einen Seite des Schachbretts ineinander verschlungen waren. Ich konnte mich nicht daran erinnern, mich in der Gesellschaft eines anderen jemals so wohlgefühlt zu haben.

Dass die Klingel das Ende meiner Mathe- und seiner Chemiestunde verkündete, hörte Julien ebenso wenig wie ich. Wir verspielten die Mittagspause – weder sein noch mein Magen meldete Hunger an – und hätten vermutlich auch den Beginn des Nachmittagsunterrichts verpasst, hätte nicht plötzlich Beth neben uns gestanden. Hinter ihr ragte Neal auf und warf einen missbilligenden Blick auf meine Hand, die in Juliens lag. Ich zog sie nicht zurück.

Beth lächelte ein »Hi!« in Juliens Richtung, der eben seine Brille wieder aufgesetzt hatte, dann sah sie mich an. »Ich hab dich schon überall gesucht. Mrs Jekens hat in Mathe gefragt, wo du bist. Ich habe behauptet, dir sei schlecht und du wärst an der frischen Luft. – Nur damit du Bescheid weißt, falls sie dich sieht und fragt.«

Dankbar nickte ich ihr zu. »War sie sehr sauer?«

»Nicht anders als sonst. Du solltest nur aussehen, als sei dir tatsächlich schlecht, wenn du ihr heute noch mal begegnest. Ich weiß nicht, ob sie mir geglaubt hat, nachdem du die ganze Stunde nicht da warst. – Gehen wir zusammen in Erdkunde?« Sie schaute kurz von mir zu Julien, der nach einem flüchtigen Blick auf seine Armbanduhr meine Hand losgelassen hatte und die Schachfiguren in ihre Schachtel zurückräumte.

Ich sah ihn ebenfalls an und grinste. Offenbar war jeder – einschließlich Beth – davon überzeugt, dass seine Einstellung bezüglich Schule sehr schnell auf mich abfärben würde. Julien gab das Grinsen wortlos zurück. Es war, als wüsste er um meine Gedanken, ohne dass ich sie aussprechen musste. Die Schmetterlingsinvasion in meinem Bauch stob auf und vollführte wilde Flugmanöver.

»Klar. – Was hast du jetzt?« Ich sah Julien an, während ich aufstand und mir meine Tasche umhängte.

»Biologie.« Das bedeutete, dass er ans entgegengesetzte Ende des Schulgebäudes musste. Er schob ebenfalls seinen Stuhl zurück und erhob sich. Obwohl Neal ihn feindselig anstarrte, stellte Julien das Schachspiel ungerührt an seinen Platz zurück, hob seinen Rucksack vom Boden auf und trat neben mich. Regungslos erwiderte er Neals Blick. Beinah war ich dankbar dafür, dass er nicht demonstrativ den Arm um meine Schultern legte. Dass Neal Julien so offensichtlich nicht leiden konnte, machte mir Sorgen.

Wir verließen gemeinsam die Bibliothek. Beth voneweg, dann Julien und ich, Neal bildete den Abschluss. Ich drehte mich ein paarmal zu ihm um. Er beobachtete Julien noch immer voller Groll. Ich musste mit Neal reden! Unbedingt!

Julien verzichtete diesmal darauf, mich und Beth zum Erdkundesaal zu begleiten, doch wie beim letzten Mal strich er mir zum Abschied zart über den Arm. Natürlich entging es weder Neal noch Beth. Sie lächelte mich an, aber Neal sah aus, als würde er Julien am liebsten den Hals umdrehen. Plötzlich war ich froh, dass Neal jetzt in Politik musste und die Tür zu seinem Unterrichtsraum sich nur wenige Meter den Korridor hinunter befand, sodass er und Julien zumindest nicht den gleichen Weg hatten. Ich winkte sowohl Julien als auch Neal kurz zu, dann machte ich mich mit Beth auf den Weg zu Erdkunde. Doch als ich Neal »Kommst du ins Fechttraining, DuCraine?« hinter Julien herrufen hörte, hielt ich inne und drehte mich um.

Auch Julien war stehen geblieben und wandte sich um. »Ja«, antwortete er gelassen. Er hatte die Gangbiegung schon fast erreicht.

Neal maß ihn mit einem abschätzigen Blick. »Wir sehen uns auf der Planche.« Seine Worte klangen wie eine Herausforderung.

Julien schwieg einen Moment und sah an Neal vorbei zu mir, dann nickte er knapp. »Wie du willst, Hallern. Auf der Planche.« Damit machte er kehrt und verschwand um die Ecke. Auch Neal blickte jetzt zu Beth und mir, dann marschierte er entschlossen zum Geschichtssaal und ging hinein.

Einige Sekunden starrte ich in den leeren Korridor vor mir. Sie waren übergeschnappt! Alle beide! Ehe Beth mich aufhalten konnte, rannte ich Julien nach. Ich holte ihn auf halbem Weg zu seinem Bioraum ein.

»Ich will das nicht!«, platzte ich atemlos heraus. Er sah mich schweigend an. »Ich will nicht, dass ihr euch meinetwegen ... duelliert! Wir leben im 21. Jahrhundert und nicht im Mittelalter. Ihr müsst also nicht mit Schwertern aufeinander losgehen wie irgendwelche bescheuerten Ritter«, präzisierte ich ungeduldig, was ich meinte.

»Degen.«

»Was?«, verwirrt blinzelte ich.

»Wir werden nicht mit Schwertern aufeinander losgehen, sondern mit Degen – auch wenn ich das italienische Florett eigentlich lieber mag«, erklärte er mir ungerührt.

»Degen, Florett, Schwert – es ist mir herzlich egal, womit ihr euch prügelt«, allmählich verlor ich die Geduld. »Ich will nicht, dass ihr euch meinetwegen benehmt wie Machos.«

Von einer Sekunde zur nächsten war er ernst. »Du verlangst also von mir, dass ich nicht mit Neal auf die Planche gehe?«

»Ja!«

Zu meinem Entsetzen schüttelte er den Kopf. »Das kann ich nicht. Er hat mich herausgefordert.«

»Aber das bedeutet doch nicht, dass du seine Herausforderung annehmen musst.«

»Das habe ich aber schon. – Und ich werde bestimmt nicht wie ein Feigling zurückziehen.« Julien sagte das so ruhig, als wären Duelle das Normalste der Welt.

»Bitte tu's nicht, Julien.«

Mit einer bedächtigen Bewegung schob er seine Brille in die Höhe und sah mir in die Augen. »Nein, Dawn. Auch wenn du es vielleicht nur schwer verstehen kannst: Ich kann nicht zurückziehen.« Mit einem Mal wirkte er nicht mehr wie zwanzig, sondern sehr, sehr viel älter. »In meiner ... Familie steht die Ehre über allem anderen, weil sie manchmal das Einzige ist, was einem bleibt.« Er hob langsam die Schultern und ließ sie wieder sinken. »Dein Freund Neal hat als Fechter eine vage Vorstellung von Ehre. – Er hat mich herausgefordert; er muss zurückziehen. Ich kann es nicht.«

Ich hätte ihn gerne gefragt, wo er aufgewachsen war, dass man ihn mit solch antiquierten Vorstellungen erzogen hatte, aber irgendwie war ich mir sicher, keine Antwort zu erhalten. Und ich hatte versprochen keine Fragen zu stellen. Also trat ich stattdessen dicht vor ihn und fasste mit beiden Händen seine Jacke. »Bitte. – Ich will nicht, dass einer von euch verletzt wird. Nicht meinetwegen.«

Meine Finger schlossen sich fester um den Stoff. Er erwiderte meinen Blick. Selbst seine Augen wirkten alt. So als hätten sie schon Dinge gesehen, die sie nie hatten sehen wollen. Sekunden dehnten sich zu Ewigkeiten.

Seine Hände waren kalt, als er sie über meine legte.

»Ich werde nicht zurückziehen. – Nein, lass mich ausreden, Dawn! – Aber ich werde ein paar Bemerkungen gegenüber dem Coach fallen lassen. Wenn er merkt, was läuft, lässt er Neal und mich nicht zusammen auf die Planche. Nicht nach dem, was beim letzten Mal passiert ist. – Das ist alles, was ich dir anbieten kann.«

Beklommen sah ich ihn an. Julien meinte es genau so, wie er sagte. Da ich offenbar keine andere Wahl hatte, nickte ich. Seltsamerweise schien er darüber erleichtert zu sein.

»Sehen wir uns nach Sport?«, fragte er nach einem Moment schließlich leise und strich sacht über meine Hände.

Ich zögerte. »Warum nicht davor?« Hatte er Angst, ich könnte noch mal versuchen ihn umzustimmen?

»Weil ich mich ziemlich beeilen muss, wenn ich vor deinem Freund Neal im Fechttraining sein will, um mit dem Coach noch ein bisschen zu plaudern, ehe er aufkreuzt.«

»O ja, entschuldige.« Verlegen biss ich mir auf die Lippe. »Also dann, nach Sport. Wo treffen wir uns?«

»An den Bänken unter dem Ahorn? Zwischen Parkplatz und Cafeteria. – Und vielleicht überlegst du dir, ob du Lust hast, heute Nachmittag noch eine Tour mit der Blade zu machen. Ich werde mich deinetwegen auch ans Limit halten. Versprochen!«

»Dann an den Bänken.« Eigentlich hatte ich ihm einen Abschiedskuss geben wollen, doch Julien hatte mich losgelassen und war wieder auf Distanz gegangen, ehe ich mein Vorhaben umsetzen konnte.

»Du kommst zu spät in Erdkunde«, erinnerte er mich spöttisch, während er seine Brille zurechtschob. Ich schnaubte nur verächtlich, dennoch wandte ich mich nach einem letzten Lächeln ab und lief den Flur hinunter. Als ich mich noch einmal umdrehte, war Julien auf seine übliche lautlose Art schon hinter der nächsten Ecke verschwunden.

Die ganze Erdkundestunde über war ich ein Nervenbündel. Ständig blickte ich auf die Uhr. Glücklicherweise hatte Beth auf mich gewartet und unser gemeinsames Zuspätkommen mit der gleichen »Dawn ist schlecht und wir waren an der frischen Luft«-Ausrede erklärt, mit der sie mich bereits bei Mrs Jekens entschuldigt hatte. Offenbar sah ich auch aus, als ginge es mir nicht besonders gut, denn Mr Sander – mitleidiger Mensch, der er war – fragte, ob ich nicht lieber nach Hause gehen wollte. Nein, ich wollte nicht! Das hätte bedeutet, Ella irgendwie zu erklären, warum ich früher aus der Schule zurück war als vorgesehen – und ihr die »Mir war übel«-Ausrede aufzutischen, hätte für mich unweigerlich zur Folge gehabt, den Nachmittag mit Kamillentee auf dem Sofa zu verbringen, und ganz nebenbei wäre ich vor Sorge verrückt geworden. Ich konnte gar nicht nach Hause gehen, ehe ich nicht wusste, dass Juliens Plan aufgegangen war.

Als die Klingel das Ende der Stunde verkündete, kam Mr Sander an meinen Tisch und erkundigte sich besorgt, wie es mir gehe und was ich als Nächstes habe. Obwohl ich ihm versicherte, dass ich mich bereits etwas besser fühlte, versuchte er erneut mich nach Hause zu schicken, als er hörte, ich hätte jetzt eine Doppelstunde Sport. Erst als Beth ihm versprach, gut auf mich aufzupassen, gab er sich zufrieden und ließ uns gehen.

In dem Versuch, meine Nerven mit einem Zuckerschock zu beruhigen, zog ich mir auf dem Weg zur Turnhalle einen Schokoriegel und eine Cola aus einem Automaten, doch weder das eine noch das andere zeigte Wirkung.

Die Cheerleader hatten die beiden Hallenteile auf der linken Seite belegt und trainierten ihre Choreografie für das nächste Spiel unserer Basketballmannschaft. Deshalb musste unser Sportkurs einen Abschnitt weiterrücken. Damit befanden wir uns – nur durch einen dicken Mattenvorhang getrennt – direkt neben den Fechtern. Mir schlug das Herz bis zum Hals und ich lauschte angestrengt auf Juliens oder Neals Stimmen, während ich zusammen mit den anderen den Schwebebalken aufbaute und die Matten zurechtlegte. Ich hörte kaum zu, als Mrs Hayn uns erklärte, was uns erwartete, und Beth auf den Schwebebalken winkte, damit sie uns die Übungen zeigte. Das Klirren der Degen erklang in der Nachbarhalle, dazwischen immer wieder die Rufe des Coachs. Hatte ich eben Neals Stimme gehört? Liza folgte Beth auf den Schwebebalken. War das Julien, der ihm kalt und schneidend antwortete? Ich legte die Arme um die angezogenen Beine. Wieder sagte Neal etwas. Mrs Hayn rief meinen Namen und wies auf den Schwebebalken. Der Coach bellte eine Anweisung. Das Degenklirren brach ab. Ich warf einen raschen Blick zur Nachbarhalle hin.

»Dawn! Konzentrieren Sie sich auf das, was Sie hier tun!«, mahnte Mrs Hayn ungeduldig.

Angespannt wandte ich mich dem Schwebebalken zu, nahm Anlauf auf das Sprungbrett und kam sicher auf dem Balken auf. Ich atmete tief durch.

»DuCraine! Hallern! Nehmt eure Helme und geht auf die Planche!«, befahl der Coach nebenan.

Mein Herz setzte aus. Irgendetwas war schiefgegangen.

»Dawn!« Mrs Hayn klang jetzt ärgerlich.

Noch einmal holte ich Luft. Beth blickte besorgt zu mir hoch. Das Klirren der Degen setzte wieder ein. Sehr viel rascher und heftiger diesmal. Ich zwang meine Glieder sich zu bewegen. Zwei Schritte vorwärts, Handstand, halten, zurück. Der Coach brüllte etwas, was wie ein Fluch klang. Ich biss mir auf die Lippe. Waage, halten, aus der Waage in den Handstand, abrollen, stehen. Die Degen klirrten. Erneut hörte ich den Coach brüllen. Drehung. Das Klirren wurde heftiger. Zwei Schritte vorwärts, Rad, ich kam zu weit links auf, rutschte ab, schrammte mit dem Bein an der Seite des Schwebebalkens hinab und landete auf den Matten. Die anderen aus meinem Kurs schrien auf. Meine Hand schlug gegen eine der Stellschrauben. Dieses Mal schrie ich. Im nächsten Moment lag ich auf den Matten und hielt meine rechte Hand fest mit meiner linken umklammert, während Mrs Hayn sich neben mich kauerte und der Rest meines Sportkurses sich erschrocken um mich scharte. Das Geklirr in der Nachbarhalle war verstummt. Der Coach fluchte lautstark. Meine Hand tat entsetzlich weh. Vorsichtig nahm Mrs Hayn sie in ihre. Gleich darauf rief sie nach dem Verbandskasten. Blut sickerte aus einem tiefen Riss in meiner Handkante. Liza sprang auf und rannte davon.

»Dawn!« Plötzlich war Julien neben mir. In seiner weißen Fechtkleidung wirkte er ein bisschen wie ein Ritter, der zu meiner Rettung herbeigeeilt war. Er drückte einem völlig verblüfften Mädchen seinen Helm und den Degen in die Hände und kniete sich neben mich.

»Es geht mir gut«, versicherte ich ihm hastig, obwohl mir die Tränen in den Augen brannten. »Schau, es ist nur ein Kratzer!« Ich entwand Mrs Hayn meine Hand und hielt sie ihm hin. Der Riss blutete kaum noch.

Julien erstarrte. Plötzlich atmete er in harten, abgehackten Stößen. Er schluckte mühsam – zwei-, drei-, viermal –, ehe er sich steif von den Matten hochdrückte, ohne den Blick dabei auch nur einen Moment von meiner Hand zu lösen. In der nächsten Sekunde wandte er sich hastig ab und ging mit schnellen Schritten – wie jemand, dem gerade fürchterlich übel geworden war und der dennoch versuchte, den letzten Rest seiner Würde zu wahren – zu den Umkleiden. Nicht nur ich blickte ihm verblüfft nach. Bis morgen würde vermutlich die ganze Schule wissen, dass Julien Du-Craine kein Blut sehen konnte.

Als Liza mit dem Erste-Hilfe-Kasten zurückkam, verband Mrs Hayn meine Hand, dann schickte sie mich zusammen mit Beth in die Umkleide. Anschließend sollte ich zur Schulschwester gehen, damit die meine Hand noch einmal richtig versorgte. Die anderen mussten eine weitere Matte herbeischaffen, die vor die verhängnisvolle Schraube gelehnt wurde, dann setzte Mrs Hayn den Unterricht fort.

Die Schulschwester – eine zierliche Frau mit einem freundlichen, herzförmigen Gesicht und einem Kommandoton, der jedem Drill-Sergeant Ehre gemacht hätte – sah sich den Riss an, während ich auf der mit Kunstleder bezogenen Liege saß, schnalzte unwillig mit der Zunge und murmelte etwas von dummem Zufall, dass ich ausgerechnet die Stellschraube getroffen hätte. Sie desinfizierte die Verletzung mit Jodspray – was mir erneut die Tränen in die Augen trieb –, dann musste ich warten, bis alles getrocknet war, ehe sie mir einen Verband um die Hand wickelte, dessen Ende sie mit

Heftpflasterstreifen befestigte. Danach musste ich ihr in allen Details erzählen, was geschehen war, während sie den Unfallbericht ausfüllte. Als ich endlich gehen konnte, war auch der Unterricht beendet.

Obwohl mein Bein, mit dem ich am Schwebebalken entlang abwärtsgeschrammt war, ebenfalls wehtat und sich ziemlich steif anfühlte – vermutlich würde ich morgen den ganzen Oberschenkel hinauf einen riesigen blauen Fleck haben –, beeilte ich mich, um zu den Bänken unter dem Ahorn zu kommen, wo ich mit Julien verabredet war. Doch als ich von dem gepflasterten Weg auf den Trampelpfad abbog, der hinter der Cafeteria entlang zu der kleinen Baumgruppe mit dem Ahorn führte, sah ich schon von Weitem, dass Julien nicht da war. Konnte es sein, dass das Training länger gedauert hatte? Ich zögerte kurz und warf einen Blick auf meine Uhr. Selbst wenn dem so gewesen wäre und er sich obendrein Zeit beim Duschen gelassen hätte, müsste er eigentlich schon da sein. Ein gutes Stück langsamer als zuvor ging ich an den Hecken entlang, die das Gebäude auf dieser Seite einfassten. Hatte er angenommen, ich sei nach meinem Sturz direkt nach Hause gefahren, und war deshalb ebenfalls gegangen? Der Gedanke hinterließ ein Gefühl der Enttäuschung in meinem Magen. Ich hatte die Ecke der Cafeteria fast erreicht, als ich Neals Stimme hörte.

»... die Finger von ihr, DuCraine!«, sagte er gerade heftig.

»Sonst was, Hallern? Glaubst du, ich habe Angst vor dir? – Nimm die Hände weg.« Juliens Worte klangen nicht minder scharf.

Vorsichtig ging ich näher und spähte um die Hecke herum. Die beiden standen an der Seitenwand des Gerätehäuschens, das sich zwischen Cafeteria und Sporthalle befand. Neal hatte Julien an der Jacke gepackt und stieß ihn gerade rücklings gegen die Mauer.

»Du bist nicht gut genug für sie, DuCraine. Also tu dir

selbst einen Gefallen und halt dich von ihr fern«, herrschte er ihn dabei an.

»Was stört dich, Hallern? Dass sich *irgendein* Junge für Dawn interessiert oder dass ausgerechnet ich es bin?« Mit eisiger Beherrschtheit löste Julien Neals Hände von seiner Jacke, hielt aber seine Handgelenke weiter fest. »Du kennst sie, seitdem sie an der Montgomery ist, und hast es in der ganzen Zeit nicht geschafft, den Mund aufzumachen und ihr zu sagen, dass du in sie verliebt bist, du Feigling.« Er stieß Neal so hart von sich, dass der zwei Schritte rückwärtstaumelte. »Ich werde deinetwegen nicht das Feld räumen. Egal was du tust!«

Ich schluckte. Neal sollte in mich verliebt sein? Er hatte niemals auch nur den Hauch einer Andeutung gemacht – und ich wäre auch nie auf die Idee gekommen, wir könnten mehr sein als Freunde.

Wie zur Antwort auf Juliens Worte stürzte Neal sich mit erhobenen Fäusten auf ihn. Doch Julien machte nur einen Schritt beiseite, packte Neal am Arm, zerrte ihn an sich vorbei und gegen die Seitenwand. Dabei drehte er ihm den Arm so abrupt auf den Rücken, dass Neal vor Schmerz aufkeuchte.

»Hört auf damit! Beide!« Gemeinsam fuhren sie zu mir herum. Ich löste mich von der Hecke und marschierte auf sie zu. Julien gab Neal frei und richtete sich auf, ohne dass die Anspannung gänzlich von ihm wich. Dann fiel sein Blick auf meine Hand und er trat einen Schritt zurück.

»Dawn ...«, setzte Neal verlegen an.

Ich ließ ihm keine Chance weiterzusprechen. »Bist du jetzt komplett durchgeknallt, oder was? Du benimmst dich wie ein Idiot. Sich um mich zu prügeln, als wäre ich irgendeine Trophäe. Ist das so was wie ein männliches Balzritual? Packt der Sieger dann die Keule aus, schlägt mich damit k.o. und schleppt mich in seine Höhle? Soll ich mich am

Ende noch geschmeichelt fühlen?«, fiel ich wütend über ihn her.

Neal starrte mich mit offenem Mund an. Nur aus dem Augenwinkel sah ich das Grinsen, das Julien vor mir zu verbergen versuchte, indem er den Kopf senkte.

»Du bist kein Stück besser als er!«, fuhr ich auch ihn an. Das Grinsen erlosch schlagartig und er machte rasch einen weiteren Schritt zurück, als ich mit meiner verbundenen Hand in seine Richtung gestikulierte. »Höhlenmenschen! Alle beide!«

Ich blickte von einem zum anderen. Ein irgendwie peinliches Schweigen breitete sich zwischen uns aus, nachdem ich meinem Ärger Luft gemacht hatte.

Neal war der Erste, der es brach. »Du weißt, was der Typ mit den anderen Mädchen veranstaltet hat. Glaubst du, dich wird er anders behandeln? Bestimmt nicht. Mach mit ihm Schluss, ehe er mit dir Schluss macht. Der Kerl ist nicht gut für dich, Dawn«, sagte er heftig.

Ich schloss die Hände zu Fäusten – zumindest die, die keinen Verband trug. »Woher willst du wissen, was oder wer gut für mich ist, Neal? Das kann ich immer noch selbst entscheiden! Halt dich da raus!«, herrschte ich ihn schärfer an, als ich eigentlich beabsichtigt hatte.

»Du weißt nichts über den Typen«, versuchte er es noch einmal ärgerlich.

»Was ich über Julien weiß oder nicht, geht dich nichts an! Ich bin mit ihm zusammen, weil ich mit ihm zusammen sein will. Es ist meine Entscheidung und ich erwarte, dass du sie respektierst.« Ich war es leid, dass jeder meinte sich in mein Leben einmischen zu müssen.

Neal maß mich mit einem langen Blick, sah dann zu Julien und wieder zu mir zurück. »Wie du meinst.« Brüsk wandte er sich um und marschierte, ohne sich noch einmal umzusehen, zu den Parkplätzen.

Noch immer aufgebracht wandte ich mich Julien zu. Er sah mich schweigend mit einem unergründlichen Ausdruck an.

»Und, hast du auch noch etwas dazu zu sagen?«, zischte ich böse.

»Er hat recht. Du weißt nichts über mich«, antwortete er mir leise. »Ich bin nicht gut für dich.« Sein Blick ging zu meiner verbundenen Hand und kehrte zu meinem Gesicht zurück. »Wir sollten das hier lassen. Es kann nichts Gutes dabei herauskommen«, sagte er mit einem bitteren Kopfschütteln.

Wäre ich eine Katze gewesen, hätte ich einen Buckel gemacht und ihn angefaucht. »Heißt das, alles, was du mir im Computerraum gesagt hast, war nur schönes Gerede? Du hast mich überhaupt nicht gern?«

»Das eine hat nichts mit dem anderen zu tun.« Er machte einen Schritt auf mich zu, blieb jedoch gleich wieder stehen. Mit einem Ausdruck der Qual sah er mich an. »Natürlich habe ich dich gern, Dawn. So sehr, dass es wehtut, aber ...«

»Dann lass mich selbst entscheiden, was gut für mich ist und was nicht! – Es sei denn, du willst Schluss machen.«

Julien starrte mich eine halbe Minute geschockt an, dann aber veränderte sich etwas in seinem Gesicht und er nickte abrupt.

»Ja, genau das will ich. Das Ganze war ein Fehler. Wir beenden es hier. Neal wird sich freuen.« Die Worte klangen wieder so arrogant und barsch wie früher.

Ich hatte das Gefühl, als hätte er mir in den Magen geschlagen. »Das ... das kannst du nicht ernst meinen«, stammelte ich fassungslos.

Doch zu meinem Entsetzen nickte er kalt. »Ich meine es ernst.«

Tränen schossen mir in die Augen. Ich blinzelte sie trotzig

weg. Ich würde nicht anfangen zu heulen. Nicht jetzt. Nicht vor ihm.

»Fein!« Ich holte tief Luft und war stolz darauf, dass meine Stimme nicht versagte. »Das bedeutet dann ja wohl, ich habe jeden Rekord gebrochen, was meine Zeit als deine Freundin angeht. So schnell wie mich hast du noch keine wieder abgeschossen.«

Er sagte nichts.

Ein Schluchzen kletterte meine Kehle empor. Ich kämpfte es zurück, fauchte »Fahr zur Hölle, Julien DuCraine«, machte auf dem Absatz kehrt und ging schnell zu den Parkplätzen hinunter. Julien kam mir weder nach noch rief er meinen Namen. Insgeheim hatte ich darauf gehofft. Ich drehte mich nicht um. Das Schluchzen hatte sich zu einem würgenden Kloß in meinem Hals gewandelt und meine Augen brannten. Erst als ich schon die Tür des Audi hinter mir zugeschlagen hatte, wagte ich einen Blick zurück. Julien stand bewegungslos auf halbem Wege zwischen der Cafeteria und dem Parkplatz in der Sonne und sah mir nach. Ich wischte mir mit der Hand über die Augen, ließ den Motor an, setzte aus der Parklücke und raste nach Hause.

Hier fuhr ich den Audi mit quietschenden Reifen in die Garage. Simon stand über der offenen Motorhaube des Rolls und sah auf, als ich die Wagentür zuknallte. Er musterte mich überrascht. Sein »Hallo Dawn, wie war's in der Schule?« beantwortete ich mit einem knappen Nicken und einem Brummen, während ich schon wieder hinaushastete. Im Haus ignorierte ich Ellas Begrüßung und marschierte direkt in mein Zimmer hinauf, wo ich mich aufs Bett warf und das Gesicht in der Decke vergrub. Julien hatte mit mir Schluss gemacht – nachdem ich blöde Ziege ihm die Worte geradezu in den Mund gelegt hatte. Auf der Fahrt hierher hatte ich sie noch zurückhalten können, doch nun rannen mir Tränen der Hilflosigkeit, Verzweiflung und Wut über die Wangen. Ich versetzte meiner Tasche, die zu meinen Füßen auf dem Boden lag, einen Tritt.

Ein sachtes Klopfen erklang an der Zimmertür, dann streckte Ella den Kopf herein. Hastig wandte ich ihr den Rücken zu und wischte mir die Tränen ab.

»Geh weg! Bitte!«, verlangte ich, ohne mich umzudrehen. Ich wollte nicht mit ihr reden. Weder mit ihr noch mit sonst jemandem.

Sie zögerte, dann stieß sie ein trauriges Seufzen aus. »Wenn du mich brauchst, ich bin unten, Kleines«, sagte sie und schloss die Tür wieder.

Na wunderbar. Jetzt hatte ich auch noch Ella verletzt. Das alles war Juliens Schuld! Verdammter Idiot! Meine Tasche kassierte den nächsten Tritt. Sein ganzes Gerede, dass er mich gernhatte, aber dass er nicht gut für mich war – was zum Teufel sollte das? Wieso konnte er nicht wie jeder andere Junge an der Schule sein? Warum tat er mir das an, dieser herzlose Mistkerl? Wütend stand ich vom Bett auf und marschierte in meinem Zimmer auf und ab. Die Bewegung tat mir irgendwie gut. Ich musste hier raus! Rasch suchte ich meine alten Joggingsachen im Schrank zusammen, wühlte meine Laufschuhe hervor, zog mich ungeduldig um, schnappte mir meinen MP3-Player und polterte die Treppe hinunter. Im Wohnzimmer sah Ella mich überrascht an, als ich ihr »Ich geh joggen« zurief, dann war ich auch schon aus der Tür, drehte die Musik auf und lief los. Bei der ersten sich bietenden Gelegenheit verließ ich die Straße und bog in einen Trampelpfad ein, von dem ich wusste, dass er quer durch den Wald und weg von der Stadt führte. Ich wollte niemandem begegnen. Gar niemandem. Ich wollte einfach nur meine Ruhe.

Schon nach kurzer Zeit stellte ich fest, dass ich nicht mehr in Form war. Meine Atemzüge wurden viel zu schnell viel zu hastig und ich bekam Seitenstechen. Obendrein tat mir das

Bein weh, das ich mir am Schwebebalken angeschlagen hatte – wegen dieses Idioten Julien. Ärgerlich und äußerst widerwillig verlangsamte ich mein Traben schon bald zu einem etwas schnelleren Gehen, drehte aber nicht um. Als ich an dem steilen Fußpfad vorbeikam, der von hier aus zum Peak hinaufführte, zögerte ich kurz, bog dann aber in ihn ein. Dort oben würde ich mich eine Weile ausruhen und vielleicht gelang es mir auf dem kleinen Plateau, mit dem dumpfen Druck in meinem Magen fertig zu werden, der die Schmetterlinge erstickt hatte.

Der Pfad war steiler, als ich ihn in Erinnerung hatte, Wurzeln und Steine waren vom Regen freigewaschen worden und ragten jetzt aus der Erde. An seinem Ende angekommen war ich außer Atem und verschwitzt, doch zugleich auch einen Teil meiner Wut und dieses hilflosen, frustrierten Schmerzes losgeworden. Ein Tock-tock-tock, das wie das Hämmern eines Spechtes in Zeitlupe klang, hallte mir entgegen, als ich endgültig auf das Plateau trat.

Ich erkannte den Grund dafür zu spät, um mich unbemerkt wieder davonstehlen zu können. Julien saß auf einem vom Regen glatt gewaschenen Felsen und traktierte einen der Bäume mit kleinen Steinen. Einige von ihnen waren sogar in der Rinde stecken geblieben und gaben sehr deutlich Auskunft darüber, mit wie viel Kraft – und Zorn – er sie geworfen haben musste. Dem kleinen Steinhaufen am Fuße des Baumstamms nach zu urteilen ging Julien dieser Beschäftigung schon eine geraume Weile nach. Seine Blade stand ein Stück zu meiner Rechten in der Nähe des Wirtschaftsweges, den wir beim letzten Mal heraufgekommen waren. Er drehte sich in derselben Sekunde zu mir um, in der ich ihn entdeckte. Wir sahen einander stumm und reglos an.

»Was machst du hier?«, fragte ich irgendwann.

Er verzog die Lippen zu einem freudlosen Lächeln. »Keine Sorge, ich gehe schon wieder.« Der nächste Stein traf den

Baum mit ziemlicher Wucht und blieb stecken. Julien wischte sich die Hände an den Jeans ab, während er aufstand, und ging zur Blade hinüber. Er sah mich nicht an. Ich hielt ihn am Arm fest, als er auf gleicher Höhe mit mir war.

»Warum?«, wollte ich wissen.

Für eine Sekunde blickte er auf meine Hand hinab, doch dann machte er sich von mir frei und trat zurück. »Was ›warum‹?«

»Warum machst du mit mir Schluss, nachdem du dich erst ein paar Stunden zuvor dazu durchgerungen hast, es uns miteinander versuchen zu lassen?«

Einen Augenblick musterte er mich wortlos, dann nickte er auf meine verbundene Hand hinunter. »Wie ist das passiert?«

Verwirrt runzelte ich die Stirn. »Was hat das damit zu tun, dass du Schluss gemacht hast?«

»Beantworte einfach meine Frage, Dawn.«

»Ich bin vom Schwebebalken abgerutscht und habe mir die Hand an einer der Stellschrauben aufgerissen.«

»Und warum bist du abgerutscht?«

Für eine Sekunde presste ich die Lippen aufeinander. »Ich war abgelenkt, weil ich gehört hatte, wie der Coach dich und Neal auf die Planche geschickt hat.«

Julien nickte, als hätte ich ihm gerade einen Verdacht bestätigt. »Das beantwortet deine Frage nach dem Warum doch, Dawn. Du wurdest meinetwegen verletzt. Einmal genügt.«

»Das ist Unsinn und du weißt das«, schüttelte ich den Kopf. »Außerdem beweist es, dass du mich genug magst, um dir meinetwegen Sorgen zu machen. – Was ist wirklich der Grund, Julien?«

»Ich habe es dir schon einmal gesagt: Es ist nicht gut für dich, wenn du in meine Nähe kommst.« Er wollte an mir vorbei zu seiner Blade.

Ich vertrat ihm den Weg. »Und ich habe dir schon einmal gesagt, dass mir das egal ist.«

»Dawn, es ist gefährlich. – Ich bin gefährlich.« Seine Worte klangen fast wie ein Flehen.

Behutsam legte ich die Hand auf seine Brust. »Sag mir warum, Julien. Sag mir, warum du glaubst, dass du für mich gefährlich sein könntest.«

Er starrte auf meine Hand hinunter und schien eine kleine Ewigkeit noch nicht einmal mehr zu atmen. Dann machte er einen Schritt zurück und entzog sich meiner Berührung. »Das kann ich nicht.«

»Julien ...«

»Nein! Ich kann deine Frage nicht beantworten. Jedes Wort brächte dich mehr in Gefahr. Also, lass es gut sein.« Sein Tonfall war mehr verzweifelt als zornig.

»Also hast du wirklich etwas mit irgendwelchen krummen Geschäften zu tun, oder ist jemand hinter dir her und du bist im Zeugenschutzprogramm?«

»Glaub, was du willst«, brüsk schob er sich an mir vorbei.

»Hast du deshalb mit den anderen Mädchen so schnell Schluss gemacht?«, bohrte ich weiter.

»Die anderen waren nicht von Bedeutung.« Direkt vor der Blade blieb er stehen, stieg aber nicht auf.

»Aber ich bin es?«

Er zögerte. »Ja«, murmelte er schließlich, ohne mich anzusehen.

»Warum willst du uns dann beide quälen?«

Jetzt blickte er mich doch an, sagte aber nichts. Sekunden wurden zu Minuten, bis ich es nicht mehr aushielt und mein Herz in beide Hände nahm. »Ich liebe dich, Julien DuCraine. Und es ist mir ziemlich gleichgültig, welche Gesetze du gebrochen hast oder in welchen Schwierigkeiten du steckst. Ich will mit dir zusammen sein – egal ob es für mich gefährlich ist oder welchen Ärger es mir einbringt.« Ich holte tief

Atem und stieß ihn gleich wieder aus. »Ich hoffe, das geht in deinen verdammten Dickschädel hinein.«

Er schaute mich an, reglos und schweigend. Ich hätte ein Vermögen dafür bezahlt, um in diesem Moment seine Gedanken lesen zu können. Das flaue Gefühl in meinem Magen wurde mit jeder Sekunde, die verging und in der er nichts sagte, schlimmer. Ein kühler Windstoß fegte über das Plateau, wirbelte herabgefallene Blätter auf, riss an Juliens Haaren, blies auch mir Strähnen ins Gesicht und ließ mich in meinen verschwitzten Sachen frösteln.

Auf Juliens Stirn erschien eine scharfe Falte, dann schlüpfte er aus seiner Jacke und legte sie mir um die Schultern. »Du wirst dir den Tod holen.«

Ich stieß ein bitteres Schnauben aus, stand aber wie erstarrt, als er mir ein paar Haare aus dem Gesicht strich, die sich in meinen Wimpern verfangen hatten. Sein Blick blieb kurz an meiner Kehle hängen, hob sich dann jedoch wieder abrupt zu meinen Augen, während seine Hand sacht über meine Wange abwärtsstrich und an der Seite meines Halses liegen blieb. Für Sekunden schien er auf etwas zu lauschen, das nur er hören konnte, während er mich nachdenklich ansah. Dann verzog er den Mund zu einem seltsamen Lächeln.

»Ich habe schon eine ganze Menge Gesetze gebrochen – scheint so, als würde ich deinetwegen noch ein paar mehr brechen«, meinte er leise und ich wusste nicht, ob er mit mir sprach oder nur mit sich selbst. Seine Hand glitt wieder meinen Hals empor und blieb an meinem Kiefer liegen. Mit dem Daumen strich er ganz leicht über meine Lippen. »Ich liebe dich, Dawn Warden. Aber ich kann nur mit dir zusammen sein, wenn du mir zwei Dinge versprichst.«

Die Schmetterlinge in meinem Bauch erwachten zu neuem Leben, zudem klopfte mein Herz plötzlich wie verrückt und irgendwie wusste ich nicht mehr, wie man atmete, dennoch brachte ich ein Nicken zustande.

»Es gibt Dinge über mich und mein Leben, die ich dir nicht sagen kann. – Wenn ich über etwas nicht reden will, dann stell bitte auch keine Fragen. Und wenn ich dir sage, dass du mir nicht zu nahe kommen sollst, dann tu es. Ohne Diskussionen.«

Ich schluckte mühsam. »Versprochen!«, flüsterte ich mit einem weiteren Nicken, doch als ich Julien um den Hals fallen wollte, machte er einen hastigen Schritt zurück.

»Nicht!« Abwehrend hob er die Hände. »Lass mir heute noch ein bisschen Distanz, ja?«

Ich versuchte mir meine Enttäuschung nicht anmerken zu lassen, während ich die Arme wieder sinken ließ und seine Jacke enger um mich zog.

Sie war mir offenbar dennoch anzusehen, denn Julien trat wieder dichter zu mir und strich mir erneut über die Wange. »Morgen. – Versprochen«, versicherte er mir und ich glaubte auch in seinem Tonfall Bedauern zu hören. Als Antwort zwang ich ein Lächeln auf meine Lippen.

Ein kurzes, schiefes Grinsen huschte über Juliens Züge. »Soll ich dich nach Hause fahren?«, erkundigte er sich dann.

»Hattest du nicht gesagt, ich soll mir überlegen, ob ich eine Tour auf der Blade mit dir machen will?«

Er sah kurz zur Sonne hoch und dann auf seine Uhr, ehe er bedauernd den Kopf schüttelte. »Heute nicht mehr, Dawn. Ich muss mich noch mit jemandem treffen.« Sein Blick streifte meine verbundene Hand. »Aber morgen – direkt nach der Schule. In Ordnung?«

Ergeben nickte ich.

»Es tut mir leid, ehrlich!« Er bedachte mich mit einem Hundeblick, den ich bei ihm noch nie zuvor gesehen hatte – und der mich unwillkürlich zum Lachen brachte. Doch es endete, als mir bewusst wurde, was es bedeutete, wenn er mich zurückfuhr.

»Du kannst mich nicht schon wieder nach Hause bringen.« Meine Stimme klang auch für mich irgendwie erschrocken.

»Warum nicht?«

»Wenn Ella dich sieht – oder Simon –, dann erzählen sie es meinem Onkel.«

»Und wer sind Ella und Simon?« Er trat hinter mich und hielt mir die Jacke, damit ich in die Ärmel schlüpfte.

»Ella ist unsere Haushälterin und Simon ist eigentlich mein Leibwächter – allerdings ist er im Moment eher Hausmeister und Chauffeur.« Ich zog den Reißverschluss zu. Ein schwieriges Unterfangen, wenn einem die Ärmel bis zu den Fingerspitzen hingen und es sich bei der Jacke um eines dieser schweren ledernen Motorraddinger handelte.

»Und was spricht dagegen, dass ich dich fahre, wenn ich dich ein Stück weit die Straße entlang absetze?« Julien neigte den Kopf und sah mich über den Rand seiner Brille hinweg mit gehobenen Brauen an.

Ich dachte darüber nach. Mein Zuhause lag ganz am Ende der Straße und die Nachbarhäuser standen so weit auseinander, dass jemand schon in genau diesem Augenblick aus der Einfahrt kommen oder vorbeifahren musste, um uns zu sehen.

»Nichts«, gab ich Julien nach einem letzten Zögern recht.

Er grinste mich an, schwang sich auf seine Maschine, kickte den Ständer in die Höhe und bedeutete mir aufzusteigen. Ich kletterte hinter ihn und schlang die Arme fest um seine Mitte. Die Blade erwachte mit ihrem üblichen Grollen zum Leben. Julien wendete auf dem Plateau und fuhr erstaunlich langsam den Wirtschaftsweg hinunter. Doch er gab Gas, kaum dass wir auf die Straße in die Stadt zurück eingebogen waren. Mein erschrockenes Quietschen und mein panisches Festklammern um seine Mitte entlockten ihm ein Lachen – dennoch drosselte er die Geschwindigkeit.

Allerdings hätte ich weiterhin jede Wette gehalten, dass wir noch immer weit jenseits des Tempolimits waren.

Er hielt knapp hundert Meter von meinem Zuhause entfernt und ließ mich absteigen. Verstohlen spähte ich nach allen Seiten. Ganz kurz hob er eine Braue, dann stellte er den Motor der Blade ab, während ich aus seiner Jacke schlüpfte. Unsere Hände streiften sich, als ich sie ihm zurückgab, und ich spürte einen Stich des Bedauerns, dass die Berührung so schnell vorbei war.

»Wir sehen uns morgen«, versprach er mir und fuhr mit den Fingerspitzen ganz leicht über meinen Arm, ehe er zu meiner Einfahrt hin nickte. »Geh schon. Sonst kann ich dich beim nächsten Mal auch direkt vor der Haustür abliefern.« Er zog seine Jacke über.

»Es tut mir leid«, murmelte ich unglücklich.

Julien grinste und strich noch einmal über meinen Arm. Dieses Mal verschränkte er seine Finger mit meinen. »Muss es nicht. Denk an Romeo und Julia.«

Ich verdrehte die Augen. »Die sind am Ende beide gestorben.«

Sein Grinsen wurde breiter. »Wir müssen ihnen ja nicht alles nachmachen. – Und jetzt geh!«

Ich löste meine Hand aus seiner und trabte auf unsere Einfahrt zu. Erst als ich einbog, hörte ich, wie hinter mir der Motor der Blade wieder erwachte und Julien davonfuhr.

Ella tauchte in der Tür zum Wohnzimmer auf, kaum dass ich die Haustür hinter mir geschlossen hatte.

»Ist alles in Ordnung mit dir, Kleines?« Besorgt sah sie mich an.

Ich war wieder mit Julien zusammen. Wie hätte da etwas nicht in Ordnung sein können? Überschwänglich fiel ihr um den Hals und drückte sie fest an mich. »Alles in Ordnung«, bestätigte ich glücklich. Es tat mir leid, dass ich ihr den Grund dafür nicht verraten konnte. Ella arbeitete nun einmal für Onkel Samuel, und wenn sie nur den kleinsten Verdacht hegen würde, dass ich Juliens wegen Schwierigkeiten bekommen könnte, würde sie meinem Onkel alles erzählen. Nicht dass ich meine Beziehung zu Julien ewig vor ihm geheim halten wollte – oder konnte –, aber ich wollte es ihm selbst sagen. Und zwar zu einem Zeitpunkt, an dem ich mir sicher war, dass er mir nichts würde abschlagen können.

Meine Euphorie schien Ella ein bisschen zu erschrecken. Hastig rettete sie sich auf vertrautes Terrain. »Ich habe Kräutersteaks mit Schafskäse und gerösteten Pinienkernen für heute Abend vorbereitet. Hast du Hunger?«

Hätte ich Ella nicht schon vorher so gern gemocht, wäre es spätestens jetzt so weit gewesen. Vorbereitet – dass ich nicht lache. Sie wusste, dass alles, was mit Spinat oder Schafskäse zu tun hatte, zu meinen Lieblingsgerichten gehörte, und hatte deshalb wahrscheinlich ihre eigentliche Planung fürs Abendessen über Bord geworfen.

»Ich geh nur schnell duschen, dann bin ich da«, nickte ich, drückte sie noch einmal an mich und rannte die Treppe hinauf.

Fünfzehn Minuten später saß ich in meinem neonblauen Bademantel, ein Handtuch um die nassen Haare geschlungen, in der Küche und hielt Ella meinen Teller hin, damit sie mir auftun konnte. Das Steak war noch ziemlich blutig, dennoch verzehrte ich es mit großem Appetit – was Ella ein bisschen wunderte, denn normalerweise bevorzugte ich es durch. Noch mehr erstaunte es sie aber, dass ich den Schafskäse nach nur zwei Bissen kaum noch anrührte. Ich mochte ihr nicht sagen, dass mein Magen gleich nach dem ersten Stück davon zu rebellieren begonnen hatte. Woran es lag, konnte ich mir selbst nicht erklären. Was sie davon hielt, dass ich mir eine Tasse meines Tees aufbrühte und zu meinem Steak trank, teilte mir ihr Gesichtsausdruck überdeutlich mit. Doch wie bei meinen Zahnschmerzen genügten schon ein paar Schlucke, um meinen Magen wieder zu beruhigen, sodass ich es sogar schaffte, meinen Schafskäse wenigstens zur Hälfte hinunterzuwürgen.

Erst jetzt, während des Essens, fragte sie mich, was ich mit meiner Hand angestellt hatte. Wahrheitsgemäß berichtete ich ihr von meinem Schwebebalken-Unfall, jedoch ohne ihr die eigentlichen Hintergründe zu verraten. Ich konnte sie sogar davon überzeugen, dass es nicht so schlimm war und sie Onkel Samuel deswegen *nicht* anrufen musste.

Dass ich ihr nach dem Essen noch rasch beim Abspülen half, ließ Ella nicht zu. Also ging ich in mein Zimmer hinauf. Ihre Einladung zu einem gemütlichen Fernsehabend schlug ich aus, da ich noch einiges an Hausaufgaben zu erledigen hatte. Aber meine Gedanken wanderten ständig zu Julien.

Immer wieder kam mir unser Gespräch auf dem Peak in den Sinn. Was meinte er mit *Ich bin gefährlich*? Zugegeben, ich hatte versprochen keine Fragen zu stellen. Dennoch ging es mir nicht aus dem Kopf. Dass er etwas vor mir verbarg, hatte er ja irgendwie selbst zugegeben. – Aber was war es? Etwas Illegales? Bestimmt, sonst hätte er nicht solche Angst davor, mir davon zu erzählen und mich so auch noch mit hineinzuziehen. Je länger ich darüber nachdachte, umso mehr kam ich zu der Überzeugung, dass Julien sich vor jemandem versteckte. Und wo sollte man so etwas besser können als in einem Nest wie Ashland Falls? Die Frage war nur: Vor wem versteckte er sich? Vor der Polizei oder irgendwelchen Verbrechern, mit denen er früher zu tun gehabt hatte? – Als mir bewusst wurde, was ich da zusammenspekulierte, schüttelte ich über mich selbst den Kopf. Neal hatte recht gehabt: Ich wusste so gut wie nichts über Julien. Und dennoch glaubte ich nicht, dass er wirklich von der Polizei gesucht wurde.

Als ich einige Zeit später das Licht löschte und ins Bett kroch, kam mir ein anderer Gedanke: Vielleicht arbeitete Julien ja *für* die Polizei. Oder hatte es getan – undercover – und war irgendwelchen Verbrechern zu nahe gekommen, sodass er schließlich untertauchen musste. Dazu könnte auch seine Warnung passen, er würde wieder von hier fortgehen. Allerdings ... War er nicht ein wenig zu jung, um undercover für die Polizei zu arbeiten? Andererseits war er ohnehin einige Jahre älter als der Rest von uns.

Seufzend schlang ich die Arme um mein Kissen und beobachtete das silbrige Viereck, das der Mond durch mein Fenster auf den Boden malte. Die Wahrheit würde ich nur erfahren, wenn Julien sie mir erzählte. Allerdings war ich mir ziemlich sicher, dass er das in absehbarer Zeit nicht vorhatte. Und ich würde mein Versprechen, keine Fragen zu stellen, nicht brechen – auch wenn es mir schwerfiel. Mit diesem Gedanken schlief ich ein.

Wie in den Nächten zuvor träumte ich von Julien.

Er stand vollkommen reglos, während er lauschte und wartete. Die Tür des Pubs öffnete sich, ein Pärchen kam heraus, gefolgt von einem jungen Mann, der sich noch auf der untersten Stufe eine Zigarette anzündete. Er inhalierte tief, blies den Rauch in den Nachthimmel und wandte sich nach links in Richtung des Parkplatzes hinter der Mall.

Ein kurzes Zögern, dann löste er sich aus den Schatten an der gegenüberliegenden Hauswand und folgte dem jungen Mann lautlos. Nur noch wenige Wagen standen auf dem Parkplatz. Zwei Straßenlaternen, umgeben von kleinen Rautensteinen, in denen verdorrtes Gras wuchs, erhellten das Areal. Der junge Mann hielt auf einen dunklen Buick zu.

Er beschleunigte seine Schritte und erreichte ihn, als er die Wagentür aufschloss. Erschrocken fuhr der junge Mann herum, als er ihm die Hand auf die Schulter legte. Es brauchte kaum Gewalt, dann lehnte der andere rücklings an der Seite des Wagens.

»Was ...«, setzte der junge Mann an, verstummte dann aber mit

einem leisen Ächzen, als er ihm in die Augen sah. Die in einer Geste der Abwehr halb erhobenen Hände sanken herab. Der Autoschlüssel klirrte auf den Asphalt.

In seinem Oberkiefer erwachte jener vage, vertraute Schmerz. Er zog den Kragen des jungen Mannes zur Seite, entblößte seinen Hals und versenkte seine Zähne in der Schlagader. Er trank langsam, ohne Hast und dennoch waren seine Sinne angespannt. Irgendwo hier drehte ein Nachtwächter seine Runden. Als sein Opfer langsam an der Seite des Wagens zu Boden zu rutschen drohte, hielt er es an den Schultern fest. Schritte erklangen in einiger Entfernung und näherten sich. Das helle Geräusch von hochhackigen Schuhen. Bedächtig löste er die Lippen vom Hals des jungen Mannes und leckte über die beiden kleinen rotgesäumten Löcher, die seine Zähne hinterlassen hatten. Sie schlossen sich fast augenblicklich. Die Schritte kamen näher. Eine Frau, die sich hastig bewegte. Beinahe glaubte er ihre Angst zu wittern. Die Hand an der Brust seines Opfers öffnete er die Fahrertür des Wagens und ließ den jungen Mann auf den Sitz gleiten. Dann bückte er sich nach dem Autoschlüssel und steckte ihn ins Schloss. Die Schritte hatten ihn schon fast erreicht. Er richtete sich aus dem Inneren des Buick auf, schloss die Tür und drehte sich gleichzeitig um. In derselben Sekunde bemerkte die Frau ihn und blieb abrupt stehen. Sie sah ihn an, sah zu dem Wagen, vor dem er stand und hinter dessen Steuer man die halb zusammengesunkene Gestalt des jungen Mannes erkennen konnte, und wieder zu ihm zurück. Alles an ihr machte deutlich, dass sie bereit war, sich umzudrehen und wegzurennen. Ein aussichtsloses Unterfangen, wenn er tatsächlich vorgehabt hätte sie zu verfolgen. Mit solchen Schuhen konnte niemand davonlaufen. Und der enge, knielange Rock ihres dunkelblauen Kostüms war auch nicht für eine Flucht geeignet.

Er löste sich ganz langsam von der Autotür. »Entschuldigung, Miss, haben Sie vielleicht ein Handy? Meinem Freund geht es nicht gut. Aber mein Akku ist leer. Können Sie mir Ihres leihen?«

Sie entspannte sich sofort ein wenig. »Ja, natürlich. Was ist denn passiert?« Ohne eine Antwort abzuwarten, öffnete sie ihre Tasche. Als sie den Blick senkte, um nach ihrem Handy zu suchen, war er bei ihr. Sie keuchte erschrocken, wich zurück und starrte ihn dabei mit aufgerissenen Augen an – direkt in seine. Die Tasche glitt ihr aus der Hand. Er zog sie in den Schatten des Buick, strich ihr das schulterlange Haar zurück und legte die Lippen auf ihren Hals. Wieder war da jener vage Schmerz, als seine Eckzähne erneut länger wurden, doch er verging, als er seine Zähne in ihre Haut senkte. Ihr Blut füllte seinen Mund. Es schmeckte weicher als das des jungen Mannes. Er trank ruhig und bedächtig. Sie seufzte leise, fast wohlig. Ihr Kopf sank ein bisschen mehr zur Seite. Er hielt sie fest, bis er genug hatte, dann leckte er auch ihre Wunde. Schwer hing sie in seinem Arm. Er ließ sie nicht los, als er in ihrer Handtasche nach ihrem Autoschlüssel suchte. Wie er erwartet hatte: Ihr Wagen hatte eine Alarmanlage, die mittels Infrarot deaktiviert wurde. Er drückte auf die Kontrolle und ein dunkler Volvo ganz in der Nähe antwortete mit einem Blinken. Mühelos nahm er die Frau auf die Arme und trug sie zu ihrem Wagen, wo er sie wie sein erstes Opfer in dieser Nacht auf den Fahrersitz gleiten ließ und den Schlüssel ins Zündschloss steckte. Als er die Tür schloss, sah er sich wachsam um. Niemand hatte ihn beobachtet. Gelassen verließ er den Parkplatz und tauchte wieder in die Dunkelheit ein.

Zwei Opfer in einer Nacht waren gegen das Gesetz. Es war ihm gleichgültig.

Julia und Romeo

Als mein Wecker mich am nächsten Morgen aus dem Schlaf riss, herrschte jenseits meines Fensters trübes Grau. Am Himmel hingen schwere, dunkle Wolken, die Unmengen an Regen verhießen. Ich konnte nur hoffen, dass sie sich bis nach der Schule wieder verzogen hatten, damit der versprochene Motorradausflug mit Julien nicht ins Wasser fiel – buchstäblich. Im Bad brauchte ich dieses Mal ein Stück länger – wenn man nur eine Hand richtig benutzen konnte, war man ernsthaft gehandicapt –, sodass mir auch diesmal wieder gerade genug Zeit blieb, eine Tasse Tee hinunterzustürzen und Ellas tadelndes Kopfschütteln mit einem verzeihungsheischenden Lächeln zu beantworten, ehe ich aus dem Haus stürmte.

Ein leichter Nieselregen setzte ein, als ich auf den Schulparkplatz fuhr. Erstaunlicherweise fand ich eine Lücke gar nicht übermäßig weit vom Eingang entfernt und erreichte das Schulgebäude weitestgehend trocken. Unter dem Vordach blieb ich stehen und schaute mich noch einmal nach dem Parkplatz um. Soweit ich ihn von hier aus überblicken konnte, war Juliens Fireblade nirgends zu entdecken. Offensichtlich war er noch nicht da. Ich sah kurz zum Himmel hinauf. Die Wolken zogen sich immer mehr zusammen. Wenn er sich nicht beeilte, würde er ziemlich nass werden.

Auf dem Weg zu den Spinden folgten mir Blicke und Getuschel. Offenbar war die Montgomery-High noch nicht darüber hinweggekommen, dass ich mit Julien DuCraine zusammen war. Ich versuchte die unliebsame Aufmerksamkeit zu ignorieren und räumte einen Teil meiner Bücher in meinen Spind. Als ich die Tür schloss, sah ich mich Cynthia und ihrem Hofstaat gegenüber.

Sie musterte mich mit einem verächtlichen Blick von oben bis unten, dann lehnte sie sich mit einer Hand an den Spinden zu mir.

»Glaub mir, Dawn, er wird dich ebenso schnell in den Wind schießen wie all die anderen vor dir«, lächelte sie mich an.

»Vielleicht kümmerst du dich besser um deine Angelegenheiten, Cynthia.« Ich hängte mir meine Tasche um.

Sie bedachte mich erneut mit einem abfälligen Blick.

»Wir haben gewettet, Dawn. Monica meint, er hat nach drei Tagen genug von dir. Ich glaube, er hält es nur zwei mit dir aus. Was denkst du, wer hat recht?«

Ich schloss die Hand zur Faust. »Keine.«

»Sicher?« Cyn bedachte mich mit einem unschuldigen Augenaufschlag.

»Absolut!«, sagte eine Stimme hinter mir, und in der gleichen Sekunde legten sich zwei Arme um mich, die in einer dunklen Motorradjacke steckten.

Cynthia machte einen Schritt rückwärts. »Julien.« Sie wirkte so überrascht, als sei er aus dem Nichts aufgetaucht.

Ich sah über die Schulter zu ihm auf. Regentropfen hingen in seinem Haar. Hinter der Brille glaubte ich seine Augen erahnen zu können. Die Art, wie er lächelte, ließ meine Knie weich werden. Er sah absolut anbetungswürdig aus. Und er hatte die Arme um mich gelegt und mich gegen seine Brust gezogen. Ich schmiegte mich fester an ihn und schaute Cynthia an.

»Da hörst du es.«

»Wir werden sehen.« Sie maß mich mit einem giftigen Blick, bedachte auch Julien damit, machte auf dem Absatz kehrt und rauschte davon.

»Eifersüchtige Ziege«, knurrte ich ihr nach.

Julien lachte hinter mir leise. »Hoppla, was sind das denn für Töne, ma Demoiselle Dawn?«, spottete er dicht neben meinem Ohr.

Ich lehnte mich in seinem Arm ein wenig zur Seite, um ihn besser ansehen zu können. »Bist du etwa anderer Meinung?«

Er grinste auf mich herunter. »Ganz und gar nicht.« Der Ausdruck auf seinem Gesicht wurde weich. »Guten Morgen.« Seine Stimme hatte sich von einer Sekunde auf die andere in dunklen Samt verwandelt und nahm mir den Atem.

»Guten Morgen«, brachte ich endlich meinerseits hervor.

Ich legte meine Hände auf seine Arme und räusperte mich. »Keine Distanz mehr?«, wagte ich dann zu fragen.

Julien zog mich fester an sich. »Keine Distanz mehr«, bestätigte er und ich widerstand dem Drang, ihn zu küssen, nur mit sehr viel Mühe. Aber ich mochte all den Gaffern um uns herum nicht noch mehr Grund zum Tratschen geben. Ihm schien es ebenso zu gehen, denn er lächelte noch einmal auf mich herunter und entließ mich sehr langsam aus seinen Armen.

Als ich mich umdrehte, begegnete ich unvermittelt Neals Blick. Er stand uns gegenüber auf der anderen Seite des Ganges und sah feindselig zu uns her.

Innerhalb der nächsten Stunden musste ich feststellen, dass auch einige der anderen Jungs, die ich bisher zu meinen Freunden gezählt hatte, fast ebenso ablehnend auf Julien reagierten wie Neal. Vielleicht brachten sie ihm nicht Neals offene Feindschaft entgegen, aber sie machten dennoch deutlich, dass sie nicht unbedingt etwas mit ihm zu tun haben wollten. Susan hielt sich zwar misstrauisch zurück, schien jedoch auch nicht vollkommen neutral zu sein und eher die Meinung der anderen zu teilen. Ich fühlte mich entsetzlich hilflos. Julien schien es zu spüren und das Wissen darum machte es für mich nur noch schlimmer.

Die Einzige, die nichts gegen meine Beziehung zu Julien hatte, war Beth. Sie fiel mir um den Hals und erklärte, sie habe es gewusst und wir würden wunderbar zueinanderpassen.

Trotz der Zurückhaltung meiner anderen »Freunde« war ich glücklich. Ich genoss jede Sekunde in Juliens Nähe. Wenn wir uns vor dem Beginn einer Schulstunde voneinander verabschiedeten, zählte ich bereits ungeduldig die Minuten bis zu ihrem Ende, da ich wusste, dass er dann vor der Tür wieder auf mich warten würde. In den Pausen lag sein Arm meist um meiner Schulter oder ich stand mit dem Rücken an seine Brust gelehnt. Entgegen seiner Gewohnheit begleitete er mich in der Mittagspause sogar in die Cafeteria, da er mich nicht mit den »Hyänen« – wie er Cynthia und noch einige andere aus unserer Stufe nannte – allein lassen wollte.

Das bisschen Appetit, das ich hatte, verflog, als ich den Blick bemerkte, mit dem Neal uns entgegensah. Er saß mit den anderen an unserem üblichen Tisch und unterbrach sein Gespräch mit Mike und Tyler, als ich mit Julien hinter mir auf sie zusteuerte. Ich zögerte und hätte vermutlich sogar nach einem anderen Tisch Ausschau gehalten, hätte Beth uns nicht herangewinkt und wäre gleichzeitig ein Stückchen zur Seite gerutscht, um mir neben sich Platz zu machen. Als wir hinüberkamen, stand Neal demonstrativ auf und ging. Ich spürte, wie mir das Blut in die Wangen schoss, und sah verstohlen zu Julien. Seine Miene war so vollkommen unbeweglich, dass ich nicht sagen konnte, was er von Neals Verhalten hielt.

Doch nicht nur ich war rot geworden. Auch Beths Gesicht brannte und Susan wagte es nicht, mich anzusehen. Mike und Tyler räusperten sich unbehaglich. Wir setzten uns schweigend. Juliens Hand streifte meine für einen kurzen Moment, wobei ich mir nicht sicher war, ob aus Absicht oder Zufall – bis ich ihn ansah und dieses dünne, harte Lächeln auf seinen Lippen entdeckte. Mit einem Mal war es mir absolut egal, was die anderen taten. Julien war da und das genügte mir.

Trotz Beths heldenhafter Versuche, das Schweigen zu bekämpfen – tatkräftig unterstützt von Susan, auch wenn ich vermutete, dass sie das aus schlechtem Gewissen mir gegenüber tat –, wollte kein rechtes Gespräch zustande kommen. Obendrein war mir all das auf den Magen geschlagen, denn er meldete schon nach wenigen Bissen Widerstand an. Als Julien dann in einer unausgesprochenen Frage die Braue hob und zur Tür der Cafeteria hinsah, nickte ich. Wir überließen die anderen sich selbst und trugen unsere Tabletts zurück. Zufällig fiel mein Blick dabei auf Juliens Teller. Ich hatte nicht gewusst, dass man ein Sandwich so massakrieren konnte – und das, ohne auch nur ein Stück davon zu essen.

Den Rest der Stunden mied ich Neals Nähe. Glücklicherweise hatten weder ich noch Julien am Nachmittag einen unserer Kurse mit ihm zusammen. Ich hätte es vielleicht noch ertragen, von ihm mit bösen Blicken bedacht zu werden, aber ich hatte ein wenig Angst davor, was geschehen könnte, sollte Neal in Juliens Umgebung auch nur falsch atmen.

Nach der letzen Stunde rannte Susan uns auf dem Weg zum Parkplatz hinterher. Als ich sie meinen Namen rufen hörte, blieb ich stehen und drehte mich um. Auch Julien sah ihr entgegen. Der Regen war einem dünnen Nieseln gewichen, doch die Wolken zeigten keinerlei Interesse daran, sich in absehbarer Zeit aufzulösen. Um uns herum hastete alles zu den Autos. Atemlos erreichte sie uns schließlich.

»Kann ich dich sprechen, Dawn? Allein«, bat sie und vermied es dabei, Julien anzusehen.

Verwirrt schaute ich sie an, ehe ich Julien einen Blick zuwarf. Er hob nur kurz eine Braue, dann nickte er mir zu.

»Ich warte an deinem Wagen. – Bye, Susan.«

Sie blickte ihm nach, bis er ein gutes Stück entfernt war, bevor sie sich wieder mir zuwandte.

»Es geht um Freitag«, begann sie merklich verlegen. Susan wollte am Freitag ihren Geburtstag nachfeiern. Sie hatte die ganze Clique eingeladen – auch mich. Es war die Rede davon gewesen, dass wir ins Kino und anschließend Essen gehen wollten. Ich wartete schweigend.

Sie räusperte sich unbehaglich. »Ein paar der anderen wollen nicht, dass du Julien mitbringst«, sagte sie dann ohne

Vorwarnung. Eine Sekunde war ich viel zu perplex, um zu reagieren.

»Ich möchte natürlich immer noch, dass *du* kommst«, schob sie rasch nach, als ich ihr offenbar zu lange nicht antwortete.

»Haben *ein paar der anderen* auch Namen?«, erkundigte ich mich schließlich. So wie meine »Freunde« sich den ganzen Tag über benommen hatten, war ich keine Sekunde auf den Gedanken gekommen, Julien zu fragen, ob er am Freitag mitkommen wollte – und ihn zu zwingen meinetwegen ihre geballte Ablehnung zu ertragen. Aber der Umstand, dass sie ihn nicht dabeihaben *wollten*, machte mich zornig.

Susan wand sich. »Dawn, versteh doch ... Neal ist einer meiner ältesten Freunde.«

»Er hat dich vor die Wahl gestellt, er oder Julien?«, mutmaßte ich wütend, dann schüttelte ich den Kopf. »Ich komme mit Julien oder ich komme gar nicht.«

»Dawn, bitte ...«

»Dann vergiss es. Viel Spaß am Freitag. Bye, Susan.« Brüsk wandte ich mich ab und marschierte zu meinem Audi. Julien hatte am Kotflügel gelehnt, doch jetzt stieß er sich davon ab und kam mir entgegen.

»Alles in Ordnung?«, erkundigte er sich angespannt und sah zu Susan hinüber, die noch immer am gleichen Fleck stand.

»Ja.« Ich versuchte ihn nicht merken zu lassen, wie wütend ich war. Offenbar gelang es mir nicht.

»Wirklich?« Er hielt mich am Arm fest, als ich an ihm vorbeiwollte, und forschte in meinem Gesicht.

»Ja.« Ich machte mich los, ohne ihn anzusehen.

Skeptisch musterte er mich. »Sicher?«

Die Fäuste geballt drehte ich mich zu ihm um. »Wie wäre es, wenn ausnahmsweise einmal du keine Fragen stellst?«, fuhr ich ihn an. In einer Geste der Abwehr hob er die Hände und machte einen Schritt zurück. Sofort tat mir mein Ausbruch leid.

»Entschuldige.«

Mit einem schiefen Lächeln zuckte er die Schultern. »Schon okay. Wäre ich an deiner Stelle, würden meine Nerven auch blank liegen.« Er nahm meine Hand in seine und zog mich näher zu sich heran. »Was kann ich tun, damit du dich wieder ein bisschen entspannst?«

Meine Finger mit seinen verschränkt lehnte ich mich gegen ihn und schloss die Augen. »Bring mich hier weg. Lass uns die Tour mit der Blade machen, die du mir versprochen hast.«

Ich spürte die Bewegung nur, mit der er in den grauen Regenhimmel hinaufsah, ebenso wie sein anschließendes Kopfschütteln. »Es wäre besser, wenn wir das heute lassen. Vermutlich wären wir nass, noch ehe wir aus der Stadt raus wären.«

Ergeben seufzte ich. Julien schob mich sacht ein kleines Stückchen von sich, damit er mir ins Gesicht sehen konnte. »Wir machen die Tour, sobald wir halbwegs gutes Wetter haben«, versprach er mir mit feierlichem Ernst.

Ich sollte zwei Tage darauf warten, dass er sein Versprechen einlöste, denn das Wetter schien sich ebenso gegen uns verschworen zu haben wie meine Freunde. Es regnete. Und wenn einmal keine schweren Tropfen aus den Wolken fielen, nieselte es ununterbrochen. Die kurzen Momente, in denen das Grau aufriss und die Sonne schwach bis zur Erde lugte, konnte man mühelos an zwei Händen abzählen.

Ich verbrachte jede freie Minute mit Julien. Wir unternahmen keine weiteren Ausflüge in die Cafeteria, sondern machten es uns mit einem Schachbrett in der Bibliothek gemütlich – ich verbotenerweise mit Limo und Schokoriegel, da Julien darauf bestand, dass ich irgendwann auch einmal etwas essen müsste. Nach der Schule absolvierte ich eine kurze Stippvisite zu Hause, zog mich um und fuhr hinaus zum Anwesen.

Während der Regen auf die Erde prasselte oder die Sonne bei den wenigen Gelegenheiten, in denen sie durch die Wolken brach, die Welt in eine Zauberlandschaft aus Nebel und Licht verwandelte, saßen wir auf der Veranda zum See hinaus und genossen einfach nur die Nähe des anderen. Wenn es kühl wurde oder ich zu frieren begann, zogen wir uns ins Wohnzimmer zurück und kuschelten uns auf Kissen und Decken vor den Kamin, in dem Julien dann jedes Mal Feuer machte. Wir erledigten zusammen unsere Hausaufgaben und ich stellte zu meinem Entsetzen fest, dass Julien ein ebensolches Mathegenie war wie Neal. Nur hatte er einen ganz anderen Ansatz. Für Neal bestand Mathematik aus Logik und Fakten – alles beweis- und errechenbar. Für Julien jedoch waren Zahlen ebenso Harmonie wie Musik. Und er war Musiker mit Leib und Seele.

Als ich ihn das erste Mal bat, für mich auf der Geige zu spielen, wich er mir aus. Doch schließlich gelang es mir, ihn zu überreden. Danach ließ er sich leichter dazu bewegen. Ich hatte nicht geahnt, dass man sich in Tönen so vollkommen verlieren konnte. Es war wie Magie. Die Zeit blieb stehen und ich versank in der Musik. Nicht eines der Stücke, die er spielte, kannte ich, aber als ich ihn fragte, von wem sie seien, schnaubte er nur. Das war der Augenblick, in dem mir klar wurde, dass sie von Julien selbst stammten. Er erklärte mir, es seien »nur« Improvisationen gewesen, und er habe so gespielt, wie ihm die Musik eben in den Sinn gekommen sei. Nach dieser Offenbarung konnte ich seiner Mutter nur recht geben: Sein Vater musste das Geigespiel beim Teufel gelernt und ihm diese Gabe weitervererbt haben.

In den Nächten träumte ich weiterhin von Julien. Doch er blieb nicht mehr am Fußende meines Bettes stehen oder saß auf seinem Rand und blickte auf mich herunter, sondern legte sich zu mir aufs Bett und nahm mich in den Arm, während ich schlief. Wenn ich erwachte, war ich stets allein und nichts deutete darauf hin, dass alles mehr als nur ein Traum sein könnte – sosehr ich es mir auch wünschte. Selbst wenn er versucht hätte, nachts zu mir zu kommen, gab es immer noch unsere Alarmanlage. Und dennoch: Seit ich von Julien träumte, wurde ich nicht mehr von Albträumen gequält.

Zwei Tage später riss der Himmel kurz nach der Mittagspause unvermittelt auf und überzog alles mit goldenem Licht. Als Julien mich in der nächsten Pause an der Saaltür erwartete und mit schief gelegtem Kopf ansah, musste er die Frage nicht mehr laut aussprechen. Wir beschlossen direkt nach der Schule loszufahren. Ich lieh mir sein Handy – meines hatte ich wie so oft vergessen; vermutlich steckte es in meiner anderen Jacke –, rief Ella an und sagte ihr, dass ich den Nachmittag mit Freunden verbringen und nicht nach Hause kommen würde, da wir bei dem schönen Wetter gleich zusammen loswollten. Sie war so überrumpelt, dass sie im ersten Moment nur ein verdattertes »Ja natürlich« hervorbrachte. Ich ließ ihr keine Zeit, um richtig zu sich zu kommen, sondern wünschte ihr einen schönen Nachmittag und legte auf.

Die letzten Unterrichtsstunden zogen sich wie alter Kaugummi. Dennoch schaffte es selbst Susan nicht – die mich fragte, ob ich es mir nicht doch noch einmal mit ihrer Feier am Abend überlegen wollte –, mir die Laune zu verderben.

Nach Schulschluss fuhren wir hinaus zum Anwesen. Wie immer ließ ich den Audi ein Stück entfernt in einer Seitenstraße stehen. Auch wenn das alte Haus nur über seinen Zufahrtsweg zu erreichen war und von Bäumen verborgen wurde, lebte ich immer noch in der Angst, dass jemand vorbeispazieren könnte, der meinen Wagen erkannte und der Ella, Simon oder am Ende sogar meinem Onkel davon erzählte.

Meine Tasche ließ ich im Auto liegen. Julien war währenddessen weitergefahren, hatte seine Schulsachen nach Hause geräumt und eine Decke geholt, damit wir es uns unterwegs irgendwo auch eine Weile gemütlich machen konnten, wenn uns ein Plätzchen gefiel.

Ich hatte noch nicht die Hälfte der Strecke bis zum Anwesen zurückgelegt, als er mir schon wieder entgegenkam. Dieses Mal überließ er mir zusammen mit einem Headset auch den Helm. Wie schon so oft kletterte ich hinter Julien auf die Blade, legte die Arme um seine Mitte und schmiegte mich an ihn. Schon kurze Zeit später hatten wir Ashland Falls in Richtung Baxter State Park hinter uns gelassen. Wir blieben auf dem Highway und überholten nur gelegentlich den ein oder anderen Truck. Julien hielt sein Versprechen und fuhr nicht ganz so schnell, wie er es gewöhnlich tat. Dennoch rauschte die Welt in einem Farbenspiel aus Rot, Orange, Gold und Kupfer, zu dem die Blätter der Wälder sich verfärbt hatten, an uns vorbei. In der Ferne reckte der Mount Katahdin seinen grauen Gipfel aus den Wäldern in den blauen Himmel empor.

Noch ein gutes Stück vor den Grenzen des Baxter State Park verließen wir schließlich die Straße und bogen in einen Waldweg ein, dem wir eine ganze Weile entlang des Penobscot River folgten. Julien fuhr jetzt sehr langsam und mied vorsichtig die Schlaglöcher.

Irgendwann entdeckten wir die kleine Bucht. Zugegeben, es war eigentlich nicht mehr als ein Stück Kiesstrand, um den herum die Bäume ein wenig zurückgesetzt standen und der sich am Fuß einer kaum meterhohen Böschung befand, aber es war wunderbar abgelegen und ruhig. Es brauchte keine Worte, außer einem »Schau mal«, und es war beschlossene Sache, dass wir es uns hier für einige Zeit gemütlich machen würden. Die Sonne hatte den Kies getrocknet und erwärmt, so konnte ich die Decke darauf ausbreiten, während Julien oberhalb der Böschung einen Platz suchte, an dem er die Blade abstellen konnte, ohne es zu riskieren, dass sie auf dem unebenen Boden umkippte. Seiner Augen und meiner Sonnenallergie wegen hatte ich einen Flecken gewählt, der sich im Schatten einer der ausladenden Baumkronen befand. Ich drehte mich um, als Julien hinter mir mit der ihm eigenen Geschmeidigkeit die Böschung heruntersprang und auf mich zukam. Der Kies knirschte kaum unter seinen Füßen. Er nahm mich in die Arme und ich schmiegte mich an seine Brust. Eine ganze Zeit standen wir einfach nur so da und beobachteten das Glitzern der Sonne auf den Wellen des Flusses, ehe wir uns auf der Decke niederließen. Julien schlüpfte aus seiner Jacke, knüllte sie zu einem Kissen zusammen und machte es sich in seiner ganzen Länge bequem. Ich setzte mich neben ihn. Ein paar Minuten sah ich noch den Wellen zu, dann streckte ich mich ebenfalls auf der Decke aus, mit seiner Brust als Kissen. Wie von selbst fanden meine Finger seine und verflochten sich mit ihnen, während seine andere Hand sich in meinen Nacken legte und dort sanft auf- und abstrich. Ich hätte die Zeit angehalten, wenn ich es gekonnt hätte. So blieb mir nichts anderes, als jede Sekunde in seiner Gesellschaft zu genießen.

Julien lag so still unter mir, dass ich irgendwann den Kopf wandte, um zu sehen, ob er tatsächlich eingeschlafen war. Doch er sah nur träge den Wolken zu, die über uns am Himmel entlangwanderten. Ein kleines Lächeln zuckte in seinem Mundwinkel und er drückte mich kurz fester an sich, ehe er sich erneut entspannte. Ich schmiegte mich tiefer in seinen Arm und schloss die Augen. Das Rauschen des Flusses und das Rascheln der Blätter über uns hatten etwas unendlich Beruhigendes.

Gelächter und Rufe ließen mich einige Zeit später unwillig die Augen wieder öffnen. Julien brummte unter mir, rührte sich aber nicht weiter. Drei Kanus glitten auf dem

Fluss an unserer Bucht vorbei. Die Insassen mussten in unserem Alter sein. Als sie uns entdeckten, johlten und winkten sie zu uns herüber. Ich hob die Hand und winkte zurück, während sie gemächlich weiterpaddelten. Ein Junge im zweiten Kanu rief etwas, doch ich konnte es nicht verstehen, und dann waren sie vorbei.

Ich sah ihnen nach. Plötzlich fragte ich mich, was Susan, Beth und die anderen am Abend wohl unternehmen würden. Ärgerlich über mich selbst versuchte ich den Gedanken wieder zu verdrängen. – Schließlich setzte ich mich auf und blickte über den Fluss. Unbewusst spielte ich an dem Schorf an meiner Hand. Julien stupste mich leicht an. »Lass das! Sonst fängt es wieder an zu bluten«, schalt er leise, ohne die Augen zu öffnen.

Ich verzog das Gesicht, nahm aber die Hand weg. Meiner Meinung nach hatte das Ganze – allein durch den Verband – bedrohlicher ausgesehen, als es tatsächlich war. Heute Morgen hatte ich sogar ein Pflaster weggelassen. Aber ich wollte nicht, dass Julien am Ende wieder schlecht wurde. Immerhin wusste ich inzwischen ja, dass er kein Blut sehen konnte.

Seine Hand strich sacht meinen Rücken auf und ab. Ich genoss die Berührung und kämpfte zugleich gegen den Ärger an, der – wie so oft in den letzten beiden Tagen – beim Gedanken an Susan und Neal in mir hochstieg.

»Was ist los, Dawn?«

Juliens Stimme riss mich aus meinem Brüten. Die Berührung an meinem Rücken war verschwunden. Er hatte sich neben mir auf einen Ellbogen gestemmt und den Kopf in die Hand gestützt.

»Nichts.« Ich mied seinen Blick und schaute weiter über den Fluss.

»Das mit dem Lügen wolltest du, glaube ich, noch ein wenig üben.« In seinem Schnauben klangen unterdrücktes Lachen und zugleich Sorge mit. »Also, was ist los? Du bist schon die ganzen letzten Tage immer wieder mit den Gedanken weit weg. – Hat dein Onkel seinen Besuch angekündigt?«

Schuldbewusst biss ich mir auf die Lippe. Ich hatte gehofft, er würde es nicht bemerken. »Nein.«

»Was ist es dann? – Willst du Schluss machen und weißt nicht, wie du es mir sagen sollst?«

Abrupt sah ich ihn an. »Natürlich nicht.«

Er neigte den Kopf und wartete. Allmählich kannte ich ihn gut genug, um zu wissen, dass er so lange bohren würde, bis ich ihm sagte, was mit mir los war. Also erzählte ich ihm von dem Gespräch mit Susan vor zwei Tagen und ihrer Einladung – und dass sie *ihn* ausdrücklich nicht dabeihaben wollte. Ich war mit meinem Bericht noch nicht zu Ende, da drehte er sich schon zu seiner Jacke um, holte sein Handy aus der Tasche – eines dieser edlen Dinger zum Aufklappen – und hielt es mir hin.

»Ruf sie an! Sag ihr, dass du kommst!«, forderte er.

»Was? – Nein!«, entschieden schüttelte ich den Kopf. »Ich werde ohne dich nicht hingehen!«

»Doch, das wirst du.« Das Handy landete in meinem Schoß und er begann seine Jacke anzuziehen.

»Ich denke gar nicht daran!« Störrisch verschränkte ich die Arme vor der Brust.

Julien stieß ein übertriebenes Seufzen aus, kniete sich neben mich und zog meine Hände unter meinen Armen hervor, damit er sie in seinen halten konnte.

»Du weißt, dass ich irgendwann wieder fortgehen werde, Dawn.« Sofort spürte ich den Kloß in meinem Hals. »Und wenn es so weit ist, will ich, dass du immer noch deine Freunde hast und ich dich nicht vollkommen allein zurücklassen muss.« Ich blickte zu Boden. Julien hob sanft mein Kinn an und sah mir in die Augen. »Wenn Neal und Susan mich nicht dabeihaben wollen – okay.« Lässig zuckte er die Schultern. »Für mich ist das ohne Bedeutung. Aber dich wollen sie dabeihaben. Und das ist für mich nicht ohne Bedeutung. Deshalb wirst du Susan jetzt anrufen und ihr sagen, dass du doch kommst. – Bitte.« Ich hätte mich weiter geweigert, wenn dieses letzte »Bitte« nicht gewesen wäre. So griff ich widerstrebend nach dem Handy.

»Ist es wirklich okay?«, fragte ich noch einmal, ehe ich es aufklappte.

Julien nickte. »Es ist okay«, versicherte er mir und scheuchte mich gleichzeitig von der Decke, damit er sie zusammenrollen konnte.

Ich ging ihm aus dem Weg und tippte Susans Nummer ein. Nach endlosem Klingeln meldete sich ihre Mailbox. Ich hätte es als Zeichen genommen und aufgelegt, doch Julien soufflierte mir mit Gesten, dass ich ihr eine Nachricht hinterlassen und sie fragen sollte, wann und wo sie sich mit allen treffen wollte – und dass sie mich auch unter seiner Nummer erreichen konnte. Ich tat, was er verlangte, diktierte brav seine Handynummer und legte dann auf.

Danach blieb mir nichts anderes mehr übrig, als ihm sein Handy zurückzugeben und hinter ihn auf die Blade zu klettern. Obwohl er auch dieses Mal nicht wie ein Wahnsinniger raste, brauchten wir wesentlich weniger Zeit für den Rück- als für den Hinweg. Als er mich bei meinem Audi absetzte, begann der Horizont sich schon rot zu färben. Susan hatte sich noch nicht gemeldet. Er versprach, ihr zu sagen, dass sie mich jetzt wieder auf meinem eigenen Handy erreichen konnte, falls sie doch noch auf seinem anrief. Im Gegenzug nahm er mir das Versprechen ab, ihm Bescheid zu geben, sollte sie sich binnen der nächsten beiden Stunden auch bei mir nicht melden, denn dann würde er dafür sorgen, dass ich trotz allem einen schönen Abend hatte.

Für einen kurzen Moment hielt er noch meine Hand –

mehr wagten wir auf offener Straße nicht –, dann stieg ich in meinen Wagen. Wie jedes Mal wartete Julien, bis ich den Motor angelassen hatte, dann sah ich im Rückspiegel, dass auch er davonfuhr.

Ella war erstaunt, dass ich von meinem Ausflug mit meinen *Freunden* schon zurück war, und fragte besorgt, ob alles in Ordnung sei und ob sie mir etwas zu essen machen solle. Als ich ihr sagte, dass ich mich nur schnell umziehen und dann gleich wieder fortgehen würde, war sie sichtlich beruhigt, wünschte mir noch viel Spaß mit meinen Freunden und kehrte vor den Fernseher zurück.

Oben in meinem Zimmer machte ich mich sofort auf die Suche nach meinem Handy. Wie erwartet steckte es in meiner anderen Jacke. Tatsächlich hatte Susan mich angerufen und mir eine Nachricht hinterlassen. Sie freute sich riesig, dass ich doch noch kommen würde – auch ohne Julien –, und ich sollte um acht beim *Ruthvens* sein. Ein Blick auf die Uhr offenbarte mir, dass das vor ziemlich genau einer halben Stunde gewesen war. Ich versuchte noch einmal sie zu erreichen, jedoch mit dem gleichen Erfolg wie zuvor. Wahrscheinlich hatte Susan im *Ruthvens* gar keinen Empfang. Einen Augenblick überlegte ich, ob ich nicht besser einfach Julien anrief, um den Abend trotzdem mit ihm zu verbringen, entschied dann aber, wenigstens zum *Ruthvens* zu fahren und zu sehen, ob ich die anderen nicht doch noch dort treffen konnte. Wenn ich sie nicht fand, konnte ich auf dem Rückweg immer noch bei Julien vorbeifahren.

Als ich ins Bad ging, fiel mir Juliens Warnung ein, ich solle mich vom *Ruthvens* fernhalten. Ich zögerte. Ob ich ihn anrufen und ihm sagen sollte, wo ich mich mit Susan und den anderen treffen würde?

Ich verscheuchte den Gedanken. Was konnte schon geschehen? Susan würde dort sein, zusammen mit Beth, Neal, Ron, Tyler, ihrem Bruder Mike und noch einigen anderen

Leuten aus unserer Stufe. Außerdem war das *Ruthvens* stets zum Bersten voll. Zugegeben, es lag nicht in der allerbesten Gegend, aber ich hatte noch nie gehört, dass es dort irgendwelche Zwischenfälle gegeben hätte, außer vielleicht mal einer Rangelei, wenn jemand zu viel getrunken hatte. Und selbst die wurden von den Sicherheitsleuten gewöhnlich ziemlich schnell beendet. Es war nicht nötig, dass Julien sich Sorgen um mich machte, wenn ich ihn noch nicht einmal mitbringen durfte.

Entschlossen ging ich ins Badezimmer und legte ein wenig Make-up auf. Wimperntusche, ein dünner Strich Kajal, ein Hauch von Lidschatten und ein wenig Lipgloss genügten. Vor dem Kleiderschrank brauchte ich bedeutend mehr Zeit, während es vor meinem Fenster allmählich dunkel wurde. Schließlich entschied ich mich für ein paar ausgeblichene Röhrenjeans mit einem Strassornament auf einer Seite, eine Bluse, die ich bis zur Mitte offen ließ und unter die ich ein dunkles Spaghetti-Top zog, auf dem eine Blume glitzerte. Hochhackige Halbstiefel mit breitem Absatz – nicht zu hoch, ich hatte nicht vor, mir den Hals zu brechen – und meine kurze Jeansjacke vervollständigten mein Outfit. Geldbeutel und Ausweis steckte ich in die Innentasche meiner Jacke. Ich stellte sicher, dass ich dieses Mal mein Handy dabeihatte – und dass der Akku geladen war –, verabschiedete mich von Ella und fuhr zum *Ruthvens*. Leider hatte ich nicht daran gedacht, dass Freitag war. Erst drei Blocks entfernt fand ich in einer Nebenstraße einen Parkplatz. Jetzt musste ich mich noch mehr beeilen, immerhin war es schon fast Viertel nach neun. Die Nacht war ziemlich rasch hereingebrochen und der Himmel war mit Wolken bedeckt, die sogar den Mond verschluckten. Es war empfindlich kühl geworden und ich schlug den Kragen meiner Jacke in die Höhe, während ich schneller ausschritt. Autos glitten an mir vorbei und die wenigen Fußgänger, die mir begegneten, hatten es ebenso eilig wie ich, ihr Ziel zu erreichen.

Das *Ruthvens* lag in einer Seitenstraße, am Rand eines alten Industriegeländes. Schon von Weitem wummerten mir die Bässe entgegen. Kalte Windböen trieben eine leere Coladose an mir vorbei, als ich in die Straße einbog. Eine verlassene Lagerhalle mit vernagelten Fenstern und Türen ragte auf einer Seite in die Höhe. Auf der anderen säumte ein Maschendrahtzaun ein altes Abbruchgelände, dem Berge von Schutt das Erscheinungsbild einer Mondlandschaft verliehen. Der Regen mehrerer Jahre hatte eine Schlammschicht bis an den Zaun heran- und unter ihm hindurchgespült, auf der vereinzelt Grasbüschel und Löwenzahn gediehen. Schilder verkündeten »Betreten verboten!«, doch die unzähligen Löcher im Draht ließen den Schluss zu, dass sich niemand daran hielt.

Eine silbrig schimmernde Pfütze, die offensichtlich in den letzten Tagen von einer zerstörten Regenrinne gespeist worden war, zog sich quer über die Straße. Ein Brett, das wohl als Steg darüber dienen sollte, war verrutscht und zur Hälfte von Wasser bedeckt. Ich wich dem kleinen See zum Abbruchgelände hin aus und tastete mich mit einer Hand in den Zaunmaschen vorsichtig um ihn herum. Als ich endlich den Blick von der schmierigen braunen Erdschicht unter meinen Füßen hob, stand ein Mann direkt vor mir. Mit einem erschrockenen Laut prallte ich zurück. Hinter mir raschelte der Zaun metallisch, als ich dagegenstieß. Der Mann lächelte mich an und sagte etwas. Ich verstand weder die Worte noch kannte ich die Sprache – seine Stimme allerdings schon. Ich hatte sie damals in der Gasse hinter dem *Bohemien* gehört. Mein Herz setzte ein paar Schläge aus. Er war derjenige, der an jenem Abend dort gewesen war – und vor dem Julien mich gewarnt hatte. Ob auch er mich erkannt hatte, wusste ich nicht, doch mein Erschrecken war ihm offenbar nicht entgangen, denn sein Grinsen wurde noch arroganter und zugleich irgendwie grausamer, während er langsam näher kam. Er erschien mir wie ein Raubtier, das genau wusste: Seine Beute konnte ihm nicht entkommen. Und die Beute war ich! Der Zaun machte es mir unmöglich, weiter vor dem Kerl zurückzuweichen. Ich krallte die Finger in die Drahtmaschen und versuchte verzweifelt gegen die Panik zu atmen, die mich mit jedem Sekundenbruchteil mehr lähmte.

»Was haben wir denn da?« Direkt vor mir blieb er stehen. Sein Lächeln wurde träge, ohne etwas von seiner Grausamkeit zu verlieren. Im schwachen Licht der Straßenlaternen glänzten seine Augen in einem dunklen Braun, in das irgendjemand Rot hineingemischt hatte. Mein Herz klopfte rasend in meinem Hals.

»Was ... was wollen Sie von mir? Lassen Sie mich vorbei. Meine Freunde warten auf mich.« Ich versuchte meine Stimme ruhig klingen zu lassen, während ich einen Schritt zur Seite machte. Der Schlamm schmatzte unter meinen Füßen. Er folgte meiner Bewegung mit nachlässiger Anmut, die mich unwillkürlich an Julien erinnerte.

»Ist *er* auch bei ihnen?« Neben meinem Kopf griff er in die Zaunmaschen.

»Er?« Wusste er doch, dass ich das hinter dem *Bohemien* gewesen war? »Ich habe keine Ahnung ...« Ich erstickte schier vor Entsetzen, als er sich unvermittelt vorbeugte und direkt an meinem Hals tief die Luft einsog.

»Unverkennbar. Seine Witterung hängt noch an dir.« Plötzlich kicherte er. »Aber er hat dich noch nicht für sich beansprucht. Wie leichtfertig.« Das Lächeln wich keine Sekunde von seinen Lippen.

Ich versuchte zu schlucken und konnte es unerklärlicherweise nicht. Der Typ war übergeschnappt!

»Du bist ein entzückender kleiner Happen, Süße. Er hätte dich mit mir teilen sollen. Jetzt geht er leer aus«, schnurrte er und streckte die Hand nach mir aus. Wenn er mich zu fassen bekam, war es um mich geschehen, begriff ich schlagartig. Ich versuchte unter seiner Hand hindurchzutauchen, doch ich hatte die Bewegung noch nicht einmal im Ansatz ausgeführt, da packte er mich schon an den Haaren und zerrte meinen Kopf in den Nacken. Ich keuchte vor Schmerz und wollte nach ihm schlagen. Er lachte nur, griff grob nach meinem Handgelenk und lehnte sich zu mir. Ich wusste, ich sollte schreien, doch es kam nur ein hohes, abgewürgtes Wimmern aus meiner Kehle. Erneut lachte er, bog meinen Kopf weiter zurück und zur Seite und verdrehte mir gleichzeitig den Arm nach hinten. Schmerz bohrte sich in meine Schulter. Dieses Mal drang tatsächlich ein Schrei aus meiner Kehle. Es war, als würde er einen Teil der Angst mit sich fortschwemmen. Verzweifelt krallte ich mit der freien Hand nach seinem Gesicht und riss das Knie hoch. Er stieß ein Grunzen aus, wich mit einem Fluch ein Stück von mir zurück, nur um im gleichen Moment zuzuschlagen. Seine Faust traf mich wie ein Hammer an der Schläfe. Der Hieb schleuderte mich zur Seite und zu Boden. Ich landete auf Händen und Knien im Matsch. Nur einen Meter von mir entfernt krümmte der Typ sich, die Hände im Schritt. Eine Sekunde blieb ich benommen liegen, dann kehrte mein Verstand so weit zurück, dass ich mich schwerfällig an den Maschen in die Höhe zog und von dem Kerl wegzukommen versuchte. Meine Füße glitten im Schlamm immer wieder aus. Als meine Hand ins Leere griff, wäre ich beinah erneut gestürzt. Vor mir klaffte ein Loch im Zaun. In meinem Rücken hörte ich das Knurren des Mannes. Hastig blickte ich zurück. Er kam hinter mir her. Noch ein Schritt und er hatte mich erreicht. Ohne nachzudenken, zwängte ich mich durch die Öffnung im Zaun und rannte um mein Leben. Ich wagte es nicht, mich noch einmal umzusehen, auch dann nicht, als ich ihn hinter mir lachen hörte. Ich wusste auch so, dass er mich verfolgte.

Der Boden unter meinen Füßen war schwammig und schmierig. Mehr als einmal rutschte ich aus und wäre um ein Haar gestürzt. Ich rannte durch Pfützen, die im schwachen Schein der Straßenlaternen ölig schimmerten. Wasser spritzte auf. Als ich die ersten Schuttberge erreichte, riskierte ich einen hastigen Blick über die Schulter zurück. Der Kerl war nicht zu sehen. Ich tauchte unter einem schräg aus den Trümmern hervorragenden Stahlträger hindurch und kauerte mich in den Schatten dahinter. Schwer atmend sah ich mich im Halbdunkel um. Das Licht der Straßenlaternen warf verzerrte Schatten auf den Boden und den Schutt. Es war still. Ich konnte nicht glauben, dass ich den Typen tatsächlich abgehängt haben sollte. Angestrengt lauschte ich. Außer dem leisen Wummern der Bässe, das vom *Ruthvens* hierherdrang, war kein Laut zu hören. Schließlich wagte ich es ganz langsam, mich wieder aufzurichten und um mein Versteck herumzuspähen. Er stand keinen Meter vor mir und lächelte mich auf diese entsetzliche Art an. Ich hatte seine Schritte nicht gehört. Für den Bruchteil einer Sekunde starrte ich ihn an, dann wirbelte ich herum und floh erneut. Er erwischte mich an meiner Jacke. Ich schrie und versuchte mich loszureißen, kam irgendwie aus den Ärmeln heraus und war plötzlich wieder frei. Die Jacke blieb in seinen Händen zurück, als ich davonrannte. Wieder hörte ich ihn hinter mir lachen. Der Laut schürte meine Angst nur noch mehr und ich hetzte blindlings weiter – tiefer in die Schuttlandschaft hinein.

Auch wenn ich ihn nicht hinter mir herkommen sah oder hörte, war er dennoch immer in meiner Nähe. Manchmal war da nur ein Knirschen auf der anderen Seite des Schutthaufens, hinter dem ich mich gerade verbarg; oder seine Schritte erklangen plötzlich hinter mir, wenn ich geduckt von einem Versteck zum nächsten floh. Gelegentlich tauchte er so unvermittelt vor mir auf, dass ich fast direkt in seine Arme lief. Doch wie durch ein Wunder konnte ich ihm im letzten Sekundenbruchteil immer wieder ausweichen und entkommen. Inzwischen hatte ich mörderisches Seitenstechen. Das Blut rauschte in meinen Ohren und ich bekam kaum noch Luft. Meine Kleider waren mit Schlamm bedeckt und zerrissen. Mehrfach war ich bei meiner panischen Flucht an irgendwelchen vorstehenden Rohren oder Eisenstücken hängen geblieben. Meine Handflächen waren blutig geschürft und brannten wie Feuer. Meine Beine bewegten sich nur noch widerwillig. Zuweilen hörte ich den Kerl lachen, wenn ich hinter einem Schuttberg kauerte und betete, dass mein Keuchen nicht bis zu ihm drang. Doch allmählich wurde mir klar, dass ich ihm gar nicht entkommen konnte, egal wie sehr ich es versuchte. Er jagte mich. Und er genoss es. Ganz nebenbei trieb er mich immer tiefer in das Abbruchgelände hinein. Dorthin, wo er mich haben wollte.

Vor dem Stahlskelett von etwas, das vielleicht einmal eine Lagerhalle hatte werden sollen, stellte er mich. Ich versuchte noch einmal davonzulaufen, obwohl ich eigentlich gar nicht mehr die Kraft dazu hatte. Mit einem lässigen Schritt zur Seite vertrat er mir den Weg. Keuchend kam ich zum Stehen. Das Licht der Straßenlaternen war nur ein weit entfernter, schwacher Schein. Wo es noch zwischen den Schuttbergen hindurchfiel, ließ es die Schlammpfützen silbrig glänzen.

»Genug gespielt«, teilte er mir mit entsetzlicher Freundlichkeit mit und kam auf mich zu. »Es wird Zeit, dass wir beide uns dem eigentlichen Vergnügen zuwenden.«

Ich taumelte vor ihm zurück und stieß gegen einen der Stahlträger, die aus dem Boden ragten.

»Bitte nicht«, flüsterte ich hilflos.

Er trat ganz dicht vor mich. Seine Kleider wiesen kaum mehr als ein paar Schlammspritzer auf. Die Hand, mit der er mir das Haar aus dem Gesicht strich, war kalt. Er lächelte mich an. Ich starrte auf seinen Mund und vergaß zu atmen. Selbst als er mich unterm Kinn packte, meinen Kopf zu Seite bog und meinen Hals entblößte, konnte ich meinen Blick nicht abwenden. Wie gelähmt stand ich da, unfähig zu denken oder auch nur zu zittern. Das Lächeln wurde zu einem Zähnefletschen und dann war sein Griff an meiner Kehle plötzlich verschwunden. Ich rutschte an dem Stahlträger zu Boden, als hätten sich meine Knochen schlagartig aufgelöst. Mein Verstand weigerte sich zu arbeiten. Vor mir rollten zwei dunkle Gestalten über den Boden, kamen auf die Beine und standen einander im Schatten eines Schuttberges geduckt gegenüber.

Der Mann, der mich gejagt hatte, zischte etwas in jener anderen Sprache.

Die Antwort meines Retters war kaum mehr als ein Grollen.

Ich versuchte noch zu begreifen, wie es möglich war, dass seine Stimme wie Juliens klang, als der andere ein böses Lachen hören ließ und erneut etwas in höhnischem Ton sagte. In der nächsten Sekunde krachte der Mann unter dem Angriff meines Retters in den Schutt. Mühsam blinzelte ich, darum bemüht, mehr auszumachen als nur Schemen. Mit unheimlichem Knurren und Fauchen rollten sie über den Boden und kamen in einer der silbrigen Schlammpfützen zu liegen. Endlich erkannte ich auch den zweiten. Julien! Ich schrie, als der andere Mann ihn zu fassen bekam und seinen Kopf auf den Boden schlug. Julien bleckte die Zähne, krallte mit zur Klaue gekrümmten Fingern nach den Augen des Mannes, rammte ihm gleichzeitig das Knie in die Seite und stieß ihn von sich herunter. Hart landete der Kerl erneut im Schutt. Er versuchte hochzukommen, doch Julien war zu schnell über ihm, hieb ihm die Faust unters Kinn und nagelte seine Arme mit den Knien zwischen den Trümmern fest. Er sagte etwas in jener anderen Sprache. Dann packte er den Mann bei den Haaren und zog dessen Kopf in den Nacken, bis seine Kehle ungeschützt war. Der Mann fauchte und versuchte ihn verzweifelt abzuschütteln, doch Julien beugte sich mit gefletschten Zähnen so blitzschnell zu ihm hinab, dass die Bewegung mich an die einer Kobra erinnerte, die zubiss. Ich hörte ein markerschütterndes Heulen, das in einem entsetzlichen Gurgeln endete. Es schien Ewigkeiten zu dauern, bis Julien sich schließlich aufrichtete. Er packte den Kopf des Mannes mit beiden Händen, dann eine knappe Bewegung und ein harter Ruck, auf den ein Knacken wie von zerbrechendem Holz folgte. Mit einem Schlag war es bis auf mein viel zu hastiges Keuchen still.

Die Zeit blieb stehen. Julien drehte sich langsam zu mir um. Über die Schatten hinweg starrte er mich an. In einer unbewussten Bewegung fuhr er sich mit dem Handrücken über die Lippen. Seine Augen waren wie glimmender, rot unterlegter Obsidian, umgeben von flüssigem Quecksilber. Mein Verstand verweigerte den Dienst, als etwas in mir begriff, was ich gerade gesehen hatte.

Eine Sekunde später spannte er sich an. Er schien angestrengt auf etwas zu lauschen, was ich nicht hören konnte, ehe er rasch aufstand und auf mich zukam. Benommen beobachtete ich, wie er sich mir näherte. Alles war seltsam unwirklich. Dann war er über mir. In seinem Mundwinkel hingen die Reste einer dunklen Flüssigkeit. Wie eine Puppe ließ ich es geschehen, dass er mich am Kinn nahm und meinen Kopf sanft zur Seite drehte. Ich hörte, wie er die Luft ausstieß. Es klang geradezu erleichtert.

Irgendwo rief jemand meinen Namen.

Julien fuhr nach dem Geräusch herum, doch gleich darauf bohrte sein Blick sich in meinen. Dann war etwas Fremdes in meinem Kopf. Eine Stimme und ein Wirbel von Bildern. Es tat weh. Ich presste die Hände gegen meine Stirn und schloss stöhnend die Augen.

»Dawn!« Es klang wie ein Schrei. »Hier! Hier ist sie! Ich habe sie gefunden!« Schritte patschten eilig durch den Schlamm. Ich wurde an den Schultern gepackt und geschüttelt. »Dawn, wach auf! Sag was! Rede mit mir!«, flehte jemand dicht neben mir. »Lieber Gott, Dawn! Komm schon!« Die Stimme wühlte sich durch die Dunkelheit in meinem Kopf. Sie bohrte und drängte, bis ich es schaffte, die Lider zu heben. Wann hatte jemand eine dicke Schicht Watte um meinen Verstand gewickelt? Über mir schwebte ein Schatten, der ein Gesicht sein musste.

»Julien?«, fragte ich benommen. Warum war mir so kalt? Mühsam versuchte ich mich aufzusetzen und sank gegen einen Stahlpfeiler hinter mir.

»Ich bin es, Susan. Zum Glück habe ich auf Beth gehört und Julien angerufen. Er hat uns gesagt, wann er dich zu Hause abgeliefert hat und dass du nachkommen wolltest. Da haben wir uns auf die Suche gemacht. Wenn wir die hier nicht gefunden hätten ...« Sie wickelte etwas um mich herum, das ich erst nach Sekunden als meine Jacke identifizierte, auf die gleich darauf Susans Lederjacke folgte. Warum lag ich hier im Schlamm? Hinter Susan tauchten mehrere Gestalten auf. Ich erkannte Beth und Neal.

»Ist sie verletzt?« Neal beugte sich zu uns. Ich blinzelte ihn benommen an. Verletzt? Auch Mike, Ron und Tyler scharten sich zusammen mit Anne, Jeremy und Liza und noch ein paar anderen um mich.

»Ich denke nicht. Aber ich glaube, sie steht unter Schock.« Susan gönnte ihm einen kurzen Blick über die Schulter, ehe sie sich wieder mir zuwandte. »Was ist passiert?«, besorgt musterte sie mich, als suche sie jetzt ihrerseits nach Verletzungen.

»Ein paar Typen. Sie ... Sie haben mich bis hierher gejagt. Aber dann ... dann haben sie mich wohl verloren, und als sie mich nicht wiederfinden konnten, da ... da haben sie es aufgegeben und sind abgezogen.« Ich plapperte die Worte wie etwas Auswendiggelerntes hervor. Verwirrt runzelte ich die Stirn. In meinem Kopf dröhnte es. Umständlich grub ich die Hand unter den Jacken hervor und presste sie gegen meine Schläfe.

Ein paar Typen? Was redete ich da? Es war nur einer gewesen. Er hatte mich bis hierher verfolgt und dann ... dann ... Ich versuchte um Beth, Susan, Neal und die anderen herumzuspähen. Plötzlich war ich mir sicher, dass bei dem einen Schuttberg dort drüben ein Toter liegen musste. – Aber da war nichts außer zertrampeltem Schlamm.

Die anderen sahen einander bestürzt an.

»Nicht auszudenken, was die mit dir gemacht hätten, wenn sie dich erwischt hätten«, murmelte Liza erschüttert. Um sie herum nickte alles beklommen.

»Wir müssen zur Polizei gehen.« Neal trat heran und half mir fürsorglich vom Boden auf. »Kannst du die Typen beschreiben, Dawn?«

»Nein! Es ging alles viel zu schnell und es war zu dunkel«, schon wieder kam ich mir vor, als sagte ich etwas Auswendiggelerntes auf. Dann erst wurde mir richtig klar, was Neal gerade vorgeschlagen hatte, und ich schüttelte erschocken den Kopf. »Ich will nicht zur Polizei! Wenn ich zur Polizei gehe, erfährt mein Onkel davon und dann lässt er mich keinen Schritt mehr alleine machen. – Und ich könnte die Typen doch ohnehin nicht identifizieren.«

»Bist du sicher ...?« Es war nicht zu übersehen, was Neal von meiner Weigerung hielt.

»Wenn sie nicht zur Polizei gehen will, muss sie es auch nicht.« Beth trat an meine andere Seite und legte den Arm um mich. »Komm!«, ungeachtet meiner schlammverdreckten Kleider drückte sie mich kurz an sich. »Ich bring dich nach Hause.«

Bei ihren Worten zuckte ich innerlich zusammen. Wenn ich Ella oder Simon so unter die Augen geriet, konnte ich ebenso gut auch zur Polizei gehen. Die Konsequenzen waren die gleichen. Trotzdem sagte ich nichts, als sie mich zwischen den anderen hindurchführte, ohne den Arm von meinen Schultern zu nehmen. In meinen verdreckten Sachen hatte ich gar keine andere Wahl. Mit ein wenig Glück konnte ich ja vielleicht unbemerkt ins Haus schleichen. Susan und Neal folgten uns. Er bot sich an, mit seinem Wagen hinterherzufahren, damit wir Simon nicht bitten mussten, Beth anschließend wieder hierher oder nach Hause zu bringen, da sie meinen Audi nehmen würde. Sie diskutierten noch die beste Strategie, während ich umständlich meinen Autoschlüssel aus der Jackentasche zerrte. Mit einem Platschen landete mein Handy im Dreck. Susan hob es auf und gab es mir zurück.

»Es tut mir leid, dass ich dir deine Party versaut habe«, murmelte ich.

Sie wurde rot und wich meinem Blick aus. »Es muss dir nicht leidtun. Wenn ich nicht von dir verlangt hätte, ohne Julien zu kommen, wäre das alles gar nicht passiert.«

Ich starrte sie an.

»Ein paar zwielichtige Typen haben dich verfolgt. Du kannst sie nicht beschreiben. Es ging alles viel zu schnell und es war zu dunkel. Du bist davongelaufen und sie haben dich bis hierher verfolgt. Du hast dich versteckt. Als sie dich nicht finden konnten, haben sie die Lust an der Jagd verloren und sind abgezogen. Alles andere wirst du vergessen! Es ist nichts Ungewöhnliches geschehen.«

Julien, der sich über mich beugte. Seine Stimme, die nicht mehr als ein Zischen war und gleichzeitig in einem Wirbel von Bildern in meinem Kopf zu erklingen schien.

Seine Augen, Quecksilber und rot glimmender Obsidian, die mich fixierten.

»Dawn? Dawn, ist alles in Ordnung?«

Ich blinzelte benommen. Mir war kalt – aber nicht länger nur, weil meine Kleider vom Schlamm durchweicht waren.

Beth sah mich besorgt an. Ihre Hand lag an meinem Arm. »Soll ich dich zu einem Arzt bringen?«

Ich brachte ein schwaches Kopfschütteln zustande. Alles um mich herum war mit einem Mal seltsam unwirklich. Beth sagte noch etwas zu mir, doch erst mit einiger Verzögerung begriff ich, dass sie mich gefragt hatte, wo mein Auto stand. Ich erklärte es ihr und folgte ihr, Neal und Mike dann wie ein Zombie zu meinem Wagen. Als wir meinen Audi erreicht hatten, nickten Neal und Mike Beth kurz zu und verschwanden in die Richtung, in der Neal wohl parkte. Beth ließ mich einsteigen und warf mir noch einmal einen besorgten Blick zu, ehe sie auf die Fahrerseite hinüberging. Dann sprang der Wagen mit einem Schnurren an und setzte sich in Bewegung. Während die Dunkelheit draußen vorbeiglitt, kauerte ich mich auf meinem Sitz zusammen. Es war, als läge eine schwere, nasse Decke über meinem Verstand, die mir das Denken unmöglich machte. In meinem Kopf sah ich immer wieder die gleichen unglaublichen Bilder, die in mir den Wunsch weckten, zu schreien.

»Soll ich mit reinkommen?«

Beths Frage ließ mich blinzelnd aufsehen. Der Audi stand vor unserer Garage. Selbst den Motor hatte sie schon ausgemacht. Dann endlich begriff ich, was sie von mir wollte, und schüttelte den Kopf.

»Nein. Es geht schon«, versicherte ich ihr. Ich sah zu den Fenstern von Simons kleiner Wohnung über der Garage und denen von Küche und Wohnzimmer des Hauses, doch alle waren dunkel – und sie blieben es, auch nachdem einige Sekunden verstrichen waren. Mit einem vagen Gefühl der

Erleichterung stieg ich aus. Beth kam um den Wagen herum und gab mir die Autoschlüssel, wobei sie mich erneut besorgt musterte.

»Kommst du wirklich klar?«, fragte sie noch einmal.
Ich nickte. »Ja. – Danke.«
Sie lächelte freudlos. »Nicht dafür. – Ruf mich an, wenn etwas ist. Egal wann.« Erst nachdem ich es ihr versprochen hatte, ließ sie mich allein und lief die Einfahrt hinunter. Gleich darauf schlug eine Tür zu und ein Wagen fuhr davon.

Meine Hände zitterten, als ich die Alarmanlage mit meinem Code ausschaltete, meine Haustürschlüssel hervorkramte und öffnete. In der Halle war es dunkel und still. Leise stieg ich die Treppe hinauf und tastete mich ohne Licht bis zu meinem Zimmer. Erst als ich es erreicht und die Tür hinter mir geschlossen hatte, wagte ich ein bisschen tiefer zu atmen. Einen Moment stand ich da und lauschte in die Dunkelheit – worauf, wusste ich nicht –, dann knipste ich das Licht an und ließ mich auf mein Bett fallen. Minutenlang starrte ich vor mich hin, ohne tatsächlich etwas zu sehen. Das Zittern kroch von meinen Händen weg hinauf in meine Glieder. Ich konnte es nicht aufhalten. Jetzt, da ich allein war, kehrte die Benommenheit zurück – und die Bilder. Wie ein Schlafwandler zog ich meine verdreckten Sachen aus, schlüpfte in meinen Bademantel und tappte hinüber ins Bad. Duschen, abtrocknen, Zähne putzen: Ich tat es mechanisch. Zurück in meinem Zimmer kletterte ich auf mein Bett, zog mein Kissen zu mir heran und schlang die Arme darum. Wie zuvor starrte ich blind in eine Ecke. Egal ob ich die Augen offen hatte oder sie schloss, ich sah immer das Gleiche vor mir. Der Mann, der mich angegriffen hatte: Er drehte meinen Kopf zur Seite und entblößte meinen Hals. Er beugte sich mit aufgerissenem Mund zu mir. – Julien, dessen Kopf auf die Kehle des Mannes hinabstieß wie eine Kobra, die ihr Opfer beißt. – Seine Eckzähne, die weiß und lang und scharf und spitz waren. Die sich selbst dann noch hinter seinen Lippen abzeichneten, als er sich über mich beugte und mir sagte, es sei nichts Ungewöhnliches geschehen. Von denen ich den Blick nicht abwenden konnte, auch als er mir befahl zu vergessen, was ich gesehen hatte. Die Reste einer dunklen Flüssigkeit in seinem Mundwinkel, die nur Blut sein konnte. Es war wie ein Film, den jemand zu einer Endlosschleife geschnitten hatte.

Ich blinzelte langsam und holte tief Luft. Irgendetwas war schiefgegangen. Ich hatte nicht vergessen, was ich gesehen hatte – zumindest nicht für mehr als einige Minuten –, auch wenn der rationale Teil meines Verstandes sich zu glauben weigerte, dass ich es tatsächlich gesehen *hatte*. Dass ich gesehen hatte, wie Julien den Mann in den Hals gebissen, sein Blut getrunken und ihm anschließend das Genick gebrochen hatte. Ich umarmte mein Kissen fester. Es passte nicht. Nach allem, was ich wusste, vertrugen diese Kreaturen kein Sonnenlicht. Ich hatte Julien Tag für Tag in der Schule gesehen. Ich hatte heute den halben Nachmittag faul mit ihm am Ufer eines Flusses gelegen. Es passte einfach nicht! Dennoch hatte ich gesehen, was ich gesehen hatte. Ich vergrub den Kopf in den Händen und versuchte mehrere Minuten lang das Chaos in meinen Gedanken zu ordnen. Es gelang mir nicht. Es war wie bei meinem Puzzle, von dem noch zu viele Stücke fehlten. Ich rieb mir übers Gesicht. Es gab nur eine Möglichkeit, auch diese Stücke zusammenzubekommen, *ohne* dass jemand davon erfuhr und mich für verrückt erklären konnte. Ich nahm mein Kissen mit zum Schreibtisch, schaltete den Computer an und wählte mich ins Internet ein. Für den Suchbegriff »Vampir« war die Zahl der Einträge siebenstellig. Ich übersprang jene Seiten, die Bücher, Filme und Ähnliches zum Inhalt hatten, auf der Suche nach solchen, auf denen es um Vampirmythen und -legenden ging. Nach einigem Suchen hatte ich einige Seiten gefunden, auf denen offenbar seriös über die Phänomene »Vampir« und »Vampirismus« berichtet wurde.

Sie gaben genau das wieder, was ich aus Gruselfilmen kannte.

Vampire – es gab männliche und weibliche – tranken das Blut von Menschen. Es war ihre einzige Nahrung. Sie gingen im wahrsten Sinne des Wortes über Leichen, um ihren Durst zu stillen.

Sie waren weitestgehend unsterblich. Was sich wahrscheinlich darauf zurückführen ließ, dass es sich bei ihnen eigentlich um Tote handelte, die zu ihren Lebzeiten von einem anderen Vampir gebissen worden und so ebenfalls zu einem Vampir geworden waren. – Über das konkrete Wie der Vampirentstehung gab es unzählige Theorien.

Sie vertrugen kein Sonnenlicht – die Auswirkungen reichten von »schwersten Verbrennungen« bis hin zu »verbrennt zu Asche«. Deshalb verließen sie bei Tag ihre Schlafplätze nicht, bei denen es sich gewöhnlich um Särge oder Grüfte handelte.

Tagsüber versanken sie in einen totenstarreähnlichen Zustand, aus dem sie nichts wecken konnte – weshalb der Tag auch die bevorzugte Zeit der Vampirjäger war. Ob es eine absolut sichere Methode gab, einen Vampir zu vernichten, war nicht bekannt. Aber ihnen einen Pflock durchs Herz zu treiben oder sie zu köpfen und ihre »Leichen« anschließend zu verbrennen, schien das übliche Vorgehen zu sein.

Vampire hatten ungewöhnlich blasse Haut und waren gleichzeitig unglaublich gut aussehend. – So hieß es zumindest in den meisten Fällen. Ein paarmal stieß ich aber auch auf die Behauptung, sie seien halb mumifiziert und wirkten eher wie Greise. Nur wenn sie gerade getrunken hatten, würden sie für kurze Zeit annähernd menschlich erscheinen. Zudem wären ihre überlangen Eckzähne stets zu sehen.

Sie waren stärker und schneller als gewöhnliche Menschen und bewegten sich geschmeidiger.

Irgendwann wiederholten sich die Beschreibungen und ich gab auf. Meine Augen brannten. Müde vergrub ich den Kopf in den Händen.

Blass und unglaublich gut aussehend passte genau auf Julien. Wenn ich an die gefährliche Eleganz dachte, mit der er sich bewegte, und an das, was im *Bohemien* geschehen war, schien auch die Sache mit »schneller« und »geschmeidiger« zuzutreffen. Und dann war da, was ich an diesem Abend beobachtet hatte. Julien hatte das Blut dieses Mannes getrunken und ihm anschließend das Genick gebrochen. Mich verwirrte der Umstand, dass dieser Mann ebenfalls ein Vampir gewesen war. Ohne Zweifel: Ich hatte seine Eckzähne ganz dicht vor mir gesehen. In keinem der Artikel hatte etwas darüber gestanden, dass Vampire auch das Blut von ihresgleichen tranken. Aber ich hatte es ganz deutlich gesehen! Ich irrte mich nicht! – Ebenso wenig wie ich mich irrte, dass Julien versucht hatte mir meine Erinnerung zu nehmen. Auf einigen der Seiten stand, dass Vampire Menschen und Tiere mit ihrem Willen beeinflussen konnten. Ich zog die Lippe zwischen die Zähne. Ein Teil von mir weigerte sich immer noch zu glauben, dass Julien tatsächlich ein Vampir war, und verwies störrisch darauf, dass ich ihn Tag für Tag hatte durch die Sonne spazieren sehen. Während ich noch versuchte eins und eins gleich drei sein zu lassen, fiel mir ein, dass Ron bei unserem DVD-Abend gesagt hatte, er habe auf Cynthias Verlangen im Netz nach Julien gesucht und etwas über ein Paar Hochseilartisten mit diesem Namen – aus dem vergangenen Jahrhundert – gefunden. Mit einem äußerst mulmigen Gefühl tippte ich »Julien DuCraine« ein und ließ den PC suchen. Ich hielt den Atem an, als er fündig wurde.

Vor mir auf dem Bildschirm erschien ein alter Artikel aus der *New York Herald Tribune* von 1901, in dem der Auftritt der berühmten DuCraine-Brüder angekündigt wurde. Sie sollten in dreißig Metern Höhe – was *allein* schon für diese Zeit unglaublich genug zu sein schien – zwischen zwei Häusern ihre atemberaubende Show aus Akrobatik, Feuer und Musik aufführen. Darunter war ein Bild, das ziemlich lange brauchte, bis es sich endlich aufgebaut hatte – deshalb hatte Ron wohl auch nichts davon erzählt, da er vermutlich nicht lange genug gewartet hatte, ehe er das Fenster wieder schloss. Es war ein Foto, auf dem zwei junge Männer selbstsicher in die Kamera grinsten. Einen Moment schloss ich die Augen. Als ich sie wieder öffnete, sah ich das Bild unverändert vor mir. Der eine war unverkennbar Julien. Und der andere ... ebenso. Zwillinge! Hastig las ich den Artikel. Offenbar war einer der Brüder – Adrien – dafür bekannt, dass er mit brennenden Fackeln auf dem Hochseil jonglierte, während man den anderen – Julien – nur »den Teufelsgeiger« nannte, weil er mit einer Geige auf das Seil ging und Stück um Stück mit einer Meisterschaft spielte, die man sonst nur auf großen Bühnen fand. Davon ganz abgesehen waren sie auch für ihre anderen Wahnsinnskunststücke berühmt, die sie gemeinsam auf dem Hochseil zeigten. Keiner von beiden arbeitete jemals mit Sicherungsleine oder Balancierstange.

Im *Bohemien* hatte Julien mir gesagt, seine Leute seien Artisten gewesen. Meine Finger waren kalt, als ich weiterscrollte.

Drama auf dem Hochseil
Teufelsgeiger stürzt dreißig Meter in die Tiefe
Julien DuCraine lebensgefährlich verletzt

Die Headlines sprangen mich geradezu an. Hastig überflog ich die Zeilen. Offiziell war es ein Unfall gewesen, doch nach dem, was der Reporter schrieb, gab es auch ein Gerücht, das von Sabotage sprach. Eines der Spannseile hatte sich gelöst. Wie, konnte niemand erklären, vor allem da die DuCraine Brüder gewöhnlich vor ihren Auftritten alle Verspannungen, Masten und Verankerungen persönlich überprüften. Daraufhin hatte auch das eigentliche Hochseil plötzlich nachgegeben. Der Ruck hatte Julien DuCraine, der zu diesem Zeitpunkt allein auf dem Seil gewesen war, vollkommen unvorbereitet getroffen und ihn das Gleichgewicht gekostet. Zurzeit – so stand da – kämpften die Ärzte noch um sein Leben, hatten aber wenig Hoffnung, dass er seinen Sturz aus dreißig Metern Höhe überleben könnte.

Meine Hand hatte sich um die Maus geklammert. Ich lockerte meinen Griff.

Danach kam nur noch ein kurzer Artikel, in dem mitgeteilt wurde, dass Julien DuCraine zwei Tage nach seinem Sturz seinen Verletzungen erlegen war, ohne noch einmal aus dem Koma erwacht zu sein, und dass Adrien DuCraine alle weiteren Veranstaltungen abgesagt hatte.

Ich starrte auf den Bildschirm. Das Gefühl der Benommenheit war wieder da. Wie ein Schlafwandler druckte ich die Artikel und das Bild aus. Ich brauchte etwas, an dem ich mich festhalten konnte. Mit den Blättern in der Hand tappte ich hinüber zu meinem Bett und rollte mich um mein Kissen zusammen. Der Wecker auf meinem Nachttisch verkündete, dass es kurz vor drei Uhr früh war. Erst nach Minuten wurde mir bewusst, dass ich aus reiner Gewohnheit den Computer heruntergefahren und das Licht ausgemacht hatte. Der Mond malte ein silbernes Viereck durch das Fenster auf den Teppichboden meines Zimmers. Ich starrte vor mich hin in die Dunkelheit, die Hand auf den Ausdrucken. Julien DuCraine war 1901 in New York vom Hochseil in den Tod gestürzt. Was war danach passiert? Wie hatte er zum Vampir werden können? – Dass er einer war, stand für mich inzwischen beinahe außer Frage. Es gab keine andere Erklärung für das, was ich gesehen hatte, und dafür, dass er mehr als hundert Jahre später noch immer so aussah wie 1901. Oder vielleicht doch? Aber er hatte ja selbst davon gesprochen, einen »Unfall« gehabt zu haben. – War damals im Krankenhaus irgendetwas geschehen?

Den Rest der Nacht verbrachte ich damit, blind ins Leere zu starren, während ich versuchte das Chaos meiner Gedanken irgendwie zur Ruhe zu bringen, bis ich irgendwann in einen unruhigen Halbschlaf fiel.

Er ließ die Leiche in sicherer Entfernung zur Vette auf den Kies am Flussufer fallen, dann ging er noch einmal zum Wagen zurück und holte den Kanister aus dem Kofferraum. Der Geruch nach Benzin drang scharf in seine Nase, während er den Inhalt über dem Toten verteilte. Innerlich verfluchte er sich dafür, dass er sich von seiner Wut hatte hinreißen lassen. Aber er hatte keine andere Wahl mehr gehabt, als ihn zu töten, nachdem er gedroht hatte ... Er schüttelte den Kopf. Was geschehen würde, wenn die Fürsten davon erfuhren, dass er ... Er wollte es sich gar nicht vorstellen. Er biss die Zähne zusammen, stellte den Kanister beiseite, fischte ein Feuerzeug aus der Hosentasche, ließ die Flamme aufflackern und hielt sie an die vollgesogenen Kleider der Leiche. Eine Sekunde später leckte das Feuer gierig nach dem Benzin und die Flammen schlugen jäh in die Höhe. Wenn jemand den Feuerschein aus der Ferne sah, würde er vermutlich annehmen, ein paar Jugendliche feierten eine Party. Und nach den Regenfällen der letzten Tage bestand keine Gefahr, dass unvermittelt der ganze Wald brannte. Minutenlang verfolgte er den Tanz der Flammen, dann hob er den Benzinkanister auf und kehrte zur Vette zurück, wo er ihn wieder an seinen Platz räumte. Die Hand an der offenen Fahrertür beobachtete er noch eine Weile, wie das Feuer die Spuren dieser Nacht tilgte. Eine Leiche in den Straßen von Ashland Falls zurückzulassen war möglich. Eine zweite jedoch konnte auch für ihn Probleme mit sich bringen. Und das Letzte, was er brauchte, war ein Vourdranj, der es auf ihn abgesehen hatte.

Als er sicher war, dass das Feuer auch dann, wenn man es jetzt noch löschen sollte, alle Hinweise vernichtet hatte, stieg er in die Corvette, wendete und fuhr zurück in die Stadt. Selbst wenn er jedes Tempolimit überschritt, würde er erst nach Sonnenaufgang dort ankommen.

Von der Vergangenheit eingeholt

Die Sonne stand schon als fahler Ball an einem grauen Himmel, als ich am Morgen aus einem Albtraum aufschreckte, an den ich mich nicht mehr erinnern konnte. Ein Blick auf den Wecker offenbarte mir, dass ich trotz allem fast fünf Stunden geschlafen hatte. Ich fühlte mich müde und zerschlagen, aber mich noch einmal unter meine Decke zu verkriechen war mir einfach nicht möglich. Meine Zahnschmerzen erschienen mir schlimmer denn je und zu allem Überfluss enthüllte das Tageslicht die Spuren, die ich in der Nacht mit meinen schlammverschmierten, durchweichten Sachen hinterlassen hatte. Mit einem leisen Fluch zog ich hastig das schmutzige Bettzeug ab, stopfte es zusammen mit den verdreckten Kleidern von heute Nacht in die hinterste Ecke meines Kleiderschrankes, damit Ella sie nicht fand, ehe ich eine Chance hatte, sie zu waschen, und bezog Decke und Kissen neu. Die ganze Zeit kreisten meine Gedanken um vergangene Nacht.

Als ich endlich fertig war, schlüpfte ich in meinen Bademantel, ging in die Küche und machte mir eine Tasse Tee. Während ich ungeduldig darauf wartete, dass er ein klein wenig abkühlte, versuchte ich erneut in meinem Kopf auf die Reihe zu bekommen, was gestern Abend geschehen war und was ich über Julien herausgefunden hatte. Es wollte mir nicht gelingen – zumindest nicht hier. Ich musste hier raus!

Jetzt sofort! In großen Schlucken leerte ich meine Tasse, lief hinauf in mein Zimmer und zog mich an. Die Ausdrucke faltete ich zusammen und steckte sie in meine Hosentasche, warum, wusste ich selbst nicht. Ein hastig gekritzelter Zettel auf der Anrichte sagte Ella, dass ich wieder mit *Freunden* unterwegs war, dann stürmte ich aus dem Haus. Von der Garage her rief Simon mir nach, wohin ich wolle und was zum Teufel ich auf der Beifahrerseite des Audi angestellt hätte. Ich gab vor, ihn nicht gehört zu haben, und war die Auffahrt hinunter, ehe er auf den Gedanken kam, mir nachzulaufen.

Da ich mich nicht zum Peak hinauftraute, aus Angst, ich könnte dort oben vielleicht Julien begegnen – und er der Letzte war, den ich im Augenblick sehen wollte –, streifte ich ziellos durch die Straßen. Ich ignorierte die kalten Böen, die immer wieder die rotgoldenen Blätter auf dem Gehweg aufwirbelten, schlug nur den Kragen meiner Jacke in die Höhe, zog die Schultern hoch und rammte die Hände tiefer in meine Taschen. Gelegentlich fuhr ein Auto an mir vorbei, doch die meisten Bewohner von Ashland Falls schienen bei diesem Wetter gemütlich zu Hause zu sitzen. Als mein Handy lossummte, zuckte ich zusammen. Ich holte es aus der Tasche, warf einen kurzen Blick auf das Display, erkannte Juliens Nummer und schob es in meine Jacke zurück. Wie oft es sich in der nächsten Stunde bemerkbar machte, zählte ich nicht. Aber irgendwann schwieg es zu meiner Erleichterung endgültig. Ich wollte nicht mit Julien reden. Nicht, ehe ich wusste, wie es weitergehen sollte. – Lieber Himmel, der rationale Teil meines Gehirns weigerte sich ja noch immer zu glauben, dass er tatsächlich ein Vampir war.

Als ich in die Chestnut Street einbog, hörte ich hinter mir ein nur zu vertrautes Grollen, das rasch näher kam. Ich ging schneller, schaffte es jedoch nicht mehr, in die nächste Seitenstraße einzubiegen, ehe Julien mich eingeholt hatte. Er stoppte neben mir.

»Endlich! Seit über einer Stunde suche ich dich. Ich habe mir Sorgen gemacht.«

»Lass mich in Ruhe!« Ich ging entschlossen weiter.

»Was ...«, setzte er verblüfft an, dann erstarb der Motor der Blade hinter mir. Ich hörte, wie er den Ständer herunterkickte und sie aufbockte. »Dawn, warte!« Er lief mir nach.

Ich beschleunigte meine Schritte, doch er holte mich ein und hielt mich am Arm zurück.

»Was ist denn los?«

»Du sollst mich in Ruhe lassen!« Schroff riss ich mich los und wollte auf die andere Straßenseite. Eine Hupe heulte auf, Bremsen kreischten, ich starrte den Van an, der auf mich zuhielt, sah das geschockte Gesicht des Fahrers hinter der Windschutzscheibe, dann wurde ich umgerissen, rollte über den Boden, und noch ehe ich einen vernünftigen Gedanken fassen konnte, hatte Julien mich schon wieder auf die Beine gezerrt.

»Bist du übergeschnappt?«, herrschte er mich an. Er wirkte erschrocken.

Eine Autotür schlug, der Fahrer des Honda war rechts rangefahren und kam auf uns zu. »Hast du sie noch alle, Mädchen? So einfach auf die Straße zu laufen! Alles in Ordnung?« Der Mann klang ärgerlich und erleichtert zugleich.

»Lass mich in Frieden.« Ich riss mich erneut von Julien los.

Der Fahrer des Van hatte uns erreicht. Er maß Julien mit einem misstrauischen Blick. »Brauchst du Hilfe, Mädchen?«

»Sagen Sie diesem Mistkerl, er soll mich in Ruhe lassen!«, fauchte ich wütend und machte einen Schritt zurück. Julien wollte mir folgen, doch der Mann legte ihm die Hand auf die Brust.

»Du hast die Kleine gehört, Freundchen. Lass sie zufrieden oder ich rufe die Cops.«

Julien starrte ihn eine Sekunde an. Der Mann war groß

und kräftig und sah aus, als könne er durchaus mit meinem »Freund« fertig werden. Nach heute Nacht wusste ich es besser. Dann kehrte Juliens Blick zu mir zurück. »Dawn, was ...«

»Lass mich einfach nur in Ruhe, okay?«, verlangte ich noch einmal, drehte mich um und rannte davon.

»Was hab ich dir getan?«, rief Julien hinter mir her. Ich sah nicht zurück. Eine ganze Weile war ich regelrecht auf der Flucht. Da ich mich jetzt auch auf den Straßen nicht mehr sicher fühlte, verkroch ich mich im Wald. Ziellos streifte ich zwischen den Bäumen umher, bis ich mich irgendwann auf einen umgestürzten Stamm sinken ließ.

Juliens *Was hab ich dir getan?* ging mir nicht aus dem Kopf. Wenn ich ehrlich war, musste meine Antwort *Nichts* lauten.

Im Gegenteil: Er hatte mich im *Bohemien* davor bewahrt, von dieser Arbeitsgalerie erschlagen zu werden, gerade eben hatte er verhindert, dass ich überfahren wurde, und vor diesem Vampir hatte er mich auch gerettet. Er hatte mir nie etwas getan – und Gelegenheiten hätte er genug gehabt. Dabei war es stets sein Wunsch gewesen, dass ich auf Distanz blieb, und er war nicht gerade zimperlich, wenn es darum ging, mich mit seiner groben, unfreundlichen Art zu vertreiben. Erst als er gemerkt hatte, dass ich mich nicht vertreiben ließ, gab er uns eine Chance. Und weil er ein Vampir war, hatte ich die ganze Zeit über keine Fragen stellen dürfen – das stand jetzt für mich fest.

Das Verrückte an alldem war: Ich war noch immer in ihn verliebt.

Ich wollte noch immer mit ihm zusammen sein. – Aber ich wusste nicht wie.

Sollte ich vorgeben, mich tatsächlich nicht mehr an das zu erinnern, was geschehen war? Sollte ich so tun, als würde ich sein Geheimnis noch immer nicht kennen? Ihn so anzulügen erschien mir schäbig. O ja, natürlich hatte auch er nicht wirklich mit offenen Karten gespielt, aber mir war immer klar gewesen, dass es da etwas gab, was er mir verschwieg.

Andererseits konnte ich wohl kaum zu ihm gehen und sagen: »*Ach übrigens, Julien, ich weiß, dass du ein Vampir bist.*«

Mit beiden Händen fuhr ich mir übers Gesicht und zuckte zusammen, als meine Handflächen mich an meine Abschürfungen erinnerten. Warum konnte ich mich nicht einfach in irgendeinen normalen Jungen aus der Nachbarschaft verlieben? Mit Neal zum Beispiel wäre alles wunderbar einfach gewesen. Aber nein, ich musste mir ja Julien DuCraine aussuchen.

Je länger ich über die ganze Sache nachdachte, umso mehr kam ich zu dem Schluss, dass ich mit Julien reden musste. Ich musste ihm zumindest die Möglichkeit geben, etwas zu alldem zu sagen. Daran, dass er mir etwas tun würde, wenn ich ihn mit meinem Wissen konfrontierte, verschwendete ich keinen Gedanken. Erneut fuhr ich mir übers Gesicht, dann stand ich entschlossen auf und machte mich auf den Weg zurück nach Ashland Falls - genauer gesagt zum Hale-Anwesen.

Erst jetzt merkte ich, wie weit ich in den Wald hineinmarschiert war. Und auch wenn ich zu Anfang noch relativ schnell ging, wurden meine Schritte immer langsamer, je näher ich dem alten Haus kam. Als ich schließlich aus dem Wald hinaustrat und es vor mir auf der Lichtung liegen sah, klopfte mein Herz in meinem Hals. Ich musste mich geradezu zwingen, die letzten Meter zurückzulegen. Am Fuß der Treppe zögerte ich erneut, doch dann stieg ich hinauf. Meine Hände waren schweißfeucht. Ich wischte sie an meinen Jeans ab. Meine aufgeschürften Handflächen protestierten. Auf dem Weg hierher hatte ich unzählige Varianten durchgespielt, was ich zu Julien sagen würde – jetzt, da ich vor der Tür stand, konnte ich mich an keine mehr erinnern. Ich holte tief Luft und klopfte. Nichts rührte sich. Ich zählte langsam bis zwanzig und klopfte erneut. Wieder blieb es still. Erst nach dem dritten Klopfen erklangen Schritte und einen Moment später öffnete Julien mir die Tür. Seine Brauen hoben sich, als er mich sah.

»Bedeutet das, dass ich dich nicht mehr in Ruhe lassen soll?«, erkundigte er sich zynisch.

Ich zog die Schultern hoch und wich seinem Blick aus. »Ich muss mit dir reden. Darf ich reinkommen?«

Er musterte mich eine Sekunde, dann trat er zur Seite. Ich folgte seiner Geste, ging an ihm vorbei und den Flur hinunter. Als er die Tür schloss, presste ich die Handflächen zusammen, zwang mich aber weiterzugehen. Im hinteren Wohnzimmer setzte ich mich nach einem letzten Zögern auf das Sofa. Julien war mir gefolgt und blieb einen Moment unschlüssig an der Tür stehen. Doch anstatt sich neben mich zu setzen und mich in den Arm zu nehmen, wie er es sonst immer tat, ließ er sich dieses Mal mir gegenüber auf dem Sessel nieder. Irgendwie war ich ihm dankbar dafür. Schweigen senkte sich über uns. Ich mied seinen Blick und spürte doch, dass er mich unverwandt ansah.

»Also: Worüber willst du nach deinem Auftritt von heute Morgen mit mir reden?«, fragte er schließlich in die Stille hinein. Seinem Tonfall war deutlich anzuhören, dass er sauer auf mich war. Auch wenn ich es mir anders gewünscht hätte, konnte ich ihn doch verstehen. Unsicher, wie ich anfangen solle, sog ich die Lippe zwischen die Zähne. Mein Kopf war plötzlich wie leer gefegt. Schließlich nahm ich die Ausdrucke aus der Tasche und gab sie ihm. Mit einem fragenden Blick faltete er die Blätter auseinander – und erstarrte. Ein Kaleidoskop an Gefühlen glitt über seine Züge: Schreck, Schmerz, Ärger, doch als er mich wieder ansah, war sein Gesicht vollkommen ausdruckslos. Er ließ die Seiten sinken.

»Was soll das werden?«, fragte er bedrohlich ruhig.

»Ich erinnere mich daran, was letzte Nacht geschehen ist«, brachte ich nach einem harten Schlucken hervor.

Seine Augen wurden schmal. »Und das wäre?«

»Dass du gestern Nacht auf dem Schuttgelände warst und mich vor diesem Typen gerettet hast.« Ich hoffte, dass er das Zittern in meiner Stimme nicht zu deutlich hörte.

»Wenn du dich daran erinnerst, dass ich dich gerettet habe, muss ich dann verstehen, warum du vorhin nicht mit mir reden wolltest und was das mit diesem Zeug hier«, er wedelte mit den Ausdrucken, »zu tun hat?«

Ich holte langsam Luft. »Ich habe gesehen, dass du den Mann in den Hals gebissen und sein Blut getrunken hast. Danach hast du ihm das Genick gebrochen. – Deine Eckzähne waren ... zu lang für einen Menschen.«

Er stand abrupt auf und trat hinter den Sessel. Seine Hände umklammerten die Lehne. »Du weißt nicht, was du sagst.«

»Spiel keine Spielchen mit mir, Julien, bitte. – Dein Trick mit *Alles andere wirst du vergessen! Es ist nichts Ungewöhnliches geschehen!* hat nicht funktioniert.«

Er starrte mich an und schien tatsächlich eine Minute nicht zu atmen. »Ich habe keine Ahnung, was du meinst«, sagte er dann kalt.

»Ich meine, dass dir Reißzähne wachsen können und dass du Blut trinkst. Ich meine, dass du 1901 gestorben bist«, allmählich wich das beklommene Gefühl in meinem Magen und ich wurde ärgerlich.

Er presste die Lippen zu einem harten Strich zusammen. Sein Blick ging zu den Ausdrucken in seiner Hand. Offenbar hatte er keine Ahnung gehabt, dass die Artikel und das Bild im Netz standen.

»Was bist du, Julien?«

Er sah mich an, Sekunde um Sekunde. Schließlich fuhr

er sich in einer abrupten Bewegung durchs Haar. »Noch einmal: Ich habe keine Ahnung, was du von mir willst.«

Plötzlich war ich dieses Spielchen leid. »Dann werde *ich dir* sagen, was du bist: Du bist ein Vampir!«

Ganz kurz nur glaubte ich Ärger über sein Gesicht huschen zu sehen, dann erstarrten seine Züge zu einer kühlen, abweisenden Maske. Eine Maske, die mich dazu brachte, mich gegen die Lehne des Sofas zu pressen.

»Du weißt nicht, was du redest.«

Entschieden schüttelte ich den Kopf. »Doch, das weiß ich. Ich habe gesehen, wie du das Blut dieses Typen getrunken hast. Ich habe gesehen, wie du ihn umgebracht hast. Und ich erinnere mich daran, dass du mich irgendwie zwingen wolltest, all das zu vergessen.«

Die Maske auf Juliens Zügen bröckelte. Darunter kam Ärger zum Vorschein. »Der Kerl wollte dich töten.«

»Er war wie du«, hielt ich dagegen.

»Nein. Er war ein Vampir.«

Also doch! Ich stieß ein kurzes, hartes Lachen aus. »Das bist du auch. Ich habe deine Zähen gesehen und das Blut an deinem Mund. – Durfte ich deshalb keine Fragen stellen?«

In einer offenbar unbewussten Bewegung hatte er die Hand zu seinen Lippen gehoben. Als er merkte, was er tat, ließ er sie wieder fallen. »Ich bin kein Vampir!«, widersprach er mir erneut.

»Was bist du dann?«

Er zögerte, ehe er langsam den Atem einsog. Dann – nach einer schier endlosen Minute – schüttelte er angespannt den Kopf. »Ich bin ein Lamia.« Die Worte klangen, als spräche er sie gegen seinen Willen aus. Erneut fuhr er sich mit dieser abrupten Bewegung durchs Haar.

Ich sah ihn an, schwieg, wartete.

»Dawn ...« Er sagte nur meinen Namen, ehe er hilflos verstummte.

Ich schwieg weiter.

Nach einer halben Ewigkeit schüttelte Julien erneut den Kopf. »Mehr kann ich dir nicht sagen.« Seine Stimme klang kalt und abweisend.

»Warum?«

Er biss die Zähne zusammen.

»Weil jedes weitere Wort, das du über mich und mein Leben erfährst, dich mehr in Gefahr bringt«, antwortete er mir schließlich scharf und warf die Computerausdrucke mit einer geradezu angewiderten Geste von sich. Sie segelten träge zu Boden.

Einen Moment starrte ich ihn verblüfft an, dann stieß ich ein bitteres Schnauben aus. »Ich weiß bereits, dass du ein Vampir – oder Lamia – bist. Was auch immer es da für einen Unterschied geben mag. Ich habe gesehen, wie du jemanden ermordet hast. Was sollte mich noch mehr in Gefahr bringen können?«

»Du hast keine Ahnung.«

»Dann klär mich auf!«

Er stand so schnell über mir, dass mir noch nicht einmal Zeit zum Schreien blieb – selbst wenn ich in meinem Schrecken daran gedacht hätte. Ich drückte mich fester gegen die Lehne. Seine Hand legte sich um meinen Hals. Sanft und doch unmissverständlich. Die andere stemmte er neben meinem Kopf gegen das Sofaleder und beugte sich ganz dicht zu mir heran.

»Nach dem obersten unserer Gesetze muss ich dich töten, weil du herausgefunden hast, was ich bin.« Etwas in seinem Gesicht hatte sich verändert. Er war noch immer atemberaubend schön, aber jetzt auf eine wilde, tödliche Art. Hinter seinen Lippen schimmerten seine Eckzähne lang und scharf.

»Willst du das?«

Ich versuchte zu schlucken und konnte es nicht. Meine Hände zitterten. Ich presste sie gegen die Kissen unter mir.

Das Brennen meiner Handflächen half mir, den Kloß aus Angst in meiner Kehle hinunterzuwürgen. Ganz langsam neigte ich den Kopf zur Seite, soweit seine Hand an meinem Hals das zuließ.

Julien starrte mich an. In der nächsten Sekunde hieb er mit der Faust so hart gegen die Lehne neben meinem Kopf, dass es knallte, ließ mich los und trat zurück.

»Verdammt, Dawn. Ich habe in der kurzen Zeit, die ich dich kenne, schon mehr Gesetze meiner Welt gebrochen als in meiner ganzen Existenz.« Wieder fuhr er sich abrupt durchs Haar. »Ich habe für dich getötet. Aber dir könnte ich nichts tun, auch wenn mein Leben davon abhinge. Was auch immer *du* von mir denkst.«

»Ich weiß«, sagte ich schlicht. Seine Augen weiteten sich, ohne sich aus meinen zu lösen – endlos, wie es mir schien –, ehe er sich abwandte und ans Fenster trat.

Ein paar Minuten beobachtete ich ihn, wie er schweigend dastand und vor sich hin starrte. Schließlich wagte ich es, mich zu räuspern.

»Was wird geschehen, wenn die anderen ... Lamia herausfinden, dass du mich nicht getötet hast?«

»Sie werden jemanden schicken, der uns beide töten soll.« Er sah mich nicht an.

Ich zog die Schultern hoch.

»Wenn ich schon Gefahr laufe, ermordet zu werden, einzig weil ich herausgefunden habe, was du bist, denkst du nicht, es wäre dann nur fair, wenn ich wenigstens auch den Rest der Geschichte kenne?«, erkundigte ich mich nach einer weiteren Minute des Schweigens.

Julien bedachte mich mit einem Blick aus dem Augenwinkel. Als er sich schließlich zu mir umdrehte und gegen den Fensterrahmen lehnte, hatte er mich so lange einfach nur angesehen, dass ich dachte, er würde mir überhaupt nicht mehr antworten. »Du hast recht. Wenn du schon gehängt wirst, weil du den Hasen geschossen hast, solltest du ihn auch essen dürfen.«

Vermutlich hatte ich bei dem seltsamen Vergleich ein ziemlich verwirrtes Gesicht gemacht, denn ich glaubte ein flüchtiges Lächeln auf seinem Gesicht zu sehen, während er die Arme über der Brust verschränkte. »Womit soll ich anfangen?«

»Vielleicht damit, was der Unterschied zwischen einem Vampir und einem Lamia ist?« Jetzt, da er mir erlaubte, Fragen zu stellen, fühlte ich mich mit einem Mal seltsam befangen.

Er nickte. »Der bedeutendste Unterschied ist: Wir sind so geboren. – Sie werden von uns geschaffen.«

»Geboren?«, echote ich verblüfft, was Julien erneut ein kurzes Lächeln entlockte.

»Lamia werden wie ganz normale Menschenkinder geboren. Erst zwischen unserem zwanzigsten und fünfundzwanzigsten Jahr verändern wir uns. Ab diesem Zeitpunkt hören wir auf zu altern und ernähren uns nur noch von Blut.«

Ich schluckte. »Menschenblut?«

»Menschenblut«, bestätigte Julien.

»Und Tierblut …«

Er schüttelte den Kopf. »Wir können für eine kurze Weile von Tierblut leben. Aber es stillt den Durst nicht. Im Gegenteil. Es facht ihn zusätzlich an. Irgendwann ist die Gier dann übermächtig und wir können nicht anders, als ihr nachgeben und wieder das Blut von Menschen trinken. Aber es ist schwer, sich zu beherrschen, wenn einem der Durst in den Adern brennt und es nur noch darum geht, diesen wahnsinnigen Schmerz zu lindern. Die wenigsten unter uns sind dann stark genug, um aufzuhören, solange das Herz ihrer Beute noch schlägt und genügend Blut in ihrem Körper übrig ist, damit sie überleben kann.«

»Bedeutet das, ihr tötet eure Opfer normalerweise gar nicht?«, fragte ich erstaunt.

Er schnaubte. »Natürlich nicht. Unsere Gesetze verbieten es. Es würde zu viel Aufmerksamkeit erregen, wenn ständig irgendwelche blutleeren Leichen gefunden würden. Normalerweise trinkt ein Lamia nur jede dritte oder vierte Nacht. Je länger man es hinauszögert, umso mehr braucht man. Vampire müssen häufiger trinken. Aber auch sie töten ihre Opfer gewöhnlich nicht.«

»Wie oft trinkst du?«

»Seit ich mit dir zusammen bin, jede Nacht. – Und mehr, als ich eigentlich brauche.« Julien presste die Lippen zusammen. »Noch eines unserer Gesetze, das ich deinetwegen breche.«

Ich verdrängte das vage Gefühl von Schuld, dass sich in meinem Gewissen meldete. »Hast du von jemandem getrunken, den ich kenne?«

»Vereinzelt.« Julien sah mich nicht an.

Eine seltsame Ahnung beschlich mich. »Von wem?«

Erst nach einer weiteren Sekunde nannte er mir die Namen der Mädchen, mit denen er zusammen gewesen war – und Susan und Beth.

»Du hast Beths und Susans Blut getrunken?« Ich war fassungslos.

Julien beantwortete meine Empörung mit einem Achselzucken. »Dawn, wenn ich von jemandem trinke, hat das absolut nichts zu bedeuten.«

»Es hat etwas zu bedeuten! Du hast von meinen Freundinnen getrunken.« Erstaunt stellte ich fest, dass ich *eifersüchtig* auf die beiden war. Ich wechselte hastig das Thema. »Warum müssen Vampire häufiger trinken als Lamia?«

Für eine Sekunde runzelte er die Stirn.

»Weil sie schwächer sind als wir. Im Gegensatz zu uns können sie sich auch nicht im Tageslicht bewegen. Wenn sie damit in Berührung kommen, verbrennen sie. In den hellen Stunden sind sie sehr viel lethargischer als wir.«

»Heißt das, die Sonne schwächt auch einen Lamia?« Erschrocken sah ich ihn an.

Julien neigte den Kopf ein kleines Stück. »Nicht in dem Maße wie einen Vampir, aber ja, sie schwächt uns. Wenn wir gezwungen sind, uns längere Zeit bei Tag draußen zu bewegen, müssen wir mehr trinken. Das ist eine unserer Schwächen. Die andere kennst du schon.«

»Die Sache mit deinen Augen?«

Unwillig verzog er das Gesicht und nickte.

»Und was ist mit solchen Sachen wie Kreuzen, Weihwasser und Knoblauch?«

»Kreuze und Weihwasser sind abergläubischer Unsinn. Ich weiß von Lamia, die an den Kreuzzügen teilgenommen haben und sich und ihre Waffen segnen ließen – mit Weihwasser. Mein Vater hatte ein goldenes Kreuz aus dem 12. Jahrhundert in seinem Arbeitszimmer stehen. Nur das mit dem Knoblauch trifft es ansatzweise. Wir sind Raubtiere. Unsere Sinne sind sehr viel schärfer als die von Menschen. Wir vertragen die ätherischen Öle nicht, die in frischem Knoblauch enthalten sind – oder in Zwiebeln und allen anderen Pflanzen dieser Art. Das ist aber auch schon alles.«

Das klang logisch. Ich musterte ihn, wie er beim Fenster stand und offenbar auf meine nächste Frage wartete.

»Gestern Abend ... Du wolltest mich vergessen lassen, was ich gesehen habe. Wie hast du das gemacht?«

Seine Miene verdüsterte sich. »Eigentlich hättest du auch vergessen müssen, was du gesehen hast. Ich habe noch nie erlebt, dass ein Mensch dagegen immun war.«

»Noch nie?«, verblüfft sah ich ihn an.

»Nein, noch nie«, bestätigte er finster.

»Und was heißt das jetzt?«

Julien hob die Schultern. »Zufall? Zu viel Adrenalin? – Keine Ahnung.«

»Manipulierst du häufiger das Gedächtnis von anderen?«

»Jedes Mal, wenn ich trinke. Ansonsten ist es uns verboten. Zumindest was Menschen betrifft. Es würde zu sehr auffallen, wenn die Leute sich ständig an andere Dinge erinnern würden. Allerdings brauche ich immer direkten Augenkontakt. Anders geht es nicht.«

»Und was ist mit deinesgleichen?«

»Bei einem Lamia würde es nicht funktionieren, auch nicht bei einem alten und mächtigen Vampir. Bei einem erst kürzlich Geschaffenen ist es für mich kein Problem.« In seiner Stimme war ein gewisses Maß an Selbstgefälligkeit nicht zu überhören.

»Einem Geschaffenen?« Ich runzelte die Stirn.

»Einem Vampir. – So nennen wir Lamia die Vampire.«

»Wie wird man eigentlich zu einem Vampir?«

Er musterte mich einen Augenblick, ehe er antwortete. »Es funktioniert nicht einfach nur über den Biss, so als wäre es eine Krankheit. Es ist eine bewusste Entscheidung des Lamia – oder des Vampirs.«

»Heißt das, ein Vampir kann andere Vampire machen? Nicht nur die Lamia?«

Seine Züge wurden hart. »Ja. Aber eigentlich ist es ihnen bei Todesstrafe verboten.« Die Art, wie er das sagte, warnte mich davor weiterzubohren.

»Und wie tötet man einen Lamia – oder einen Vampir?«

Julien hob eine Braue. »Ich bin bereit, für dich jedes Gesetz zu brechen, Dawn – nur dieses eine nicht. Sei mir nicht böse.«

Er klang nicht so, als würde er über diesen Punkt mit sich reden lassen, also akzeptierte ich es mit einem Nicken.

»Wie ist es, wenn man zu einem Lamia wird?« Mein Blick fiel auf die Ausdrucke am Boden. »Und was ist damals«, ich wies auf die Blätter, »wirklich passiert?«

»Genau das, was da steht. Eines der Spannseile hat sich

irgendwie gelockert, daraufhin hat auch das Hochseil nachgegeben, ich habe das Gleichgewicht verloren und bin gefallen.« Seine Stimme klang plötzlich rau.

»Du kennst die Artikel?«, erstaunt sah ich ihn an.

Julien nickte. »Natürlich. Ich habe sie oft genug gelesen.«

»Meinst du, das mit der Sabotage stimmt?«

»Wir konnten nie etwas beweisen.« Er neigte den Kopf. »Aber der Verdacht lag nahe. Wir hatten die Verspannungen vor dem Auftritt selbst kontrolliert. Das taten wir immer. Das Seil hätte sich nicht lockern dürfen.« Ein schmerzliches Lächeln war für eine halbe Sekunde auf seinen Lippen. »Wir waren berühmt, Dawn. Die Städte haben uns horrende Gagen bezahlt und die Leute haben sich darum gerissen, uns sehen zu können. Dadurch hatten wir natürlich auch Neider. Besonders mit einer amerikanischen Truppe gab es immer wieder Ärger. Vielleicht weil wir – die wir aus Europa kamen – in ihrer eigenen Heimat berühmter waren als sie selbst. Sie hatten sich für den Auftritt in New York beworben. Aber wir bekamen schließlich das Engagement, obwohl wir es eigentlich gar nicht wollten.« Einen Moment lang blickte er aus dem Fenster und schien seinen Gedanken nachzuhängen.

Ich beobachtete das Spiel von Licht und Schatten auf seinen Zügen. »Warst du damals schon ein Lamia?«, fragte ich dann.

Julien sah wieder zu mir her. »Nein. Der Unfall hat meinen Wechsel ausgelöst. Ich hatte mir, abgesehen von meinem Rückgrat, so ziemlich jeden Knochen gebrochen, den man sich nur brechen kann. Ich starb. Aber mein Körper wollte es nicht akzeptieren. Obwohl ich eigentlich noch zu jung für den Wechsel war.«

»Wie war es?« Ich beugte mich vor.

Er stieß ein bitteres Lachen aus. »Die Hölle! Normalerweise verändern sich unsere Körper langsam, wenn es so weit ist. Man verliert den Appetit, wird empfindlich gegen die Sonne –«

»Ich dachte, die würde euch Lamia nichts ausmachen«, fiel ich ihm verwirrt ins Wort, wofür ich einen missbilligenden Blick erntete.

»Den ›erwachsenen‹ Lamia macht sie auch nichts mehr aus. Aber kurz vor und nach dem Wechsel reagieren die meisten von uns ziemlich empfindlich auf die Sonne«, erklärte er mir, ehe er weiter berichtete. »Bei mir geschah das alles auf einmal. Obendrein versuchte mein Körper auch noch all meine Verletzungen zu heilen, und ganz nebenbei durfte niemand davon erfahren, dass ich dabei war, einen Dreißigmetersturz zu überleben. Das nächste Problem war, dass ich während meines Wechsels unbedingt trinken musste. – Und das alles, während die Presse mein Krankenhauszimmer wie ein Rudel Hyänen belagerte.« Er fuhr sich durchs Haar. »Mein Bruder hat ein Vermögen an Bestechungsgeldern bezahlt, um unzählige Leute vergessen zu lassen, dass sie irgendetwas Seltsames gesehen hatten.«

»Warum hat er nicht einfach ihre Erinnerung manipuliert, so wie du es gestern Abend bei mir –« Ich unterbrach mich selbst und sah ihn mit großen Augen an. »So hast du Mr Arrons dazu gebracht, meinem Onkel nichts von uns zu erzählen, oder? Du hast ihn gar nicht erpresst, wie du gesagt hast«, platzte es aus mir heraus.

Julien zuckte ohne einen Funken Schuldbewusstsein die Schultern. »Es war die einfachste Lösung. Und ich habe nichts weiter getan, als ihn selbst auf den Gedanken zu bringen, dass ich vielleicht zur Schulbehörde gehen *könnte*, wenn er uns Ärger macht.«

»Du hast nicht besonders viele Skrupel, oder?«, erkundigte ich mich und zog die Beine auf das Sofa.

»Wenn es um Leute geht, die mir nahestehen: nein«, gab er unumwunden zu. Es erschreckte mich ebenso wenig wie der Umstand, dass er tatsächlich ein Vampir – Verzeihung, Lamia – war.

»Gibt es viele von euch hier in der Stadt?« Ich schlang die Arme um die Knie.

»Nein. Dafür ist dieses Kaff zu klein.« Er presste für eine Sekunde die Lippen zu einem Strich zusammen, ehe er weitersprach. »Soweit ich weiß, leben hier nur ein Lamia und zwei oder drei Vampire, seine Brut.«

Irgendwie hatte ich mit einem Mal das Gefühl, als wäre da etwas, was er mir verschwieg. »Seine Brut?«

»So nennt man die Vampire, die von einem Lamia geschaffen wurden.«

»Kennst du ihn?«

»Kennen ist zu viel gesagt. Ich hatte ein- oder zweimal mit ihm zu tun.« Er sah mich aus dem Augenwinkel an. »Ihm gehört das *Ruthvens*.«

Ich dachte sofort an Beth und richtete mich alarmiert auf. Julien schien meine Gedanken erraten zu haben. »Keine Sorge. Seine Angestellten stehen unter seinem Schutz. Wer sie anrührt, bekommt gehörigen Ärger mit ihm. Und er ist alt genug, dass niemand sich mit ihm anlegen will.«

»Also gibt es doch noch andere Lamia hier?«

Julien hob die Schultern. »Ein paar, die sozusagen auf der Durchreise sind. Die wenigsten von uns hält es lange an einem Ort. Aus welchen Gründen auch immer.«

Ich zögerte. »Und warum bist *du* hier, Julien?«

Er schwieg einen Moment. »Ich suche nach jemandem«, sagte er dann leise. Sein Blick ging zu den Ausdrucken auf dem Boden.

»Deinen Bruder?« Mit einem Mal spürte ich wieder diesen seltsamen Kloß im Hals.

Julien nickte.

»Was ist passiert?«

Brüsk wandte er mir den Rücken zu. Seine Schultern

spannten sich. »Alles, was ich weiß, ist, dass er spurlos verschwunden ist«, er lehnte sich mit dem Unterarm gegen den Fensterrahmen. Seine Hände waren zu Fäusten geschlossen.

»Hast du einen Hinweis, was geschehen sein könnte?« Ich stand auf, ging zu ihm und legte ihm die Hand auf den Arm.

»Einen.« Er wandte den Kopf und sah mich an. »Und der lässt nur einen Schluss zu: Er wurde ermordet.« Er hieb so jäh gegen die Wand, dass ich zusammenzuckte. »Aber ich weigere mich, das zu glauben. Wir sind Zwillinge. Ich würde wissen, wenn Adrien tot wäre. – Er lebt.« Seine quecksilbergrauen Augen starrten ins Leere. »Er lebt«, wiederholte er verzweifelt. Da ich nicht wusste, was ich sagen sollte, nahm ich ihn in den Arm. Für einen Moment regte er sich nicht, doch dann schlang er die Arme um mich und zog mich an sich. Minutenlang standen wir einfach nur da. Julien klammerte sich an mich und ich ertappte mich dabei, wie ich ihm über den Rücken strich. Doch schließlich lockerte er seine Umklammerung ein wenig, jedoch ohne mich gänzlich loszulassen.

»Was wird jetzt?«

Ich brauchte eine Sekunde, bis ich den Sinn seiner Frage begriff. Dann zuckte ich möglichst lässig die Schultern. »Was soll schon werden? Du bist zwar nicht ganz das, was ich dachte, was du bist«, ich ignorierte sein indigniertes Schnaufen, »aber das ist okay für mich. Und außerdem: Wenn ich, nach dem, was ich über dich weiß, ohnehin ermordet werde, dann kann ich auch weiter mit dir zusammen sein.« Entschlossen sah ich ihm in die Augen. »Du hast mir nie etwas getan, Julien. Im Gegenteil. Du hast mich beschützt und mir das Leben gerettet. Du sagst selbst, dass du meinetwegen Gesetze brichst. Warum sollte ich mit dir Schluss machen?«

»Ich bin ein Lamia.«

»Und weiter? Ich bin ein Mensch.«

»Ich trinke Menschenblut.«

»Aber meines hast du bisher nicht angerührt. Wo ist das Problem?«

Er schüttelte den Kopf und nahm meine Hand in seine. »Du bist verrückt, Dawn Warden. Hat dir das schon mal jemand gesagt?«

»Ich habe schon nettere Komplimente bekommen. – Wann hast du eigentlich von Susan und Beth getrunken?«

Die Frage traf ihn vollkommen unvorbereitet. Doch nach einem Moment wich er meinem Blick aus.

»Komm schon, wenn es nichts bedeutet, kannst du mir auch noch die Details dazu verraten«, bohrte ich.

Für eine Sekunde sah er mich von der Seite an, schließlich stieß er ein übertrieben ergebenes Seufzen aus.

»Von Beth an dem Abend, als ihr Käfer liegen geblieben war und ich sie mitgenommen habe. Und von Susan nach dieser Sache in Chemie, als du deinen Wagen geholt hast.« Er bedachte mich mit einem bitteren Lächeln. »Wenn ich das damals nicht getan hätte, wäre ich spätestens in deinem Auto über dich hergefallen.«

Ich schloss die Augen und schluckte. Und ich war die ganze Zeit stur in seiner Nähe geblieben, obwohl er mich hatte loswerden wollen. »Es tut mir leid«, murmelte ich zerknirscht. Er hob eine Braue und nickte. Dann kam mir ein anderer Gedanke. »Wie trinkt ihr Lamia eigentlich?«

Überrascht sah er mich an. »Du weißt schon ...«, begann er, verstummte aber, räusperte sich und kämmte sich mit den Fingern durchs Haar, ehe er fortfuhr. »Wie in den Filmen.«

»Ihr beißt eure Opfer«, sprach ich aus, was er offenbar vermeiden wollte.

Julien holte zischend Atem. »Ja«, gab er nach einem Zögern unwillig zu.

Ich musterte ihn nachdenklich. »In den Hals?«

Erneut ein Zischen. »Hals oder Handgelenk. Darüber spricht man unter den Lamia nicht.«

»Oh. Entschuldige. – Wenn du von Beth und Susan getrunken hast, warum waren dann keine Spuren davon zu sehen?« Ich stellte die Frage auch auf die Gefahr hin, dass es unschicklich war. Wie zuvor zögerte Julien, ehe er mir antwortete.

»Wenn wir die Wunden, die unsere Zähne hinterlassen, lecken, schließen sie sich und verschwinden ziemlich schnell.«

Erstaunt riss ich die Augen auf. »Ich könnte mir vorstellen, dass die medizinische Forschung ein Vermögen dafür zahlen würde, um herauszufinden, wie das funktioniert.«

Der Ausdruck auf Juliens Gesicht wurde bitter. »Es gibt vieles an uns, für das die verschiedensten Stellen Unsummen bezahlen würden. Deshalb ist es auch so wichtig, dass niemand von unserer Existenz erfährt.« Seine Worte holten mich auf den Boden der Tatsachen zurück.

»Ich werde keinem etwas verraten! Ich schwör's!«, versicherte ich ernst.

Juliens quecksilbergraue Augen fixierten mich. »Wenn ich mir dessen nicht sicher wäre, hätte ich dir das alles nicht erzählt, Dawn.« Erst als er meinen Blick wieder freigab, fiel mir auf, dass meine Hand immer noch in seiner war. Ich schaute auf unsere ineinander verschränkten Finger. Er folgte meinem Blick, ehe er wieder mich ansah. Um seine Lippen spielte ein Lächeln, doch dann runzelte er plötzlich die Stirn.

»Hieß deine Mutter mit Vornamen Isabelle Christine?«, fragte er mich unvermittelt. Ich blinzelte bei diesem jähen Themenwechsel, nickte dann aber.

»Ja. Weshalb?«

Julien rieb sich den Nacken. »Ich habe oben auf dem

Dachboden ein Tagebuch gefunden, das von einer Isabelle Christine Warden stammt.«

»Aber meine Eltern haben in New York gewohnt«, wandte ich überrascht ein.

»Ich weiß, deshalb ergibt es eigentlich auch keinen Sinn, sofern es allerdings keine zweite Isabelle Christine Warden gibt ...« Er hob die Schultern. »Es war in einer der Kisten, die noch von den Vorbesitzern oben stehen. Als es vorgestern so heftig geregnet hat, ist Wasser durch das Dach getropft und ich musste alles beiseiteschaffen, um wenigstens einen Eimer unterstellen zu können. Dabei ist eine Kiste aufgerissen. Als ich den Inhalt wieder hineingeräumt habe, ist mir ein Tagebuch in die Hände gefallen. – Soll ich es holen?«

Ich nickte. Julien ließ meine Hand mit deutlichem Widerstreben los und ging nach oben. Ein wenig verwirrt sah ich ihm nach. Wie sollte das Tagebuch meiner Mutter hierherkommen? Als Julien Minuten später zurückkam, reichte er mir eine schmale, ungefähr taschenbuchgroße Kladde mit fester Vorder- und Rückseite.

Ich starrte auf das Buch in meinen Händen, während ich zum Sofa hinübertappte und mich setzte. Es war in schweres, vergilbtes Seidenpapier gebunden, das mit japanischen Schriftzeichen und Malereien verziert war. Sie waren verblasst und kaum noch zu erkennen. Behutsam strich ich mit den Fingern darüber. Hatte das hier wirklich meiner Mutter gehört? Julien hatte recht. Wenn es nicht zufälligerweise jemanden mit dem gleichen Namen gab, dann musste es tatsächlich ihr Tagebuch sein. Mit der Fingerspitze fuhr ich die verblichene Kontur eines Reihers nach. Mein Herz klopfte. Würde ich endlich mehr über sie erfahren als das Wenige, was Onkel Samuel mir hatte erzählen können – und über meinen Vater? Ich sah auf. Julien hatte sich im Sessel mir gegenüber niedergelassen und beobachtete mich schweigend. Ich schaute wieder auf das Buch hinab und traute mich kaum es zu öffnen. Als ich es doch tat, rutschte mir als Erstes ein Ultraschallbild entgegen. Zögernd hob ich es auf. Meine Hände bebten. Langsam schlug ich das Tagebuch endgültig auf. Zwischen Deckel und erster Seite war eine Blume gepresst, deren nur noch blassgelbe Blätter an den Rändern schon ausgefranst waren. Auf der Seite selbst prangte eine verschnörkelte »5«, eingefasst in ein Geflecht aus Blütenranken. Darunter standen der Name meiner Mutter, Isabelle Christine Warden, und zwei Jahreszahlen: 1989 und 1990. 1989 hatte sie meinen Vater geheiratet. 1990 war ich geboren worden – und es war das Jahr, in dem sie und mein Vater starben. War dies hier das letzte ihrer Tagebücher? Ich schluckte gegen die Enge in meiner Kehle an und begann es vorsichtig durchzublättern.

Meine Mutter hatte offenbar sehr unregelmäßig Tagebuch geführt. Die Daten der Eintragungen folgten selten direkt aufeinander, meist lagen ein paar Tage dazwischen, manchmal sogar eine ganze Woche oder mehr. Sie hatte hier nur jene Dinge festgehalten, die ihr wirklich etwas bedeuteten. Die Tinte war verblasst und ihre Schrift kaum noch lesbar. Minutenlang versuchte ich es vergeblich, dann bat ich Julien um Hilfe. Er setzte sich neben mich und nahm mir das Buch vorsichtig aus den Händen. Einen Moment blätterte er unschlüssig darin.

»Wo soll ich anfangen?«, fragte er schließlich und sah mich an. Offenbar bereitete es ihm keine Schwierigkeiten, die blassen Linien zu entziffern.

Ich beugte mich näher zu ihm, schaute auf die vergilbten Seiten und schüttelte den Kopf. »Ich weiß nicht. Irgendwo.«

Er nickte, schlug erneut einige Blätter um und begann dann halblaut vorzulesen.

23. März 1990 – Alex hat die ganze Zeit nicht geglaubt, dass ich tatsächlich schwanger sein könnte. »Unmöglich« hat er es ge-

nannt. (Er hat nicht einen Moment angenommen, ich könnte ihn betrogen haben, als ich ihm zum ersten Mal von meinem Verdacht, dass wir vielleicht bald zu dritt sind, erzählt habe. – Wie auch. Ich muss bei dem Gedanken selbst fast lachen. Seit wir verheiratet sind, lässt er mich von seinen Männern besser bewachen als die englischen Kronjuwelen, aus Angst, seine Familie würde vorzeitig von mir erfahren und etwas gegen unsere Verbindung unternehmen.) Aber seit heute kann er es nicht mehr als »unmöglich« wegdiskutieren. Ich habe den eindeutigen Beweis hier neben mir liegen. Ein Ultraschallbild. Das erste. Er war dabei, als es gemacht wurde. Man kann noch nicht viel darauf erkennen, aber es ist trotzdem eindeutig. Ich bin schwanger. Und Alex ist der Vater. Während der ganzen Untersuchung konnte ich kaum den Blick von seinem Gesicht nehmen. Als der Arzt auf den Bildschirm deutete und ihm sagte, dass das hier sein Kind sei, hat er tatsächlich für eine geschlagene Minute vergessen zu atmen. Dann hat er meine Hand geküsst und mir gesagt, dass ich ihm niemals ein größeres Geschenk machen könnte als dieses Kind. Ich habe Alex noch nie so glücklich gesehen wie in diesem Moment. Aber da ist etwas, was ihm Sorgen macht. Ich kann es spüren. Auf der ganzen Fahrt nach Hause hat er geschwiegen und aus dem Fenster gestarrt – ohne meine Hand auch nur eine Sekunde loszulassen. Wenn er mir nur sagen würde, was es ist. Ich habe ihn gefragt, aber er behauptet, es sei alles in Ordnung.

29. März 1990 – Wir gehen von hier fort. Alex hat es mir heute mitgeteilt. Er hat ein altes Anwesen in Ashland Falls, in Maine gekauft.

Julien schaute auf. Damit gab es keinen Zweifel mehr, dass diese Zeilen wirklich von meiner Mutter stammten. Ich nickte ihm zu und er las weiter.

Ich habe von dieser Stadt noch nie etwas gehört. Wahrscheinlich ist sie so klein, dass jeder jeden kennt. Welch ein Graus. Aber er besteht darauf. Er will so weit weg von hier wie nur irgend möglich. Alles ist schon vorbereitet. Ich muss nur noch meine Sachen packen.

Wenn er nicht fürchten würde, dass es mir oder unserem Baby schaden könnte, würden wir vermutlich die nächsten Monate auf einer Weltreise verbringen, damit niemand weiß, wo wir sind. Nur seine vertrauenswürdigsten Männer werden uns begleiten. Ich wünschte, er würde mir sagen, was ihm solche Sorgen macht.

20. April 1990 – Irgendwie ist mein Tagebuch in der Tasche ganz nach unten gerutscht. Und ausgerechnet in der, die Alex David mitgegeben hatte. Erst heute habe ich es zurückbekommen.

Mein Mann besitzt einen Learjet, aber da auch die Starts und Landungen dieser Maschinen auf den Flughäfen verzeichnet werden und er nicht will, dass irgendjemand unseren Weg verfolgen kann, sind wir mit dem Auto quer durch den halben Kontinent gefahren. Hunderte von Kilometern. Er hat nicht einmal mit Kreditkarte bezahlt. Immer nur bar. Langsam entwickelt Alex eine regelrechte Paranoia.

Vorgestern sind wir endlich hier in Ashland Falls angekommen. Ich war so müde, dass ich in das erstbeste Bett gefallen bin und fast vierundzwanzig Stunden geschlafen habe.

Das Haus ist ein absoluter Traum. Es liegt auf einer Lichtung inmitten eines kleinen Wäldchens, ein Stück von der Straße weg und ein wenig außerhalb der Stadt. Dahinter gibt es einen kleinen See, der von riesigen uralten Ahornbäumen umstanden ist. Das Wasser ist so klar, dass man glaubt bis auf den Grund sehen zu können. Eine überdachte Veranda läuft ganz um das Haus herum. Beinahe von jedem Zimmer im Erdgeschoss kann man auf sie hinausgehen. Von seinem Äußeren würde es eher nach New Orleans passen. Es ist wunderbar hell und geräumig. Im Wohnzimmer gibt es einen echten Kamin. Im ersten Stock wird Alex sich sein Arbeitszimmer und eine Bibliothek einrichten. Er sagt, wenn alles »geregelt« ist, wird er seine geliebten alten Bücher hierherholen – und er will das Dachgeschoss zu einem Atelier für mich ausbauen lassen. Ich könnte endlich wieder arbeiten. Meine Hände jucken allein bei dem Gedanken daran, bald wieder Stein und Metall spüren zu können.

Ich weiß auch schon, in welchem Raum ich das Kinderzimmer einrichten werde – und wie.
David sitzt mir gegenüber und kann sich ein Grinsen kaum noch verkneifen. Ich glaube, ich wirke in meiner Begeisterung fast ein bisschen lächerlich. – Nein, nicht lächerlich, sagt er. Nur absolut bezaubernd. – Draußen fährt ein Auto an. Alex und Sam sind zurück. Hoffentlich hat er das Erdbeereis und die eingelegten Oliven mitgebracht.

Julien schüttelte sich leicht. »Erdbeereis und Oliven?«, murmelte er mit einem Ausdruck leisen Abscheus im Gesicht, ehe er weiterlas. Ich saß still neben ihm und lauschte seiner Stimme. Wovor nur hatte mein Vater solche Angst gehabt? Was meine Mutter da schrieb, klang, als hätte er ein ganzes Leben aufgegeben und sie hierhergebracht, um sie – vor wem oder was auch immer – zu beschützen und zu verstecken. Was hatte es mit seiner Familie auf sich und wer waren diese – seine – Männer, die ihn und meine Mutter begleitet hatten? Leibwächter? Er musste vermögend genug gewesen sein, um problemlos irgendwo ein neues Haus kaufen und einfach alle Brücken hinter sich abbrechen zu können. War er – oder seine Familie – in irgendwelche kriminelle Machenschaften verwickelt gewesen? Ich konzentrierte mich wieder auf Julien, der gerade die nächste Seite umblätterte – ich war so in Gedanken versunken gewesen, dass ich anscheinend ein oder zwei Einträge verpasst hatte.

7. Mai 1990 – David ist seit gestern verschwunden. Sie haben den ganzen Wald durchkämmt und auch die Stadt nach ihm abgesucht. Nichts. Alex macht sich große Sorgen.

9. Mai 1990 – Es ist entsetzlich. Sie haben David heute Abend gefunden. Alex wollte mich noch nicht einmal in die Nähe lassen. Michail und Antoni haben die Leiche weggebracht und werden ihn begraben. Ich habe gehört, wie Alex mit Sam gesprochen hat. Sie glauben, es sei eine Hinrichtung gewesen. Eine Nachricht und eine Warnung an Alex. Ich habe solche Angst.

11. Mai 1990 – Alex und Sam haben heute die halbe Nacht miteinander gestritten. Sam hat Alex sogar beschimpft und, ja, geradezu bedroht. Selbst wenn ich es hier niederschreibe, kann ich es kaum glauben. Sam ist für Alex fast so etwas wie ein Freund. Alex vertraut ihm blind. Ich habe noch nie erlebt, dass sie nicht einer Meinung waren. Und ausgerechnet jetzt streiten sie nur noch. Was soll nur werden? Wenn ich doch irgendetwas tun könnte.

13. Mai 1990 – Meine Hand zittert so sehr, dass ich kaum schreiben kann. Endlich hat Alex mir gesagt, was wirklich los ist. Ich kann noch immer keinen klaren Gedanken fassen. Es ist entsetzlich. Ich wusste, dass ich niemals hätte erfahren dürfen, was er ist. Ich wusste, es war gegen das Gesetz, dass er mich geheiratet hat. Aber jetzt, da ich ein Kind von Alex erwarte und weil das Baby ein Mädchen ist ...

Mein Gott, sein Vater und seine Onkel sind drei der mächtigsten Fürsten und dennoch hat er Angst. Er sagt, der Einzige, der ihn vielleicht verstehen kann – und möglicherweise bereit ist uns zu helfen –, ist sein Onkel Vlad.«

Juliens Stimme hatte plötzlich einen seltsam angespannten, beinah fragenden Unterton, als er diesen Namen aussprach, sodass ich ihn erstaunt ansah, während er weiterlas. *»Wenn er uns nicht hilft, werden die Fürsten uns töten lassen.«* Seine Stimme klang mit jedem Wort gepresster. *»Mich, unser Baby und den Mann, den ich liebe. Warum nur? Lieber Gott, sie können ihn nicht einfach umbringen. Er ist Alexej Tepj-«*, Julien verstummte. Auf seinen Zügen standen Schock und Entsetzen. Er starrte mich an – sekundenlang. »Dein Vater ist Alexej Tepjani Andrejew?«, fragte er dann stockend und es klang, als könne er den Namen nur mit Mühe hervorpressen.

Verwirrt nickte ich. »Ja, aber ...«

Der Rest des Satzes blieb mir in der Kehle stecken, als er jäh aufsprang. Ich prallte vor ihm zurück.

»Raus! Verschwinde von hier!«, herrschte er mich an. Das

Tagebuch meiner Mutter landete klatschend auf dem Fußboden. Ich wollte es wieder aufheben, doch Julien packte mich am Arm und zerrte mich aus dem Haus. Ich begriff gar nichts mehr. Erst als wir schon fast am Schuppen waren, fand ich meine Stimme wieder.

»Was soll das? Was ist denn los?«, stammelte ich vollkommen durcheinander und stemmte mich gegen seine Hand. Mit einem Ruck zog er mich hilflos stolpernd hinter sich her.

»Du wirst nicht mehr hierherkommen! Halt dich von mir fern und komm nie wieder in meine Nähe!« Er fuhr zu mir herum und fletschte die Zähne. »Hast du mich verstanden?«

Ich schrak zurück, soweit sein Griff das erlaubte.

»Aber ...«

»Nie wieder! Vergiss, was zwischen uns war! Vergiss, dass du mich kennst!« Er riss die Tür zum Schuppen auf und schleppte mich zu seiner Blade, schwang sich auf den Sitz und zerrte mich hinter sich. Ich bemerkte den schwarzen Sportwagen, der ebenfalls im Schuppen stand, nur aus dem Augenwinkel. Schon im nächsten Moment gab er Gas. Der Motor heulte auf und ich musste mich an ihm festklammern, um nicht hinunterzufallen. In mörderischer Geschwindigkeit raste er aus dem Schuppen und den Zufahrtsweg hinunter. Das Hinterrad rutschte beinah weg, als er auf die Straße bog. Der Scheinwerfer durchschnitt scharf die heraufziehende Dunkelheit. Ich brüllte in den Fahrtwind, zerrte an seinem Sweatshirt und tat alles, um auch nur für einen kurzen Moment seine Aufmerksamkeit auf mich zu lenken. Außer dass er zweimal nach hinten fasste, um zu verhindern, dass ich abstürzte, reagierte er nicht auf mich. Stur blickte er geradeaus. Jeder Zentimeter an ihm war starr und verkrampft. Es musste etwas mit dem zu tun haben, was im Tagebuch meiner Mutter gestanden hatte und mit dem Namen meines Vaters. Nur was?

Schneller, als ich erwartet hatte, erreichten wir mein Zuhause. Ich wurde unsanft gegen seinen Rücken gepresst, als er hart bremste. Er packte mich am Arm, zog mich von seiner Maschine und stieß mich zurück. Um ein Haar wäre ich gefallen. Obwohl ich den Ausdruck in seinen Augen nicht zu deuten vermochte, jagte er mir einen Schauer über den Rücken.

»Halt dich von mir fern und vergiss, dass wir uns kennen. Es ist aus und vorbei!«, fauchte er mich noch einmal an, dann wendete er die Blade auf der Stelle und jagte davon. Verwirrt und verletzt und gleichzeitig wütend und benommen sah ich seinem Rücklicht nach, bis es endgültig verschwunden war. Was war nur geschehen? Warum war er plötzlich so wütend auf mich? Ich verstand es nicht.

Als ich mich schließlich umdrehte, stand Onkel Samuel in der Haustür. Ich hatte nicht gewusst, dass er vorgehabt hatte mich zu besuchen. Auch er starrte Julien seltsam angespannt hinterher, dann sah er mich an.

»Was hast du mit diesem Kerl zu schaffen?«, fragte er mich scharf, nur um dann mit einiger Verspätung ein »Wer war das?« hinterherzuschicken.

Ich mied seinen forschenden Blick. »Das war Julien. Und ich schätze, man könnte ihn als meinen Exfreund bezeichnen.« Die Hände unter die Achseln geschoben stapfte ich mit hochgezogenen Schultern die Eingangstreppe hoch und an ihm vorbei. Mir stand nicht der Sinn nach einem Verhör. Ich wollte nur noch in mein Zimmer. In meinen Augen brannten Tränen. Es war nicht nötig, dass er mich heulen sah. Er stand noch immer an der Tür, als ich schon halb die Treppe hinauf war, und schaute mir mit schmalem Blick nach. Ich flüchtete die restlichen Stufen hinauf, knallte meine Tür hinter mir zu und drehte den Schlüssel im Schloss. Ich wollte niemanden sehen! Niemanden! Vor meinen Augen verschwamm alles und ich warf mich schluchzend auf mein Bett. Julien hatte erneut mit mir Schluss gemacht, ohne dass ich überhaupt wusste weshalb. Das Elend schlug über mir zusammen, ich vergrub mein Gesicht in den Kissen und weinte.

Hässliche Wahrheiten

Höhnisch begrüßte strahlender Sonnenschein mich am nächsten Morgen in meinem Elend. Mein Oberkiefer pochte vor Schmerzen. In meinem Mund saß ein bitterer Geschmack. Ich trug noch immer meine Kleider von gestern. Mir war übel und ich fühlte mich, als hätte ich keine Sekunde geschlafen. Julien hatte mit mir Schluss gemacht. Der Gedanke genügte, um einen Kloß aus Tränen in meine Kehle zu bringen. Mühsam quälte ich mich aus dem Bett und ins Bad. Meine Augen waren vom Weinen rot verquollen. Kaltes Wasser half nicht wirklich, obwohl ich den Waschlappen minutenlang auf meinem Gesicht liegen ließ. Ich starrte mein Spiegelbild an. Es starrte zurück. Verwirrt, verletzt und auch irgendwie zornig. Warum hatte Julien mit mir Schluss gemacht? Was hatte ich getan? Oder nicht getan? Es war doch alles in Ordnung gewesen, bis er den Namen meines Vaters ... Verdammt! Das Tagebuch meiner Mutter. Er hatte mir nicht die Möglichkeit gelassen, es vom Boden aufzuheben, als er mich aus dem Haus gezerrt hatte. Ich schleuderte den Lappen ins Waschbecken, zog mich aus, stieg unter die Dusche und drehte das Wasser voll auf. Während der heiße Strahl auf mich herabprasselte, stand ich mit gegen die Fliesen gestemmten Händen darunter und versuchte meine Gedanken zu ordnen. Nach und nach gewann der Zorn die Oberhand. Ich würde es nicht einfach hinnehmen, dass Julien DuCraine mich so abrupt aus seinem Leben stieß. »Halt dich von mir fern und vergiss, dass wir uns kennen. Es ist aus und vorbei!«, hatte er gesagt. Idiot! Aus und vorbei. Vielleicht, aber warum? Ich hatte zum Teufel noch mal ein Recht darauf, auch das Warum zu erfahren. Es hatte irgendetwas mit dem zu tun, was im Tagebuch meiner Mutter stand, dessen war ich mir sicher. Und ich würde Julien dazu bringen, mir zu sagen, was genau es war. Außerdem wollte ich das Tagebuch zurückhaben.

Energisch stellte ich das Wasser ab, angelte mir ein Handtuch und stieg aus der Dusche. »Halt dich von mir fern« hin oder her: Ich würde in der Schule mit ihm reden!

Das heiße Wasser konnte die Spuren meiner durchheulten Nacht nicht ganz tilgen, ich musste mit Abdeckstift und ein wenig Make-up nachhelfen. Dann zog ich mich an, schnappte meine Schulsachen und ging nach unten. In der Küche wartete wie immer eine Tasse meines Tees auf mich – und Ella.

»Dein Onkel will dich in seinem Arbeitszimmer sehen«, teilte sie mir traurig mit.

Mit einem mulmigen Gefühl im Magen ging ich zu ihm. Er saß hinter seinem Schreibtisch. In einer Ecke des Raumes brannte eine Stehlampe und beleuchtete die Rücken der alten Bücher, die sich in deckenhohen Regalen drängten. Die Vorhänge waren vor die Fenster gezogen und sperrten die Morgensonne aus. Hinter ihm lehnten zwei Männer an der Wand, die ich noch nie zuvor gesehen hatte. Seit wann umgab mein Onkel sich so offensichtlich mit Leibwächtern? Ich blieb zwischen den beiden Ledersesseln stehen, die vor dem schweren Mahagonischreibtisch standen. Er ließ mir noch nicht einmal Zeit, ihm einen guten Morgen zu wünschen, ehe er zu sprechen begann.

»Ich bin sehr enttäuscht von dir, junge Dame. Ich versuche dich zu beschützen und du treibst dich hinter meinem Rücken mit Kriminellen herum.«

»Julien ist kein ...« Weiter kam ich nicht.

»Wage es nicht, mir zu widersprechen, Mädchen!«, fuhr Onkel Samuel mich so barsch an, dass ich einen Schritt zurückmachte. Ich trat jemand auf den Fuß, der direkt hinter mir stand. Erschrocken wandte ich mich um. Ein weiterer Leibwächter meines Onkels blickte mich ungerührt an. Ich hatte ihn nicht gehört. Er legte mir die Hand auf die Schulter und drehte mich wieder zu Onkel Samuel um. Der winkte ihm, mich loszulassen, ehe er weitersprach. »Ich habe ein paar Erkundigungen über deinen Freund eingeholt. Er hat sich schon mehr zuschulden kommen lassen, als du dir in deinen wildesten Träumen vorstellen kannst. – Du wirst ihn nicht wiedersehen.«

Ich verbiss mir die Bemerkung, dass Julien mich ohnehin nicht mehr sehen wollte. Offenbar deutete mein Onkel mein Schweigen anders.

»Da du es anscheinend nicht für nötig hältst, dich an unsere Abmachungen zu halten, wirst du für dein Handeln die Konsequenzen zu tragen haben: Du hast bis auf Weiteres Hausarrest.«

Empört schnappte ich nach Luft. »Das ist nicht fair! Was habe ich denn getan?«

»Du hast dich mit diesem Du-Cranier-Bastard herumgetrieben und niemand wusste etwas davon. Noch nicht einmal Ella oder Simon war bekannt, dass du überhaupt einen Freund hast.« So wie er das Wort »Freund« betonte, fragte ich mich, ob er nur etwas dagegen hatte, dass ich ausgerechnet mit Julien zusammen war – gewesen war –, oder ob er mir verbieten wollte, mit irgendjemandem zusammen zu sein. Ich öffnete den Mund, um ihm zu sagen, dass es immer noch meine Sache war, ob ich einen Freund hatte oder nicht, doch er brachte mich mit einer zornigen Handbewegung zum Schweigen. »Ich will kein Wort von dir hören, Mädchen. Mit deinen Freiheiten ist es ab sofort vorbei.

Paul«, er wies auf den Mann hinter mir, »wird dich von jetzt an zur Schule fahren und auch wieder abholen.«
»Warum er? Warum nicht Simon?«, begehrte ich auf.
Mein Onkel musterte mich kalt. »Weil Simon entlassen ist. Ebenso wie Ella. Die beiden haben versagt, sowohl was deine Erziehung als auch was deine Sicherheit angeht.«
»Das kannst du nicht machen!«
Anstelle einer Antwort nickte Onkel Samuel dem Mann hinter mir zu, woraufhin der mich am Arm ergriff und aus dem Arbeitszimmer drängte. In der Halle stand Ella. Ich riss mich von Paul los und fiel ihr um den Hals. Hölzern tätschelte sie mir den Rücken, sagte, ich solle tapfer sein und ich sei alt genug, um ohne sie auszukommen, dann versprach sie mir zu schreiben und schob mich von sich. Ich sah, dass auch ihr Tränen in den Augen standen. Mit einem leisen »Du kommst zu spät zur Schule« verabschiedete sie mich. Paul folgte mir, als wollte er mir den Weg zurück abschneiden. Der Rolls wartete vor der Eingangstreppe. Zögernd stieg ich ein. Hinter mir schlug die Tür mit einem entsetzlich endgültigen Geräusch zu. Paul setzte sich ans Steuer und fuhr los. Ich sah aus dem Fenster. Ella stand auf der Treppe und winkte mir nach. Plötzlich hatte ich das Gefühl, als sei ich diejenige, die fortgehen würde, und nicht sie. Es war einfach nicht fair!

Auf dem Schulparkplatz gafften alle, als ich aus dem Rolls ausstieg. Ich hatte, soweit es im Wagen möglich gewesen war, den Schaden behoben, den meine Tränen angerichtet hatten, sodass man sie mir zumindest nicht mehr ansah. Meine Mitschüler würden sich ohnehin die Mäuler über mich zerreißen, da musste es nicht auch noch deswegen sein.

Ich brachte den Morgen hinter mich – irgendwie. Auf Beth und Susans besorgte Fragen, was denn mit mir los sei, antwortete ich mit Ausflüchten. Dass ich Streit mit meinem Onkel gehabt hatte, weil der nicht wollte, dass ich mich mit

Julien traf, und dass er mir deswegen Hausarrest gegeben hatte. Von dem, was zwischen Julien und mir vorgefallen war, erzählte ich ihnen nichts. Ich konnte nicht. Es war fast so, als würde ich es mir selbst eingestehen, dass es zwischen uns aus war, wenn ich es ihnen gegenüber laut ausgesprochen hätte. Ich war ihnen dankbar, dass sie sich mit meiner Antwort zufrieden gaben und es akzeptierten, dass ich allein sein wollte. Doch vor allem Beth schien mich nur sehr ungern mir selbst zu überlassen.

In den Pausen suchte ich nach Julien – erfolglos. Jeder, den ich nach ihm fragte, schüttelte den Kopf. Niemand hatte ihn bisher gesehen. Auch seine Blade stand nicht auf dem Parkplatz. Er war nicht da. Machte er blau, um mir nicht begegnen zu müssen? Es war gut möglich. Ich wusste nicht, ob ich darüber lachen oder weinen sollte. Während der nächsten Stunden ertappte ich mich immer öfter dabei, wie ich mein Handy in den Händen drehte. Jedes Mal steckte ich es, wütend auf mich selbst, in meine Tasche zurück. Erst in der kurzen Pause vor der letzten Stunde konnte ich mich dazu durchringen, ihn anzurufen. Seine Mailbox ging ran. Ich drückte sie weg, ohne eine Nachricht zu hinterlassen.

Nach der Schule erwartete mich Paul mit dem Rolls auf dem Parkplatz. Schweigend öffnete er mir die Tür und schloss sie auch wieder hinter mir. Durch die getönten Scheiben konnte ich Beth neben ihrem Käfer sehen. Sie blickte zu mir her. Es war, als wäre sie meilenweit von mir entfernt. Plötzlich fühlte sich alles wieder an wie früher. Ich war zurück in meinem goldenen Käfig – doch dieses Mal hasste ich es unendlich viel mehr als damals, als ich die Freiheit eines normalen Lebens noch nicht gekannt hatte.

Zu Hause erwartete mich bedrückende Stille. Ella und Simon waren schon fort. Auch wenn ich gehofft hatte, mich zumindest von ihnen verabschieden zu können, hatte ich doch irgendwie nichts anderes erwartet. Paul teilte mir mit, dass mein Onkel bei einem geschäftlichen Treffen außer Haus sei und erst heute Abend zurückkommen würde. Ich nahm es zur Kenntnis und ging – eigentlich ohne zu wissen warum – in die Küche. Im Herd wartete eine Spinatlasagne auf mich. Ella hatte mir zum Abschied noch einmal meine Leibspeise gekocht. Um ein Haar hätte ich losgeheult. Doch mein Appetit verließ mich, als mir ihr Geruch in die Nase stieg. Ich ließ die Lasagne, wo sie war, kochte mir stattdessen eine Tasse von meinem Tee und verzog mich in mein Zimmer. Meine Sachen landeten achtlos vor dem Schreibtisch, dann schob ich eine CD in den Player und setzte mich mit eng an den Leib gezogenen Beinen auf die Bank unter meinem Fenster. Eine ganze Weile drehte ich die Tasse in den Händen, während ich einfach nur still hinausblickte und von Zeit zu Zeit über den dampfenden Tee pustete, damit er schneller abkühlte. Ich verzog das Gesicht, als ich schließlich den ersten Schluck nahm. Er schmeckte heute anders. Irgendwie schwerer und mehr nach Salz und Kupfer. Für einen Moment erwachten die Zahnschmerzen in meinem Oberkiefer mit einer solchen Intensität, dass ich mir unwillkürlich an den Mund fasste, und auf der Suche nach einem Grund für die Schmerzattacke mit der Zunge über die Zähne fuhr, ich konnte aber nichts fühlen. Zögernd nahm ich einen weiteren Schluck Tee. Die Schmerzen ließen nach. Vier oder fünf Schlucke später waren sie wieder gänzlich verschwunden.

Draußen wurde es schon dunkel, als ich meinen Platz am Fenster verließ und mich zwang meine Hausaufgaben zu machen. Zumindest versuchte ich es, doch mein Blick hing die meiste Zeit an meinem Handy, und unzählige Male streckte ich die Hand danach aus, nur um sie unverrichteter Dinge wieder zurückzuziehen. Aber mindestens ebenso oft wählte ich Juliens Nummer und jedes Mal ging seine Mailbox ran, ohne dass es überhaupt geklingelt hätte. Stets unterbrach ich die Verbindung, bis ich mich dann irgendwann tatsächlich dazu durchringen konnte, ihm eine Nachricht zu hinterlassen, auch wenn es nicht mehr war als ein hilfloses: »Wir müssen reden. Bitte melde dich!«

Während der Abend voranschritt und ich vergebens auf Juliens Rückruf wartete, hörte ich, wie unten immer wieder Türen klappten. Manchmal drangen Stimmen bis zu mir herauf, aber sie waren so gedämpft, dass ich sie weder erkannte noch verstand, was sie sagten. Unwillkürlich fragte ich mich, wie viele Männer mein Onkel mit hierhergebracht hatte? Waren das alles seine Leibwächter? Seltsam. Ich hatte nicht gewusst, dass er so viele Feinde hatte, um sich mit dieser kleinen Armee umgeben zu müssen.

Irgendwann meldete sich mein Magen mit eindeutigen Wünschen und ich wagte mich aus meinem Zimmer in die Küche hinunter. Am Fuß der Treppe stand ein Mann, der sich umdrehte, kaum dass ich den oberen Absatz erreicht hatte. Er starrte mich einen Moment lang an, dann nickte er mir noch immer schweigend zu. Ein wenig unsicher erwiderte ich sein Nicken, als ich an ihm vorbeiging. In der Tür zur Küche hielt ich abrupt inne. Mein Onkel stand neben der Mikrowelle, ein Glas Rotwein in der Hand. Obwohl ich mir sicher war, kein Geräusch gemacht zu haben, wandte er sich zu mir um. Er betrachtete mich auf eine kühle, abschätzende Art, dass ich mir vorkam wie etwas, bei dem er darüber nachdachte, ob er es kaufen sollte oder nicht. Mit jeder Sekunde, die er mich wortlos musterte, wurde mir mulmiger zumute.

»Ich wollte mir nur ein Stück Lasagne aufwärmen«, stotterte ich schließlich beklommen, als ich weder seinen Blick noch die Stille länger ertrug.

Seine Mundwinkel zuckten ganz kurz. »Natürlich. Tu, was immer du willst, mein Mädchen. Du bist doch keine Gefangene – auch wenn du Hausarrest hast«, erinnerte er mich noch einmal, ehe er auf eine Tasse wies, die auf der Anrichte stand. »Ich wollte dir gerade eben noch etwas von deinem Tee nach oben bringen und dir eine gute Nacht wünschen.«

»Danke.« Ich verzog den Mund zu etwas, von dem ich hoffte, dass es als Lächeln gelten konnte. Erneut machte sich ein unangenehmes Schweigen zwischen uns breit. Schließlich senkte ich den Blick und schob mich an ihm vorbei. Die Lasagne stand noch immer im Herd. Doch wie heute Mittag genügte der Geruch nach Spinat und Käse, um mir den Appetit zu nehmen. Schlimmer noch: Mir wurde sogar übel davon und ich beeilte mich, die Auflaufform vom Herd in den Kühlschrank hinüberzubefördern. Auf den fragenden Blick meines Onkels murmelte ich etwas von »doch keine Lust auf Lasagne« und »der Tee reicht mir«, schnappte die Tasse und verließ die Küche. Nur aus dem Augenwinkel nahm ich wahr, wie sich Onkel Samuels Lippen für einen Sekundenbruchteil zu einem kalten, triumphierenden Lächeln zu verziehen schienen.

Der Geruch des Tees hatte genau die entgegengesetzte Wirkung auf mich wie der der Lasagne. Gleich auf der Treppe nahm ich einen ersten Schluck. Er schmeckte noch immer so seltsam wie die Tasse zuvor. Vielleicht sogar ein Stück intensiver nach Salz und Kupfer und auf eine unerklärliche Art schwerer und ... voller. Möglicherweise hatte mein Onkel diesmal versehentlich eine andere Mischung bekommen. Wie heute Mittag löste der erste Schluck Schmerzen in meinem Oberkiefer aus, die beim zweiten und dritten aber schon wieder verschwanden. Die Tasse war bereits zur Hälfte leer, als ich mein Zimmer erreichte. Ich warf einen Blick auf mein Handy, ob Julien nicht vielleicht angerufen hatte – er hatte nicht –, dann packte ich meine Tasche für den nächsten Tag. Auf einmal saß eine dumpfe Müdigkeit in meinen Gliedern, die von Sekunde zu Sekunde größer wurde. Es fiel mir schwer, die Augen offen zu halten, während ich rasch

Zähne putzte, mich wusch und mein Nachthemd anzog. Ich schaffte es gerade noch, das Handy vom Schreibtisch zu holen, in mein Bett zu kriechen, es neben mein Kopfkissen zu legen und mich unter der Decke einzukuscheln, ehe die Müdigkeit sich wie Blei über mich legte und ich einschlief.

Am Morgen weckte mich schmerzhaft grelles Licht, das durch meine geschlossenen Lider drang und mich blendete. Ich brauchte mehrere Minuten, um zu mir zu kommen und zu begreifen, dass ich nicht unter die Flutlichtanlage eines Baseball-Stadions geraten war, sondern nur die Sonne durch mein Fenster fiel. Ein Blick auf meinen Wecker verriet mir, dass ich sein Klingeln nicht gehört hatte und mich beeilen musste, wenn ich es noch rechtzeitig in die Schule schaffen wollte. Ich musste geschlafen haben wie eine Tote, denn ich hatte drei Anrufe auf meinem Handy verpasst. Doch meine Hoffnung, es könnte vielleicht Julien gewesen sein, wurde enttäuscht, als ich die Mailbox abhörte. Zwei der Anrufe waren von Beth, die sich, dem Klang ihrer Stimme nach zu urteilen, ziemliche Sorgen um mich machte. Der dritte war von Susan, die ebenfalls wissen wollte, wie es mir ging. Ich löschte ihre Nachrichten und versuchte meinerseits Julien zu erreichen. Wieder ging seine Mailbox ran, ohne dass es klingelte. Seine Stimme zu hören, die leicht spöttisch »Du weißt, wie's geht! Fass dich kurz!« sagte, ließ meine Kehle eng werden.

»Bitte melde dich doch, Julien. Wir müssen reden. Ich will wenigstens wissen, warum du mich nicht mehr sehen willst. Ruf mich an, ja?!«, bat ich und war mir nur zu bewusst, wie verzweifelt ich mich anhören musste. Einen Moment lang starrte ich noch auf mein Handy, als könnte ich Julien so dazu zwingen, mich anzurufen, dann legte ich es schweren Herzens beiseite und ging ins Bad, um mich fertig zu machen. Vielleicht war er ja heute in der Schule.

Als ich kurze Zeit später mit meiner Tasche unter dem

Arm nach unten ging, erwartete Paul mich am Fuß der Treppe. Mein Handy steckte in meiner Hosentasche. Ich ließ mich von ihm zum Rolls begleiten, der wie am Tag zuvor schon vor der Tür parkte, und stieg gehorsam ein. Paul schloss die Tür hinter mir und setzte sich ebenso schweigend wie gestern hinters Steuer. Obwohl er deutlich schneller fuhr als beim letzten Mal, schaffte er es nicht mehr, mich rechtzeitig in der Schule abzuliefern. Was mir nur recht war, denn dass ich zu spät kam, ersparte mir die Blicke meiner Mitschüler, als ich aus dem Rolls stieg.

Ich murmelte eine Entschuldigung, als ich bei Mrs Jekens in Mathe schlüpfte, gab vor, ihre bissige Bemerkung darauf nicht gehört zu haben, und ließ mich still neben Beth auf meinem Platz nieder. Ohne etwas zu sagen, nahm sie, kaum dass ich saß, meine Hand in ihre und drückte sie fest. Dankbar sah ich sie an und bemühte mich um ein Lächeln – es misslang.

Julien war wieder nicht in der Schule. Ich versuchte noch mehrmals ihn auf dem Handy zu erreichen, hatte aber immer nur die Mailbox dran. Nach Physik in der zweiten Stunde begegnete ich unserem Schulleiter, Mr Arrons, auf dem Gang. Er hielt mich an und trug mir ziemlich unwirsch auf, meinem Freund – er betonte das Wort so, als sei unsere Beziehung ein Verbrechen – auszurichten, dass er ernsthafte Probleme bekommen würde, wenn sein dauerndes unentschuldigtes Fehlen nicht umgehend ein Ende fand. Ich nickte nur zur Antwort und flüchtete in die nächste Stunde. Die meiste Zeit starrte ich aus dem Fenster und überlegte, ob Julien vielleicht meine Nummer auf dem Handydisplay gesehen hatte und deshalb nicht rangegangen war. Aber hätte es dann nicht wenigstens ein paarmal klingeln müssen, ehe die Mailbox sich meldete? In der nächsten Pause borgte ich mir Lizas Handy – deren Nummer er bestimmt nicht kannte – und versuchte es erneut. Mit dem gleichen Erfolg wie zuvor.

Offenbar gab es nur eine Möglichkeit, mit ihm zu reden: Ich musste mich mit ihm treffen. Allerdings würde Onkel Samuel mich wohl kaum so einfach zu ihm lassen – selbst wenn ich keinen Hausarrest hätte. Ich überlegte, ob ich jetzt, während der Schule, einfach gehen sollte – Beth oder Susan würden mir bestimmt ihr Auto borgen –, doch wenn ich Pech hatte, meldete einer der Lehrer meine Abwesenheit und mein Onkel erfuhr davon. Und Paul zu bitten, mich bei dem alten Anwesen vorbeizufahren, war ebenso unmöglich, da er Onkel Samuel garantiert davon erzählen würde. Mir blieb also nichts anderes übrig, als mich heute Abend, wenn es dunkel war, aus dem Haus zu schleichen. Ich war schon früher – bevor damals meine Leibwächter abgezogen worden waren – aus dem Fenster geklettert. Das Dach zum Wintergarten, der sich an das große Wohnzimmer anschloss, befand sich einen knappen halben Meter schräg unterhalb meines Fensters. Solange man sich auf den Metallverstrebungen hielt, die die Teile des Plexiglasdachs miteinander verbanden und sie stützten, war alles in Ordnung. Ich konnte nur hoffen, dass Onkel Samuels Männer nicht wie damals auch im Garten ihre Runden drehten.

Den Rest der Unterrichtsstunden brachte ich mehr schlecht als recht hinter mich. In Biologie ersäufte ich meine Präparate für die Arbeit am Mikroskop in dem Zeug, mit dem wir sie einfärben sollten, sodass sie unbrauchbar waren und ich noch einmal von vorne anfangen musste. Während der Mittagspause genügte allein der Anblick von Kartoffelsalat und Fischstäbchen, um mir den Appetit zu nehmen. Auf Beths Drängen kaufte ich mir dann doch wenigstens eine Limo und einen Nachtisch – rote Grütze –, von dem sie noch die Hälfte abbekam. Später, in Sport, spielten wir Handball. Trotz meiner Proteste stellten sie mich ins Tor. Ich hielt nicht einen Ball. Als es endlich vorbei war, ließ ich mir Zeit mit dem Duschen. Der Schulparkplatz war bis auf wenige Autos leer, als ich aus der Turnhalle kam. Der Rolls war nicht zu übersehen. Paul hielt mir die Tür auf und teilte mir mit, dass mein Onkel geschäftlich unterwegs sei. Er wurde erst heute Abend zurückerwartet. Mit einem Nicken nahm ich es zur Kenntnis, während ich einstieg. Die Fahrt nach Hause verlief in dem üblichen Schweigen.

Ich wartete nicht, bis Paul mir die Tür geöffnet hatte, sondern stieg ohne seine Hilfe aus und ging wortlos ins Haus. Im Inneren erwartete mich wie schon am Tag zuvor bedrückende Stille. Es würde noch eine ganze Weile dauern, bis ich mich daran gewöhnt hatte, dass Ella – und Simon – nicht mehr da waren. Paul und ich schienen die Einzigen im Haus zu sein. Auch wenn es schon später Nachmittag war: Vielleicht meinte das Schicksal es einmal gut mit mir. Ich teilte meinem Aufpasser mit, dass ich müde sei und mich ein wenig hinlegen würde, dann ging ich hinauf in mein Zimmer und schloss die Tür hinter mir ab. Das Verlangen nach einer Tasse Tee ignorierte ich – ich konnte es mir nicht leisten, Zeit zu verschwenden und zu warten, bis das Wasser heiß genug war und er lange genug gezogen hatte. Wenn ich mich beeilte, schaffte ich es möglicherweise wieder hier zu sein, ehe mein Onkel nach Hause kam. Meine Tasche landete beim Schreibtisch, dann suchte ich in meinem Kleiderschrank nach einem dunklen Shirt und ebensolchen Jeans. Rasch zog ich mich um, dann öffnete ich das Fenster und warf einen aufmerksamen Blick nach unten in den Garten. Es war niemand zu sehen. Vorsichtig stieg ich auf die Fensterbank und hangelte mich von dort aus auf das Dach des Wintergartens. Darauf bedacht, mich auf den Metallverstrebungen zu halten, balancierte ich mit ausgebreiteten Armen bis zum vorderen Rand. Noch einmal sah ich mich um, dann ließ ich mich an der Regenrinne auf das Wasserfass darunter hinab und sprang auf den Boden. Um wieder hineinzukommen, würde ich durch die Garage gehen müssen, doch war ich erst einmal so weit gekommen, war der Rest ohnehin ein Kinderspiel. Geduckt lief ich an der Hauswand entlang, bis ich die Ecke erreicht hatte, die dem Wäldchen, durch das man zum Hale-Anwesen gelangen konnte, am nächsten lag. Wachsam sah ich mich um und lauschte. Bis zu den ersten Bäumen waren es etwa vierzig oder fünfzig Meter. Auf dieser Strecke gab es nichts, hinter dem ich hätte Deckung suchen können. Wenn Paul aus einem der Fenster auf dieser Seite schauen würde, während ich dort hinüberlief, musste er mich unweigerlich entdecken. Aber wenn ich mit Julien reden wollte, hatte ich keine andere Wahl, als alles auf eine Karte zu setzen. Und ich würde nicht noch länger darauf warten, dass er irgendwann beschloss in die Schule zurückzukehren oder Mr Arrons ihn von der Polizei hinbringen ließ. Ich holte ein letztes Mal tief Luft und sprintete los. Hinter mir blieb es still. Sekunden später tauchte ich in die Schatten zwischen den Bäumen ein. Mein Schwung trug mich noch ein paar Schritte weiter, ehe ich keuchend stehen blieb. Als ich wieder halbwegs zu Atem gekommen war, sah ich zum Haus zurück. Alles war ruhig. Sehr gut! Ich suchte meinen Trampelpfad, der zum Anwesen führte, und trabte los. Je näher ich ihm kam, umso unsicherer wurde ich. Was sollte ich Julien sagen? Wie würde er darauf reagieren, wenn ich einfach so vor seiner Tür stand? Würde er wütend werden? Überhaupt mit mir reden wollen? Vielleicht war er ja gar nicht zu Hause?

Meine Hände waren feucht und mein Mund wie ausgedörrt, als ich schließlich zwischen den Bäumen hervortrat. Das alte Haus lag dunkel und still im Abendsonnenschein auf seiner Lichtung. Ich wischte meine Handflächen an meinen Jeans ab, gab mir einen Ruck und ging weiter. Die Fenster wirkten wie mit einem reflektierenden Firnis aus orangefarbenem Gold überzogen. Die ersten Schatten hatten sich purpurn in den Winkeln unter dem Verandadach eingenistet. Nichts bewegte sich.

Ich nahm den kürzesten Weg zur Haustür, hinter dem Schuppen entlang. Angespannt umrundete ich dessen Ecke und blieb stehen, als ich sah, dass die Kette lose von einem der beiden Türflügel herabhing, der obendrein auch nur angelehnt war, so als sei er von selbst zugefallen. Gewöhnlich schloss Julien immer ab, auch wenn er zu Hause war. Ein seltsames Gefühl beschlich mich. Misstrauisch ging ich hinüber, zog den Türflügel auf und betrat wachsam und vorsichtig den Schuppen. Im Inneren herrschte bereits trübes Halbdunkel. Juliens Blade war nicht da. Nur der Sportwagen, den ich auch vor zwei Tagen schon einmal gesehen hatte, stand noch am gleichen Platz. Es war eine Corvette Sting Ray. Ihr schwarzer Lack glänzte. Zögernd ging ich näher heran und warf einen Blick durch ihre getönten Scheiben in ihr Inneres. Eine Meatloaf-CD lag auf dem hellen Leder des Beifahrersitzes, ansonsten war der Wagen leer. Wie konnte Julien sich einen solchen Wagen *und* die Fireblade leisten? Warum hatte er niemals auch nur mit einer Silbe erwähnt, dass er eine Corvette besaß? Es war mir vorher nie aufgefallen, aber er hatte mich nicht einmal mit in den Schuppen genommen, wenn er die Blade geholt hatte. Damit ich die Corvette nicht sah? Ich ließ den Blick noch einmal durch den Schuppen gleiten – abgesehen von der Corvette war er leer – und ging zum Anwesen hinüber. Das seltsame Gefühl der Unruhe verstärkte sich, als ich sah, dass auch hier die Tür nur zugeworfen war. Ich öffnete sie und betrat das Haus. Im Korridor blieb ich stehen und tastete nach dem Lichtschalter. Ein bisschen Licht würde meinen Nerven guttun. Ein trockenes Knacken erklang, als ich ihn umlegte, ansonsten geschah nichts. Es blieb dunkel. Ich fluchte lautlos.

»Julien?«, rief ich dann in die Stille hinein und lauschte auf eine Antwort. Es kam keine. Hatte ich etwas anderes erwartet? Keine Blade, kein Julien. Nun gut. Dann würde ich eben warten – zumindest so lange, wie es mir möglich war.

Langsam ging ich den Flur hinunter und ins Wohnzimmer. Mein Blick fiel sofort auf das Tagebuch meiner Mutter. Es lag noch immer am Boden. Genau dort, wo es nach Juliens jähem Aufspringen hingefallen war. Warum hatte er es nicht aufgehoben? Was hatte das zu bedeuten? Aus meiner Unruhe wurde Angst. Hastig schaute ich mich im Raum um. Alles war noch so wie zu dem Zeitpunkt, als er mich aus dem Haus gezerrt hatte. Er hatte damals weder die Haustür abgeschlossen noch den Schuppen wieder verriegelt. – War er danach nicht mehr hier gewesen? Aber warum? Was war geschehen? Er hatte mir gesagt, dass er irgendwann wieder fortgehen würde, aber doch nicht einfach von einer Minute auf die andere. Hatte er einen Unfall gehabt? Hastig zerrte ich mein Handy hervor, rief die Auskunft an und ließ mich mit der hiesigen Polizei verbinden. Meine ängstliche Frage, ob es in den letzten beiden Tagen einen Motorradunfall gegeben hätte, bei dem jemand verletzt worden und vielleicht ins Krankenhaus gekommen war, wurde von einem freundlichen Officer mit einem »Nein« beantwortet. Es gab keine unidentifizierten Toten und es war auch niemand verhaftet worden, auf den Juliens Beschreibung gepasst hätte. Er bot mir an, meinen Freund als vermisst zu melden, dazu müsste ich allerdings auf die Wache kommen. Ich bedankte mich und legte auf. Wenn ich zur Polizei ginge, würde Onkel Samuel garantiert davon erfahren. Ganz abgesehen davon, dass ich gar nicht hier sein dürfte, schließlich hatte er mir ja jeden weiteren Kontakt zu Julien verboten. Aber irgendetwas war geschehen. Und je länger ich darüber nachdachte, umso größere Sorgen machte ich mir. Noch einmal sah ich mich suchend im Raum um, während ich zum Sofa hinüberging und das Tagebuch meiner Mutter vom Boden aufhob. Sorgsam glättete ich die geknickten Seiten, ehe ich es schloss und hinten in meinen Hosenbund schob. Vielleicht fand ich ja doch einen Hinweis darauf, was geschehen war. Nur wo? Als Erstes fiel mir Juliens Zimmer ein. Ich hatte es noch nie gesehen, aber da ich die Räume im Erdgeschoss alle – zumindest flüchtig – kannte, konnte es nur im ersten Stock sein. Bei jedem meiner Schritte knackten und knarrten die Treppenstufen, als ich sie hinaufstieg. Unter meinen Fingern war der Handlauf mit einer Staubschicht überzogen.

Die Treppe endete in einem Flur, von dem zu beiden Seiten Türen abzweigten. Ein Stück weiter stand eine Dachbodenluke in der Decke offen. Die Leiter, die hinaufführte, sah alles andere als vertrauenerweckend aus. Überall lag Staub. Selbst der Boden war damit bedeckt. Juliens Fußspuren führten in der grauen Schicht deutlich sichtbar zu der Dachbodenleiter und einer Tür daneben – und sonst nirgendwohin. Ich folgte seinen Spuren und blickte in den Raum hinein. Ein Badezimmer. Es war mit cremeweißen Kacheln gefliest, die kaum sichtbar blau und grün marmoriert waren – selbst die Wände hinauf. In Augenhöhe lief eine Fliesenbordüre mit grünen, blauen und silbernen Ornamenten um den ganzen Raum. Die Badewanne stand auf geschwungenen Klauenfüßen frei unter einem schmalen, hohen Fenster. Über ihrem Rand lagen Handtücher in Griffweite zu einer halbrunden Duschkabine, die sich in der Ecke des Badezimmers befand. Ein fleckig gewordener Spiegel hing über einem Waschbecken, daneben komplettierte eine Toilette die Ausstattung. Ich zögerte, dann trat ich wieder auf den Flur hinaus und sah noch einmal auf Juliens Fußspuren. Sie führten tatsächlich in keinen anderen Raum als das Bad. Wie war das möglich? Hatte er am Ende gar nicht hier oben geschlafen? Aber wo dann? Ich blickte den Flur hinunter. Helle Vierecke verrieten, wo Bilder an den Wänden gehangen hatten. Die Tapete war verblasst und an den Kanten vergilbt. Ein paar der Türen standen offen. Langsam ging ich an ihnen entlang. Meine Eltern hatten hier – zumindest für eine kleine Weile – gewohnt, ehe sie kurz vor meiner Geburt nach New York gezogen waren. Dort waren sie bei einem Raubüberfall getötet worden. Ich blieb abrupt stehen. Der Gedanke war einfach da: War es vielleicht gar kein Raubüberfall gewesen? Nach dem, was im Tagebuch meiner Mutter stand, konnte es sich ebenso gut auch um Mord gehandelt haben. Meine Kehle wurde eng und ich schluckte mehrmals trocken, während ich weiterging. Angespannt und irgendwie ein wenig ängstlich schaute ich in die Zimmer hinein. In jedem standen mit weißen Schutzbezügen verhängte Möbel. Warum hatten meine Eltern alles einfach so zurückgelassen? Ich tastete nach dem Tagebuch meiner Mutter. Ob es in ihm vielleicht eine Antwort darauf gab? Mit einem Gefühl des Bedauerns schüttelte ich den Kopf. Dafür war später noch Zeit. Jetzt musste ich herausfinden, was passiert war und wo Julien steckte. Mit dem stillen Versprechen, dass ich hierher zurückkommen würde, ließ ich den Blick unschlüssig über die Wände gleiten. Ich schaute in den nächsten Raum. Ein Schlafzimmer. Auch hier war alles – selbst das Bett – unter weißen Schonbezügen verborgen. Schließlich erreichte ich die letzte Tür am Ende des Flures. Sie war halb angelehnt. Ich zögerte, ehe ich sie aufstieß. Vor mir lag eine Mischung aus Arbeitszimmer und Bibliothek. Ein eleganter Schreibtisch aus dunklem Holz und Glas stand schräg an einer der Längsseiten, die Front halb zur Tür hin gewandt. Dahinter befand sich ein lederner Sessel mit hoher Lehne. Die Wände bestanden aus bis unter die Decke reichenden eingebauten Bücherregalen, in denen jedoch nicht ein Buch stand. Zwei große Fenster erhellten den Raum – oder hätten ihn erhellt, wenn hinter ihnen nicht bereits der Abend hereingebrochen wäre und damit die Nacht unaufhaltsam näher kroch. Gewöhnlich kam mein Onkel mit der Dunkelheit nach Hause. Ich musste mich beeilen, wenn ich es noch rechtzeitig in mein Zimmer schaffen wollte. Ich wollte gerade gehen, als ich die großen Flecken auf dem hellen Parkett des Fußbodens bemerkte, die selbst durch die Staubschicht auszumachen waren. War das ...? Unmöglich! Mein Herz klopfte ein wildes Stakkato, während ich den Raum endgültig betrat, neben den Flecken in die Knie ging und den grauen Schleier mit der Hand wegwischte. Nein, ich hatte mich nicht geirrt. Es war Blut. Ein riesiger Fleck uralten, in das Parkett hineingesogenen und getrockneten Blutes. Und nur ein kleines Stück daneben ein zweiter, der etwa ebenso groß war. Sekundenlang starrte ich darauf und versuchte mir selbst einzugestehen, was die beiden eingetrockneten Lachen bedeuteten: Hier war jemand gestorben. Zwei Flecken – zwei Menschen. So viel Blut. Wer war hier gestorben? Der Gedanke war so grausig, dass mein Verstand sich weigerte ihn zu Ende zu führen. Und außerdem: Hatte Onkel Samuel nicht immer gesagt, meine Eltern wären in New York ums Leben gekommen?

Meine Hand schob sich wie von selbst zu dem Tagebuch meiner Mutter und zog es unter meinem Hosenbund hervor. Einen Augenblick starrte ich unschlüssig auf den verblichenen Einband, dann suchte ich nach dem Eintrag, bei dem Julien aufgehört hatte vorzulesen. Am 10. Mai hatten meine Eltern noch hier gewohnt. Ihr Umzug nach New York musste danach gewesen sein. Meine Mutter hatte ihn bestimmt für wichtig genug gehalten, um etwas darüber in ihr Tagebuch zu schreiben. Rasch blätterte ich durch die Seiten. Es folgten nur noch wenige Einträge, nicht mehr als zehn oder fünfzehn Stück. Der letzte war zwei Tage nach meiner Geburt. Doch ich schaffte es ebenso wenig wie zuvor, die verblasste Schrift meiner Mutter zu entziffern. Außer den Daten konnte ich nur hin und wieder ein paar Satzfragmente lesen. Aber das, was ich lesen konnte, deutete nicht darauf hin, dass sie noch einmal weggezogen waren ... Ich schluckte und streckte die Hand nach den Blutflecken aus. Das bedeutete, sie mussten hier getötet worden sein. In diesem Haus. Und wahrscheinlich sogar in diesem Zimmer. Mit zitternden Händen schloss ich das Tagebuch wieder. Onkel Samuel hatte mich also die ganze Zeit belogen. Warum? Und warum hatte er mich wieder hierher in diese Stadt gebracht? Um mir endlich die Wahrheit zu sagen? Weshalb hatte er es dann nicht schon längst getan? Ich wohnte seit über einem Jahr in Ashland Falls. Mit beiden Händen rieb ich mir übers Gesicht. Das ergab für mich alles keinen Sinn. Am liebsten wäre ich nach Hause gelaufen und hätte ihn zur Rede gestellt, doch ich zwang mich tief durchzuatmen und versuchte einen klaren Gedanken zu fassen. So wichtig mir die Wahrheit über meine Eltern war – lebendig würde sie das nicht mehr machen –, ich musste zuerst Julien finden. Ich musste herausfinden, was mit ihm geschehen war. Vor allem, da er irgendetwas über meinen Vater zu wissen schien ... Ein bisschen umständlich stand ich vom Boden auf, riss meinen Blick von den Blutflecken los und verließ das Zimmer.

Vor der Tür zögerte ich. Nichts deutete darauf hin, dass Julien einen der Räume in diesem Stockwerk bewohnt hatte. Im Erdgeschoss hatte es jedoch auch keinen Hinweis darauf gegeben. Allerdings ... Er war ein Lamia, ein geborener Vampir. Hatte er den Keller als Quartier vorgezogen? Gab es so etwas in diesem Haus überhaupt? Ich warf einen letzten Blick in den Raum hinter mir, dann stieg ich die Treppe hinunter. Allmählich lief mir die Zeit davon.

Ich begann meine Suche nach einem Zugang zum Keller in der Halle im Erdgeschoss und wurde sehr schnell fündig. Unter der Treppe war eine Tür, hinter der Stufen in eine dunkle Tiefe führten. Einen Moment überlegte ich, ob ich mir eine der Stumpenkerzen holen sollte, mit denen wir es uns vor dem Kamin gemütlich gemacht hatten, wenn es später wurde, doch dann fiel mir die Minihalogentaschenlampe an meinem Schlüsselbund ein. Ich kramte ihn aus meiner Tasche, hakte sie los, schob die Schlüssel an ihren Platz zurück und ließ den dünnen bläulichen Strahl aufleuchten. Er fiel in ein offenes, gemauertes Gewölbe, das nur hin und wieder von den massigen viereckigen Pfeilern unterbrochen war, die die Decke und damit den Fußboden des Erdgeschosses trugen. Neben der Treppe waren alte Kartons gestapelt, doch ansonsten gab es hier nichts als Staub, Spinnen und vielleicht die eine oder andere Maus. Ein besonders wohlgenährtes Exemplar huschte gerade über den Boden und verschwand in einem Mauerloch. Ich stutzte und ging näher an die Mauer heran, in der die Maus offenbar ihr Heim hatte. Sie war aus rötlichem Stein – die übrigen drei jedoch aus grauem. Rasch sah ich mich in dem Gewölbe noch einmal um und versuchte im Kopf seine Maße mit denen des Hauses darüber zu vergleichen. Der Raum hier war kleiner als das Gebäude selbst. Dafür gab es nur zwei Erklärungen: Entweder war das Haus bei seinem Bau nicht vollständig unterkellert worden oder jemand hatte nachträglich eine Wand eingezogen, die den Raum teilte – was die anderen Steine der vierten Mauer erklären würde. Wenn ich mich nicht irrte, lag die Küche über jenem Bereich des Kellers, der hinter der roten Wand verborgen sein musste. Zwei Stufen auf einmal nehmend eilte ich die Treppe wieder hinauf und lief in die Küche. Ich stieß die Tür zu der dahinterliegenden Speisekammer auf. An allen vier Wänden standen deckenhohe verwaiste Regale, auf denen eine Staubschicht lag. Unter meinen Füßen knarrten die Bohlen, als ich den kleinen Raum betrat. Auf der Suche nach auffälligen Ritzen, die auf eine Falltür hingewiesen hätten, untersuchte ich den Holzboden. Ritzen im Boden gab es keine, dafür aber einen Spalt zwischen dem unteren Regalbrett und den Bohlen auf der linken Seite der Kammer. Ich tastete das Regal genauer ab und entdeckte eine Vertiefung an dem senkrecht stehenden Brett. Als ich die Finger hineinlegte und ein wenig zog, schwang mir das Regal ganz leicht an verborgenen Angeln entgegen. Dahinter führten Treppen in die Tiefe. Vorsichtig leuchtete ich hinunter. Die Stufen endeten vor einer weiteren Tür. Ich lauschte noch einmal, ob ich noch immer allein im Haus war, dann stieg ich hinab.

Hinter der zweiten Tür befand sich ein kleiner Raum. Meine Taschenlampe fiel auf weiß gekalkte Wände, einen Stuhl und eine Matratze in der hinteren Ecke, auf der einige zerwühlte Decken lagen. Daneben lehnte ein abgegriffener Seesack an einer Kiste, über der ein gedankenlos hingeworfener Pullover hing. Der Boden unter meinen Füßen war alt und rissig.

Ich schluckte ein Gefühl der Beklommenheit hinunter. Lieber Himmel, das war nicht mehr als ein Loch, eine Mönchszelle. Hatte Julien hier tatsächlich gelebt? Warum hatte er das hier einem der Räume oben vorgezogen? Nur weil er in absoluter Dunkelheit schlafen wollte oder gab es noch einen anderen Grund? Es sah fast so aus, als hätte er nicht gewollt, dass jemand von seiner Anwesenheit erfuhr. Hatte er deshalb auch keinen Elektriker kommen lassen, um den Sicherungskasten wieder in Ordnung zu bringen? Weil das Licht verraten hätte, dass wieder jemand in diesem Haus wohnte? War das hier tatsächlich Juliens Versteck? Vor wem? Angespannt blickte ich mich um. Wenn überhaupt, dann würde ich hier Antworten finden.

Ich kam mir vor wie ein Eindringling, als ich mich genauer umsah. Der Seesack war halb offen, ein achtlos hervorgezerrtes T-Shirt hing aus ihm heraus. Nach einem letzten Zögern kniete ich mich auf den Rand der Matratze und zog den Seesack zu mir heran. Ein bisschen umständlich öffnete ich ihn ein Stück weiter und blickte hinein. Jeans, Sweatshirts, einige Pullover und dazwischen mehrere T-Shirts. Genau die Art von Kleidung, die Julien gewöhnlich trug. Wenn ich noch irgendeinen Beweis dafür gebraucht hätte, dass Julien etwas zugestoßen war, dann hielt ich ihn hier in Händen. Selbst wenn er einfach fortgegangen wäre, nachdem er mit mir Schluss gemacht hatte, hätte er doch wohl niemals seine Sachen hier zurückgelassen. Ich schob die Hand tiefer in den Seesack und kam mir vor wie eine Verräterin. Julien hatte mir vertraut und ich wühlte jetzt in seinen Habseligkeiten. Nur mit Mühe gelang es mir, mein schlechtes Gewissen in Schach zu halten. Es war ihm etwas zugestoßen. Und hier konnte ich vielleicht einen Hinweis darauf finden, was und warum. Als Erstes förderte ich ein Bündel Bargeld zutage. Rasch überschlug ich den Betrag und mir wurde schwindelig. Was ich in Händen hielt, hätte gereicht, um eine ganze Weile mehr als gut zu leben. Wie, in aller Welt, war Julien an so viel Geld gekommen? Mit einem ziemlich mulmigen Gefühl legte ich es neben mich und suchte weiter. Sehr viel tiefer fand ich eine Ledermappe. Ihr vorderes Fach enthielt Zeitungsartikel – unter anderem auch jene, die ich im Internet gefunden hatte – und einige Bilder. Alte Fotografien mit dem typischen Gelbstich und einige, die eindeutig jüngeren Datums waren. Eines der älteren Fotos zeigte einen schlanken, gut aussehenden Mann mit dunklem Haar, der einen Arm um eine zierliche, wunderschöne Frau gelegt hatte. Die beiden saßen auf einer Bank, zu ihren Füßen knieten zwei Jungen von vielleicht zehn oder elf Jahren, die sich so vollkommen glichen wie ein Ei dem anderen und in die Kamera grinsten, als gäbe es dafür einen Preis zu gewinnen. Zwischen ihnen hockte ein kleines Mädchen in einem Bausch aus Spitzenröcken, das wohl kaum älter als fünf sein konnte und jeweils eine Hand der Jungen besitzergreifend mit seinen Händchen umklammert hielt, wobei es ganz den Eindruck erweckte, die beiden nie wieder loslassen zu wollen.

Ich war erstaunt, wie gut ich selbst in dem schwachen Licht meiner Minitaschenlampe Details erkennen konnte. Das Papier war an den Ecken bereits ausgefranst, das Bild selbst schon arg verblichen und an den Rändern abgegriffen. Die Ähnlichkeit der beiden Jungen mit ihrem Vater war nicht zu übersehen. Und das Mädchen würde später mit Sicherheit eine ebensolche Schönheit werden wie seine Mutter. Auf der Rückseite des Bildes standen ein Datum und wohl der Ort, an dem es aufgenommen worden war, und darunter mehrere Namen.

– 1889, Marseille –
Sebastien et Claire Du Cranier
Adrien, Julien et Cathérine

Ich schluckte. Julien hieß gar nicht DuCraine, sondern Du Cranier – und er war mindestens einhundertfünfundzwanzig Jahre alt.

Meine Hände bebten ein wenig, als ich die übrigen Fotografien betrachtete. Da war ein weiteres Schwarz-Weiß-Bild seiner Eltern und ein Farbfoto, das sehr viel jüngeren Datums sein musste. Es zeigte einen jungen Mann, der keinen Tag älter als fünfundzwanzig zu sein schien und Julien abgesehen von einem winzigen Altersunterschied zum Verwechseln ähnlich sah – und der demnach wohl sein Zwillingsbruder Adrien war. Dann das Bild einer jungen Frau, die, der Ähnlichkeit mit Claire Du Cranier auf der Fotografie von 1889 nach zu urteilen, seine Schwester sein musste. Es gab noch einige weitere Aufnahmen, die mit London, Paris, Genf und sogar Moskau beschriftet waren, die Jahreszahlen 1897, 1898 und 1900 trugen und die offenbar bei Adriens und Juliens spektakulärsten Auftritten auf dem Hochseil aufgenommen worden waren. Die letzte stammte aus dem Jahr 1901 und war in New York entstanden. 1901 war Julien

DuCraine in New York bei einem Sturz vom Hochseil »tödlich« verunglückt.

Vorsichtig räumte ich die Fotografien wieder zusammen und schob sie in das erste Fach der Mappe zurück. Als ich in das zweite blickte, traf mich fast der Schlag. Ausweise. Sieben Stück. Ein deutscher, zwei französische, ein englischer, ein amerikanischer, ein Schweizer und sogar ein kanadischer. Hastig blätterte ich sie durch. Das Bild darin war jedes Mal das gleiche, auch der Vorname war der, den ich kannte. Einer der beiden französischen Pässe lautete sogar auf Julien Du Cranier, der amerikanische auf Julien DuCraine. Die Nachnamen in den anderen klangen ähnlich, unterschieden sich aber in der Schreibweise. Auch die Geburtsdaten variierten. Und zu jedem der Ausweise gab es einen passenden Führerschein. Eine geschlagene Minute starrte ich fassungslos auf die gefälschten Papiere und versuchte einen Sinn in alldem zu finden. Gut, wenn man nicht alterte und weitestgehend unsterblich war, musste man entsprechend »angeglichene« Papiere besitzen. Aber sieben Identitäten? Ich schloss für einen Moment die Augen. Was hatte Julien neben der Tatsache, dass er ein Lamia war, noch vor mir verborgen? Das Geld, die falschen Papiere ... War er vielleicht wirklich in irgendwelche krummen Geschäfte verwickelt? Hatte Onkel Samuel recht gehabt?

Onkel Samuel! Verdammt! Ich blickte auf meine Uhr. Schon kurz nach acht. Er war inzwischen garantiert zu Hause. Rasch stopfte ich die Ausweise und Führerscheine in die Mappe zurück und bemühte mich, sie wieder an ungefähr der gleichen Stelle, an der ich sie gefunden hatte, in Juliens Seesack zu verstauen. Der Strahl der Taschenlampe fiel auf die Kiste. Ich zögerte. Wenn ich die Chance hatte, einen Hinweis darauf zu finden, was möglicherweise geschehen war, würde ich sie nicht einfach verstreichen lassen. Entschlossen zog ich den Pullover herunter und öffnete die Kiste. Verwirrt hielt ich inne und leuchtete in ihr Inneres. Auch sie enthielt Männerkleider, doch waren diese Sachen sehr viel vornehmer und – auf eine unauffällig teure Art – eleganter als das, was Julien gewöhnlich trug. Was hatte das zu bedeuten? Ein paar der oberen Kleidungsstücke schienen erst kürzlich getragen, dann zusammengelegt und wieder in der Kiste verstaut worden zu sein. Welches Spiel spielte er? Die Taschenlampe in der einen Hand grub ich zwischen den Hemden, Kaschmir-Pullovern und Hosen nach irgendetwas Nützlichem, wobei ich gleichzeitig versuchte möglichst wenig Spuren zu hinterlassen. Auch hier fand ich eine Ledermappe, auch in ihr befanden sich Fotografien und Zeitungsartikel unterschiedlichen Alters im vorderen Fach – zusammen mit einer beängstigenden Menge Bargeld. Erneut stellte ich mir unwillkürlich die Frage, woher es stammen mochte, nur um sie rasch wieder zu verdrängen. Ich hätte sie ohnehin nicht beantworten können. Unter den Fotos fielen mir zwei besonders auf. Das erste – ich musste lächeln – zeigte eindeutig Julien. Ein Schnappschuss. Er war in einer Garage oder Werkstatt geknipst worden. Julien kniete in einem fleckigen T-Shirt, mit Öl – oder Schlimmerem – verschmiert neben seiner Blade, hatte sich gerade nach dem Fotografen umgewandt und hielt etwas in den Händen, das nach einem Auspuff aussah. Das Grinsen auf seinem Gesicht war das eines kleinen Jungen, der mit seinem liebsten Spielzeug beschäftigt war. Hinter ihm stand das Garagentor offen und gab den Blick auf einen Sonnenuntergang über einer zerklüfteten, an den Gipfeln weiß überzogenen Gebirgskette in der Ferne frei. Mit einem Gefühl der Wehmut legte ich es zu den anderen Bildern und betrachtete das zweite. Es war das Bild einer silberblonden jungen Frau mit engelsgleichem Gesicht, die den Betrachter sanft anlächelte. Quer über eine der unteren Ecken stand – *Für A. Ich liebe dich. L.* – A.? Adrien? Ich griff in das zweite

Fach der Mappe und zog – wie ich es erwartet hatte – eine ganz ähnliche Sammlung an falschen Papieren hervor, wie ich sie schon in der anderen gefunden hatte. Ausweise und die dazugehörigen Führerscheine. Sieben Stück an der Zahl. Nur dass diese auf den Vornamen Adrien ausgestellt waren und der junge Mann auf dem Bild ein wenig älter wirkte als der auf den Bildern der Papiere im Seesack. Ansonsten schien es sich um die gleichen Nachnamen und Geburtsdaten zu handeln. Gehörten die Sachen in der Kiste demnach gar nicht Julien, sondern seinem verschwundenen Bruder? Ich blickte auf die Pässe. Mit jeder Sekunde, die ich hier war, stellte ich mir mehr Fragen. Antworten jedoch schien es keine zu geben.

Als ich alles wieder in der Kiste verstaute, stieß meine Hand gegen etwas Hartes, das ziemlich weit unten zwischen einigen Pullovern verborgen war. Vorsichtig zog ich es hervor – und hätte das Ding um ein Haar gleich wieder fallen lassen. Mein Magen zog sich zusammen. Großer Gott! Eine Pistole. Geschockt starrte ich auf das schwarze Metall. Falsche Papiere, Unmengen an Bargeld, eine Waffe ... Auch Lamia mussten ihre Existenz irgendwie finanzieren ... Ich weigerte mich zu glauben, was mein Verstand sich zusammenreimte. Das konnte nicht sein. Mit einer entschiedenen Bewegung schob ich die Waffe an ihren Platz zurück, schloss energisch den Deckel der Truhe und drapierte den Pullover wieder darüber. Ich würde nicht glauben, dass Julien etwas mit dieser Pistole zu tun hatte – vor allem, da ich sie in Adriens Sachen gefunden hatte.

Ein ganz anderer Gedanke drängte sich mir auf, während ich von der Matratze aufstand und mich ein letztes Mal in dem kleinen Raum umschaute. Vielleicht hatten die anderen Lamia irgendwie von Julien und mir erfahren und *sie* waren für sein Verschwinden verantwortlich. Schlagartig kam die Angst zurück und mit ihr ein Gefühl lähmender Hilflosigkeit. Würde Julien sich nur weigern mit mir zu reden, wäre das eine Sache. Aber wie es schien, war er einfach verschwunden – gut möglich, dass er tatsächlich in ernsten Schwierigkeiten steckte. Ich brauchte Hilfe. Und der einzige Mensch, der mir helfen konnte, war mein Onkel. Auch wenn er mir verboten hatte Julien weiter zu treffen, würde er mich bestimmt nicht im Stich lassen, wenn es hart auf hart kam. Den Ärger, den ich danach bekommen würde, nahm ich gerne in Kauf. Ich wollte nur sicher sein, dass es Julien gut ging.

Rasch verließ ich das alte Anwesen. Draußen musste es schon eine ganze Weile dunkel sein. Eine bleiche Mondsichel stand über den Bäumen. Schatten schienen zwischen ihnen herumzuhuschen. So schnell ich konnte, rannte ich nach Hause. Mehr als einmal stolperte ich über Äste und knickte auf Steinen um, doch ich verlangsamte mein Tempo nicht. Als ich die letzten Bäume endlich erreichte, hatte ich fürchterliches Seitenstechen. Einen Moment lang blieb ich stehen, um wieder zu Atem zu kommen, und blickte zum Haus hinüber. Hinter den meisten Fenstern brannte Licht. Hatte mein Onkel Besuch? Ich konnte nur hoffen, dass dem nicht so war. Er würde nicht besonders begeistert darüber sein, herauszufinden, dass ich mich seinen Anordnungen widersetzt, mich sogar heimlich aus dem Haus gestohlen hatte. Wenn ich ihn auch noch bei einem Treffen mit seinen Geschäftspartnern störte, würde das alles nur noch schlimmer machen.

Vielleicht wäre es am besten, wenn er nichts davon erfuhr, dass ich versucht hatte Julien zu treffen, und ich mich – wie geplant – unbemerkt ins Haus und auf mein Zimmer zurückschlich. Ich brauchte jedes Quäntchen seines Wohlwollens, und ihn zu reizen, wäre äußerst ungeschickt.

So schnell ich konnte, überquerte ich die freie Fläche zwischen dem Wald und unserem Haus und lief geduckt weiter an der Wand entlang zur Garage. Das rote Blinken der Alarmanlage wies mir auf den letzten Metern den Weg. Ich hatte die Tür gerade erreicht, als ich Schritte hörte, die um die Ecke herum langsam, aber unaufhaltsam näher kamen. Verdammt! Onkel Samuel ließ seine Männer ums Haus patrouillieren. Hastig tippte ich den Zahlencode in das Nummernfeld der Alarmanlage, die auch die Garage sicherte. Die Schritte hatten die Ecke fast erreicht, als das kleine Lämpchen von Rot auf Grün umsprang. Schnell schlüpfte ich durch die Tür und schloss sie hinter mir so lautlos, wie ich nur konnte. Durch ein Oberlicht fiel ein Hauch von Mondschein in die Garage, sodass ich nicht in völliger Dunkelheit stand. Direkt vor mir ragte der massige Schatten eines ziemlich großen Wagens empor. Mit angehaltenem Atem lauschte ich auf die Geräusche von draußen. Die Schritte erreichten die Tür, verharrten vor ihr. Ich hörte einen leisen Fluch, als Wer-auch-immer-sich-auf-der-anderen-Seite-aufhielt entdeckte, dass die Alarmanlage ausgeschaltet war. Die Türklinke bewegte sich und ich flüchtete hinter den Wagen, der mir am nächsten stand. Eine Sekunde später schwang die Tür auf und das Deckenlicht flammte auf. Ich hielt den Atem an. Es war still. Offenbar lauschte der Mann ebenso auf irgendwelche Geräusche wie ich. Eine halbe Minute später kam er wohl zu dem Schluss, dass hier niemand sein konnte, denn das Licht erlosch und die Tür wurde geschlossen. Ich hörte das Piepen, das verkündete, dass die Alarmanlage erneut scharf war, gerade als ich es wagte, Atem zu holen. Nachdem die Schritte sich jenseits der Tür endlich wieder entfernt hatten, zog ich meine Minitaschenlampe hervor und ließ sie aufleuchten.

Erstaunt blickte ich auf den Wagen, hinter dem ich mich versteckt hatte. Es war einer dieser schweren, geländegängigen Pick-ups, die Scheinwerfer auf dem Dach hatten und vor dem Kühlergrill einen dieser Bullenfänger. Seit wann besaß mein Onkel so einen Truck? Oder gehörte er einem seiner Leute? Aber warum stand er dann hier? Ich ließ den Taschenlampenstrahl kurz über die Seite des Pick-ups gleiten. Ein dunkles Aufblitzen auf seiner Ladefläche zog meine Aufmerksamkeit auf das, was zu einem großen Teil unter einer Plane verborgen darauf lag. Um besser sehen zu können, stieg ich auf das Hinterrad und hob die Plane ein Stück an. Mit einem Keuchen starrte ich auf die Fireblade – Juliens Fireblade. Ich schluckte hilflos. Sie war nur noch Schrott. Die Karbonverkleidung war gesplittert, Teile wie Blinker, Griffe oder Fußrasten waren abgerissen oder bis zur Unkenntlichkeit zerkratzt und verbogen. Soweit ich erkennen konnte, hing das Hinterrad in Fetzen. Es waren die Reste der dunklen Racingscheibe gewesen, auf denen sich das Licht meiner Taschenlampe gespiegelt hatte. Mir wurde kalt, als ich begriff, was das bedeutete: Mein Onkel hatte etwas mit Juliens Verschwinden zu tun! Ich fühlte mich plötzlich seltsam benommen. Was war geschehen? Hatte er Julien seine Leute hinterhergeschickt, um sicherzustellen, dass wir uns nicht wieder sahen? Warum? Wo war Julien? War er verletzt? So wie die Blade aussah, wäre das Gegenteil ein Wunder. Und die dunklen Flecken, die ich auf der Ladefläche zu sehen glaubte, konnten durchaus Blut sein. Ich ließ die Plane an ihren Platz zurückfallen. Hatte sich jemand um ihn gekümmert? Wo konnte er sein? Im Krankenhaus? Warum hatte dann aber der Policeofficer nichts von einem Motorradunfall gewusst? War Julien irgendwo hier im Haus? Warum hatte mein Onkel das getan? Wie passte das alles zusammen? War das hier ein Unfall gewesen und mein Onkel versuchte ihn zu vertuschen, damit sein guter Ruf keinen Schaden nahm, oder …

Plötzlich fiel mir etwas anderes ein. Ich hatte Onkel Samuel Juliens Nachnamen nicht genannt, dessen war ich mir absolut sicher. Trotzdem hatte er mir vor zwei Tagen vorgeworfen, ich hätte mich *mit diesem DuCraine-Bastard herumgetrieben*. Nein ... Er hatte nicht »DuCraine« gesagt, sondern »Du Cranier«. Ich musste mich am Rand der Ladefläche festhalten. Woher wusste er, dass Julien eigentlich Du Cranier hieß? Was ging hier vor? Seltsam benommen stieg ich vom Hinterrad des Trucks hinunter. Der Lichtpunkt der Taschenlampe fiel hell auf den Zementboden der Garage. Ich knipste sie aus und blickte minutenlang starr in die Dunkelheit, während ich versuchte, meine Gedanken zur Ruhe zu zwingen und zu begreifen, was das alles bedeutete. Sosehr ich mich auch bemühte, es wollte mir nicht gelingen. Im Gegenteil hatte ich immer mehr das Gefühl, dass es in diesem verworrenen Puzzle ein Stück gab, das mir fehlte – aber ohne das ich das komplette Bild niemals würde zusammensetzen oder verstehen können. Allerdings gab es im Augenblick ohnehin nur zwei Dinge, die wichtig waren: Julien steckte mit ziemlicher Sicherheit in ernsten Schwierigkeiten. Und mein Onkel hatte irgendetwas damit zu tun, sodass ich ihn nicht um Hilfe bitten konnte. Ich holte tief Luft und blickte zu der Tür hin, die ins Haus führte. Mir blieb nur eins: alles nach Julien absuchen, ihn irgendwie von hier wegbringen und dabei hoffen, dass mein Onkel nichts davon mitbekam. Ich rieb mir mit der Hand übers Gesicht. Nachdem Onkel Samuel es mir untersagt hatte, Freunde nach Hause einzuladen, und ich mich bisher immer seinen Wünschen gefügt hatte, konnte ich noch nicht einmal Tyler oder Neal oder Beth hierher und um Hilfe bitten, ohne dass er vielleicht Verdacht schöpfte.

Meine Hand war zur Faust geballt, als ich sie wieder sinken ließ. Hier herumstehen brachte mich auch nicht weiter. Ich ging zu der Tür hinüber, die in die Küche führte, und lauschte mehrere Sekunden lang, ob ich dahinter etwas hörte, ehe ich vorsichtig die Klinke hinabdrückte und sie einen Spaltbreit öffnete. Erneut lauschte ich. Noch immer war kein Laut zu hören. Wachsam und darauf bedacht, kein Geräusch zu machen, schlüpfte ich endgültig durch die Tür und schloss sie wieder behutsam hinter mir. Das Licht, das ich zuvor durch die Fenster des Speisezimmers und des Wohnzimmers gesehen hatte, war gelöscht worden, nur in der Halle brannte es noch. Wo hatte mein Onkel Julien versteckt? In einem der Gästezimmer im ersten Stock? Wohl kaum. Die Gefahr, dass ich etwas bemerken könnte, war viel zu groß. Und wenn er gewollt hätte, dass ich von Juliens Anwesenheit erfuhr, hätte er es mir gesagt. Blieb also nur der Keller. Simon hatte dort die Winterreifen der Autos gelagert und mein Onkel sich seinen Weinkeller eingerichtet, der aber nur von seinen eigenen Räumen aus zu erreichen war und den ich noch nie von innen gesehen hatte. Der Rest war ziemlich unaufgeräumt – und vor allem offen und von der Treppe aus weitestgehend einsehbar. Außer dem Heizungskeller. Es war ein kleiner, stickiger Raum in der rechten hinteren Ecke neben Onkel Samuels Weinkeller. Er beherbergte die Gasheizung und hatte noch nicht einmal ein Fenster, nur einen Lüftungsschacht, dafür aber eine ziemlich massive Tür. Also der ideale Ort, um jemanden zu verstecken. Der Zugang zum Keller lag unter der Treppe in der Halle. Und die war hell erleuchtet. Ich schlich zur Küchentür und spähte hinaus. Es war niemand zu sehen, doch durch die Tür zum Arbeitszimmer meines Onkels drangen Stimmen. Mit angehaltenem Atem lauschte ich einen Moment, konnte aber nichts verstehen und gab es auf. Noch einmal sah ich mich um, dann huschte ich zur Kellertür hinüber und schlüpfte hindurch. Nachdem ich sie hinter mir geschlossen hatte, knipste ich die Taschenlampe an. Da in der Halle Licht brannte, würde man ihren schwachen Schein unter dem Türspalt hindurch nicht sehen. Noch immer lauschend stieg ich die Treppe hinunter. Auch wenn ich bezweifelte, dass man das Geräusch oben hören konnte, mied ich die knarrenden Stufen in der unteren Hälfte. Der Lichtpunkt glitt über Kisten und längst vergessene Dinge. Sogar mein altes Fahrrad stand hier noch herum. Verglichen mit dem großen Keller des alten Anwesens herrschte hier das reinste Chaos. Meine Schritte schabten leise auf dem Zementboden, als ich zum Heizungskeller hinüberging und vorsichtig an der schweren Tür lauschte. Nichts war zu hören. Vermutlich wäre auch eine leise Unterhaltung kaum durch sie hindurchgedrungen, geschweige denn das Geräusch von Atemzügen. Ein paar Sekunden blickte ich unsicher auf das silbrig glänzende Metall, ehe ich die Tür schließlich langsam öffnete. Es war dunkel. Abgesehen von dem leisen Brummen der Gasheizung herrschte Stille. Nach einem Moment tastete ich nach dem Lichtschalter und ließ die Glühbirne in ihrem Drahtkäfig unter der Decke aufflammen. Der Raum war genauso klein und stickig, wie ich ihn in Erinnerung hatte. Und er war leer. Julien wurde nicht hier unten gefangen gehalten. Ich wusste nicht, ob ich darüber erleichtert sein sollte. Hatte mein Onkel ihn an einen anderen Ort bringen lassen? Aber warum hatte man dann nicht auch die Blade dort abgeladen? Nein! Julien war irgendwo hier im Haus. Ich schaute die Mauer an, die den Heizungskeller von den Weinen meines Onkels trennte. Es gab nur noch einen Ort, an dem er sein konnte. Aber um dorthin zu gelangen, musste ich durch Onkel Samuels Salon und sein Arbeitszimmer. Mein Blick ging zur Decke. Ausgerechnet jetzt hatte er Besuch. Mir blieb nichts anderes übrig, als zu warten, bis er allein war. Dann konnte ich versuchen ihn aus seinen Räumen herauszulocken. Oder ich geduldete mich bis morgen, hoffte, dass Julien nicht allzu schwer verletzt war, und vertraute darauf, dass Onkel Samuel wieder den ganzen Tag auf irgendeinem seiner Geschäftstreffen sein würde. Bei der Vorstellung, dass Julien womöglich nur durch eine Mauer von mir getrennt war und am Ende Schmerzen hatte, erwachte dumpfe Verzweiflung in mir. Vielleicht brauchte er ja einen Arzt? Ich konnte mir nicht vorstellen, dass mein Onkel dieses Risiko eingegangen war und einen für ihn geholt hatte. Lieber Himmel, konnte ich Julien, wenn ich ihn hier heraus hatte, überhaupt zu einem Arzt bringen? Würde der nicht sofort feststellen, dass er gar kein »normaler« Mensch war? Ich verdrängte den Gedanken mit einem Kopfschütteln. Zuerst musste ich ihn in Sicherheit bringen, ehe ich mich mit diesen Dingen befassen konnte. Ich knipste die Birne aus und ging zur Treppe zurück. Durch den Türspalt an ihrem Ende fiel noch immer Licht, sodass ich es wagte, die Stufen im Schein meiner Taschenlampe hinaufzusteigen, und sie erst im letzten Moment ausschaltete. Gerade streckte ich die Hand nach der Tür zur Halle hin aus, als ich Schritte und Stimmen näher kommen hörte. Für eine Sekunde stand ich wie erstarrt, dann beugte ich mich angespannt vor und bemühte mich möglichst flach und lautlos zu atmen, während ich die Kellertür einen winzigen Spalt aufdrückte. Eben kamen mein Onkel und einer seiner Geschäftsfreunde aus dem Arbeitszimmer und gingen durch die Halle zur Haustür. Einer der Leibwächter meines Onkels folgte ihnen in respektvollem Abstand, marschierte dann aber an ihnen vorbei und aus dem Haus, vermutlich um draußen sicherzustellen, dass keine Gefahr drohte. Die beiden schenkten ihm keine Beachtung, sondern sprachen weiter miteinander. Der Geschäftsfreund meines Onkels wirkte unsicher und besorgt.

»Ist es nicht doch ein wenig riskant? Wenn das Mädchen noch nicht so weit ist ...«, wandte er gerade zweifelnd ein, doch Onkel Samuel fiel ihm unwirsch ins Wort.

»Ich habe es dir schon einmal gesagt: Das Mädchen ist so weit. Verlass dich darauf. Dafür habe ich gesorgt. – Und wir können nicht länger warten. Wir wissen nicht, was der Vourdranj den Fürsten bereits berichtet hat.«

»Möglicherweise wäre es besser gewesen, seine Loyalität von Anfang an zu kaufen.«

»Die Loyalität eines Du Cranier? Wenn jemand nicht käuflich ist, dann die Vourdranj der Du-Cranier-Familie. Zudem wusste ich nicht, dass er in der Stadt ist. – Ja, ich weiß, ein unverzeihlicher Lapsus. – Ich hatte nicht damit gerechnet, dass ausgerechnet er es wagt, aus dem Exil zurückzukommen, nachdem wir den anderen beseitigt hatten ...«

Der andere? Adrien? – Und ... beseitigt? Meinte er ... ermordet? Ich beugte mich weiter vor und bemühte mich mehr von dem zu verstehen, was sie sagten.

Draußen in der Halle machte Onkel Samuel eine wegwerfende Geste, ehe er fortfuhr. »Ich habe nicht fast zwanzig Jahre darauf gewartet, dass die Princessa Strigoja alt genug ist, den Wechsel vollziehen zu können, nur um jetzt aus Angst und Unentschlossenheit alles aufs Spiel zu setzen. – Heute Nacht ist es so weit. Sei mit den anderen in zwei Stunden wieder hier. Bis dahin ist alles vorbereitet.«

Wechsel? Auch Julien hatte dieses Wort gebraucht. Was hatte das alles zu bedeuten?

Der andere Mann nickte und murmelte etwas Unverständliches, während sie zur Eingangstür gingen und in die Nacht hinaustraten. Mein Herz klopfte ein wildes Stakkato in meiner Kehle. Auch wenn ich nicht wirklich verstanden hatte, worüber die beiden gesprochen hatten, war mir doch eines klar: Ich musste Julien finden und hier rausbringen.

Nach einem letzten, sichernden Blick zur Haustür huschte ich durch die Halle und schob mich durch die Tür zum Arbeitszimmer meines Onkels. So leise ich konnte, hastete ich durch den Raum zu seinem Salon hin. Immer wieder blickte ich über die Schulter zurück.

Im Salon brannten ein paar Lampen und sorgten für angenehm gedämpftes Licht. Dennoch sah ich die Wendeltreppe im hinteren Teil des Raumes sofort. Auf den ersten

Blick wand sie sich nur nach oben, aber als ich das Zimmer rasch durchquerte, sah ich die Stufen, die auch in den Keller hinunterführten. Ich blieb auf der obersten stehen und spähte hinab. Unten war es dunkel, der Lichtschein der Lampen reichte nicht, um mehr als die erste Wendung der Treppe zu erhellen. Angestrengt lauschte ich in die Tiefe, doch es war nichts zu hören. Noch einmal blickte ich zur Tür hin, dann stieg ich die Stufen hinunter. Es war nicht anzunehmen, dass einer von Onkel Samuels Männern dort unten in totaler Finsternis saß und auf Eindringlinge wie mich wartete. Nach der ersten Treppenwindung wagte ich es, die Taschenlampe anzumachen. Verwundert hielt ich inne, als ich die Bücherregale sah, auf die der Strahl fiel. Bücherregale, vollgestopft mit Büchern, deren lederne Rücken teilweise mit Goldschrift geprägt waren. Meine Augen gewöhnten sich erstaunlich schnell an das schwache Licht und ich ließ den dünnen Strahl weiterwandern, während ich die restlichen Stufen hinabstieg. Nach einem Weinkeller sah das hier ganz und gar nicht aus. Zugegeben, hinter der Treppe entdeckte ich einige von diesen Tonröhren, die in die Wand eingelassen und in denen auch zugestaubte Flaschenhälse zu erkennen waren, aber ansonsten erinnerte alles hier viel mehr an eine Bibliothek oder eine Galerie – oder das Wohnzimmer eines Buch- und Kunstliebhabers. Die Längswände bestanden aus bis unter die Decke reichenden Bücherregalen, die aussahen, als gäbe es in ihnen selbst für ein einziges Buch keinen Platz mehr. Schräg gegenüber der letzten Treppenstufe stand ein wuchtiger Mahagonischreibtisch. Der Strahl der Taschenlampe glitzerte im geschliffenen Glas einer schweren Cognac-Karaffe und dazugehörigen Gläsern, ehe er weiter an den Wänden entlangglitt. An der Schmalseite hinter dem Schreibtisch nahm das Gemälde einer Seeschlacht die ganze Wand ein. Darunter befand sich ein gemütlich aussehendes Sofa mit den dazu passenden Sesseln, die um einen niederen Couchtisch herum gruppiert waren. In einer Nische fast gänzlich verborgen stand ein Diwan mit verschnörkelter halber Lehne. Auf einigen kleinen Beistelltischchen warteten unterschiedlich große Lampen darauf, alles in ihren Schein tauchen zu dürfen. Etwas, was wie ein Lichtschalter aussah, befand sich direkt neben der Treppe, halb verdeckt von einem Mädchenporträt. Rechts und links des Sofas, neben dem Schreibtisch und vor den Bücherregalen, standen zahlreiche Gemälde auf Ausstellungsstaffeleien. Ein schweres ledergebundenes Buch lag aufgeschlagen auf einem Lesepult. Zögernd trat ich endgültig von der Treppe herunter. Sofort versanken meine Füße in einem der dicken orientalischen oder indischen Teppiche, die den gesamten Boden bedeckten. Die Lampen anzumachen hätte bedeutet, jedem, der oben in den Salon kam, zu verraten, dass ich hier unten war. Vorsichtig ging ich weiter in den erstaunlich großen Raum hinein. Was war das hier? So etwas wie der geheime Rückzugsort meines Onkels? Allein der Gedanke erschien mir lächerlich. Onkel Samuel ließ gewöhnlich niemanden in seinen Teil des Hauses. Selbst Ella hatte er nur Zutritt zu seinem Arbeitszimmer gewährt. Warum sollte er also einen Kellerraum derart elegant ausstatten – und ihn obendrein als seinen Weinkeller ausgeben? Ich ließ den Schein der Taschenlampe über die Bücher und Gemälde zur gegenüberliegenden Seite des Raumes schweifen. In ihrer Mitte prangte ein mächtiger offener Kamin, über dem ein Satz altmodischer Säbel und ein noch älter aussehendes Steinschlossgewehr hing, und davor lag – Julien.

Ich vergaß alle Vorsicht und rannte quer durchs Zimmer. Meine Taschenlampe landete auf dem Boden, als ich neben ihm in die Knie ging. Ihr Licht beleuchtete gnadenlos seine zerfetzten Kleider. Seine ganze linke Seite schien eine einzige Schürfwunde zu sein. Er lag mit dem Rücken zu mir, hatte sich zusammengekrümmt und den Kopf zwischen die Schultern gezogen. Ich hatte Angst, ihn anzufassen.

»Julien«, flüsterte ich seinen Namen, während ich mich über ihn beugte. Ein raues Stöhnen antwortete mir. Er regte sich schwach. Das leise Schaben, das dabei erklang, lenkte meinen Blick auf seine Hände. Ich schnappte nach Luft. Handschellen! Jemand hatte ihm Handschellen angelegt und ihn obendrein über eine schwere Kette an den im Kaminboden eingemauerter Feuerrost gefesselt. Ein neuerliches Stöhnen lenkte meine Aufmerksamkeit von seinen Händen zu seinem Gesicht zurück. Eben versuchte er sich schwerfällig ein Stück weit zu mir herumzuwälzen. Von der gefährlichen Eleganz, mit der er sich gewöhnlich bewegte, war nicht viel übrig geblieben. In der Hälfte der Bewegung zuckte er zusammen und blieb für einen Augenblick reglos liegen, ehe er mir das Gesicht langsam weiter zuwandte. Es war auf der linken Seite von der Stirn bis zum Kiefer aufgeschürft.

»Julien«, wiederholte ich seinen Namen fassungslos. Mir war zum Heulen zumute.

»Dawn?«, murmelte er fragend und blinzelte ein paarmal. Erst jetzt schien er richtig zu begreifen, dass ich es war, die neben ihm kniete. Ich konnte sehen, wie er sich anscheinend erleichtert entspannte und seine Schultern ein wenig herabsanken. Doch gleich darauf verkrampften sie sich wieder. »Komm mir nicht zu nah!«, verlangte er erschreckend heftig und wandte sich von mir ab.

Eine Sekunde blickte ich bestürzt auf ihn hinab. Gab er mir die Schuld an dem, was mein Onkel ihm angetan hatte? Vorsichtig legte ich die Hand auf seine Schulter. Er spannte sich unter meiner Berührung noch mehr und versuchte ein Stück von mir wegzurutschen. »Bleib weg! Bitte!«, flehte er und vergrub den Kopf in den Armen, soweit es ihm mit seinen Fesseln möglich war. Die Kette kratzte über den Kaminrost. Beinahe glaubte ich etwas wie ein kehliges Grollen zu hören.

Ich presste die Lippen zu einem Strich zusammen, beugte mich über ihn und stützte mich auf seiner anderen Seite am Boden ab. »Du musst hier weg. Ich will dir helfen ...«

Der Rest des Satzes blieb mir im Hals stecken und ich erstarrte. Julien hatte mit seinen gefesselten Händen mein Handgelenk gepackt. So fest, dass er mir wehtat. Dieses Mal war das Grollen deutlich zu hören. Ganz langsam wandte er mir das Gesicht zu. Bisher hatte ich nur all das Blut und die Abschürfungen gesehen, doch jetzt ... Seine Haut war nicht mehr bleich, sondern grau. Dunkle Ringe waren unter seinen Augen, deren Farbe sich zu einem tödlichen Schwarz gewandelt hatte, das in seiner Tiefe rot zu lodern schien. Mein Blick hing wie gebannt an seinen Eckzähnen. Sie schimmerten scharf, spitz und erschreckend viel länger, als ich sie jemals zuvor gesehen hatte. Mein Herz setzte ein paar Schläge aus und weigerte sich dann, seinen alten Rhythmus wiederzufinden. Dass seine Oberlippe sich gehoben hatte und bebte wie bei einem Raubtier, das seine Beute witterte, machte es nicht besser.

»Begreifst du denn nicht? Ich habe in der Nacht, bevor ich dir alles erzählt habe, zuletzt getrunken. Ich weiß nicht, ob ich mich beherrschen kann, wenn du mir zu nahe kommst.«

Juliens Worte waren flehentlich, doch seine Hände lockerten weder ihren Griff noch gaben sie mich frei, ganz so, als hätten sie plötzlich einen eigenen Willen. Ich merkte, dass ich zitterte. Seine Augen hingen an meinem Handgelenk, das höchstens zwanzig Zentimeter von seinem Mund entfernt war. Er leckte sich die Lippen. Selbst ich konnte die bläulichen Adern unter meiner Haut erkennen. Sein Atem kam in harten, abgehackten Stößen. Er hatte sich halb aufgerichtet, jetzt lehnte er sich ein kleines Stück vorwärts und öffnete den Mund ein wenig weiter. Im Licht der Taschenlampe schimmerten seine Reißzähne. Hilflos schluckte ich. Ich war ihm zu nahe gekommen.

»O Gott, Dawn!«

Unvermittelt ließ er mich los. Ohne mir selbst dessen bewusst zu sein, hatte ich mich, so weit ich nur konnte, in seinem Griff zurückgelehnt. Als er mich jetzt so jäh freigab, verlor ich das Gleichgewicht, stolperte rückwärts und wich hastig noch weiter zurück, nachdem ich es wiedergefunden hatte. Er streckte die Hände nach mir aus, als wollte er nach mir greifen, um mich zu stützen und zu verhindern, dass ich fiel – und würde es zugleich doch nicht noch einmal wagen. Mit einem Ausdruck der Qual auf dem Gesicht ließ er die Arme sinken. Das Rasseln seiner Fesseln riss mich aus meinem Schock. Vorsichtig wagte ich mich wieder näher an ihn heran. Er beobachtete mich wie ein in die Enge getriebenes Tier, doch gleichzeitig drang dieses entsetzliche Grollen abermals aus seiner Kehle.

»Dawn, bitte«, flehte er erneut. »Nicht!«

Entschieden schüttelte ich den Kopf. »Du musst hier weg. Glaubst du, du kannst gehen?«

Sein Blick ging zwischen mir und seinen Fesseln hin und her. In seiner Miene war nur zu deutlich zu lesen, dass er an meinem Verstand zweifelte. Meine Kehle war eng, als ich mich neben ihn kniete.

»Ich habe vor, dich hier irgendwie rauszubringen«, teilte ich ihm möglichst ruhig mit, dennoch zitterte mein Arm, als ich ihn Julien entgegenstreckte – die Innenseite meines Handgelenks nach oben. »Nimm, was du brauchst.«

Er starrte mich an. Eine Sekunde, zwei, drei, eine Ewigkeit. Dann wich er mit einem verzweifelten Laut vor mir zurück.

»Nein!«

»Julien, du musst ...«

»Nein! Begreifst du denn immer noch nicht? In meinem

Zustand ... Der Durst ist zu stark! Ich weiß nicht ... Ich weiß nicht, ob ich mich beherrschen kann. Ich weiß nicht, ob ich aufhören kann. Rechtzeitig! Ich könnte dich töten.«

»Aber du konntest dich doch gerade eben auch beherrschen und hast mich nicht gebissen«, wandte ich hilflos ein und hob meinen Arm ein Stückchen höher. Es war nicht zu fassen. Jede Sekunde konnte mein Onkel oder einer seiner Männer herunterkommen und ich diskutierte mit einem Vampir – Verzeihung, Lamia –, ob er mein Blut trinken sollte oder nicht.

Julien stieß ein Fauchen aus und schlug meine Hand weg. »Willst du es nicht begreifen, Dawn? Das eben war etwas anderes. Aber wenn ich erst von deinem Blut gekostet habe, steht die Wahrscheinlichkeit, dass ich wieder aufhören kann, ehe es für dich zu spät ist, eins zu einer Milliarde.«

»Du kannst es. Ich vertraue dir!«, versuchte ich ihm möglichst glaubhaft zu versichern, obwohl mein Herzschlag sich absolut nicht beruhigen wollte.

»Aber ich mir nicht! Nicht jetzt! Nicht, wenn es um *dein* Blut geht!«, fuhr er mich an und schüttelte in ohnmächtiger Wut die Fäuste vor meiner Nase.

Das Rasseln der Kette zwischen seinen Handgelenken und dem Kaminrost erinnerte mich an ein anderes Problem. Ich ließ unsere fruchtlose Blutdiskussion fürs Erste fallen und wandte meine Aufmerksamkeit Juliens Fesseln zu. Seinen verwirrten Blick ignorierte ich. Die Kette war durch den Kaminrost hindurchgezogen worden und ihre beiden Enden hatte jemand mit einem ziemlich massiv aussehenden Bügelschloss an den Handschellen befestigt. Julien ließ mich nicht aus den Augen, während er sich in gleichem Maß zurücklehnte, wie ich mich vorbeugte, um das Schloss genauer zu untersuchen. Ich sah ihn kurz an. Seine Zähne hatten sich ein winziges Stück weit in seinen Kiefer zurückgezogen – aber eben nur ein winziges Stück. Vielleicht war der Durst der Grund dafür, dass man ihm so deutlich ansah, was er tatsächlich war. – Oder die Kombination aus Durst und dem Umstand, dass ich so dicht bei ihm war. Mein Herz beschleunigte seine Schlagzahl erneut. Juliens Zähne reagierten sofort. Seine Oberlippe kräuselte sich. Er stieß ein Stöhnen aus und lehnte sich weiter von mir fort. Ich verfluchte mich selbst und zwang meine Aufmerksamkeit zum Schloss zurück. Wenn ich noch länger herumtrödelte, würden mein Onkel oder einer seiner Männer uns garantiert erwischen.

Das Schloss war eines dieser modernen, massiven Dinger. Die Chance, dass ich es ohne so etwas wie einen Bolzenschneider aufbekommen würde, war gleich minus unendlich – und selbst mit einem ging sie vermutlich stark gegen null. Auch die Kette oder der Kaminrost boten mir keinen Angriffspunkt. Blieben nur die Handschellen. Aber die wirkten äußerst stabil. Ich sah Julien an und tippte auf das Schloss und die Handschellen.

»Weißt du, wo mein Onkel die Schlüssel hat?«

Er hob andeutungsweise die Schultern. »Ich habe keine Ahnung. Als er mir die Dinger angelegt hat, war ich nicht ganz da. Aber ich vermute, er hat sie eingesteckt.«

Frustriert sah ich mich nach etwas um, was mir geeignet schien das Schloss aufzubrechen – oder mit dem ich es zumindest versuchen konnte. Mein Blick fiel auf den Schürhaken – den jemand zusammen mit dem anderen Kaminbesteck in weiser Voraussicht außerhalb von Juliens Reichweite platziert hatte. Als ich aufstehen wollte, packte Julien erneut mein Handgelenk. Wie zuvor erstarrte ich. Seine Augen waren zu schmalen Schlitzen zusammengezogen. Doch sie hatten ihr rotes Brennen verloren und auch ihr Schwarz schien weniger bedrohlich. Sein Griff war nicht so hart wie zuvor. Ich wagte es, ganz langsam auszuatmen.

»Was hast du vor?« In seiner Stimme klang noch immer jenes Grollen mit.

Für den Bruchteil einer Sekunde war die Angst wieder da, doch ich drängte sie trotzig zurück. »Wonach sieht es denn aus?« Für dumme Fragen hatte ich wirklich keine Zeit. »Ich will dich hier herausholen.« Ich versuchte meine Hand zu befreien. Natürlich erfolglos. – Inzwischen hätte ich es besser wissen müssen.

Entschieden schüttelte er den Kopf. »Du musst von hier verschwinden, Dawn! Sofort!«, verlangte er, ohne mich loszulassen.

»Nur mit dir!«, störrisch schob ich das Kinn vor.

Seine Finger schlossen sich fester um meinen Arm. Ein Ruck und ich fand mich fast Nase an Nase mit ihm.

»Ich bin nicht von Interesse. Du verschwindest von hier, Dawn! Jetzt!« Seine Stimme hatte sich in ein Knurren verwandelt. Ich öffnete den Mund, um zu widersprechen, aber er ließ es nicht zu. »Nein! Ich diskutiere nicht mit dir darüber.« Plötzlich war etwas Drängendes in seinem Ton. »Du musst von hier fortgehen. Fort aus Ashland Falls. Heute Nacht noch. Niemand darf dich sehen – vor allem nicht dein Onkel oder einer seiner Männer.« Sein Griff lockerte sich und wurde sanft. Doch sein Tonfall änderte sich nicht, während er rasch weitersprach, ohne den Blick aus meinen Augen zu lösen. »Nimm den nächsten Flug nach Paris. Geh zum Place Denfert-Rochereau. Dort ist ein Zugang in die Katakomben von Paris. Einer der Fremdenführer, die die Touristen durch die unterirdischen Gänge führen, heißt Jean-Claude Salind. Such ihn, sag ihm den Namen deines Vaters und dass du eine Nachricht für den Fürsten hast. Er wird dich zu einem Mann bringen, der dir helfen kann. Zeig diesem Mann das Tagebuch deiner Mutter – du musst es holen – und nur diesem Mann. Er wird sich um dich kümmern.«

»Aber warum sollte ...«

Er gab meinen Arm frei und umfasste mein Gesicht mit

beiden Händen. »Warum, kann ich dir im Moment nicht erklären. Tu einfach, was ich gesagt habe. Bitte! Du musst mir vertrauen, Dawn«, flehte er leise, ehe er mich endgültig losließ und ebenso hastig wie zuvor fortfuhr. »Unter der Speisekammer des Anwesens ist ein verborgener Kellerraum. In der Ecke ist ein Seesack. Darin findest du Geld. Nimm es und ...«

»Ich weiß von dem Geld«, unterbrach ich ihn. »Und ich weiß auch von der Pistole. Aber ich werde nicht fortgehen. Nicht, ehe ich nicht weiß, was hier gespielt wird, und nicht ohne dich. – Wer bist du, Julien? Was verschweigst du mir noch alles?« Ich zögerte für den Bruchteil einer Sekunde. »Warum hält mein Onkel dich hier gefangen?«

»Weil ich dich vor ihm schützen muss, mein Mädchen. Dein feiner Freund hier wurde nämlich geschickt, um dich zu ermorden«, erklärte Onkel Samuels Stimme hinter mir freundlich. Die Lampen flammten auf und tauchten alles in ihren warmen Schein. Julien fuhr mit gefletschten Zähnen zu ihm herum und fauchte, die Augen in der plötzlichen Helligkeit vor Schmerz zusammengekniffen.

Auch ich drehte mich um und schaute erschrocken zwischen den beiden hin und her.

Nur allmählich sickerte die Bedeutung dessen, was er gerade gesagt hatte, in meinen Verstand. »Das ist nicht wahr!« Die Worte sollten fest und sicher klingen, doch sie kamen fast wie eine Frage über meine Lippen. Ich sah Julien an und wartete darauf, dass er die Beschuldigung zurückwies. Er tat es nicht. Stattdessen mied er meinen Blick und fixierte meinen Onkel mit schmalen Augen, während der von der letzten Treppenstufe heruntertrat und langsam auf uns zukam. In der Mitte des Raumes blieb er stehen.

»Nein? Tatsächlich nicht? Und warum leugnet er es dann nicht?« Den Kopf ein wenig zur Seite geneigt musterte er Julien und mich mit einem seltsamen Lächeln. Etwas an ihm machte mir auf einmal Angst. »Nun, wie ist es?« Als Julien weiter schwieg, vertiefte sich sein Lächeln spöttisch. »Da siehst du es, mein Mädchen. Es ist genau so, wie ich es sagte. Dein Freund ist ein Vourdranj. – Was so viel heißt wie ›Jäger‹. Es sind Killer. Jeder Einzelne von ihnen. Sie töten auf Befehl.« Einer seiner Mundwinkel hob sich kurz. »Und manchmal auch für Geld.«

Ich dachte an das kleine Vermögen, das ich im Keller des alten Anwesens gefunden hatte – und die Pistole – und sah Julien an. »Das ist nicht wahr, oder?«, fragte ich in hilflosem Unglauben leise.

»So war es nicht ...« Julien verstummte gequält. Er mied noch immer meinen Blick. Meine Kehle war auf einmal eng.

»Nein? Wie war es dann?« Onkel Samuel schüttelte mitleidig den Kopf, ohne dass das Lächeln von seinen Zügen verschwunden wäre. »Ich will dir sagen, wie es war, mein Mädchen. Dein Freund ist hierhergekommen, um den Auftrag zu Ende zu bringen, mit dem eigentlich sein Bruder betraut wurde.«

»Was weißt du von Adrien? Wo ist er?« Schneller, als ich blinzeln konnte, war Julien auf den Knien. Der Kaminrost knirschte im Zement, als die Kette sich abrupt spannte. »Was auch immer du ihm angetan hast, du wirst es bereuen!«

»Du bist nicht in der Lage, mir zu drohen, Vourdranj. Und was deinen Bruder angeht ... Er wird mir nicht mehr in die Quere kommen. Ebenso wenig wie du nach heute Nacht.«

Mit einem wütenden Schrei riss Julien an seinen Fesseln. Ich machte einen fassungslosen Schritt zurück.

»Heißt das, du hast Juliens Bruder ... getötet?« Das hier war ein Albtraum. Gleich würde ich aufwachen. Ich *musste* aufwachen.

Onkel Samuel kam auf mich zu, blieb aber stehen, als ich vor ihm zurückwich. »Ich hatte keine andere Wahl, Dawn.

Sein Bruder kam hierher, um dich zu ermorden. Ich musste dich beschützen«, beteuerte er.

Ich schauderte vor seinen Worten ebenso zurück wie vor dem qualvollen Stöhnen, das Julien ausstieß und das zu einem Laut tiefsten Hasses wurde. Mein Onkel streckte die Hand nach mir aus.

»Du kannst dir mein Entsetzen nicht vorstellen, als ich herausfand, dass ausgerechnet *er* dein Freund war – oder zumindest vorgab, es zu sein.«

Ein Zittern stieg in meinem Inneren empor und ich legte hastig die Arme um mich selbst, damit es sich nicht weiter ausbreitete. »Du weißt nicht mit Sicherheit, dass er mich töten wollte«, wandte ich hilflos ein. Verzweifelt klammerte ich mich an diesen Gedanken. Julien hatte mehr als einmal die Möglichkeit gehabt, mich umzubringen – und es nicht getan. Im Gegenteil: Er hatte mir ja sogar mehrfach das Leben gerettet.

Bedauernd schüttelte mein Onkel den Kopf. »Er hätte dich getötet, mein Mädchen. Glaub mir. Er musste beenden, was sein Bruder begonnen hatte. Nur aus diesem Grund hat er es gewagt, aus der Verbannung zurückzukehren. Nachdem sein Bruder versagt hatte, musste er die Familienehre wiederherstellen.« Er sah Julien direkt an und sein Tonfall wurde verächtlich. »Und den Lamia bedeutet die Ehre ihrer Familie ja so unendlich viel. Viel mehr als irgendetwas anderes.« Er lachte leise, als Julien mit einem Knurren die Zähne fletschte.

Fassungslos schaute ich Onkel Samuel an. »Du ... du weißt, was er ist?«

Es war Julien, der an seiner Stelle antwortete. »Natürlich weiß er das. Wir sind einander nämlich ziemlich ähnlich, er und ich.« Er beugte sich ein kleines Stück weit vor. »Wer war es? Wer hat den Fehler begangen, Abschaum wie dich zu einem Vampir zu machen?« Die Verachtung in seiner Stimme stand der im Ton meines Onkels um nichts nach.

Onkel Samuel lächelte. Ich vergaß zu atmen, als ich seine Reißzähne sah – zum ersten Mal in meinem Leben. Lieber Himmel, ich kannte ihn, seit ich denken konnte. Wie hatte ich so etwas nicht bemerken können? – Aber hatte ich ihn jemals vor Einbruch der Dunkelheit gesehen? – Nein. Hatte ich ihn irgendwann einmal etwas essen sehen? Die Antwort war die gleiche: Nein. Schaudernd grub ich mir selbst die Fingernägel in die Arme. Mein Onkel lächelte noch immer, während er zum Schreibtisch ging und sich aus der Cognac-Karaffe ein Glas eingoss. Erst jetzt wurde mir bewusst, dass ihr Inhalt rot war. Schlagartig saß mein Magen in meiner Kehle. Ich presste die Hand vor den Mund und bemühte mich verzweifelt, ihn an seinen Platz zurückzuwürgen.

Einen Augenblick ließ Onkel Samuel die Flüssigkeit im Glas kreisen, ehe er einen Schluck nahm und sein Blick zu Julien zurückkehrte.

»Er war ein ebenso arroganter Lamia-Bastard wie du. Anmaßend, selbstherrlich und ein dummer Narr, der Macht selbst dann nicht erkannte, wenn man sie ihm in den Schoß legte. Er war mir im Weg. Ich habe ihn getötet«, erklärte er so gleichgültig, dass ich unwillkürlich einen Schritt zurückmachte.

Julien sog scharf die Luft ein und sagte etwas in jener andern Sprache, die ich nicht verstand. Sein Ton war kalt und hart. Onkel Samuel lachte höhnisch, ehe er in der gleichen Sprache antwortete. Sekundenlang starrten sie sich quer durch den Raum hinweg an.

Ich kämpfte noch immer mit dem Gefühl, als hätte mir jemand den Boden unter den Füßen weggerissen und ich würde ohne irgendeinen Halt über einem Abgrund stehen.

»Und wann wolltest du ihr die Wahrheit sagen?« So harmlos Juliens scheinbar gelassene Frage auch klingen mochte, verursachte sie mir doch eine Gänsehaut, denn er neigte den Kopf in meine Richtung.

Onkel Samuel schnaubte. »Sie hätte es früh genug erfahren, dass ich ...«

»Ich rede nicht von dir, Geschaffener!«, unterbrach Julien ihn barsch. Er sah mich an. »Wann wolltest du ihr sagen, dass sie zur Hälfte eine Lamia ist?«

»Was?« Das Nichts unter mir drohte mich endgültig zu verschlingen. »Onkel Samuel! Bitte ...« Ich wandte mich ihm flehentlich zu, ohne genau zu wissen, worum ich ihn eigentlich bat. Doch noch ehe ich auch nur ein weiteres Wort hervorbrachte, fuhr Julien auf.

»Onkel ... *Samuel?*« Erneut knirschte der Kaminrost unter einem Ruck an der Kette, als er halb auf die Füße kam. Er starrte meinen Onkel an. Begreifen und Entsetzen huschten über sein Gesicht. Dann wurde beides zu Abscheu und Wut. »Du verdammter Scheißkerl! Jetzt macht das alles Sinn!« Er riss erneut an seinen Fesseln. Seine Hände waren zu Klauen gekrümmt. »Du warst das! Du hast Alexej Tepjani und seine Frau umgebracht.«

»Halt dein Maul, Vourdranj!«, hart stellte Onkel Samuel den Cognacschwenker auf den Schreibtisch.

Julien beachtete ihn gar nicht. Er sah mich an, während er hastig weitersprach. »Erinnerst du dich, was im Tagebuch deiner Mutter stand? Sie hat immer wieder einen Sam erwähnt, der zu den Männern deines Vaters gehört hat. Und sie hat geschrieben, dass dein Vater mit diesem Sam gestritten hat. Dieser Sam: Das war er!«

»Was?«, diesmal kam das Wort als fassungsloses Wimmern über meine Lippen.

»Du sollst dein Maul halten!« Mein Onkel durchquerte den Raum mit wütenden Schritten, um Julien zum Schweigen zu bringen.

Der warf ihm nur einen schnellen Blick zu, ehe er mich wieder ansah. »Er ist gar nicht dein Onkel. *Er* hat deine Eltern ermordet.«

Ich taumelte gegen die Wand aus Buchrücken. In derselben Sekunde erreichte Onkel Samuel Julien und verpasste ihm einen Schlag, dass seine Kiefer aufeinanderkrachten, er rücklings gegen die Kamineinfassung geschleudert wurde und daran entlang zu Boden rutschte.

»Ich habe gesagt, du sollst dein Maul halten, Vourdranj«, knurrte er und beugte sich drohend über Julien.

»Oder was? – Willst du mich töten?« Julien stemmte sich in die Höhe. »Ich frage mich ohnehin schon die ganze Zeit, warum du es noch nicht getan hast. Es muss einen Grund dafür geben, dass ich noch am Leben bin, also kannst du dir deine Drohungen sparen. Du brauchst mich für etwas, nicht wahr?« Mit einem verächtlichen Lächeln wischte er sich Blut von der Lippe. »Warum mussten Alexej und die Frau sterben, Samuel? Weil er seine Tochter nicht dazu missbrauchen wollte, um sich zum Fürsten über alle anderen Fürsten aufzuschwingen?«

Die Hand meines Onkels – oder des Mannes, den ich die ganze Zeit für meinen Onkel gehalten hatte – schloss sich direkt unter dem Kinn um Juliens Kehle und drückte seinen Kopf in den Nacken und gegen die Kaminmauer. Juliens Versuch, den Griff zu lösen, wurde von seinen Fesseln zunichtegemacht. In dem Lächeln meines vermeintlichen Onkels sah man seine Reißzähne. »Wie ich schon sagte: Alex war ein Narr, der Macht auch dann nicht erkannte, wenn sie ihm direkt in den Schoß fiel.«

Fauchend fletschte Julien die Zähne. »Du weißt, was der Rat mit solchen wie dir macht, wenn sie die töten, die sie geschaffen haben.«

Der Mann, den ich als Onkel Samuel kannte, verstärkte seinen Griff. »Er war ein Schwächling, der sich in eine Sterbliche verliebte und dann noch nicht einmal nutzen wollte, was ihm das Schicksal zum Geschenk machte: ein wahrhaftiges Kind der Liebe. Seine Tochter. Halb Lamia, halb Mensch.«

»Kein Wunder, dass du ihn für einen Narren gehalten hast.« Julien schaffte es, die Worte hervorzupressen, obwohl mein vorgeblicher Onkel seine Kehle so unbarmherzig zudrückte, dass er keine Luft mehr bekam. »Du würdest Ehre und Liebe noch nicht einmal dann erkennen, wenn sie dir ins Gesicht springen würden.«

Zur Antwort schlug der ihm den Kopf gegen die Kaminsteine, dass ich glaubte seine Knochen knacken zu hören. Julien ächzte und seine Hände fielen herab. Ich machte einen hilflosen halben Schritt nach vorne, blieb dann aber wieder stehen, als der Mann, der mir, solange ich denken konnte, vorgegaukelt hatte, mein Onkel zu sein, sich näher zu ihm beugte. »Du hast recht, Vourdranj, ich brauche dich noch. Bedauerlich, aber im Moment nicht zu ändern. Es gibt jedoch keinen Grund, warum ich dein vorlautes Maul auch nur eine Sekunde länger ertragen müsste. Und es ist noch niemand daran gestorben, dass man ihm die Lippen zusammengenäht hat. Eine äußerst verlockende Idee, ich hätte nicht übel Lust dazu. Möchtest du diese Erfahrung in der letzten Stunde deiner erbärmlichen Existenz noch machen? Ein einziges Wort genügt und ich schicke einen meiner Männer nach Nadel und Faden.«

Vielleicht war Julien im Augenblick zu benommen, um zu antworten, vielleicht hatte er aber ebenso wenig Zweifel daran wie ich, dass Samuel seine Drohung wahr machen würde – zumindest schwieg er. Mit einem verächtlichen Schnauben und einem abfällig hervorgestoßenen Wort, das ich nicht verstand, ließ der Mann, den ich all die Jahre für meinen Verwandten gehalten hatte, ihn los und richtete sich auf. Als er sich zu mir umdrehte, hatte ich das Gefühl, unter seinem Blick ebenso erstarren zu müssen wie eine Maus unter dem einer Schlange. Am Kamin sank Julien hustend und würgend zur Seite.

»Komm mit nach oben, Dawn. Wir werden über alles reden, aber nicht hier.« Mein vorgeblicher Onkel streckte die Hand nach mir aus. Alles, was ich zustande brachte, war ein Kopfschütteln. Ich konnte mich nicht bewegen. »Komm, mein Mädchen. Er ist zwar angekettet, aber ich möchte dich trotzdem nicht mit ihm allein lassen. Er ist eine Bestie.«

Das »Du auch« rutschte mir einfach so heraus. Ich schlug die Hand vor den Mund und wich zurück. Erneut stand ich gegen die Bücherwand gedrückt.

Für eine winzige Sekunde glaubte ich Ärger über das Gesicht meines falschen Onkels huschen zu sehen, dann war seine Miene wieder genauso ruhig wie zuvor und er seufzte bekümmert. »Du darfst ihm nicht glauben, mein Mädchen. Ich habe einige schlimme Dinge getan, ja. Aber doch nur, um dich zu beschützen.« Er klang geradezu verzweifelt.

Ich hätte ihm so gern geglaubt – aber das, was Julien gesagt hatte, machte auf eine furchtbare Weise genauso Sinn. Und er hatte mich – im Gegensatz zu meinem vermeintlichen Onkel – noch nie belogen. Er hatte mir Dinge verschwiegen, ja, aber auch daraus hatte er keinen Hehl gemacht. *Onkel Samuel* jedoch hatte mich mit voller Absicht *belogen*.

»Warum hast du gesagt, meine Eltern seien in New York bei einem Raubüberfall getötet worden?«

»Weil es so war. Dawn, lass dich nicht ...«

Mein Kopfschütteln brachte ihn zum Schweigen.

»Ich habe im Tagebuch meiner Mutter gelesen. Meine Eltern haben hier gewohnt. Drüben im alten Hale-Anwesen. Sie sind vor meiner Geburt nicht mehr weggezogen.«

Samuels Augen zogen sich zu schmalen Schlitzen zusammen. »Wer hat dir dieses Tagebuch gegeben? Er?«, seine Hand wies auf Julien. »Es ist eine Fälschung.«

»Lügner! Warum sollte ich das tun?«, hustete Julien und stemmte sich erneut in die Höhe. Samuel trat ihm in die Rippen. Julien krümmte sich und fiel auf die Seite.

»Ich habe das Blut auf dem Boden des Arbeitszimmers gesehen«, sagte ich in sein Ächzen hinein.

Samuel fuhr zu mir herum. »Was hattest du dort drüben zu suchen?« Mit einem Mal wirkte er gefährlich wachsam.

Aus irgendwelchen Gründen hatte ich bis eben noch gehofft, dass das alles nur ein großes Missverständnis war. Julien könnte sich irren. Ich könnte etwas im Tagebuch meiner Mutter übersehen haben. Aber etwas an seiner Reaktion sagte mir, dass dem nicht so war. Plötzlich fühlte ich mich sehr allein, doch zugleich wurde aus dem Schmerz und der Angst, die ich gerade noch empfunden hatte, hilflose Wut. Ich löste mich von den Büchern in meinem Rücken.

»Die Wahrheit!«, beantwortete ich seine Frage und sprach weiter, ehe er etwas sagen konnte. »Da ich zu einer Hälfte eine Lamia bin, heißt das, ich werde auch irgendwann wie ihr beide werden und Blut trinken? Ist das der Grund dafür, dass ich eine Sonnenallergie bekommen habe? Und was ist mit meinen Zahnschmerzen im Oberkiefer jeden Morgen? Ist das auch ein Zeichen dafür, dass ich immer mehr wie ihr werde? Und was ist in dem Tee, den du mir besorgt hast und der dafür sorgt, dass die Schmerzen nachlassen, sobald ich davon trinke?«

Samuel blickte mich mit unverhohlener Wut an, doch Julien hatte sich bei meinen letzten Worten alarmiert aufgerichtet. »Tee?«, echote er jetzt entsetzt. Seine Stimme klang noch immer rau und irgendwie atemlos. »Mit einem fast salzigen und metallischen Geschmack?«

Als ich nickte, starrte er Samuel mehrere Sekunden einfach nur an – ehe er aufsprang und sich mit einem Schrei auf ihn stürzte. Seine Fesseln beendeten seinen Angriff abrupt und ließen ihn hart auf die Knie fallen. »Du verdammter Mistkerl! Sie ist noch viel zu jung. Wie kannst du das tun? Du weißt ganz genau, was geschehen kann, wenn man einen Wechsel vorzeitig erzwingt«, brüllte er Samuel mit vor Zorn überschnappender Stimme an.

Ich sah zwischen den beiden hin und her. Wechsel? Über einen Wechsel, der vollzogen werden sollte, hatte Samuel mit seinem Geschäftsfreund gesprochen, als er ihn zur Tür begleitet hatte. – Und darüber, dass er fast zwanzig Jahre darauf gewartet habe, dass eine Princessa Strigoja alt genug sei, um ihn zu vollziehen. Plötzlich war mir von einer Sekunde auf die andere kalt.

»Dieser Wechsel, das ist doch der Zeitpunkt, an dem man zu einem Lamia wird, oder?« Sie schauten mich beide an. Samuel voll höhnischem Triumph. Auf Juliens Zügen stand das nackte Elend. Ich holte ganz langsam Luft, so als könnte ich zerspringen, wenn es nur ein Hauch zu viel wäre.

»War es das, was in zwei Stunden geschehen sollte? Willst du mich dann zu einer Lamia machen? Heute Nacht?«

Julien starrte mich an, als würde er mit einem Mal begreifen, was hier *wirklich* vor sich ging. Er öffnete den Mund, schluckte dann aber runter, was er noch hatte sagen wollen, und schloss ihn wieder. Doch der Blick, den er auf Samuel richtete, war mörderisch. »Du skrupelloser Mistkerl! Verflucht sollst du sein!«, war alles, was er zwischen zusammengepressten Kiefern hervorquetschte.

Samuel gönnte ihm nur ein kaltes Lächeln, ehe er in spöttischem Tadel den Kopf schüttelte. »Aber, aber ... Wenn man es genau nimmt, Vourdranj, warst du es, der das alles ein wenig beschleunigt hat. Wären du und dein feiner Bruder nicht hier aufgetaucht, hätte ich der Kleinen mehr Zeit gelassen. Aber so ... Wer weiß, was du den Fürsten alles berichtet hast.«

Julien biss die Zähne fester zusammen. »Die Fürsten wissen von nichts. Sie haben auch keine Ahnung, dass ich hier bin.« Seine ganze Haltung zeugte davon, wie sehr ihm jedes Wort widerstrebte.

»Jetzt plötzlich doch gesprächig. Vor zwei Nächten hast du mich noch angespuckt, als ich dich danach fragte. - Welche Garantie habe ich, dass du mich nicht anlügst, Vourdranj? Gründe hast du doch genug dazu.«

»Ich lüge nicht. Weder Adrien noch ich haben den Fürsten bisher berichtet. Sie wissen nicht einmal, dass ich aus der Verbannung zurückgekommen bin.« Er blickte zu mir und sah dann abermals zu Samuel auf. »Es gibt keinen Grund, warum du ihr nicht mehr Zeit lassen kannst.«

Plötzlich hatte ich das Gefühl, dass er um mein Leben bettelte.

Samuel verdrehte mit einem theatralischen Seufzen die Augen zur Decke und legte die Hand auf sein Herz. »Ah, die Liebe. Sie lässt uns Gesetze brechen, unsere Ehre opfern und sogar vor unseren Feinden kriechen«, deklamierte er pathetisch, ehe er sich zu Julien hinabbeugte. »Du irrst dich, Vourdranj. Es gibt einen Grund: dich! Deine Familie ist fast so alt wie ihre. Ich wäre ein Narr, mir diese Chance entgehen zu lassen.«

Auch wenn ich nicht verstand, was er meinte, Julien tat es. Seine Augen zuckten für eine halbe Sekunde zu mir, dann sah er ihn wieder an und nickte. »Lass ihr mehr Zeit und ich mache keinen Ärger.« Es klang, als würde er einen Handel vorschlagen.

Samuel lachte und schien für einen kurzen Moment sogar darüber nachzudenken, ehe er sich wie vertraulich noch ein Stück weiter vorbeugte. »Ein verlockendes Angebot, Vourdranj. - Die Antwort ist Nein.«

Julien schoss mit gebleckten Zähnen vor. Er verfehlte Samuels Kehle um Haaresbreite, und auch das nur, weil der im allerletzten Augenblick mit einem Fluch zurücktaumelte. Sekundenlang funkelten sie sich über kaum einen Meter Distanz hinweg an. Auf Juliens Lippen lag ein arrogantes und zugleich gefährliches Grinsen, das keinen Zweifel daran ließ, dass er Samuel getötet hätte, wäre er ihm nur nahe genug gekommen. Er hatte diese andere, dunkle Seite seines Wesens bisher gut vor mir verborgen. Vielleicht hatte er gefürchtet, ich könnte mit ihm nichts mehr zu tun haben wollen, wenn ich sie kannte. Zugegeben, sie erschreckte mich. Aber – es erstaunte mich selbst – sie machte mir keine Angst. Und sie änderte auch nichts an meinen Gefühlen für ihn.

Der Ausdruck von Hass und Verachtung in Samuels Gesicht war da etwas ganz anderes.

Mit einem geknurrten »Das wirst du bereuen, Vourdranj«, entspannte er sich mit sichtlicher Mühe und wischte eine imaginäre Fluse von seinem Anzug. Das Lächeln war auf seine Züge zurückgekehrt, als er mir die Hand hinstreckte.

»Komm mit nach oben, Dawn«, dieses Mal waren seine Worte eindeutig keine Bitte mehr, sondern ein Befehl.

»Nein.« Ich schüttelte den Kopf und machte einen Schritt zurück und gleichzeitig weiter zu Julien hin.

»Wie du meinst.« Sein Lächeln verwandelte sich in blanken Hohn. »Wenn ich es nicht besser wüsste, würde ich sagen, ich habe ein Déjà-vu.« Er bedachte mich mit einem verächtlichen Blick. »Deine Mutter war genauso dumm wie du, Mädchen. Sie wollte deinen Vater auch nicht verlassen. Sie ist sogar noch mit einem Brieföffner auf mich losgegangen, als er schon tot am Boden lag.« Mit einem Schulterzucken wandte er sich von mir und Julien ab. »Dann schlage ich vor, du machst es dir hier unten gemütlich, bis ich wiederkomme.« Schon halb auf dem Weg zur Treppe hielt er noch einmal inne und sah zu mir zurück. »Nur damit du dir keine falschen Hoffnungen machst, vielleicht doch noch davonlaufen zu können – mit oder ohne deinen Freund –, ich werde im Salon einen meiner Männer postieren.« Ohne sich noch einmal umzudrehen, stieg er die gewundenen Stufen hinauf.

Plötzlich waren meine Knie weich. Ich taumelte zu Julien

hin und sank vor ihm zu Boden. Er löste den Blick von der Treppe und sah mich an, während er in einer Geste, die gleichzeitig Abwehr und Bitte war, die Hände hob. »Bleib weg! An meinem Durst hat sich nichts geändert.« Seine Eckzähne ragten noch immer deutlich sichtbar über die anderen heraus.

Gehorsam rutschte ich ein Stückchen zurück. Ein Gefühl der Verzweiflung saß auf einmal würgend in meiner Kehle.

»Meine Eltern mussten meinetwegen sterben, oder? Es hat etwas damit zu tun, dass ich zu einer Hälfte eine Lamia bin – von der Seite meines Vaters, nicht wahr? –, und damit, dass ich ein Mädchen bin. Es ist alles meine Schuld. Auch dass er dich töten will. – Warum? Was ist an mir so Besonderes?«, flüsterte ich unglücklich in das Schweigen zwischen uns hinein.

Julien beugte sich so weit zu mir, wie er konnte. »Nichts davon ist deine Schuld, Dawn. Gar nichts!« Eindringlich sah er mit seinen noch immer schwarzen Augen fest in meine.

»Aber warum dann das alles?« Ich hasste das Schluchzen in meiner Stimme. Solange mein falscher Onkel noch hier unten gewesen war, hatte meine Wut auf ihn die Angst offenbar im Zaum gehalten, doch nun schlug sie wie eine gigantische Woge über mir zusammen.

Irgendwie schaffte Julien es, meine Hände mit seinen Fingerspitzen zu erreichen. »Weil es so etwas wie dich nur ein Mal in tausend Jahren gibt.« Verständnislos sah ich ihn an. Sein Blick huschte wie sichernd zur Treppe hin, dann kehrte er zu mir zurück. »Abgesehen davon, dass unsere Gesetze eine Verbindung zwischen Mensch und Lamia verbieten, sind unsere Arten nicht … kompatibel. Sie … sie können keine Kinder miteinander haben. – Eigentlich. – Das war vermutlich auch der Grund, warum dein Vater deiner Mutter zuerst nicht geglaubt hat, dass sie schwanger ist.«

»Ich bin also so etwas wie ein Freak«, stellte ich bitter fest.

»Nein.« Julien schüttelte entschieden den Kopf. »Ein Wunder! – Und wärst du ein Junge, hätte niemand etwas zu dem Vergehen deines Vaters, sich mit einem Menschen einzulassen, gesagt. Es gibt nur noch so wenige Lamia, dass jedes Kind, das vielleicht den Wechsel vollziehen kann, einem Geschenk gleichkommt. Man hätte gnädig über den Makel deiner Geburt hinweggesehen.« Er zögerte. »Aber du bist ein Mädchen.« Erneut sah er zur Treppe, ehe er weitersprach. Dieses Mal jedoch hatte ich das Gefühl, dass er einfach nur einen Augenblick brauchte, um sich zu überlegen, was er als Nächstes sagte. »Es gibt Legenden darüber, dass ein Lamia und ein Mensch schon einmal zusammen eine Tochter gezeugt haben. Alles war in Ordnung – bis sie den Wechsel vollzog. Sie wurde zu einer Princessa Strigoja – sagen wir: einer Königin der Nachtwesen. So könnte man es vielleicht übersetzen. Danach geriet jeder Lamia, der auch nur in ihre Nähe kam, unweigerlich unter ihren Bann. Wieso, weiß bis heute niemand. Aber sie konnten, aus welchen Gründen auch immer, gar nicht anders, als ihr jeden Wunsch zu erfüllen – und ihre Befehle ohnehin. Nur wenige sehr alte Lamia und die von ihnen geschaffenen alten Vampire konnten ihrer Macht mit Mühe widerstehen.

Bis zu diesem Zeitpunkt hatten Lamia und Vampire, von den Menschen unbemerkt, unter ihnen existiert. Die Princessa hob die alten Gesetze auf, die die Menschen vor uns geschützt hatten und uns im Gegenzug vor der Entdeckung durch die Menschen. Es war eine schlimme Zeit. Unter ihrer Herrschaft bekämpften Lamia und Vampire einander und die Menschen machten zusätzlich Jagd auf sie. Als es endlich gelang, die Princessa Strigoja zu vernichten, waren nur noch ein paar Lamia und Vampire übrig. Aus Angst davor, dass sich all das wiederholen könnte und unsere Art dann endgültig von der Erde verschwinden würde, wurde ein Gesetz erlassen: Kein Lamia darf sich mit einem Menschen verbinden, damit aus dieser Verbindung auch niemals Kinder hervorgehen können. Bricht jemand dieses Gesetz, sind er, die Frau und das Kind zu töten.«

Ich zog meine Hände zurück und senkte den Kopf. »Also hat Samuel mit dem Mord an meinen Eltern nichts anderes getan, als das Gesetz zu befolgen.«

»Nein!« Julien stemmte sich gegen seine Fesseln, um mich erreichen zu können. Vergeblich. »Dein Vater stammte aus einer mächtigen und alten Familie. Seine beiden Onkel und sein Vater sind gefürchtete und angesehene Fürsten. Es wäre gut möglich gewesen, dass man das Gesetz um seinetwillen ... ausgesetzt hätte. Zumindest, bis man gewusst hätte, ob du eine Gefahr darstellst oder nicht. – Ich denke vielmehr, dass Samuel die Macht einer Princessa Strigoja will. Es gibt unzählige Legenden, die sich um sie und die Kräfte ranken, die ihr Blut angeblich in sich birgt. Und wenn es ihm gelingt, dich während des Wechsels an sich zu binden, kann er dich kontrollieren – und über dich die anderen Lamia und Vampire.« Er schüttelte den Kopf. »Hätte Samuel nur das Gesetz befolgen wollen, hätte er dich ebenso töten müssen. Aber das hat er nicht, weil er dich lebendig wollte. Deine Eltern jedoch waren ihm im Weg. – Und außerdem: Er ist nur ein Vampir. Er hätte niemals die Hand gegen deinen Vater heben dürfen. Darauf steht die Todesstrafe. Nur den Fürsten ist es erlaubt, Urteile – und vor allem Todesurteile – auszusprechen. Und es sind mindestens drei Stimmen nötig, um ein solches Urteil rechtskräftig zu machen. Aber selbst dann dürfen Todesurteile nur von den Vourdranj vollstreckt werden.«

Ich sah ihn an. »Von den Vourdranj.« Langsam holte ich Atem. »Also hatte er recht und du wurdest geschickt, um mich zu töten?«

Julien schloss gequält die Augen und schüttelte abermals den Kopf. »Nicht ganz«, sagte er nach ein paar Sekunden leise. »Mein Bruder erhielt diesen Auftrag. Aber als er plötzlich verschwand, kam ich hierher, um herauszufinden, was geschehen war. Alles deutete darauf hin, dass man ihn ermordet hatte ...« Abrupt verstummte er. Einen Augenblick kämpfte er den Schmerz nieder, der eben noch in seiner Stimme gewesen war, dann sprach er weiter. »Ich beschloss, seinen Mörder aufzuspüren und zur Strecke zu bringen und gleichzeitig das zu beenden, was er begonnen hatte: die Princessa Strigoja zu finden und zu töten.« Er sah mich wieder an. »Als ich mich auf die Suche nach ihm und der Princessa machte, hatte ich nur den Namen dieser Stadt und den deiner Schule. Also habe ich dort angefangen zu suchen. Dabei bin ich dir begegnet. – Aber ich wusste nicht, dass du es bist, bis ich im Tagebuch deiner Mutter den Namen deines Vaters gelesen habe. – Und als ich es wusste, da ... konnte ich es nicht.«

Obwohl er es nicht aussprach, wusste ich, was er meinte. Er hatte mich nicht töten können. Stattdessen hatte er mich zum Teufel gejagt und mir das Herz gebrochen.

Julien ließ den Kopf in den Nacken fallen und sah zur Decke. Unter seinem zerrissenen Kragen blitzte eine dünne goldene Kette. »Damit habe ich ein weiteres Mal die Ehre meiner Familie verraten.« Das leise Lachen, das er ausstieß, klang bitter. Sein Blick kehrte zu mir zurück. »Aber ich bereue es nicht.« Unverwandt sah er mir in die Augen. Er erschien mir wie jemand, der sein Urteil erwartete. Und ganz egal wie es ausfallen oder was ich sagen würde: Julien würde sich ihm beugen und es akzeptieren.

Langsam schob ich meine Hände vor, bis er sie wieder berühren konnte. Ein kurzes Lächeln glitt über seine Lippen. Für eine Sekunde schien sogar das Schwarz seiner Augen zu ihrem üblichen Quecksilbergrau zurückzukehren. Doch in der nächsten waren sie wieder ebenso schwarz wie zuvor. Dann war auch das Lächeln verschwunden.

»Wir müssen dich hier hinausbringen.«

Ich blinzelte. Der plötzliche Themenwechsel überraschte mich ein bisschen.

»Wir?«, bedeutungsvoll sah ich auf seine Handschellen.

Er folgte meinem Blick, dann schaute er mich wieder an und neigte den Kopf ein wenig zur Seite. »Glaubst du, du schaffst es ohne mich?«, fragte er ernst und mir wurde bewusst, wenn ich Ja sagte, würde er darauf bestehen, dass ich ohne ihn ging.

Aber die Antwort war ein eindeutiges »Nein! Niemals!«. Ganz abgesehen davon, dass ich nicht wusste, wie ich an Samuels Wache am Ende der Treppe vorbeikommen sollte – wenn es denn tatsächlich nur eine war –, hatte ich noch immer nicht vor, Julien einfach hier zurück und seinem Schicksal zu überlassen.

Ich rieb die Hände an meiner Jeans. »Okay. Was tun wir?«

Er stand so weit auf, wie es seine Fesseln erlaubten, und sah sich um. Für eine Sekunde ging sein Blick abschätzend zur Treppe hin, ehe er in Richtung Schreibtisch nickte.

»Sieh nach, ob du dort ein bisschen Draht, eine Büroklammer oder etwas Ähnliches findest.«

Ich lief zu dem schweren Mahagonimöbel hinüber, knipste die Lampe darauf an und begann es in fliegender Hast zu durchsuchen. Außer einer ledernen Schreibunterlage, einem teuren Füllfederhalter und der Lampe war die polierte Tischplatte leer – abgesehen von der Cognac-Karaffe mit ihrem roten Inhalt und dem noch immer halb vollen Glas. Mit einem Schaudern riss ich den Blick davon los und durchwühlte die Schubladen. Schweres handgeschöpftes Papier, edel aussehende Briefumschläge, sogar etwas, was nach einem Siegel und Wachs aussah, und ein Brieföffner in Dolchform. Außerdem rutschten mir eine Einwegspritze, auf deren Nadel die Plastikkappe wieder aufgesteckt worden war, und ein Medikamentenfläschchen entgegen, auf dem

»Ketamin« und eine Milligrammangabe standen. Ketamin war ein Beruhigungsmittel, das wusste ich. Wofür hatte Samuel es benötigt? Ich verbannte die Frage als nicht wichtig aus meinen Gedanken und wandte mich der untersten Schublade zu. Sie war verschlossen. Ich vergaß alle Skrupel, schnappte mir den Brieföffner und versuchte sie aufzuhebeln. Es brauchte mehrere Anläufe, aber dann sprang sie mit einem unwilligen Knacken auf. Das Holz hatte eine hässliche Kerbe davongetragen. Papiere lagen darin, amtlich aussehende Dokumente, die – so vergilbt, wie sie waren – schon etliche Jahre alt sein mussten. Einige davon waren tatsächlich mit metallenen Büroklammern zusammengeheftet. Ich zog sie ab, ohne mich darum zu kümmern, ob man später noch würde erkennen können, welches Blatt zu welchem gehörte, und kehrte zu Julien zurück.

Mit merklicher Ungeduld nahm er mir eine der Klammern ab, bog sie auf und für seine Zwecke zurecht.

»Warum hast du nicht schon früher versucht zu fliehen?«, fragte ich, während ich ihn dabei beobachtete. Er schien genau zu wissen, was er tat.

»Weil ich nicht an das hier rangekommen bin.« Mit einem bitteren Lächeln hob er die verbogene Klammer, dann wurde seine Miene hart. »Und weil Samuel mich mit irgendeinem Zeug betäubt hat, als er zu dem Schluss kam, dass ich ihm trotz des guten Zuredens seiner Männer nicht erzählen würde, was er wissen wollte. Ich könnte dir noch nicht einmal sagen, wie lange ich schon hier unten bin. Ehe du aufgetaucht bist, war ich die meiste Zeit ziemlich weggetreten.«

Ich schluckte. Dafür also hatte Samuel das Ketamin gebraucht.

»Meinem Durst nach zu schließen müssten es aber zwei oder drei Nächte gewesen sein.« Julien schüttelte die Kette aus dem Weg, dann versuchte er das zurechtgebogene Ende der Drahtklammer in eines der Schlösser seiner Handschellen zu schieben. Sie saßen so eng, dass ihm nicht das geringste bisschen Bewegungsspielraum blieb. Zudem ließ das Scharnier, das sie verband, es nur zu, dass er sie in eine Richtung bewegte. Erst beim vierten Versuch hatte er Erfolg.

»Heute ist die dritte Nacht.« Ich lehnte mich vor, um besser sehen zu können, was er tat.

»Aha.« Ein Blick und ein vermutlich unbewusstes Kräuseln seiner Oberlippe ließen mich auf etwas mehr Distanz gehen.

»Entschuldige«, murmelte ich schuldbewusst. Dass Julien für mich eine Gefahr darstellen könnte, wollte absolut nicht in meinen Kopf – selbst nach dem, was ich gesehen hatte.

»Schon gut. – Wie hast du mich eigentlich gefunden?« Er stocherte mit der Klammer im Schloss herum und fluchte, als sie unversehens herausrutschte und seinen Fingern entglitt. Sie war außerhalb seiner Reichweite gelandet. Ich hob sie auf und gab sie ihm zurück.

»Ich wollte mit dir reden, weil ... weil ich dachte, du hättest mit mir Schluss gemacht.«

Julien zuckte zusammen, schwieg aber und versuchte erneut das zurechtgebogene Ende im Schloss zu versenken.

»Aber du warst zwei Tage nicht in der Schule und auf deinem Handy warst du auch nicht zu erreichen. Also bin ich zum Anwesen rüber, um dort mit dir zu reden. Als da jedoch alles darauf hinwies, dass du gar nicht mehr zu Hause warst, nachdem du ...« Ich zögerte, ehe ich weitersprach. »Na ja, da hab ich mir Sorgen gemacht.«

Julien schwieg noch immer. Inzwischen hatte er offenbar den gesuchten Punkt im Inneren des Schlosses gefunden, denn er bewegte den Draht jetzt auf eine andere Art. Er sagte nichts dazu, als ich ihm gestand, dass ich den Kellerraum unter der Speisekammer entdeckt hatte – und dass ich in seinen Sachen nach einem Hinweis gesucht hatte, warum er verschwunden sein könnte. »Weil ich dachte, die anderen

Lamia hätten irgendwie von uns erfahren und dich geholt, wollte ich sogar meinen Onkel um Hilfe bitten.«

Julien schnaubte voll bitterer Belustigung, stieß dann jedoch etwas aus, was wie ein Fluch klang, als er wohl im Inneren des Schlosses von seinem Ansatzpunkt abgerutscht war. Er presste die Lippen zusammen und tastete erneut nach dieser Stelle.

Ehe ich weitersprach, holte ich einmal tief Luft: »Als ich mich durch die Garage zurück ins Haus geschlichen habe, habe ich deine Blade auf der Ladefläche eines Pick-ups gesehen.«

Er warf mir einen raschen Blick zu, bevor er mit seinen Bemühungen fortfuhr. »Sie ist nur noch Schrott, oder?«

»Ich fürchte, ja«, nickte ich betrübt.

Für einen Moment hielt er inne. Seine Schultern hoben sich und sanken wieder herab. »War nicht anders zu erwarten, so wie ich mich mit ihr überschlagen habe.«

»Überschlagen?« Ich starrte ihn an und hoffte, dass ich mich verhört hatte.

Julien nickte, schob den Draht ein Stück tiefer und drückte ihn ganz behutsam ein wenig zu Seite. »Samuel hat mir an dem Abend, als ich dich ...« Wie ich zuvor zögerte auch er. »Er hat mir ein paar seiner Männer hinterhergeschickt. Ich glaubte, sie kämen im Auftrag des geschaffenen Vampirs, der für Adriens Verschwinden verantwortlich war, und dass ich dem Kerl endlich nahe genug gekommen wäre, um ihn aufzuscheuchen. – Stimmte ja auch. Irgendwie.«

Es gab ein schabendes Geräusch und der Draht war aus dem Schloss gerutscht. Julien fluchte, schob ihn aber erneut in dessen Tiefe zurück. Als er weitersprach, kamen die Worte vor Anspannung und mühsam unterdrückter Gereiztheit abgehackt und stockend zwischen seinen zusammengebissenen Zähnen hervor. »Sie haben auf mich geschossen und ich dachte, sie wollten mich wie Adrien beseitigen. Also habe ich Gas gegeben. Eigentlich hätte ich den Pick-up mühelos abhängen müssen, aber offenbar hatte jemand an dem Ding gebastelt. Ich konnte sie nicht abschütteln. Irgendwann wurden sie es müde, mich zu jagen, und haben mir das Hinterrad zerschossen.« Er bedachte mich mit einem schrägen Blick unter gesenkten Wimpern heraus. »Glaub mir, es macht keinen Spaß, sich mit mehr als zweihundert Sachen zu überschlagen.«

Ohne nachzudenken, streckte ich die Hand nach ihm aus. Er schüttelte den Kopf. »Du vergisst, dass ich kein Mensch bin. Es braucht mehr als einen Motorradunfall und ein paar Schläger, um mich auf Dauer außer Gefecht zu setzen. Ein Sturz vom Hochseil hat ja auch nicht gereicht. Mein Körper heilt sich selbst und das bedeutend schneller als der eines Menschen. Dass ich erst in der Nacht zuvor ausgiebig getrunken hatte, hat dabei geholfen, und hätte ich es danach wieder tun können, wären jetzt noch nicht einmal mehr die Abschürfungen zu sehen.«

Ich schauderte. Er klang, als seien seine Verletzungen bis auf wenige allerletzte Spuren bereits verheilt. Wie mochte er direkt nach dem Unfall ausgesehen haben? Ich dachte an die Flecken auf der Ladefläche des Pick-ups und stellte fest, dass ich es gar nicht wissen wollte. »Und dann haben sie dich hierhergebracht?«

»Ja. Ich erinnere mich daran, dass ich die Kontrolle verlor, der Asphalt auf mich zukam und die Blade über mich drübergeflogen ist. - Danach: Filmriss. - Als Nächstes liege ich angekettet hier unten, Samuel steht über mir und fragt mich, wie viel die Fürsten von ihm und von dir wissen. Da war mir - zumindest im Groben - klar, wie die ganze Geschichte zusammenhing.« Ein kaltes Lächeln zuckte über seine Lippen. »Ich vermute, in den ersten Minuten dachte er, ich sei Adrien.«

Eine Sekunde lang war ich verwirrt, dann begriff ich: Natürlich! Zwillinge! »Das heißt, er glaubt zwar, dass dein Bruder tot ist, ist sich aber nicht absolut sicher?«, fragte ich plötzlich atemlos.

Das Lächeln verschwand von Juliens Lippen. »Genau das heißt es«, bestätigte er leise. Die Hoffnung in seiner Stimme ließ meine Kehle eng werden. Doch noch ehe ich etwas sagen oder tun konnte, wandte er seine Aufmerksamkeit bereits wieder dem Schloss zu – nur um erneut innezuhalten und mich anzusehen.

»Vor zwei Tagen, da ...«, begann er, verstummte jedoch sofort wieder mit einem hilflosen Kopfschütteln – und setzte von Neuem an. »Es tut mir leid! Ich wollte dir nicht wehtun. Aber als ich erfuhr, dass *du* diejenige bist, nach der ich gesucht hatte ... Ich wusste nicht, wie ich weitermachen sollte. Verstehst du? Ich meine ... Ich ... Du ... – Verdammt! Wir reden in Ruhe darüber, wenn das hier vorbei ist, ja? Alles, was du im Moment wissen musst, ist, dass es mir wahnsinnig leidtut und ich garantiert nicht will, dass es zwischen uns aus ist! Okay?«, brach es aus ihm heraus.

Ich blinzelte, schluckte. »Okay«, bestätigte ich dann.

Julien sah mich für eine Sekunde geradezu verzweifelt an, ehe er brüsk nickte und sich abermals auf seine Fesseln konzentrierte.

Eine Weile beobachtete ich ihn dabei, wie er in verbissenem Schweigen mit der verbogenen Drahtklammer und dem Schloss kämpfte. Dann erklang ein kaum hörbares Klicken und der linke Bügel der Handschellen öffnete sich. Mit einem erleichterten und zugleich befriedigten Brummen schüttelte Julien seine befreite Hand, um schneller wieder Gefühl in sie hineinzubekommen. Ich wurde mit einem kurzen Grinsen bedacht, ehe er das Stück Draht in die Linke nahm und sich an dem zweiten Schloss zu schaffen machte. Jetzt, da er seine Hände frei bewegen konnte, hielt es seinen Bemühungen nicht lange stand und sprang schon nach kaum mehr als einer Minute auf. Julien streifte seine Fesseln endgültig ab und rieb sich kurz die Handgelenke. Ich stand auf und streckte ihm die Hand hin, um ihm aufzuhelfen. Er hatte meinen Arm schneller gepackt, als ich nach Luft schnappen konnte. Mein Shirt war bis zum Ellbogen in die Höhe geschoben. Für ein paar Sekunden starrten wir beide auf die bläulichen Adern unter meiner Haut auf der Innenseite meines Handgelenkes. Das rote Glimmen war in Juliens Augen zurückgekehrt und schien sich mit jedem meiner angespannten Atemzüge zu verdüstern und gleichzeitig stärker zu werden. Mit einem leisen Grollen beugte er sich vor, den Mund leicht geöffnet. Ich stand da wie gelähmt und starrte auf ihn hinab. Meine Kehle war zu trocken zum Schlucken. Sein Atem streifte meine Haut und ich fragte mich plötzlich, ob es wehtun würde, wenn er zubiss.

»Nein!«

Unwillkürlich sog ich mit einem kleinen Schrei die Luft ein.

»Nein!«, wiederholte Julien und klang dabei wie jemand, der sich selbst einen Bissen seiner lang ersehnten Lieblingsspeise versagte. Er hatte meinen Arm so jäh losgelassen, als hätte er sich daran verbrannt.

»Lass uns von hier verschwinden. Das nächste Mal kann ich mich vielleicht endgültig nicht mehr beherrschen.« Er wies zur Treppe. Beklommen setzte ich mich rückwärts in Bewegung. Ich konnte mich nicht dazu überwinden, ihm den Rücken zuzukehren. Julien quittierte es mit einem traurigen Nicken, das eher ihm selbst als mir galt, bückte sich nach dem Schürhaken und folgte mir. An der Treppe schob er sich an mir vorbei, bedeutete mir, hier zu warten und leise zu sein, dann stieg er die Stufen hinauf.

Angestrengt lauschte ich ihm hinterher. Ganz kurz glaubte ich etwas wie ein Keuchen und einen Aufschlag zu hören und hielt den Atem an. Was würde geschehen, wenn man uns jetzt entdeckte? Erleichtert wagte ich wieder zu atmen, als Julien einen Augenblick später am Ende der Treppe auftauchte und mich zu sich winkte – jedoch nicht, ohne noch einmal nachdrücklich den Finger auf die Lippen gepresst zu haben. Ich nickte und schlich die Stufen hinauf. Nicht eine knackte unter mir. Oben erwartete Julien mich angespannt. Erschrocken blieb ich stehen, als ich den Mann bemerkte, der, halb von einem Sessel verborgen, ein Stück von der Treppe entfernt, regungslos auf dem Boden lag. Es war einer der Leibwächter. Sein Kopf war in einem unmöglichen Winkel verdreht und abgeknickt. An seiner Kehle war Blut. Ich schluckte. Julien schob sich zwischen mich und den Mann, lenkte meine Aufmerksamkeit von dem Körper weg und auf sich. War das Blut in seinem Mundwinkel? Ich riss meinen Blick davon los. Erneut bedeutete er mir leise zu sein und wies auf die Tür, die zu Samuels Arbeitszimmer führte. Sie stand einen Spaltbreit offen. Hinter ihr waren die Stimmen mehrerer Männer zu hören. Eben sagte mein angeblicher Onkel etwas. Was, konnte ich nicht verstehen, doch zustimmendes Gemurmel antwortete ihm. Ein wenig hilflos blickte ich Julien an. Der Salon lag auf der Rückseite des Hauses. Es gab nur diese eine Tür. Julien verstand, ohne dass es auch nur eines Wortes bedurft hätte, nickte zu den beiden Fenstern hin, von denen die schweren Vorhänge zurückgezogen waren, und glitt vollkommen lautlos durch den Raum auf sie zu. Seine gefährliche Geschmeidigkeit war zurückgekehrt. Aber obwohl er anscheinend getrunken hatte, hielt er weiterhin vorsichtig Abstand zu mir, so als traue er sich selbst noch immer nicht. Ich folgte ihm hastig, darum bemüht, ebenso leise zu sein wie er.

Gerade als er die Hand nach dem Fenstergriff ausstreckte, erreichte ich ihn. Ich packte seinen Arm. Er erstarrte und sah mich unter zusammengezogenen Brauen heraus an.

»Alarmanlage!«, formte ich lautlos mit den Lippen. Mit einem Zischen ließ er die Hand sinken. Einen Moment lauschte er zu den Stimmen im Nebenraum hin, dann beugte er sich vor, um aus dem Fenster in die Dunkelheit zu spähen. Eben wandte er sich mir wieder zu, als im Arbeitszimmer Stühle scharrten. Keine Sekunde später öffnete sich die Tür und Licht strömte in den Salon. Dann geschah alles gleichzeitig. Ein überraschter Ruf erklang. Julien schleuderte das Schüreisen in Richtung der Männer, die in der Tür standen, riss das Fenster auf und die Alarmanlage quäkte mit ohrenbetäubendem Gejaule los. Er packte mich um die Taille, hob mich hoch und dann landete ich jenseits des Fensters auf dem Rasen. Samuel brüllte Befehle. Auf einmal war Julien neben mir, packte meine Hand und zerrte mich mit sich. Ich rannte, ohne zu wissen wohin. Hinter uns waren Stimmen. Wir bogen um eine Ecke, ich rutschte aus, stolperte gegen Julien, der mich einfach weiterzerrte. Die Alarmanlage verstummte mit einem letzten Quaken. Der Rasen unter meinen Füßen wurde zu Kies. Die Auffahrt. Ich begriff, wohin wir flohen: zur Straße. Straße bedeutete Öffentlichkeit und Öffentlichkeit Menschen, vor denen sie uns nicht einfach gegen unseren Willen zurückschleppen konnten, wenn sie uns erwischten. Der Kies knirschte unter den Schritten unserer Verfolger. Ein Arm legte sich um meine Mitte, riss mich in die Höhe und zurück. Ein schmerzhafter Ruck und meine Hand war nicht länger in Juliens. Mit gefletschten Fängen fuhr er herum. Ich schlug um mich, strampelte wie von Sinnen und kreischte dabei wie eine Irre in der Hoffnung, jemand würde mich hören.

»Bring sie zum Schweigen!«, erklang Samuels Stimme ganz in meiner Nähe. Eine Hand legte sich auf meinen Mund, erstickte meine Schreie und nahm mir den Atem. Ich keuchte und wand mich, riss verzweifelt an dem Arm, der zu der Hand gehörte. Die Haut unter meinen Fingern fühlte sich an wie kalter, mit Wachs überzogener Marmor.

Hinter mir erklang ein wildes, wütendes Heulen. Ich glaubte Juliens Stimme zu erkennen. Meine Lungen schrien nach Luft. Verzweifelt trat ich um mich. Die Hand drückte fester zu. Ein düsterer und zugleich von grellen Flecken durchzogener Nebel flimmerte vor meinen Augen. Ich wurde ungeachtet meiner hilflosen Gegenwehr weggetragen. Irgendwo erklangen Fauchen und Knurren und seltsam dumpfe Geräusche. Gesichter glitten an mir vorbei. Licht, Bücher, Treppe. Es ging nach unten. Ich wurde auf einem Teppich abgesetzt. Die Hände gaben mich frei. Luft! Gierig sog ich sie ein und musste prompt husten. Mein Blick klärte sich. Verzweiflung setzte sich in meine Kehle und nahm mir ebenso den Atem wie zuvor die Hand auf meinem Mund. Ich war wieder in dem Kellerraum. Über mir stand einer der Leibwächter. In meinem Verstand gab es nur zwei Gedanken: *Was ist mit Julien?* und *Raus hier!* Ich trat nach den Beinen des Mannes. Er grunzte überrascht, machte einen Schritt zurück. Stolpernd kam ich auf die Füße und floh Richtung Treppe. Etwas traf mich von hinten, warf mich auf die Knie. Plötzlich war die letzte Stufe direkt vor mir. Schmerz und Dunkelheit explodierten in meinem Kopf und schickten mich ins Nichts.

Blut

Die Gesichter zweier Männer schwebten über mir. Ich erinnerte mich an sie. Es waren Geschäftsfreunde meines falschen Onkels. Hinter ihnen konnte ich noch weitere Männer ausmachen, die damit beschäftigt waren, einen wütenden Julien zu bändigen. Ein Schlag warf ihn gegen ein Bücherregal. Das Lesepult stürzte polternd zu Boden und ging zu Bruch. Ich keuchte seinen Namen und schrak zurück, als Samuel sich über mich beugte: »Dein tapferer, ehrenhafter Vourdranj.« In seinem höhnischen Lächeln blitzten seine Reißzähne. »Er hätte dich einfach nur zurücklassen müssen und wäre uns entkommen. Aber er ist nicht von deiner Seite gewichen, Mädchen. – Wenn du brav bist und tust, was ich dir sage, darfst du ihn vielleicht behalten ... Was meinst du? Würde dir das gefallen? Als Spielzeug, ganz für dich allein?« Seltsam benommen und hilflos starrte ich ihn an. Er sprach mit mir wie mit einem kleinen Kind. Ohne den Blick von mir zu nehmen, gab er den Männern um uns herum ein Zeichen. Sie packten mich an Armen und Beinen. Ich schrie auf und versuchte um mich zu schlagen und zu treten. Ebenso gut hätte ich mich gegen Stein wehren können. Sie mussten Vampire sein wie er. Mein Arm wurde zur Seite gezogen und schmerzhaft gestreckt. Einer von ihnen schlang einen dünnen Gummischlauch oberhalb meines Ellbogens darum und zog ihn fest. Von irgendwoher hielt Samuel eine Spritze in der Hand. Ich wand mich und kreischte. Bedächtig drückte er aus der Nadelspitze einen dünnen Strahl einer gelbbraunen Flüssigkeit. Dann suchte er in meiner Armbeuge nach einer Vene. Hinter mir brüllte Julien verzweifelt »Nein!« Die Nadel stach durch meine Haut, Samuel drückte den Kolben nieder. Die Flüssigkeit gelangte in mein Blut und steckte es in Brand. Ich schrie. Die Welt explodierte in Farben, Grelle und Schmerz. Die Männer ließen mich los. Ich rollte mich zu einem Ball zusammen und krümmte mich und wimmerte und stöhnte und schrie, während ich von innen heraus verbrannte und mein Oberkiefer zu Lava zerschmolz. Seltsam gedämpft hörte ich Juliens wütende Stimme, verzerrt und fern, Samuels Knurren, ein Klatschen. Alles zerfaserte zu Finsternis und Qual.

Als sich die Welt um mich herum wieder zusammenzufügen begann, lag ich auf etwas Weichem. Ich erfror und verbrannte zugleich. Meine Glieder zitterten, ohne dass ich mich bewegen konnte. Ich blinzelte schwach und wimmerte leise, als unruhiger Lichtschein furchtbar grell meine Augen traf. Durst! Ich hatte entsetzlichen Durst! Schatten beugten sich über mich. Einer tiefer als die anderen. Etwas wurde an meinen Mund gedrückt.

»Trink, mein Mädchen«, sagte eine Stimme dicht neben meinem Ohr.

Hinter mir schrie jemand: »Nicht!«

Die Stimme neben mir knurrte. Ein Klatschen und ein Krachen erklangen, dann ein Stöhnen. Ich blinzelte wieder, versuchte den Kopf zu heben, um herauszufinden, woher die Geräusche kamen. Um mich herum standen Metallschalen, in denen Feuer brannte. Alles war noch immer trüb und verschwommen. Eine Hand ergriff mein Kinn und drehte meinen Kopf zurück, ehe ich mehr erkennen konnte. Erneut wurde der Rand eines Glases gegen meine Lippen gesetzt. Dieses Mal nachdrücklicher.

»Trink!«, wiederholte die Stimme. Eine Flüssigkeit schwappte gegen meine Lippen und rann in meinen Mund. Salzig und bitter und schal. Schmerz explodierte in meinem Oberkiefer – und Gier. Meine Hände kamen hoch. Ich umklammerten das Glas mit aller Gewalt, damit niemand es mir wieder wegnehmen konnte. Ich trank wie eine Verdurstende. Kälte und Brennen ließen nach. Über mir erklang ein belustigtes Lachen. Ein Stück hinter mir stöhnte jemand. Jäh krampfte mein Magen sich zusammen. Ich schrie auf und spuckte aus, was ich gerade im Mund hatte. Überraschtes und unwilliges Murmeln um mich herum. In meinem Bauch wütete ein Monster mit Klauen, das mich von innen heraus zerfetzte. Ich schlang die Arme um meinen Leib und krümmte mich wimmernd und stöhnend zusammen. Wieder packte mich jemand am Kinn und setzte das Glas an meinen Mund. Ich wehrte mich, wand mich und versuchte Samuel von mir zu stoßen. Er war es, der mich festhielt.

Etwas in mir heulte auf vor Angst, ohne dass mein benommener Verstand begriff warum. Die Flüssigkeit füllte abermals meinen Mund. Zu viel, zu schnell. Ich verschluckte mich, hustete und würgte. Das Monster grub seine Klauen tiefer in meinen Bauch. Ich konnte vor Schmerz nicht atmen und wand mich keuchend und jammernd auf dem Diwan, der irgendwie in die Mitte des Raumes geraten war.

Samuel zischte über mir, drückte meinen Mund mit Gewalt auf und schüttete die Flüssigkeit in mich hinein.

»Trink!«, herrschte er mich an. Erneut verschluckte ich mich. Der nächste Schwall überschwemmte meine Kehle. Ich bekam keine Luft mehr. Verzweifelt schlug ich um mich und versuchte ihn gleichzeitig von mir zu stoßen. Meine Hand traf seinen Arm. Das Glas kippte, sein Inhalt ergoss sich über mich. Samuel fluchte und ließ mich los. Ich fiel zurück auf den Diwan.

Wieder war Gemurmel über mir. Es klang besorgt, bis Samuels Stimme es ärgerlich zum Schweigen brachte.

»Bringt ihn her!«, befahl er barsch.

Hinter mir raschelte und scharrte es. Zwei bleiche Männer zerrten einen dritten aus der Dunkelheit auf der anderen Seite der Feuer. Er kämpfte voller Zorn und Verzweiflung in ihrem Griff. Ich blinzelte, bis ich ihn erkannte. Julien! Zu seinen Abschürfungen waren ein weiterer Satz Blutergüsse und ein blaues Auge hinzugekommen. Die Vampire brauchten all ihre Kraft, um ihn zu halten. Er sah mich an. Entsetzen und Qual standen in seinem Gesicht. Sie drehten ihm einen Arm auf den Rücken, den anderen zerrten sie nach vorne. Er wehrte sich heftig. Samuel hatte plötzlich ein Messer in der Hand. Die Männer drehten Juliens Arm herum, bis die Innenseite nach oben wies. Mit einem Lächeln schnitt mein falscher Onkel ihm die Pulsader der Länge nach auf. Julien fauchte vor Schmerz. Sein Arm verkrampfte sich. Blut pochte aus dem Schnitt heraus. Ich starrte darauf, verfolgte fasziniert, wie es über seine Haut rann, wie es zu Boden tropfte. Der Schmerz erwachte erneut in meinem Oberkiefer. Dieses Mal spürte ich, wie meine Eckzähne länger wurden. Julien bäumte sich auf, als die Vampire ihn vorwärtszerrten, noch dichter heran. Sie hatten Mühe, ihn vor mir auf die Knie zu drücken, doch dann hatten sie es geschafft und zwangen seinen Arm zu mir her. Sein Blut schimmerte im Licht wie dunkle Rubine. Es rief nach mir. Ich beugte mich vor und umfasste seinen Arm mit beiden Händen.

»Dawn, nicht!« In der nächsten Sekunde stöhnte er auf, als ich meine Zähne in sein Handgelenk grub. Sein Blut quoll in meinen Mund. Ich schluckte. Es war süß und zugleich salzig. Wie Honig und Kupfer und Samt auf der Zunge. Ein bisschen erinnerte es mich an den Geschmack der Flüssigkeit, die Samuel mir eben aufgezwungen hatte, doch sein Aroma war unendlich viel voller und dunkler – und reiner. Warm rann es zwischen meine Lippen. Ein stetiger Strahl, der im Rhythmus seines Herzschlags pulsierte. Die Bestie in meinem Bauch zog ihre Krallen ein und rollte sich schnurrend zusammen. Ich trank wie in einem Traum, ohne aufhören zu können – bis ich merkte, wie der Rhythmus seine Gleichmäßigkeit verlor, wie sein Herzschlag zu stocken begann.

Von einer Sekunde auf die andere kehrte mein Verstand zurück. Entsetzt über das, was ich hier tat, riss ich die Augen auf. Ich hielt Juliens Arm mit beiden Händen umklammert. Blut rann noch immer aus dem Schnitt an seinem Gelenk. Meine Zähne hatten zusätzlich kleine rot gesäumte Löcher in seiner Haut hinterlassen. Er starrte mich mit einer Mischung aus Entsetzen und Faszination an. Sein Blick war glasig. Die Vampire hielten ihn noch immer fest. Er blinzelte ein paarmal langsam, wie in Zeitlupe. Seine Finger bewegten sich in meiner Hand. Ein Zucken, mehr nicht, das meine Aufmerksamkeit auf den roten Strom lenkte, der noch immer beständig über seine Haut rann und mir auf die Oberschenkel tropfte. Der Anblick weckte erneut einen vagen Schmerz in meinem Oberkiefer zusammen mit etwas, was ich zu meinem Grauen als Gier nach seinem Blut erkannte. Ich begann zu zittern. Nein! Ich wollte das nicht. Meine Fingernägel gruben sich so fest in Juliens Arm, dass er keuchte. Erschrocken sah ich auf. Seine Lider waren halb geschlossen, dennoch hing sein Blick an mir. Er fuhr sich mit der Zunge über die Lippen.

Ich zögerte einen Augenblick, ehe ich sein Handgelenk erneut zu meinem Mund zog. Seine Finger wurden in meiner Hand starr, während ich die Lippen auf seine Haut legte. Sofort war jener herrliche Geschmack von Kupfer und Honig wieder auf meiner Zunge. Die Gier kam zusammen mit dem Schmerz in meinem Oberkiefer zurück, doch nur für einen kurzen Moment, dann hatte ich sie aus meinen Gedanken verbannt. Das hier war Julien. Es war Juliens Blut. Langsam und zart fuhr ich mit der Zungenspitze über die Wunden. Julien gab einen Laut von sich, der Stöhnen und Wimmern zugleich war. Ich konnte spüren, wie der Schnitt und die Löcher meiner Zähne zu bluten aufhörten und sich schlossen.

Über mir erklang ein wütendes Fauchen. In der nächsten Sekunde wurde ich gepackt und mein Kopf in die Höhe gezerrt. Juliens Arm wurde aus meinem Griff gerissen. Wieder fuhr die Klinge in seine Ader. Dieses Mal schrie er auf. Das Messer fiel neben mich. Samuels Hand schloss sich um meinen Nacken und drückte mir Juliens Handgelenk grob an den Mund.

»Trink mehr!«, fuhr er mich an.

»Nein!« Verzweifelt versuchte ich aus seinem Griff freizukommen. Juliens Blut tropfte mir vom Kinn. Die Gier erwachte erneut. Nein! Ich wollte das nicht!

Unvermittelt ließ Samuel mich los und stieß Juliens Arm

zurück. Der wankte im Griff der beiden Vampire. Aus dem Schnitt an seinem Handgelenk rann weiter Blut. Ich sah die Gier, mit der sie darauf starrten – wie ich selbst eben noch –, und schauderte. Samuel zerrte mich zu sich herum.

»Du wirst trinken!«, knurrte er mich an. Seine Eckzähne schimmerten fahl in seinem Mund. Ich schrie, als er sich jäh über mich beugte und sie in meinen Hals schlug. Der Schmerz zerriss meine Kehle und trieb mir Tränen in die Augen. Es war, als hätte mir jemand glühende Messer in den Hals gestoßen. Meine Schreie wurden gellender, mischten sich mit einem zweiten, wilderen. Etwas stürzte krachend zu Boden. Die anderen brüllten durcheinander, während jeder Schluck Samuels meine Adern ein wenig mehr verdorren ließ. Jemand heulte auf. Wieder ein Krachen. Etwas schlug schwer auf den Boden. Beißender Rauch hing in der Luft. Seine Lippen schienen auf meiner Haut zu brennen. Ich wand mich, stemmte die Hände gegen seine Schultern und schrie, schrie, schrie. Dunkelheit zog sich um mich zusammen, verschlang die Welt. Plötzlich war sein Mund an meinem Hals verschwunden. Blut rann über meine Haut. Ich wurde gepackt und von dem Diwan heruntergerissen. Ein harter Ruck, wieder krachte es. Feuer brüllte auf. Ein fürchterliches Heulen erklang und Flammen tanzten an mir vorbei. Arme legten sich um mich. Ein Keuchen direkt neben meinem Ohr, dann schwebte ich.

»Alles wird gut! Halt durch!«, beschwor Juliens Stimme mich durch die Dunkelheit. Ich versuchte ihm zu antworten, doch mein Kopf sank nur schwer gegen seine Schulter. Warme Nässe breitete sich von meinem Hals immer weiter aus. Mein Shirt klebte feucht auf meiner Haut. Kühle wehte mir entgegen. Hinter uns war die Hölle. Ich konnte ihr Feuer ganz deutlich spüren. Plötzlich ein Stoß. Julien taumelte und fiel. Ich hörte ihn fauchen, dann stürzte Schwärze auf mich ein.

Nein, bitte, Dawn ... nein ... Dawn, bitte, komm schon! Tu mir das nicht an! Bitte nicht!« Juliens Stimme klang in der Finsternis so voller Angst, dass ich mich fragte, was ihn so erschreckte. Ich spürte seine Arme, die mich festhielten. Immer wieder rief er meinen Namen, während er mich wiegte. Ein sanfter Lufthauch strich über mein Gesicht. Er trug Brandgeruch mit sich. Mein Hals tat weh. Ein bitterer Geschmack war in meinem Mund, als hätte ich mich übergeben.

»Halt durch! Bitte ... Dawn«, flehte er hilflos. Seine Hand drückte auf meinen Hals. Trotzdem spürte ich, wie es weiter warm und nass über meine Haut rann. Mir war kalt.

Ein mörderisches Donnern erklang irgendwo ganz in der Nähe. Seine Wucht drückte mich zu Boden, presste mir den letzten Rest Luft aus den Lungen. Ich spürte Julien über mir. Um uns herum prasselte es auf dem Boden, als würde es plötzlich hageln. Feuer knisterte und knackte.

Dann war das Prasseln vorbei und Julien zog mich wieder an sich. Seine Arme hielten mich an seiner Brust. »Dawn, bitte, stirb nicht.« Es klang, als würde ihm das Herz brechen.

Ich runzelte die Stirn. Ich hatte nicht vor zu sterben. Ich musste ihm das sagen. Meine Lider waren unendlich schwer, doch ich schaffte es, sie einen kleinen Spalt zu öffnen. Über mir war der Himmel. Er war wunderschön. Ein Farbenspiel aus Violett, Blau und Gold. Sonnenaufgang. Ich hatte wieder das Gefühl zu schweben. Neben mir rief Julien meinen Namen, immer und immer wieder. Ich runzelte die Stirn ein bisschen mehr. Ich war so müde. Ich wollte nur schlafen und weiterschweben.

Es gelang mir, den Kopf ein kleines Stück zu ihm zu drehen und die Hand zu heben, auch wenn es mir unendlich schwerfiel. Ja, ich musste schlafen. Unbedingt.

Julien sog scharf den Atem ein, dann drückte er mich fester an seine Brust. »Dawn! O Gott, Dawn!« Mein Arm fiel herab.

Ich sah, dass er weinte. Warum denn nur? Es gab keinen Grund. Ich wollte es ihm sagen, doch er schüttelte hastig den Kopf.

»Schscht, nicht! Alles wird gut! Halt nur noch ein bisschen durch. Alles wird gut.«

Seine Hand bewegte sich an meinem Hals. Es tat weh und ich wimmerte. Die Kälte kroch immer weiter in meine Glieder. Ich lag auf der Auffahrt. Hinter Julien entdeckte ich mein Zuhause. Es brannte.

Ich blinzelte und bemühte mich, meinen Blick auf Julien zu konzentrieren. Alles um mich herum war irgendwie unscharf. Seine Haare waren angesengt. Seine Kleider auch. Seine Eckzähne ragten lang und scharf über die anderen heraus. Seine Augen waren voller Durst und Schmerz und Verzweiflung. Er zitterte am ganzen Körper.

»Es ist alles gut!«, versicherte er mir. Die Worte klangen erschreckend rau. »Er kann dir nichts mehr tun. Bleib nur bei mir!«

Er? Wer, er? Später würde ich ihn fragen, wen er damit meinte. Jetzt musste ich schlafen. Ich war so müde. Es war ganz leicht, die Augen zu schließen.

»Dawn! Nein!«, brüllte Julien panisch neben mir und schüttelte mich.

Ich riss die Augen wieder auf. Hitze rann über meinen Hals. Ich starrte Julien an, dem das nackte Entsetzen im Gesicht stand. Seine Hände waren voller Blut. Alles an ihm war voller Blut. Mit einem Mal begriff ich. Alles war voll von meinem Blut! Meinem Blut, das unaufhaltsam aus der Wunde an meinem Hals rann, die mein falscher Onkel mir gerissen hatte, um mich zu zwingen, mehr von Juliens Blut zu trinken. Ich fiel in Juliens Arme zurück und klammerte mich zugleich an ihn. Ich verblutete! Ich starb!

»Nein! Nein, hilf mir! Mach, dass es aufhört!«, bettelte ich und krallte mich an ihm fest.

Sein Gesicht verzerrte sich zu einer Maske aus Schmerz und hilfloser Verzweiflung. Er stieß ein gequältes Stöhnen aus und schüttelte den Kopf.

»Bitte! Ich will nicht sterben!« Ich brachte nicht einmal mehr ein Wispern zustande. Meine Finger öffneten sich gegen meinen Willen. Ich versuchte eine Hand in seinen Nacken zu schieben.

Er stöhnte erneut. Der Laut eines Tieres, das in einer Falle gefangen war, aus der es kein Entkommen gab.

»Bitte!« Meine Hand war bis zu seiner Schulter hinaufgekrochen. Ich zog seinen Kopf zu mir herunter – gegen seinen Widerstand –, ohne zu wissen, woher ich die Kraft nahm. Vielleicht war es auch einfach nur das Gewicht meines Armes, der immer schwerer zu werden schien.

»Ich will nicht sterben«, flüsterte ich leise, als ich seinen Mund gegen meinen Hals drückte. Ich war so müde. Er versuchte zurückzuweichen. »Bitte!«, flehte ich noch einmal. Ich hörte ein Schluchzen direkt an meinem Ohr, das wie »Ich liebe dich« klang. Seine Lippen legten sich kalt auf meine Haut. Ich spürte seine Zähne an meinem Hals im selben Augenblick, als mein Bewusstsein in der Dunkelheit verging.

Ich schwebte und die Erde schüttelte sich, bis sie sich irgendwann endlich beruhigte. Manchmal war da Licht in der Dunkelheit. Dann, nur allmählich, verschwand sie ganz und das Licht nahm endgültig ihren Platz ein. Zusammen mit einem hellen, nervtötenden Piepen. Meine Hand war in einer Stahlklammer gefangen und irgendetwas umschloss eng meinen Hals. Bleierne Müdigkeit saß in meinen Gliedern. Ich zwang meine schweren Lider, sich wenigstens einen Spaltbreit zu heben. Alles um mich war weiß. Ich blinzelte. Nur langsam schälten sich Konturen aus dem Weiß heraus. Wände, Decke, Fenster mit Jalousien, Tür. Es dauerte, bis mir klar wurde, dass ich in einem Krankenhauszimmer lag. Mühsam wandte ich den Kopf. Schmerz grub sich in meinen Hals. Ich stöhnte. Die Stahlklammer öffnete sich und in der nächsten Sekunde beugte Julien sich über mich. Sein blaues Auge war fast wieder verblasst.

»Gott sei dank! Du bist wach.« Auf seinem Gesicht war nichts anderes als Erleichterung zu sehen.

Ich wollte die Hand heben, um ihn zu berühren, und konnte es nicht. Etwas saß in meinem Handrücken. Es tat weh.

»Schscht. Ganz ruhig. Alles ist in Ordnung. Ruh dich aus. Du bist in Sicherheit.« Er strich mir über die Wange, ehe er meine Hand ganz vorsichtig in seine nahm. Erst jetzt begriff ich, dass eine Nadel in meinem Handrücken steckte, die über einen dünnen, durchsichtigen Schlauch mit einer Infusionsflasche verbunden war, die neben meinem Bett von einem Chromständer hing. Über meinem Kopf piepte es.

Ich sah Julien unter schweren Lidern heraus an. Seine Augen waren nicht mehr länger von jenem tödlichen Schwarz, auch wenn er noch immer – selbst für seine Verhältnisse – sehr blass war.

»Du hast es getan.« Das Sprechen tat weh, als hätte ich Schmirgelpapier geschluckt. Dennoch lächelte ich schwach.

Julien fragte nicht, was ich meinte. Er wusste es auch so. Sekundenlang blickte er auf mich herab, ehe er nickte – langsam und noch immer irgendwie erstaunt. »Auch wenn ich nicht weiß, wie ich den Durst beherrschen konnte.« Er schüttelte kaum merklich den Kopf. »Du hattest mehr Vertrauen in mich als ich selbst.«

Erschöpft lächelnd ließ ich mich ein wenig tiefer in das dünne Krankenhausbettkissen sinken. Die Müdigkeit wollte mich nicht loslassen. Doch mein Lächeln schwand, als mir etwas anderes einfiel. »Samuel ...«, setzte ich erschrocken an, doch Julien ließ mich nicht weitersprechen.

»Er ist tot. Er kann dir nichts mehr tun«, erklärte er mir mit grimmiger Befriedigung.

»Tot?«, flüsterte ich und sah verwirrt zu ihm auf. »Was ist passiert?«

Es scharrte, als er einen dieser kunstlederbespannten Stühle mit dem Fuß weiter zum Kopfende des Bettes zog und sich darauf niederließ. Offenbar hatte er die ganze Zeit über neben mir gewartet, dass ich wieder zu mir kam. Julien lehnte sich ein Stück näher zu mir, ohne meine Hand loszulassen. Anstelle seiner zerfetzten, blutigen Kleider trug er frische, die allerdings aussahen, als seien es nicht seine eigenen. »Wenn ich ehrlich bin: Ich weiß es nicht genau. Der Kellerraum brannte, als ich dich nach oben brachte ...«

»Brannte?« Verständnislos schaute ich ihn an. Es fiel mir schwer, die Augen offen zu halten.

Er wich meinem Blick aus. »Samuel hatte ein paar von diesen altmodischen Feuerbecken aufstellen lassen. – Frag mich nicht weshalb. Vielleicht wollte er seinen Anhängern das entsprechende Ambiente bieten, ich weiß es nicht. – Sie waren mit Öl gefüllt. Ein Kanister von dem Zeug stand neben dem Kamin. Ein Feuerbecken ist umgekippt, als ich versuchte Samuel von dir wegzureißen und seine Brut mich festgehalten hat. Das Feuer hat sofort um sich gegriffen. Die Teppiche, die Gemälde, die Bücher, alles stand unglaublich schnell in Flammen. Ich habe dich nach oben gebracht, aber ich habe es auch nicht weiter als bis zur Auffahrt geschafft. Gleich darauf ist das Haus in die Luft geflogen. Weder Samuel noch einer seiner Freunde oder einer seiner Brut konnten entkommen. – Den Rest kennst du.«

»Warum sind sie nicht auch ins Freie geflohen?«

Julien schwieg und fixierte den Infusionsschlauch mit zusammengebissenen Zähnen.

Ich schluckte. »Julien?«, fragte ich nach einem Moment vorsichtig und hob schwach den Kopf.

Langsam wandte er mir den Blick zu. »Es ist besser, wenn du manche Dinge nicht weißt.« Obwohl er leise sprach, klangen die Worte entschieden.

Bedächtig atmete ich ein paarmal ein und aus. Was auch immer Julien getan hatte – wir wären nicht hier und am Leben, wenn er es nicht getan *hätte*. Ich drückte seine Hand, um ihm zu sagen, dass es okay war. Er schien sich ein Stück weit zu entspannen.

»Die Feuerwehr geht davon aus, dass es eine Gasexplosion war. Das Feuer hat auf die Heizung übergegriffen und deshalb ist alles in die Luft gegangen.«

Ich schluckte entsetzt. »Die Feuerwehr?« Warum nur tat mir der Hals auch innen so weh?

Ein freudloses Lächeln huschte über sein Gesicht. »Ich hätte es auch vorgezogen, wenn sie nicht aufgetaucht wären – ebenso wenig wie die Polizei –, aber das Feuer war nicht zu übersehen.«

»Und was hast du ihnen gesagt?«

»Zuerst gar nichts. Ich hab mich auf einen Schock rausgeredet. – Ich war auch ziemlich durch den Wind, weil ich wahnsinnige Angst hatte, du könntest noch immer sterben, auch nachdem ich das Loch an deinem Hals wenigstens zum Teil geschlossen hatte.« Er streichelte meine Hand. »Die müssen geglaubt haben, sie hätten einen Irren vor sich.«

Wenn man bedachte, wie wir beide ausgesehen hatten – zumindest, soweit ich mich erinnern konnte –, war es ein Wunder, dass Julien hier neben mir saß und nicht im Gefängnis auf den Richter wartete.

»Und was hast du ihnen später gesagt?«

Erneut wich er meinem Blick aus und räusperte sich leise. »Die Polizei geht davon aus, dass Samuel Mitglied eines fanatischen Satanskultes war, der dich als ›jungfräuliches Opfer‹

auserwählt hatte. Ich – dein Freund – war zufällig zur falschen Zeit am falschen Ort. Oder auch nicht, denn sonst hätte ich dich nicht retten können. Bei ihrer Zeremonie ist irgendwie ein Feuer ausgebrochen, das zu schnell um sich gegriffen hat. Und dann ist die Gasheizung explodiert.«

Ich dachte darüber nach. Die Müdigkeit machte meine Gedanken träge, trotzdem drängte sich mir eine Frage auf. »Und wieso sind wir entkommen, wenn die anderen es nicht geschafft haben?« Plötzlich hatte ich Angst. »Julien, wenn die Polizei Nachforschungen anstellt, werden sie herausfinden, dass du gelogen hast.« Ich klammerte mich an seine Hand. Das Piepen beschleunigte seine Frequenz.

»Nein, das werden sie nicht!« Julien stand hastig auf. »Beruhige dich, Dawn. Niemand wird irgendetwas merken. Es wird keine Untersuchung geben und du musst auch keine Aussage machen. Es ist schon alles geregelt. Der Fall ist offiziell bereits abgeschlossen.«

Verwirrt versuchte ich zu begreifen, wie das möglich sein konnte. Hatte ich wochenlang im Koma gelegen?

»Wieso?«, fragte ich schwach und fiel auf mein Kissen zurück. Das Piepen sank nur langsam wieder auf seine alte Geschwindigkeit herab.

»Weil wir die Opfer sind! Zumindest was die Polizei angeht. Glaubst du, sie hätten mich nicht schon verhört? Ich habe ihnen erzählt, dass ich zu dir wollte, um mit dir nach unserem Streit zu reden. Weil niemand auf mein Klingeln aufgemacht hat, aber Licht brannte, bin ich hinten rum und – zugegeben illegal – durch ein Fenster rein. Dabei habe ich die Alarmanlage ausgelöst und die Bodyguards deines Onkels haben mich geschnappt, mir ein paar reingehauen und mich in den Keller geschleppt. Du lagst da unten bewusstlos auf einem Diwan und die Typen waren mitten in ihrem Hokuspokus. Ich habe versucht an dich ranzukommen und es gab ein ziemliches Gerangel. Dann ist dieses Feuer ausgebrochen – wie, weiß ich nicht, ich war viel zu geschockt –, ich habe dich geschnappt und bin raus, so schnell ich konnte. Warum dein Onkel und seine Freunde nicht hinter mir her sind, hat mich nicht interessiert. Und ich muss es auch nicht erklären können. Wir waren auf der Auffahrt, als das Haus hinter uns in die Luft geflogen ist. – Und das Beste an der ganzen Geschichte ist, dass du meine Version noch nicht einmal bestätigen musst, weil du offiziell erst eben gerade hier im Krankenhaus wieder zu dir gekommen bist.« Er beugte sich über mich und strich mir über die Wange. »Glaub mir, wir haben nichts zu befürchten.«

»Und wenn sie mich doch verhören?«, flüsterte ich hilflos.

»Dann sagst du ihnen, dass du abends zu Bett bist – früher als gewöhnlich, weil du ziemlich müde warst – und dass du erst wieder im Krankenhaus aufgewacht bist. Du kannst dich nicht erinnern, was in der Zeit dazwischen mit dir geschehen ist. – Sie werden denken, dass dein Onkel dir irgendwelche Schlafmittel gegeben hat, und es dabei belassen.«

Ich schloss die Augen. Es klang so einfach, wie er das sagte, und ich war zu müde, um mir jetzt darüber Sorgen zu machen.

Ganz sanft spürte ich seine Hand an meinem Haar. »Schlaf, Dawn. Und hör auf zu grübeln. Alles wird gut.«

Mit einem leisen Seufzen schmiegte ich mich in seine Berührung, die Bewegung weckte Schmerz an meinem Hals.

»Hat er es geschafft?«, fragte ich schläfrig und drehte ihm das Gesicht zu.

»Was denn?« Julien stützte sich mit dem Ellbogen neben meinem Kopf auf dem Kissen ab und fuhr fort mein Haar zu streicheln.

»Mich zu einer Lamia zu machen?«

Juliens Hand stockte. Einen Moment war nur das Piepen zu hören.

Ich öffnete die Augen. »Julien?«

»Nein.« Er atmete langsam aus und schüttelte den Kopf. Ich glaubte Erleichterung in seinem Ton zu hören und verstand sie nicht. »Ich habe darauf bestanden, dass sie dir den Magen auspumpen. Außerdem hattest du so viel Blut verloren, dass sie dir eine Transfusion geben mussten. Als alles vorbei war, hattest du weder genug von dem Serum in den Adern, das dieser Mistkerl dir gegeben hat, um deinen Wechsel zu erzwingen, noch von meinem Blut in dir, um zu einer Lamia werden zu können.« Erneut strich er über meine Wange. »Es ist besser so, glaub mir.«

»Warum?« Als Samuel es erzwingen wollte, hatte ich mich gewehrt. Aber jetzt war ich unerklärlicherweise enttäuscht.

»Wolltest du immer im Körper einer Siebzehnjährigen gefangen sein?«, fragte Julien sanft.

»Du bist doch auch nicht älter.« Ich blinzelte gegen die Müdigkeit an. Meine Augen waren kurz davor, einfach zuzufallen.

Seine Finger spielten mit einer Haarsträhne. »Mein Wechsel wurde durch meinen Unfall ausgelöst. Mein Körper hat entschieden, dass er unter diesen Umständen bereit ist.«

»Ich wäre es vielleicht auch gewesen.«

»Wärst du nicht, glaub mir«, widersprach er mir leise. »Und ich bin froh, dass er es nicht geschafft hat.«

»Was wäre so schlimm daran, wenn er es doch geschafft hätte?« Ich gab meinen Versuch auf, die Augen länger offen zu halten.

»Jeder Dritte, dessen Wechsel durch irgendetwas vorzeitig erzwungen wird, stirbt. Und von den Übrigen überlebt nur jeder Fünfte mit klarem Verstand. – In seiner Angst, die Fürsten könnten durch Adrien und mich etwas von dir erfahren haben, hat Samuel dein Leben und deine Gesundheit riskiert.« Sein Tonfall wurde bitter. »Vielleicht wäre es ihm aber auch recht gewesen, wenn dein Geist Schaden genommen hätte. Möglich, dass er dachte, eine wahnsinnige Princessa Strigoja wäre leichter zu kontrollieren und zu beeinflussen.«

»Oh«, murmelte ich schläfrig. Mehr fiel mir dazu nicht ein. Juliens Finger strichen weiter über mein Haar. Ich seufzte genießerisch. »Aber ich werde den Wechsel doch irgendwann machen, oder?« Als Juliens Hand erneut stockte, öffnete ich alarmiert die Augen. »Oder?«

Erst nach ein paar Sekunden nahm er den Blick von dem piependen Monitor über mir und sah mich an. »Ich weiß es nicht«, gestand er dann zögernd. »Es ist noch nie vorgekommen, dass ...« Er verstummte und drehte sich halb um, als die Tür sich öffnete. Eine Schwester streckte den Kopf herein. Als sie sah, dass meine Augen offen waren, lächelte sie mich an.

»Du bist wach. Schön. Ich werde dem Arzt Bescheid sagen, dass er gleich noch mal nach dir sieht.« Sie nickte jemandem zu, der hinter ihr stand. »Sie können zu ihr.«

Eine Stimme murmelte etwas, die Schwester zog sich zurück und ein Mann erschien an ihrer Stelle in der Tür.

Julien stand auf, mit einem Schlag wachsam und angespannt. Der Fremde war schlank, mittelgroß und breitschultrig. Schwarzes, lockiges Haar umrahmte sein Gesicht. Seine Nase war scharf gebogen und lange schwarze Wimpern umschatteten große grüne Augen, die Julien kalt musterten. Quer durch den Raum hinweg starrten sie einander an, bis der Fremde mein Zimmer endgültig betrat und die Tür hinter sich schloss. Mit gelassener Geschmeidigkeit kam er auf uns zu und blieb am Fußende meines Bettes stehen, ohne Julien auch nur eine Sekunde aus den Augen gelassen zu haben. Das Piepen wurde schneller. Es schien kein anderes Geräusch mehr zu geben.

»Du bist der jüngere von Sebastien Du Craniers Zwillingssöhnen. Ich habe von dir gehört. Allerdings nichts Gutes«, begrüßte der Mann Julien schließlich kühl und musterte ihn erneut von Kopf bis Fuß.

Julien gab den Blick schweigend zurück. Seine Hände waren zu Fäusten geballt. Er entspannte sich auch nicht, als der Fremde unvermittelt leise lachte. »Jetzt verstehe ich, warum man dich in die Verbannung geschickt hat. Es gibt nicht viele in deinem Alter, die es wagen würden, *mir* so entgegenzutreten. – Bedauerlich, dass deine Familie Marseille verlassen musste. Jemanden wie dich im Rat zu haben, wäre ... sagen wir, reizvoll.«

»Auch wenn wir Marseille nicht hätten verlassen müssen, würde immer noch Adrien im Rat sitzen.« Julien schien mit zusammengebissenen Zähnen zu sprechen.

Der Mann winkte mit einer verächtlichen Geste ab. »Ah bah. Ihr seid Zwillinge. Und außerdem: Nach allem, was ich gehört habe, hast du dich in den letzten Wochen äußerst erfolgreich in dieser Stadt unter unseresgleichen als dein Bruder ausgegeben. Ein paar dekadente Dummköpfe zu narren sollte da doch kein Problem darstellen.«

Julien presste die Zähne noch fester aufeinander. Ich zuckte zusammen, als die grünen Augen sich unvermittelt auf mich richteten.

»Das ist sie also.« Der Mann musterte mich kühl und eindringlich zugleich. »Sie sieht Alexej tatsächlich ähnlich.« Seine Nasenflügel blähten sich. »Sie hat den Wechsel noch nicht vollzogen.« Er sah wieder Julien an. »War das dein Verdienst?«

»Ja.« Julien klang regelrecht feindselig.

»Ausgesprochen gut gemacht. Offensichtlich hat Sebastien kluge Söhne in die Welt gesetzt. Zornige, aber kluge Söhne. Das verschafft uns ein bisschen Zeit.«

»Bedeutet das, Sie werden uns helfen?«, erkundigte Julien sich gepresst.

Der Mann neigte den Kopf in meine Richtung. »Ihr werde ich helfen. Oder warum hast du mich sonst angerufen? – Dir allerdings wird das Tribunal nicht erspart bleiben, nachdem du ohne Erlaubnis aus der Verbannung zurückgekommen bist. Und Gérard hat noch immer viele Freunde. – Aber fürs Erste stelle ich das Mädchen unter deinen Schutz, Vourdranj.« Er sah mit einem spöttischen Lächeln von Julien zu mir und zurück. »Auch wenn ich fast glaube, dass das eigentlich gar nicht nötig ist. Du scheinst in die gleiche Falle gegangen zu sein wie ich damals mit Mina und wie Alexej mit ihrer Mutter vor zwanzig Jahren. – Ihr bleibt in dieser Stadt und verhaltet euch, als wäre nichts geschehen. Ich werde ein paar Gefallen einfordern und sehen, was ich tun kann.«

Julien nickte knapp.

»Warum tun Sie das? Wer sind Sie?« Bisher hatte ich schweigend zugehört, doch jetzt stemmte ich mich mühsam auf einen Ellbogen, um den Fremden besser ansehen zu können. Julien war sofort neben mir, um mich zu stützen. Ich sank gegen seine Schulter.

»Du weißt nicht, wer ich bin?« Der Mann blickte mich erstaunt an. Doch gleich darauf beantwortete er sich seine Frage selbst. »Nein, natürlich nicht. Woher auch. – Ich bin dein Großonkel Vlad, Mädchen. Dein Vater war mein Neffe, der jüngste Sohn meines jüngeren Bruders Radu. Mein Lieblingsneffe, um genau zu sein. Etwas, das so mancher als äußerst zweifelhafte Ehre bezeichnen würde. – Als Alexejs Tochter gehörst du zu meiner Familie. Und damit stehst du unter meinem Schutz. Ebenso wie unter dem deines Großonkels Mircea und deines Großvaters Radu. Wir werden nicht zulassen, dass die dich betreffenden Befehle der anderen Fürsten vollstreckt werden.« Er warf Julien einen fast amüsierten Blick zu. »Auch wenn es ein kluger Schachzug deines Vourdranj war, ausgerechnet mich als Ersten um Hilfe zu bitten.« Als er mich erneut ansah, waren seine kalten grünen Augen erstaunlich sanft. »Du bist müde, Mädchen. Wir können uns zu einem anderen Zeitpunkt an einem gemütlicheren Ort in Ruhe unterhalten. Für jetzt überlasse ich dich der Fürsorge deines Freundes und wünsche dir eine erholsame Nacht mit angenehmen Träumen.« Er verneigte sich leicht vor mir, dann nickte er Julien zu. »Vourdranj, wenn das hier geregelt ist, unterhalten wir beide uns vielleicht noch einmal über Marseille. – In einigen Tagen wirst du in der Angelegenheit meiner Großnichte von mir hören.« Ohne eine Antwort abzuwarten, drehte er sich um und verließ mein Zimmer mit der gleichen gelassenen Geschmeidigkeit, mit der er es zuvor betreten hatte.

»Das war mein Onkel?« Ich sah Julien etwas verblüfft an, nachdem sich die Tür hinter ihm geschlossen hatte.

»Großonkel«, korrigierte er mich, während er mein Kissen aufschüttelte und mich dann zurücksinken ließ.

Kaum lag ich, kehrte die Müdigkeit mit aller Macht zurück. Ich versuchte eine Position zu finden, die bequem war, in der mein Hals nicht wehtat und in der ich Julien ansehen konnte. »Was weißt du über ihn?«

»Dass man ihm besser aus dem Weg geht.« Er zog den Stuhl wieder heran und setzte sich.

»Sind auch mein anderer Onkel und mein Großvater so?« Der Gedanke an meine »neue« Familie faszinierte mich.

Wie vorhin stemmte Julien den Ellbogen wieder auf mein Kopfkissen. Doch dieses Mal stützte er den Kopf auf seine Hand.

»Fürst Radu soll ein bisschen weniger aufbrausend sein als seine Brüder.«

»*Fürst* Radu?« Wie zuvor blinzelte ich gegen den Wunsch meiner Augen an, sich einfach zu schließen.

»Die Fürsten Mircea, Vlad und Radu gehören mit zu den ältesten und mächtigsten Lamia. Nur ein ausgemachter Idiot legt sich mit einem von ihnen an.« Er nahm meine Hand wieder ganz vorsichtig in seine. Hoffentlich wurde ich diese blöde Infusion bald los.

»Und was heißt das für uns?« Ich schloss die Augen.

»Dass ich mir ziemlich sicher bin, dass vorerst niemand etwas gegen dich unternehmen wird.« Seine Hand kehrte zu meinem Haar zurück.

»Was hat er damit gemeint, dass du ihn um Hilfe gebeten hast?«

Julien räusperte sich. »Er war derjenige, der die Sache mit der Polizei für uns geregelt hat«, gestand er mir dann.

Ja, ich konnte es mir gut vorstellen, wie mein Großonkel der Polizei von Ashland Falls mitteilte, dass sie die Nachforschungen bezüglich seiner Großnichte einzustellen hatten. Bei dem Gedanken musste ich lächeln. Doch dann fiel mir noch etwas anderes ein und ich runzelte die Stirn.

»Warum hat er gesagt, du wärst ohne Erlaubnis aus der Verbannung zurückgekommen?«

Julien seufzte leise, ganz nahe bei meinem Ohr. »Du solltest schlafen, Dawn.«

Ich öffnete ein Lid spaltbreit. Sein Kopf ruhte neben mir auf dem Kissen auf seinem angewinkelten Arm. »Warum hat er das gesagt?«, bohrte ich nach.

Seine quecksilbergrauen Augen gaben meinen Blick zurück. »Weil es so ist – offiziell dürfte ich nicht hier sein.«

»Und was passiert, wenn es jemand herausfindet?« Ich rutschte vorsichtig ein Stückchen näher an ihn heran.

»Ich schätze, ich bekomme Ärger.«

»Oh«, murmelte ich schläfrig und schloss das Auge wieder. »Meinst du, es würde helfen, wenn ich mit meinen Onkeln und meinem Großvater rede, dass sie ein gutes Wort für dich einlegen vor diesem Tribunal?«

Er schnaubte. »Vielleicht. – Aber solange ich auf Fürst Vlads Befehl für deinen Schutz verantwortlich bin, werden sie schon nicht meinen Kopf fordern.«

»Gut«, befriedigt verschränkte ich meine Finger mit seinen. Allmählich fand ich heraus, wie ich meine Hand trotz Infusionsnadel bewegen konnte, ohne dass es wehtat.

Ich war eingeschlafen, ehe der Arzt kam, um noch einmal nach mir zu sehen.

Princessa Strigoja

Noch immer ein bisschen wackelig auf den Beinen stand ich an Juliens Arm vor dem alten Hale-Anwesen und staunte. Während der Tage, die ich im Krankenhaus gelegen hatte, war es auf Anweisung meines Großonkels wieder vollkommen instand gesetzt worden. Es musste ein kleines Vermögen gekostet haben, das alles in dieser kurzen Zeit zu schaffen, aber jetzt erstrahlte es wieder in seiner alten Pracht und ich konnte sehr gut verstehen, dass meine Mutter so begeistert davon gewesen war. Nachdem sich mein bisheriges Zuhause in eine Ruine verwandelt hatte, würde ich von nun an hier leben – zusammen mit Julien, der mich gerade besorgt ansah.

Sie hatten mich volle sieben Tage im Krankenhaus behalten, nachdem ich – wie ich schließlich erfuhr – zuvor fast zwei bewusstlos gewesen war. Julien wich nicht von meiner Seite. Zumindest nie für längere Zeit. Weshalb ich ihn irgendwann verdächtigte, dass er sich an der Blutbank des Krankenhauses schadlos hielt, um seinen Durst zu beherrschen. Als ich ihn darauf ansprach, verzog er angewidert das Gesicht und erklärte mir entrüstet, er halte nichts von Plastikfutter. Von da an beobachtete ich die Krankenschwestern und Ärzte genauer. Ich hätte nicht sagen können, ob er sich seine Opfer unter ihnen suchte.

Nachdem die Versuche der Schwestern und Ärzte fehlschlugen, Julien nach Hause zu schicken, hatten sie Mitleid mit ihm und stellten einen anderen Sessel in mein Zimmer, damit er es nachts bequemer hatte. Sie ahnten ja nicht, dass er das Schlafen auf der Kante eines Krankenhausbettes perfekt beherrschte.

Nach zwei Tagen durften meine Freunde mich zum ersten Mal besuchen. Beth war die Erste, die in der Tür stand, einen quietschbunten Luftballon an einer Schnur über ihrem Kopf, einen Strauß Blumen in der Hand und eine Schachtel Kekse unterm Arm, die ihre Granny für mich gebacken hatte. Ich machte mich mit Heißhunger darüber her. Auch wenn mir von Knoblauch noch immer schlecht wurde, war mein Appetit doch zurückgekehrt. Etwas, was – laut Julien – damit zusammenhing, dass ich nicht mehr Tag für Tag jene Droge bekam, die meinen Wechsel schneller hatten herbeiführen sollen: meinen Lieblingstee. – Jetzt wusste ich auch, warum er so wütend geworden war, als er davon erfahren hatte.

Die Nächsten, die auftauchten, waren Susan, Mike und Ron. Dass sie auch Julien in unsere Unterhaltung mit einbezogen, freute mich. Es war, als versuchten sie ihm zu zeigen, dass sie ihn – wenn er das wollte – gerne in unserer Clique willkommen heißen würden. Als Neal mich schließlich besuchen kam, war ich im ersten Moment erschrocken. Vor allem, da ich nicht wusste, wie Julien auf ihn reagieren würde. Tatsächlich schlichen sie immer noch umeinander herum wie zwei Hunde, die um den gleichen Knochen kämpften. Doch offenbar war Neal klug genug, um endlich zu akzeptieren, dass dieser Knochen unwiderruflich vergeben war.

Wenn ich Besuch bekam, zog Julien sich auf seinen Sessel in der Ecke meines Zimmers zurück, verließ es aber nie. Es war ein seltsames Gefühl, zu wissen, dass er da war und über mich wachte. Er, der Vourdranj, der Jäger. Aber ich mochte dieses Gefühl.

»Und du bist sicher, dass du nicht zu erschöpft bist?«, erkundigte er sich zum Weiß-der-Himmel-wievielten-Mal, seit er mich mit der schwarzen Corvette – von der ich inzwischen wusste, dass sie eigentlich seinem Bruder gehörte – vom Krankenhaus abgeholt hatte.

»Es ist alles in Ordnung«, versicherte ich ihm zum ebenso vielten Mal und versuchte nicht genervt zu klingen. Es würde ein hartes Stück Arbeit werden, ihn davon zu überzeugen, dass er mich nicht in Watte packen musste, um mich seinem Auftrag gemäß zu beschützen.

Das war er jetzt nämlich offiziell: mein Beschützer. – Der Beschützer der Princessa Strigoja.

Ich war mir ein bisschen vorgekommen wie in einem Mafia-Film, in dem die Größen der Unterwelt dem Paten ihre Loyalität zusagten, während ich in meinem Krankenhausbett saß und ein Dutzend Lamia-Fürsten einer nach dem anderen in Begleitung meines Onkels ins Zimmer gekommen waren. Sie hatten mir versichert, dass sie mich als Princessa Strigoja anerkannten und absolut keinen Groll gegen mich hegten – was so viel hieß wie: Sofern ich keine Anfälle von Wahnsinn hatte und keine Ambitionen entwickelte, sie alle beherrschen zu wollen, würden sie nichts gegen mich unternehmen. Doch solange ich nicht den Wechsel durchmachte und zu einer Lamia wurde, bestand diesbezüglich keine Gefahr. Und da ein zweiter Wechsel nach einem misslungenen Versuch, ihn zu erzwingen, sehr unwahrscheinlich war, mussten sie sich um mich eigentlich gar keine Sorgen machen.

Für eine Sekunde schloss ich die Augen. Ich würde niemals eine Lamia werden. Ich würde nie so sein wie Julien. Bei dem Gedanken legte ich die Arme um mich selbst. – Sicherlich, er könnte mich zu einem Vampir machen. Aber erstens wäre das nicht das Gleiche, und die Vorstellung, niemals wieder in der Sonne spazieren gehen zu können, gefiel mir absolut nicht, und zweitens: Er weigerte sich. Wir hatten noch am gleichen Tag darüber gesprochen, als ich von meinem Großonkel erfahren hatte, dass es für mich wahrscheinlich keinen Wechsel geben würde – nein, wir hatten uns gestritten. So heftig, dass die Schwester Julien aus meinem Zimmer geworfen und ihn erst nach drei Stunden wieder zu mir gelassen hatte.

Julien trat neben mich und zog mich an sich. Er hatte ein geradezu beängstigendes Gespür dafür entwickelt, wann ich seine Umarmung brauchte.

»Lass uns hineingehen. Dir ist kalt. Und ich muss dir noch dein Zimmer zeigen.«

Damit hatte er mich am Haken. Ich war mehr als neugierig, wie mein neues Reich aussah. Als ich auf der Treppe fast gestolpert wäre, nahm er mich einfach auf seine Arme und trug mich ins Haus und ohne Umwege in den ersten Stock hinauf. Das Zimmer, in das er mich brachte, lag nach hinten, zum See hin. Eine große Glastür führte auf einen Balkon hinaus und ließ die Sonne herein. Behutsam setzte er mich auf dem Bett ab und wartete angespannt, was ich wohl zu allem sagen würde.

Ich war sprachlos. Er hatte es geschafft, meinen Geschmack bis in kleinste Details zu treffen – zugegeben, der Schaukelstuhl aus Rattan wirkte ein bisschen altmodisch, aber ich war mir sicher, dass ich es genießen würde, in ihm zu sitzen und zu lesen. Der ganze Raum war modern und hell und gleichzeitig unglaublich gemütlich. Ich fühlte mich auf Anhieb wohl.

»Und?«, fragte er endlich, als er es nicht mehr aushielt.

Strahlend sah ich zu ihm auf. »Es ist wunderschön! Danke!«

Er fuhr sich mit der Hand durchs Haar und grinste. »Ich habe mir das Zimmer zwei Türen weiter genommen. Das Bad müssen wir uns teilen. Ich hoffe, das ist in Ordnung für dich.«

»Natürlich!«, nickte ich, doch dann zögerte ich und griff nach seiner Hand. »Wie wird es weitergehen, Julien?« Seit unserem Streit im Krankenhaus hatten wir beide dieses Thema gemieden.

Er setzte sich neben mich. »Wir tun genau das, was Fürst Vlad gesagt hat. Wir machen weiter wie bisher. Du bringst die Schule zu Ende und danach werden wir sehen.«

»Das meinte ich nicht«, sagte ich leise.

»Ich weiß.« Julien sah mir in die Augen. »Aber meine Antwort ist noch immer die gleiche: Auch wenn du tatsächlich keinen Wechsel zur Lamia mehr machen können solltest, werde ich dich nicht zu einem Vampir machen. Entweder du wirst eine Lamia oder du bleibst ein Mensch.«

Ich holte tief Luft. »Und bis wann werden wir wissen, ob es für mich einen Wechsel geben wird oder nicht?«

»In fünf oder sechs Jahren. Adrien wurde erst mit fünfundzwanzig zu einem Lamia.« Für eine Sekunde glitt Schmerz über sein Gesicht. »Du musst also noch nicht fürchten, dass dir die Zeit davonläuft«, sprach er dann scheinbar ruhig weiter, doch ich hörte das leise Beben in seiner Stimme.

Er hatte noch immer keine Spur von seinem Bruder gefunden. Schlimmer noch: Um bei mir bleiben zu können, musste er sich für seinen Zwillingsbruder ausgeben, da Julien Du Cranier offiziell verbannt war. Und wenn die Fürsten herausfanden, dass er nicht mehr in Dubai war – wohin man ihn damals geschickt hatte –, würden sie Jagd auf ihn machen. Doch da sie glaubten, *er* sei *Adrien*, würde der Du-Cranier-Zwilling, den sie jagten, in Wahrheit gar nicht Julien, sondern Adrien sein – der keine Ahnung von der Gefahr hatte, in der er schwebte.

Das bedeutete, Julien musste seinen Bruder unbedingt vor allen anderen finden – und er würde nicht aufgeben, bis er ihn gefunden hatte. Ebenso wenig wie ich aufgeben würde, bis ich eine Möglichkeit fand, wie ich trotz allem eine Lamia werden konnte.

Ich lehnte mich gegen Julien und schloss die Augen, als er den Arm um mich legte. Für den Augenblick war ich zufrieden damit, wie es war. Aber nur für den Augenblick.